AF124792

LAURA NEWMAN

NACHT
SONNE

DER WEG
DES WIDERSTANDS

Dieses Buch ist für Moritz.
Wie hältst Du es nur mit mir aus?
Danke, danke, danke!

3. Auflage

Deutsche Erstausgabe Mai 2014

© Laura Newman, Bremen
Umschlaggestaltung: Laura Newman
- design.lauranewman.de -
Unter Verwendung von Stockdaten: © aetb / 123rf.com

Lektorat: M. Klöppel
Korrektorat: Schreib- und Korrekturservice Heinen - Claudia Heinen

Alle Rechte, einschließlich das des vollständigen oder auszugsweisen
Nachdrucks in jeglicher Form, sind vorbehalten. Dies ist eine fiktive
Geschichte. Ähnlichkeiten mit lebenden oder verstorbenen Personen,
Orten und sonstigen Begebenheiten sind rein zufällig und nicht
beabsichtigt.

Impressum
Laura Newman, Rückertstraße 9, 28199 Bremen
laura@lauranewman.de
Herstellung und Verlag: BoD – Books on Demand, Norderstedt
ISBN: 978-3738627343

-

www.lauranewman.de
facebook.com/AutorLauraNewman
www.nachtsonne-chroniken.de

I. ROUTINE

»Du gibst dir überhaupt keine Mühe!«

Sawyer wirft mir einen vorwurfsvollen Blick zu. Ein wenig tut er mir leid. Ich strapaziere seine Geduld heute über alle Maßen.

»Ich weiß. Es tut mir leid, Sawyer. Es ist nur ...«

Er verdreht die Augen und schüttelt fassungslos den Kopf.

»Soll das heißen, du willst jetzt jedes Mal, wenn Jo fort ist, nur noch mit halber Kraft trainieren? Dann kann ich mir das hier auch sparen! Ich habe durchaus noch andere Sachen zu tun, das ist dir hoffentlich klar?«

Nun schäme ich mich richtig. Natürlich hat er Besseres zu tun, als hier draußen mit mir zu trainieren. Er muss sich um die Belange der Division kümmern. Nein. Er IST die Division!

»Ich werde es noch mal versuchen. Dieses Mal mit voller Konzentration. Versprochen!«

Er hebt eine Augenbraue und sieht mich misstrauisch an. Also lege ich sofort los, um seine Zweifel zu zerstreuen. Ich will Sawyer nicht enttäuschen. Mit ihm trainieren zu können, ist ein Privileg. Ich muss mich mehr anstrengen!

Schnell achte ich auf einen festen Stand, verlagere mein Gewicht ein wenig und beginne damit, meine Kräfte zu mobilisieren. Ich verbanne Jo aus meinen Gedanken, versuche mich nicht zu fragen, was er gerade tut und ob es ihm gut geht. Ich suche mir ein anderes Bild in meinem Kopf. Eines, das mich wütend macht. Rasend! Vor meinem inneren Auge erscheint Kieran. Sein überhebliches Gesicht. Seine aalglatte Art. Seit er uns ans Messer geliefert hat, wünsche ich mir, es ihm heimzuzahlen. Natürlich ist das albern und auch völlig ineffektiv, aber ich empfinde eben so. Es ist der gute alte Durst nach Rache und ich schäme mich nicht dafür. Allein die Vorstellung seiner Erscheinung, die auffällige Nase, das kurze, stoppelige Haar, sein hektischer Blick. All diese kleinen Details feuern meine Wut an, bringen mein Blut zum Kochen.

Ein Funke entzündet sich in meinem Inneren. Mein Drift erwacht zum Leben. Es tut gut, ihn zu spüren. Seine Macht zu kontrollieren.

Ich muss meine Augen geschlossen haben, doch ich bemerke es erst, als ich versuche zu zielen, und es nicht so recht gelingen will. Ohne die Verbindung zu der anschwellenden Energie zu kappen, blinzele ich und visiere den abgestürzten Helikopter an, welchen Sawyer und ich als Zielscheibe auserkoren haben. Halb vom Sand verschluckt, ragen seine Rotorblätter in den Himmel. Ein letzter Gedanke an Kieran, an unsere kleine Zelle im HUB 1 und schon fühle ich mich bereit.

Meine Hand holt aus, der Drift bahnt sich seinen Weg an die Oberfläche und ich lasse es zu. Mit einer ruckartigen Bewegung schicke ich meine Energie auf den Weg und der Helikopter bekommt es zu spüren. Die unsichtbare Druckwelle befördert ihn ein ganzes Stück aus dem Sand heraus und lässt das marode Konstrukt ächzen. Das Cockpit schlägt Funken und die plötzlich aus ihrem Sandgefängnis befreiten Rotorblätter beginnen sich langsam und quietschend zu drehen. Nur eine halbe Umdrehung, mehr nicht. Eine kleine Explosion lässt den Antrieb des Rotors in Flammen aufgehen und schwarzer Rauch breitet sich aus. Dann sackt der Koloss wieder hinab und kokelt träge vor sich hin. All dies geschieht innerhalb von einer, vielleicht zwei Sekunden, aber mir entgeht keine Einzelheit.

Und Sawyer auch nicht.

»Besser«, sagt er knapp.

Ich nicke zufrieden.

»Sollen wir aufhören?«, fragt er und deutet in Richtung der aufgehenden Sonne, »es wird langsam ein wenig zu heiß für dich, nicht wahr?«

»Ist schon gut. Um ehrlich zu sein, wird es jetzt langsam erträglicher. Schon die ganzen letzten Wochen«, erwidere ich.

Und es stimmt. Als mein Drift vor über einem Jahr zutage trat, hatte ich wie alle Commons arge Probleme mit der Hitze im Feuerland. Doch mit ihm kam auch die wundersame Resistenz gegen die enormen Temperaturen.

An manchen Tagen verzeichnen die Instrumente im CutOut inzwischen bereits an die 60 °C und es wird weiter aufwärtsgehen. Arros und Pete beobachten immer wieder seltsame Wetterphänomene. Ausschläge in den Messwerten. Hitzepeaks.

Meist sind sie so unscheinbar, so kurz in ihrer Dauer, dass man sie fast für einen Fehler der Auswertung halten könnte. Aber es sind keine Fehler. Es sind Vorboten. Das Klima ist im Begriff eine neue Etappe zu begehen. Weder Arros noch sonst einer der klugen Köpfe im CutOut wissen, wohin das in naher Zukunft führen wird, aber jeder von uns ist sich darüber im Klaren, dass die Zeit gegen uns arbeitet. Dank meiner Fähigkeiten habe ich die Möglichkeit, mich ohne SOLAR SUIT im Freien zu bewegen. Ganz wie Sawyer, Jackson und Jo. Auch Mailo hat sich bereits akklimatisiert. Dieser großartige Nebeneffekt des Drifts kam langsam, aber er kam.

»Das ist gut«, sagt Sawyer und lächelt mich an.

»Wir können aber trotzdem Schluss machen. Ich habe nichts gefrühstückt und Nume wollte mir noch etwas auf dem Agrar-Level zeigen.«

Auf dem Rückweg zum CutOut reden wir nicht viel. Sawyer weiß, dass ich mich nicht wohlfühle, wenn Jo unterwegs ist. Um genau zu sein, macht es mich wahnsinnig. Aber er ist nun mal unser bester Späher und jeder muss seinen Teil beitragen.

Meine Aufgabe besteht in dem jämmerlichen Versuch, meine Fähigkeiten weiter auszubauen, damit ich sie gezielt einsetzen kann. Die anderen haben mir so viel voraus! Jahrelange Übung, Unterricht, Wissen. Ich bin ein Anfänger, in jeder Hinsicht.

»Du solltest dir nicht so viele Gedanken um Jo machen. Er kann schon auf sich aufpassen.«

Ich werfe Sawyer einen dankbaren Blick zu und zucke mit den Schultern.

»Ich fürchte, da kann ich nicht gegen an. Ich habe eben Angst um ihn. Seit das Ganze hier angefangen hat, scheint es mir immer gefährlicher zu werden. Ich meine, damals die Flucht aus HUB 1 und dann die Dinge, die danach passiert sind. Diese Erlebnisse erscheinen mir plötzlich viel weniger riskant als alles, was uns noch bevorsteht. Und Jo ist dort draußen ganz allein unterwegs. Du weißt selbst, dass sich die Kämpfe häufen. Denk nur an den Vorfall letzten Monat. Der arme Jackson ...«

Sawyer wendet den Blick ab und starrt auf seine Füße, während wir uns langsam auf einen der geheimen Eingänge des CutOuts zubewegen. Er wird nicht gerne daran erinnert, wie sehr die Abwanderung der Division-Mitglieder dazu beigetragen hat, dass es im Feuerland immer wieder zu Konfrontationen mit blauen Soldaten kommt.

Die meisten unserer geheimen Routen sind nicht mehr sicher und viele von denen, die uns in den CutOut folgen wollten, wurden gefangen genommen. Er weiß also genau, wovon ich rede. Und manchmal glaube ich, er weiß noch viel mehr und will es mir nur nicht sagen. Aber so war das schon immer mit Sawyer. Seit ich ihn das erste Mal gesprochen habe, damals, in der verlassenen Stadt.

»Natürlich ist es gefährlich. Aber das wussten wir von Anfang an, Nova. Wir alle tragen dieses Risiko, damit wir endlich eine Wende herbeiführen können. Dass es nicht einfach werden würde, war uns allen von vornherein klar. Auch Jo. Er hat eine Menge für dich und deine Freunde riskiert und vieles zurückgelassen. Er ist der geborene Aufständler. Er weiß es nur noch nicht.«

Er lächelt und ich verstehe, was er meint. Jo wollte sich immer aus allem raushalten. Aus der »Politik«. Er liebt das Feuerland und hat sich bis zu unserem Zusammentreffen einen Dreck um die Gelben geschert. Aber das war einmal. Jetzt ist alles anders. Er ist anders. Und ich bin es auch. Zusammen haben wir einen Pakt geschlossen. Ein unausgesprochenes Versprechen gegeben. Wir werden das System bekämpfen, dafür sorgen, dass die Menschen miteinander leben können. Ohne Klassenunterschiede, egal ob sie einen Drift besitzen oder nicht. Und vor allem haben Jo und ich uns versprochen, immer aufeinander aufzupassen. Dazu bedarf es keiner Verbindung, die einer Heirat gleichkommt, wie sie Paare in den HUBs eingehen, oder einer langjährigen Freundschaft. Wir sind Verbündete, Vertraute - wir gehören zur Division.

»Trotzdem kannst du nichts daran ändern, dass ich mir Sorgen mache. Es ist, wie es ist.«

»Schon klar«, sagt er und legt seinen Daumen auf den sorgsam getarnten Scanner. »Ich wollte dir ja auch nur sagen, dass es die Sache wert ist. Wir haben alle unser Päckchen zu tragen.«

Ich verstehe nicht ganz, worauf er hinauswill, erwidere aber nichts mehr. Sawyer ist immer so geheimnisvoll. Jedes Mal, wenn ich glaube, alles über ihn zu wissen, erscheint eine neue Facette seiner Persönlichkeit oder seiner Vergangenheit. Vielleicht muss das so sein. Als Anführer des Untergrunds muss man wohl ein paar Geheimnisse bewahren können.

Wir dringen ins Innere des CutOuts vor und verabschieden uns gleich hinter der großen Schleuse voneinander. Sawyer hat noch viel zu tun und ich habe Hunger.

Ich mache mich auf den Weg zur Nahrungsausgabe, die inzwischen reibungslos läuft. Überhaupt ist der CutOut ganz so geworden, wie Sawyer es den anderen Mitgliedern der Division versprochen hat. Von Treibstoff und

Ausrüstung einmal abgesehen, ist der Komplex völlig autark. Lebensmittel, Sauerstoff und Wasser beziehen wir aus eigener Produktion. Das alles verdanken wir natürlich vor allem den Erbauern dieses andersartigen HUBs, aber auch dem Einsatz der Division, welche über Jahrzehnte hinweg den Weg geebnet hat. Es gibt mir ein Gefühl von Sicherheit, die vielen Leute um mich herum zu sehen. Sie arbeiten, diskutieren oder treffen sich zu Spielen und Mahlzeiten auf der großen Ebene. Eigentlich unterscheidet sich der CutOut kaum noch von den anderen HUBs. Bis auf die Tatsache, dass hier alle die Wahrheit kennen. Jeder von uns hat Freunde und Familie zurückgelassen, um für die gemeinsame Sache zu kämpfen.

Außer Nume, Jakob, Marzellus und mir leben inzwischen noch 14 andere Commons im CutOut. Alle mit taktischer Vorbereitung auf riskante und manchmal auch glückliche Weise aus gelben HUBs gerettet. Gegen die Gruppe der blauen Bewohner wirken diese 14 allerdings unscheinbar. Im letzten Jahr sind knapp 300 Mitglieder der Division in den CutOut gezogen. Und es werden stetig mehr. Auch die Rekrutierung neuer Mitglieder läuft gar nicht mal so übel. Sawyer berichtet zweimal im Monat beim gemeinsamen Abendessen über den Zuwachs. Glücklicherweise ist die große Ebene, genau wie ihr Äquivalent in den HUBs, darauf ausgelegt, viele Menschen zu verköstigen. So kann jeder, der nicht außerhalb des CutOuts zu tun hat, an den Versammlungen teilnehmen.

Ich winke Maja zu. Sie ist seit ein paar Monaten bei uns und mit Alex zusammen gekommen. Er ist schon seit über zwei Jahrzehnten in der Division und hoch angesehen. Nur die Angst, Maja, die für ihn offenbar so etwas wie eine Tochter ist, in Gefahr zu bringen, hat ihn bisher davon abgehalten, in den CutOut zu ziehen und seinem blauen HUB den Rücken zu kehren. Doch nachdem die Abwanderungen überhandnahmen, hat er sich ein Herz gefasst und sich ebenfalls abgesetzt.

Da in den blauen HUBs keine familiären Verhältnisse existieren, bin ich über die enge Beziehung zwischen Alex und Maja ziemlich erstaunt. Aber vielleicht ist es ein uralter Instinkt, ein Verlangen nach Nähe und der Wunsch nach Fürsorge und Liebe?

Maja hilft heute bei der Getränkeausgabe und sieht glücklich aus. Ich habe nicht das Gefühl, dass sie hier in Gefahr ist oder sich nicht wohlfühlt. Zwar gibt es nicht viele Bewohner in ihrem Alter, aber das wird sich sicher noch ändern. Mit ihren 15 Jahren ist sie ohnehin kein kleines Kind mehr und noch dazu äußerst gerissen. Durch ihre phänomenale Fähigkeit, Gedanken lesen zu können, hat sie sicher schon mehr von der Welt erfahren, als die meisten von uns. Glücklicherweise braucht sie, genau wie ich, noch etwas Übung. So schafft man es, den einen oder anderen Gedanken vor ihr zu verbergen.

Wenig später sitze ich an einem der um diese Zeit spärlich besetzten Tische und verspeise einen Muffin. Wenn ich daran denke, wie karg unsere Mahlzeiten zu Beginn unseres Aufenthalts waren, schmeckt mir das Gebäck gleich doppelt so gut.

Doch schnell schweifen meine Gedanken wieder zu Jo ab. Er ist bereits zwei Tage unterwegs und wird sicher ziemlich erschöpft sein, wenn er zurückkommt. Sein Job besteht darin, die Bewegungen der blauen HUBs - oder besser, der ihrer Truppen, zu erkunden. Es sind meist 20 Mann starke Einheiten, die sich systematisch durch das Feuerland bewegen und uns suchen. Ein paar Mal sind sie dem CutOut schon gefährlich nahe gekommen. Doch er ist gut getarnt und verfügt über annähernd die gleichen Technologien wie die HUBs. Trotzdem ist eine Überwachung durch Späher unentbehrlich. Und Jo ist nun mal ein Meister auf diesem Gebiet. Er kommt so nahe an die Soldaten heran, dass er sie mit dem ChatSpotter abhören kann, ohne dass sie ihn bemerken. Doch dafür muss er sich ihnen, je nach Umgebung, bis zu 50 Meter nähern. Bei dem Gedanken daran wird mir ganz übel.

Schon einmal war Jo in der Gewalt dieser Menschen. Mich wundert, dass er überhaupt keine Angst zeigt. Die bloße Erinnerung an die Tage, in denen er ihr Gefangener war, macht mich ganz panisch. Wie sehr habe ich mich damals um ihn gesorgt! Ich kann es nicht zulassen, dass so etwas noch einmal geschieht. Aber von seinen Missionen abhalten, darf ich ihn auch nicht. Was er tut, ist wichtig für uns. Wichtig für mich und meine Freunde. Außerdem würde er nicht auf mich hören. Nichts kann ihn vom Feuerland abhalten. Nicht die Soldaten, nicht das Wetter und schon gar nicht seine ängstliche Freundin.

Ich seufze frustriert. Es wird Zeit, zu Nume zu gehen. Sie ist seit einigen Wochen Leiterin der Agrar-Ebene und macht ihre Sache gut. Dass meine beste Freundin ein Talent für den Anbau von Obst, Gemüse und Getreide hat, war mir nie bewusst gewesen. Zwar war sie auch im HUB 1 schon immer interessiert an den Verfahren und Abläufen, aber ihr Job war ein anderer. Sie hat im letzten Jahr jedes Dokument, jede Aufzeichnung und jeden Lehrgang am Terminal mitgenommen und ist innerhalb kürzester Zeit eine feste Größe auf der Agrar-Ebene geworden.

Traurige Umstände haben ihr die aktuelle Position der Sektionsleiterin eingebracht. Rasmus, ein liebevoller, älterer Biologe, ist im letzten Monat verstorben. Er hatte Nume schon die ganze Zeit über als potenzielle Nachfolgerin vorgeschlagen und nachdem er völlig unerwartet einen Herzinfarkt erlitten hatte, war sie einfach nachgerückt. Der Verlust war schlimm für meine Freundin. Rasmus war ihr ein Mentor und beinahe eine Art Großvater gewesen. Sie tröstet sich damit, seine Arbeit in seinem Sinne fortführen zu können. Dessen bin ich mir sicher.

Ich springe in einen der Fahrstühle und lächele den Mann neben mir freundlich an. Wie so oft habe ich vergessen, wie er heißt. Es sind einfach so viele neue Gesichter. Er hat eine Halbglatze und tippt energisch etwas in sein mobiles Terminal ein. Trotzdem hebt er kurz den Kopf und erwidert meinen Gruß. Ich genieße diese Atmosphäre jeden Tag aufs Neue. Im CutOut gibt es kein Misstrauen, keine Gewalt. Gut, das stimmt nicht ganz. Hin und wieder legen sich ein paar Männer miteinander an. Das kommt vor. Es sind eben Kämpfertypen. Sie verbringen viel Zeit im Training. Aber die Auseinandersetzungen sind meist schnell geklärt und niemand ist bisher zu Schaden gekommen. Die vorherrschende Stimmung ist friedlich, vorurteilsfrei und aufgeschlossen. Wir können so viel voneinander lernen. Die Commons von den Blauen und die Blauen von den Gelben, die erst spät ihren Drift entwickelt haben.

Wir alle lernen. Tag für Tag. Es gibt keinen Rat, der uns vorschreibt, wie wir leben sollen. Keine Soldaten oder Regenten und auch keine BIOscans mehr. Sicherheitsstufen, die den Zugang zu den einzelnen Ebenen regeln, und Strafpunktekonten gehören der Vergangenheit an.

Trotzdem sind wir gut organisiert. Es gibt verschiedene Sektionen innerhalb des CutOuts. Jede hat einen Sektionsleiter. Dieser ist wiederum Mitglied des Forums. So nennen wir den inneren Kreis, zu dem auch Jo, als Anführer der Späher, und Nume, in ihrer Funktion als Leiterin der Agrar-Ebene, gehören. Und auch ich habe inzwischen eine verantwortungsvolle Position inne. Als erster frei lebender Common vertrete ich die Gruppe der »Spätentwickler« im Forum. Zwar hätten auch Mailo oder Pete diese Funktion ausfüllen können, aber sie haben mich gewählt. Ich bin der erste Common, dessen Gedächtnis nicht gelöscht wurde, nachdem sein Drift sich entwickelt hat. Ich bin einzigartig. Eine Tatsache, die mir Jo immer und immer wieder vorbetet. Ich persönlich glaube, ich hatte nur Glück. Trotzdem bin ich stolz, eine Sektionsleiterin zu sein.

Das Forum diskutiert und entscheidet über die Angelegenheiten im CutOut. Von internen Fragestellungen wie zum Beispiel wann und nach welchen Regeln die sportlichen Wettkämpfe geführt werden, bis hin zur Planung der Einsätze außerhalb des CutOuts. Bei elementaren Entscheidungen werden allerdings auch Abstimmungen vollzogen. Jeder Bewohner erhält eine Stimme und darf mitentscheiden, ob zum Beispiel die Jüngeren auch in alter Geschichte oder nur in aktueller unterrichtet werden sollen. Das Ganze ist noch nicht perfekt und viele Dinge können wir erst in einigen Monaten auf den Weg bringen, aber es ist unser neues Zuhause. Ich möchte an keinem anderen Ort auf der Welt leben.

Ich überlasse den Mann wieder seiner Tipperei und schlendere aus dem Aufzug hinüber zur Galerie. Unter mir kann ich bereits die grünen Felder der Agrar-Ebene sehen. Auf lang gestreckten Podesten wachsen Kartoffeln, Kohl, Mohrrüben und Spinat. Ein paar fleißige Bewohner schwirren durch die engen Gänge und werfen hier und da einen prüfenden Blick, zupfen an einem Blatt oder machen sich Notizen auf ihren Armmanschetten.

Über jedem Beet bewegt sich in regelmäßigen Abständen ein computergesteuerter Arm, welcher beschädigte oder eingegangene Pflanzen aussortiert und sie in die dafür vorgesehenen Behälter befördert, von wo aus sie weiter zu Dünger verarbeitet werden.

Ich muss schmunzeln, als ich Nume entdecke. Sie rügt einen ihrer Mitarbeiter und fuchtelt wild mit den Händen in der Luft. Der arme Mann senkt schuldbewusst den Blick und nickt immer wieder unterwürfig. Meine Freundin ist ein echter Tyrann!

Ich nehme die letzten Stufen der Treppe und lege Nume den Arm auf die Schulter.

»Da bin ich. Du wolltest mich sehen?«

Erleichtert schaut der Mann mich an und dankt mir wortlos für diese Unterbrechung.

»Hi Nova. Ja ... ich, ähm. Ich bin hier fertig.«

Sie wirft ihrem Opfer noch einen grimmigen Blick zu und macht dann auf dem Absatz kehrt. Ich deute dies als ein Zeichen ihr zu folgen.

»Ich wollte dir etwas erzählen, aber nicht vor den anderen. Lass uns in mein Büro gehen.«

Plötzlich fällt mir auf, wie erwachsen sie inzwischen ist. Ich soll ihr in »ihr Büro« folgen. Wie reif und wichtig das klingt. Doch vermutlich ist es nicht das Alter, das über ihre Reife bestimmt. Mit meinen beinahe 19 Jahren bin ich zwar noch nicht erwachsen, doch die Geschehnisse des letzten Jahres haben mich geprägt. Ebenso Nume. Wir mussten uns anpassen, Verantwortung übernehmen und Entscheidungen treffen. Wir sind an unseren Aufgaben gewachsen und tun es noch. Nume lässt ihre Karte über den Scanner gleiten und die Tür schnellt lautlos auf. Sie lässt mir den Vortritt. In ihrem Büro herrscht das pure Chaos. Datenträger, Notizen und Gewebeproben stapeln sich überall. Doch es scheint, als behielte Nume den Überblick, denn sie geht zielstrebig auf einen der kleinen Haufen zu und zieht eine Datenscheibe aus dem Stapel.

»Das hier ist mir vor zwei Tagen in die Hände gefallen.«

Ich mustere sie kritisch.

»In die Hände gefallen?«

Sie verdreht die Augen.

»Guuuut ... es ist von Pratap!«

Pratap ist einer unserer Mediziner und gehört zu den engsten Vertrauten Sawyers. Zwar gibt es offiziell kein Gremium, welches über dem Forum steht, aber diese kleine Gruppe aus Menschen, die sich um Sawyer scharen, scheinen dennoch immer ein wenig mehr zu wissen und zu besprechen zu haben, als Nume, ich und die anderen Sektionsleiter es tun. Wir nennen sie gerne die »Elite«. Keiner von uns nimmt es Sawyer übel, wenn er gewisse Dinge lieber mit seinen alten Freunden bespricht. Wir vertrauen ihm und bauen darauf, dass er uns die relevanten Erkenntnisse mitteilt, wenn auch erst in zweiter Instanz.

Ich nehme ihr den Datenträger aus der Hand und lasse ihn auf den Player gleiten. Wie zwei Magnete ziehen sich die transparente Scheibe und der schmucklose Klotz auf Numes Schreibtisch gegenseitig an. Es dauert nur einen kurzen Moment und es baut sich ein Hologramm vor unseren Augen auf. Ich begutachte die Dokumente, wische mit der Hand darüber und blättere mich durch die Informationen. Ich kann nichts Besonderes entdecken, aber die Texte und Infografiken sind wissenschaftlicher Natur und ich bin definitiv kein Wissenschaftler.

»Und?«, frage ich unbeeindruckt.

»Das sind Protokolle, Nova. Sie stammen sowohl aus blauen als auch aus gelben HUBs.«

Ich kann noch immer nicht nachvollziehen, was so spannend daran sein soll.

»Nume, ich fürchte, du musst schon etwas genauer werden.«

»Das hier ist die Erklärung, warum die Bewohner der blauen HUBs keine Eltern haben und noch mehr als das ...«

Ich starre fasziniert auf eines der Dokumente, versuche dessen Inhalt zu begreifen.

»Was meinst du mit ›noch mehr‹?«

Sie zögert.

»Sie geben auch Aufschluss darüber, wieso manche der Commons einen Drift haben und manche nicht.«

Nun bin ich wirklich neugierig. Aber ich gebe es auf, den Text weiter zu entschlüsseln, und wende mich direkt an meine Freundin. Offenbar hat sie den Inhalt bereits vollständig erfasst oder ihn sich von Pratap erklären lassen. Wie sie ihn dazu bekommen hat, ist mir ein Rätsel. Aber Sawyer wäre sicher nicht erfreut über dieses Datenleck. Und ganz nebenbei finde ich es auch höchst bedenklich, dass wir alle inzwischen das Wort »Commons« benutzen, lasse es aber unkommentiert.

»Erzähl!«, sporne ich sie an.

»Es scheint, als würden die Bewohner der blauen HUBs genetisch konstruiert. Also nicht natürlich geboren, sondern sozusagen angefertigt werden. Darum haben sie keine Eltern, weil sie alle aus einer Petrischale kommen.«

Ich schlucke. Jo ist ein Ergebnis eines ambitionierten Forschers. Dieser Gedanke stößt mich irgendwie ab. Nume gibt mir ein paar Sekunden, um die Neuigkeit zu verarbeiten.

Dann fährt sie fort.

»Die Bewohner der gelben HUBs kommen, wie du weißt, auf natürlichem Wege zur Welt. Jedoch zeigen diese Dokumente, dass ein paar von ihnen es doch nicht tun beziehungsweise getan haben. Einige sind mit dem ›Drift-Gen‹ ausgestattet, andere nicht.«

»Das verstehe ich nicht«, erwidere ich perplex, »sie haben einen Drift oder sie haben keinen?«

»Sie haben das Erbmaterial, aber es ist nicht aktiv. Trotzdem können sie es an ihre Kinder weitergeben. An die natürlich geborenen. Und die geben es dann wiederum weiter an die nächste Generation.«

»Aber dann hätte doch irgendwann jeder in den gelben HUBs ebenfalls Fähigkeiten.«

»Nicht unbedingt. Das Gen muss nicht aktiv werden oder wird gar nicht erst vererbt. Und bei einigen ...«, sie deutet mit dem Finger auf mich, »ist es schließlich aktiv geworden. Oder etwa nicht?«

»Verstehe ...«

Ich denke darüber nach und ziehe meine Schlüsse.

»Wie lange weiß Pratap bereits davon?«

»Noch nicht lange. Sie haben die Dokumente vorige Woche aus einer der Medi-Stationen im Süden entwendet.«

»Wie gut du informiert bist«, erwidere ich zynisch und Nume wird rot.

»Pratap und ich sind nur Freunde. Wir tauschen uns aus und hin und wieder schätzt er meine Meinung zu solchen Themen.«

Zwar kann ich mir kaum vorstellen, wie Numes Wissen über den Anbau von Äpfeln Pratap in dieser Sache von Nutzen sein könnte, aber ich gehe nicht weiter darauf ein.

»Wann glaubst du, wird Sawyer es uns sagen?«, entgegne ich stattdessen.

»Vermutlich heute Abend bei der Sitzung.«

»Vermutlich.«

2. ERKENNTNISSE

Als Jo am Abend noch immer nicht zurück ist, sinkt meine Laune in den Keller. Ich bin mies drauf. Richtig mies drauf.

Lustlos schleppe ich mich nach dem Essen in die Kommunikationszentrale, wo wie jede Woche die Sitzung des Forums stattfinden wird. Normalerweise freue ich mich auf dieses Meeting, schon allein deswegen, weil jede Sitzung uns weiterbringt. Unsere Pläne dadurch Form annehmen. Wir stehen ganz kurz davor die zentrale Sendestation ausfindig zu machen. Die Informationen verdichten sich bereits seit Wochen. Doch nach wie vor fehlt uns ein stichhaltiger Hinweis aus den Reihen der Blauen. Immer wieder stoßen wir auf Gerüchte oder falsche Annahmen, doch die Ausspähung der Koordinaten führte bisher immer wieder ins Nichts. Ich brenne darauf, die Station endlich ausfindig zu machen. Dann können wir meinen ursprünglichen Plan, den anderen HUBs von den Verbrechen und Machenschaften der HUB-Regenten zu berichten, zeitnah in die Tat umsetzen.

Doch heute bin ich nicht in Stimmung, revolutionäre Pläne zu schmieden. Am liebsten möchte ich mich nur noch ins Bett rollen. Vor der Kommunikationszentrale wartet bereits einer der Teilnehmer. Ich hebe nicht mal den Kopf, sondern grunze nur ein lustloses »Hi«.

»Etwas mehr Wiedersehensfreude hätte ich mir schon erwartet.«

Schlagartig erwachen meine Lebensgeister, als ich Jos Stimme erkenne. Mit weit aufgerissenen Augen stürze ich auf ihn zu und werfe mich in seine Arme. Er bremst meinen Schwung ab und wirbelt mit mir zusammen ein paar Mal um seine eigene Achse. Dann stellt er mich behutsam ab und blickt mir lange in die Augen. Ich nehme sein Gesicht in beide Hände und übersäe es mit Küssen. Ich schmecke Sand und Schweiß auf meinen Lippen. Er kommt direkt aus dem Feuerland. Die Wärme haftet noch an ihm. Der Duft der Oberfläche. Durch die stürmische Umarmung bin auch ich jetzt voller Feuerland-Farbe.

Er tritt einen Schritt zurück und mustert mich. Ich hebe fragend eine Augenbraue.

»Gibt es was zu kritisieren?«, frage ich argwöhnisch.

Er schüttelt den Kopf.

»Ich habe dich vermisst, das ist alles.«

Überglücklich nehme ich seine Hand und verschränke meine Finger in seinen.

»Ich dich auch. Ich dich auch!«

Eine Weile bleiben wir so stehen, genießen den Augenblick. Dann zieht Jo mich hinter sich her, hinein in die bereits begonnene Sitzung. Entschuldigend hebt er die Hand zum Gruß und grinst verwegen. Sawyer nickt ihm erleichtert zu. Also hat er sich ebenfalls Sorgen gemacht, dieser kleine Heuchler. Ich verkneife mir ein wissendes Grinsen und folge Jo zu unseren Plätzen.

Die Sektionsleiter sitzen im Halbkreis um Sawyer herum. Nur Pete sitzt direkt neben ihm. Er führt das Protokoll, wie bei jedem Meeting im CutOut.

»Joaquim! Schön, dass du wohlbehalten zurück bist! Bitte berichte uns später von deinen Beobachtungen. Ich war gerade dabei, ein paar gute News in die Runde zu werfen.«

Die anderen nicken Jo ebenfalls zur Begrüßung zu, um ihre Aufmerksamkeit dann wieder auf unseren Anführer zu richten. Sawyer bittet Pete das Protokoll zu unterbrechen, da das Gesagte bereits vor unserer Ankunft besprochen wurde.

»Wir haben einen neuen Kontakt in einem der gelben HUBs aufgetan. Er sitzt ganz oben und kann uns bei der dieser Sache mit der Sendestation helfen. Ich habe den anderen gerade erzählt, dass ich diese Chance gerne nutzen würde, und es zur Abstimmung gestellt.«

Jo hat begonnen sich mit seinem Halstuch das Gesicht abzuwischen und seine Stimme klingt vom dünnen Stoff gedämpft, als er seine Frage äußert.

»Wer ist dieser Kontakt?«

»Sein Name ist William«, erwidert Sawyer, »wir haben ihn durch die Hilfe eines alten Verbündeten als neuen Insider innerhalb des HUBs aufgetan.«

»In welchem HUB ist dieser neue Mann?«, frage ich neugierig.

»Er sitzt in HUB 74«, erwidert Pete, nachdem er einen Blick auf seine Notizen geworfen hat.

Ein wenig enttäuscht lehne ich mich zurück. Aus irgendeinem Grund habe ich gehofft, er wäre aus HUB 1. Aus meinem HUB.

»Wer bringt uns zusammen?«, fragt Jo weiter.

»Wie gesagt, der Kontakt ist über einen Freund zustande gekommen. Bold. Du kennst ihn, glaube ich?«

Jo nickt und seine Gesichtszüge entspannen sich. Offenbar ist Bold ein vertrauenswürdiger Mensch.

Sawyer wendet sich wieder an die Runde und erklärt: »Bold ist in leitender Position in einem der blauen HUBs tätig. Er hat Kontakt zu vielen hochrangigen Bewohnern der anderen HUBs. Wie gewöhnlich ist es trotzdem nicht leicht, zu unterscheiden, welche mit uns zusammenarbeiten und welche uns sofort ans Messer liefern würden. Ihr wisst, wir müssen bei neuen Informanten inzwischen vorsichtiger sein als noch vor einem Jahr. Zwar soll unser Netzwerk wachsen und uns neue Verbündete bringen, doch dürfen wir nicht leichtsinnig werden. Ein falscher Mann und der CutOut ist in Gefahr.«

Er fährt sich durch das Haar und überlegt kurz.

»Ich vertraue Bold. Er ist schon lange bei uns und ein zuverlässiger Spion innerhalb seines HUBs und darüber hinaus. Daher schlage ich vor, ein Treffen mit diesem neuen Kontakt zu arrangieren. Natürlich wie immer außerhalb des CutOuts und weit entfernt davon. Ich möchte ihn mir ansehen und dann entscheiden wir, wie es weitergeht.«

Pete bittet uns zur Abstimmung und alle stimmen geschlossen für das Treffen.

»Glaubst du wirklich, dieser William kann uns den Standort der Sendestation nennen?«, frage ich hoffnungsvoll.

»Nachdem die letzten Hinweise immer wieder in Sackgassen geführt haben, halte ich diesen hier für unsere beste Chance. Eine Information direkt von der Quelle. Und noch dazu aus einem gelben HUB. Vielleicht kann dieser Mann noch viel mehr für uns tun? Außerdem kann es nach wie vor sein, dass wir uns irren und es doch verschiedene Sender gibt. Vielleicht sind es zwei. Einen für die blauen und einen für die gelben HUBs.«

Sawyer hebt die Schultern, um seine Unwissenheit in dieser Sache zu unterstreichen. Wie immer habe ich ein wenig Angst, dass er den Plan, eine Nachricht über den Info-Kanal der HUBs zu senden, infrage stellt.

Ich fürchte, er ist der Meinung, wir hätten schon zu viel Zeit mit der Suche nach der Sendestation verschwendet. Aber ich glaube fest an diesen Plan. Und Jo tut es auch. Wenn wir solch eine Botschaft senden könnten, würden alle die Wahrheit erfahren. Die Wahrheit über die Regenten, über den Souverän, über die verbotene Todesstrafe und die Lüge. Diese unmenschliche Lüge, die alle Bewohner der gelben HUBs zu unwissenden Opfern, zu Sklaven, macht.

Ich bekomme eine Gänsehaut vor Wut und greife nach Jos Hand. Er bemerkt meine Unruhe und streichelt mir zärtlich über den Handrücken.

Pete nennt den nächsten Punkt auf der Tagesordnung. Er betrifft Prataps Erkenntnisse. Ich werfe Nume einen verschwörerischen Blick zu und ihr Mundwinkel zuckt leicht. Sawyer erklärt uns, was Nume mir schon am Vormittag berichtet hat.

»Als Bewohner eines blauen HUBs habe ich schon immer gewusst oder zumindest vermutet, dass wir nicht auf natürliche Weise zur Welt kommen. Genau genommen war dies für uns nie ein Thema, da wir die alte Lebensweise nie kennengelernt haben«, sagt er mit einem Seitenblick auf Nume und mich, »Prataps Erkenntnisse, welche er aus den geschmuggelten Dokumenten gewonnen hat, liefern aber viel mehr als diese Feststellung. Sie zeigen auf, dass die Regierung zweigleisig mit der Erforschung des Drifts fährt. Augenscheinlich haben sie den blauen Bewohnern gezielt Fähigkeiten verpasst, während sie der Mutation in den gelben HUBs freien Lauf lassen.«

»Mutation?«, fragt Nume leicht angeekelt.

»Nun ja, es ist eine Mutation. Pratap interpretiert die Dokumente, welche natürlich nur einen Bruchteil der Forschung ausmachen, so, dass das Gen, welches für unseren Drift verantwortlich ist, nicht auf natürlichem Weg entstanden ist. Es wurde von unseren Vorvätern erschaffen, wenn man das so nennen kann. Sie wollten die Menschen stärker und widerstandsfähiger machen. Vielleicht, um ein Überleben an der Oberfläche zu gewährleisten. Pratap vermutet, dass der Drift ein ungeplanter, aber willkommener Nebeneffekt dieser Versuche war. Und um die Entwicklung der Mutation unter verschiedenen Gegebenheiten beobachten zu können, haben sie zwei Testreihen geschaffen, aus denen dann zwei Arten von Menschen hervorgegangen sind.«

»Blaue und Gelbe ...«, flüstere ich.

»Jeder Blaue wird von vornherein mit dem Gen ausgestattet und wächst mit seinem Drift auf. Wir vermuten, dass sich die Population der gelben HUBs ursprünglich zu gleichen Teilen aus Menschen mit und ohne Gen zusammengesetzt hat. Diese ersten Menschen haben sich dann auf altherkömmliche Weise fortgepflanzt.«

Sawyer wird ein wenig rot, während er dies sagt.

»Es entstanden Familien und jede Generation gab das Gen weiter oder eben nicht.«

Jo kratzt sich nachdenklich am Kinn.

»Wo ist der Unterschied? Ich meine, ob man das Gen nun von Anfang an hat oder, sagen wir, das Kind eines Elternteils ist, das dieses Gen besitzt. Am Ende hat man einen Drift oder eben nicht, richtig?«

Sawyer lächelt wissend und wirft mir einen seltsamen Blick zu.

»Der Unterschied sitzt neben dir, Jo.«

Alle starren mich an und dieses Mal bin ich es, die rot wird.

»Nova ist auf natürlichem Weg zu Welt gekommen. Sie hat ihren Drift erst vor knapp über einem Jahr entwickelt. Sie ist in einem gelben HUB aufgewachsen und eines ihrer Elternteile oder sogar beide, trugen das Gen in sich. Zwar stimmt es, was du sagst, Jo. Sie ist im Prinzip wie wir. Sie hat nun einen Drift. Doch dieser Drift ist beinahe einzigartig. Es gibt kaum Aufzeichnungen dazu. Während meine Fähigkeiten oder die von Arros, Mac, Maja oder einem beliebigen Bewohner eines blauen HUBs ausführlich dokumentiert sind, finden wir über Novas elektromagnetischen Impuls praktisch nichts. Wir haben keine genauen Zahlen, aber die wenigen Informationen lassen darauf schließen, dass nur sehr wenige Menschen diesen Drift besitzen.«

»Du meinst, meine Fähigkeiten unterscheiden sich so sehr von euren, weil ich sie von meinen Eltern und die von ihren Eltern erhalten haben?«, frage ich verwundert.

»Ganz genau. Und weil auch die Leitung der HUBs diese Evolution so faszinierend findet, lassen sie den Dingen innerhalb der gelben HUBs einfach ihren Lauf. Sie lassen sich sozusagen überraschen. Und wenn irgendwo ein toller, neuer Drift auftritt, wird der gelbe Bewohner umgesiedelt und sie können ihn analysieren. Womöglich nutzen sie die Daten, um diesen neuen Drift dann später zu reproduzieren. Und damit meine ich, dass sie ihn isolieren und dem nächstbesten blauen Embryo verpassen können, ohne selber ihre Fantasie anstrengen zu müssen.

Der Drift fällt ihnen einfach so in die Hände. Sie brauchen ihn nur zu kopieren.«

»Aber warte mal!«, ruft Nume aus, »was ist mit Mailo? Er ist ebenfalls natürlich zur Welt gekommen und seine Fähigkeiten sind hinreichend bekannt. Es ist kein außergewöhnlicher Drift, so wie bei Nova.«

»Das ist völlig richtig«, erwidert Sawyer gelassen, »natürlich kann ein ›gelber‹ Drift auch genau dieselben Eigenschaften aufweisen wie ein ›blauer‹. Das ist nicht ausgeschlossen. Wir glauben, also Pratap glaubt, dass es sogar viel öfter so ist. Also dass es viel mehr der bekannten Fähigkeiten in den gelben HUBs gibt als neue. Aber eben diese neuen sind so interessant. Sowohl für uns als auch für die Anführer der HUBs.«

Ich überlege und versuche das unschöne Gefühl ein Versuchsobjekt zu sein, abzuschütteln.

»Wenn das, was du sagst, stimmt, dann trugen meine Eltern das Gen in sich. Und meine Großeltern auch.«

»Richtig«, sagt Sawyer zustimmend, »oder zumindest jeweils einer von ihnen.«

»Aber bei ihnen ist kein Drift aufgetreten. Sie haben es nur weitergegeben.«

Ich sage das mehr zu mir selbst als zu Sawyer. Ich versuche es mir vorzustellen, führe den Gedanken weiter. Die ersten Menschen in den gelben HUBs kamen also zum Teil auch aus den Blauen. Dann fällt es mir wie Schuppen von den Augen.

»Nume!«, hauche ich, »das ist es! Natürlich!«

Verwirrt starrt sie mich an und auch die anderen werfen mir fragende Blicke zu. Schnell sortiere ich meine Gedanken und versuche sie in Worte zu fassen.

»Nume, Jakob, Marzellus und ich haben uns während unserer Flucht und auch danach noch immer wieder gefragt, wie die HUB-Leitung es schaffen konnte, uns glauben zu machen, wir wären die einzigen Überlebenden auf der Welt. Das ergab einfach keinen Sinn. Seht ihr, ganz am Anfang, als der HUB 1 gebaut wurde und all die anderen

HUBs natürlich, da sind auch die ersten Menschen eingezogen. Diese ersten Menschen, unsere Vorväter also, wussten doch sicher, dass sie nicht die einzigen waren. Dass es noch andere HUBs gab, viele sogar! Daher war es uns ein Rätsel, wieso diese Menschen ihren Kindern und diese wiederum ihren Nachfahren nichts davon erzählt haben.«

Nume schaut mich immer noch verständnislos an. Doch über Jos Gesicht zuckt bereits die Erkenntnis. Genauso bei Sawyer und Pete. Schnell fahre ich fort.

»Diese ersten Menschen gab es nie. Nein ...«, berichtige ich mich, »das ist nicht korrekt formuliert. Natürlich gab es sie. Aber sie haben die Oberfläche nie gesehen. Sie sind auf künstlichem Wege entstanden. Genau wie die Blauen es heute noch tun.«

Nume reißt die Augen auf und stöhnt.

»Natürlich! Die Erbauer des HUBs konnten auf diese Weise sicherstellen, dass alle Menschen im HUB unwissend sind. Dass keiner mehr weiß als der andere.«

»Mehr als das«, ergänzt Jo, »so konnten sie gesunde Menschen auswählen, sie sozusagen nach ihren Vorstellungen ›konstruieren‹.«

»Und dann haben sie mit der Optimierung begonnen und sind so aus Versehen auf den Drift gestoßen«, spinnt Sawyer den Gedanken weiter.

»Und schon haben wir blaue und gelbe HUBs«, schließe ich.

Eine Weile sagt niemand etwas. Wieder eine Erkenntnis, die auf beunruhigende Weise obszön ist. Wann hat das ein Ende? Wie viele schockierende Geheimnisse birgt dieses System noch?

»Stellt euch das mal vor«, sagt Nume schließlich leise, »da sterben die Menschen an der Oberfläche und diese Leute haben nichts Besseres zu tun als neue zu erschaffen. Dabei hätten sie so viele retten können.«

Am Abend sitzen Jo, Nume und ich zusammen im Spielecenter und trinken Saft. Es ist das neueste Produkt der

Agrar-Ebene und Nume ist tierisch stolz darauf. Zwar besteht er nur zu einem Drittel aus natürlicher Frucht, um die Ressourcen zu sparen, aber er ist dennoch köstlich.

»Diese Apfelsorte war in der alten Welt sehr beliebt«, erklärt Nume strahlend, »ihre Schale ist blutrot und das Innere saftig.«

»Schmeckt super!«

Jo wischt sich einen Tropfen vom Kinn, was mir die Chance nimmt, ihn wegzuküssen. Bedauernd nippe ich an meinem eigenen Apfelsaft.

»Jo?«, frage ich vorsichtig.

»Hmm?«

»Wieso hast du vorhin etwas verschwiegen, als du den anderen von deinem Feuerland-Trip erzählt hast?«

Ertappt wendet er den Blick ab. Am Ende der Sitzung hat er von seinen Beobachtungen berichtet, doch seine angespannte Haltung hat mir sofort verraten, dass er ein paar Dinge ausgelassen hat.

»Da war nichts ... Nichts Wichtiges jedenfalls.«

Nume und ich schauen uns kritisch an. »Nun red schon!«, dränge ich ihn, obwohl ich fast sicher bin, dass ich es lieber gar nicht wissen will. Er rutscht unruhig auf seinem Stuhl hin und her. Ich stelle meinen recycelbaren Becher vor mir auf den Tisch und warte ab.

»Es gab einen kleinen Zusammenstoß ... zwischen mir und einem der blauen Soldaten.«

Er schaut sich um und senkt die Stimme. Neben uns spielen ein paar Jungs ein Spiel an einem der Terminals. Marzellus hat es entwickelt. Man muss so viele Bewohner der HUBs im Feuerland finden und in den CutOut bringen wie möglich. Für jeden gibt es zehn Punkte. Und natürlich ist es egal, ob es blaue oder gelbe Bewohner sind. Ein blonder Junge hat schon zwanzig gerettet.

»Er hat sich von seiner Einheit entfernt und ich habe ihn einfach zu spät bemerkt. Normalerweise bleiben sie alle zusammen.«

»Hast du ...?«

»Nein. Hab ihn bewusstlos im Staub liegen lassen. Sie haben ihn sicher schon gefunden oder er ist aufgewacht und hat allein zurückgefunden.«

Ich bin eine Heuchlerin. Jo hat nichts davon erzählt, weil er nicht möchte, dass ich mir Sorgen um ihn mache, und nun fürchte ich um das Leben dieses Fremden.

Mit Schrecken denke ich an den Tag zurück, an dem ich meinen ersten Soldaten getötet habe. Die Schuld, die mich seitdem quält. Aber wenn es heißt einer von ihnen gegen einen von uns, dann will ich nicht, dass Jo oder Jackson oder sonst wem etwas geschieht.

Natürlich kommt es immer wieder zu Auseinandersetzungen. Die Abwanderer der blauen HUBs kommen nicht alle sicher im CutOut an. Viele werden unterwegs geschnappt, gefoltert oder gleich zum Tode verurteilt. Die Division hat dem System den Krieg erklärt, auch wenn Blutvergießen das Letzte ist, was sie bezweckt.

Nume runzelt die Stirn.

»Joaquim, vielleicht solltest du nicht mehr alleine auf Tour gehen. Kannst du nicht Jackson mitnehmen? Das wäre doch sicher besser?«

Anstatt etwas zu erwidern, lässt Jo meinen Becher emporschweben, bis er direkt vor meinem Gesicht ist. Ich lächele ihn an. Er ist und bleibt ein Einzelgänger, daran wird auch meine Sorge um ihn und erst recht nicht Nume etwas ändern. Ich schnappe mir den Becher und leere ihn in einem Zug. »Wollen wir etwas spielen?«, frage ich so lässig wie möglich. Die Unterhaltung ist ein wenig unangenehm geworden und ich habe Lust mich zu verausgaben.

»Spielen oder trainieren?«, fragt Nume misstrauisch. Sie kann nicht mit uns mithalten, wenn Jo und ich in der virtuellen Trainingssimulation üben. Ich brauche nicht zu antworten. Mein breites Grinsen sagt alles.

»Dann bin ich weg«, informiert sie uns. Aber sie ist nicht böse. Jo war einige Tage weg und sie gönnt uns die gemeinsame Zeit. Ich werfe ihr einen dankbaren Blick zu.

Wenig später befinde ich mich im Feuerland. Nicht tatsächlich, aber in einer detailgetreuen Simulation. Jo konfiguriert die Trainingseinheit.

»Welche Stufe?«

»Drei«, erwidere ich selbstsicher.

»Kannst du das kontrollieren?«, fragt er unsicher.

»Solange wir nicht auf den höchsten Schwierigkeitsgrad schalten, kann ich es im Zaum halten. Ich habe genug mit Sawyer trainiert. Keine Sorge. Mach einfach.«

Die Tage, in denen ich eine Gefahr für den CutOut war, sind vorüber. Mein Drift ist noch immer stark, aber ich kann ihn jetzt schon viel gezielter einsetzen.

Er gehorcht, wirkt aber leicht verunsichert. Irgendwie amüsiert es mich, dass mein Drift stärker ist als seiner. Obwohl ich ihn wesentlich schlechter anwenden kann als Jo. Er hat jahrelange Übung, ich bin noch sehr unerfahren und stoße oft an meine Grenzen. Doch wenigstens schaffe ich es inzwischen, keine Geräte mehr zu beschädigen, nur weil ich mal schlecht träume oder wütend bin. Ich kann den Drift steuern, aber seine volle Intensität habe ich noch nicht heraufbeschworen. Dies werde ich auch heute und vor allem hier nicht tun. Es ist nur eine Trainingseinheit. Ein paar Übungen, Tricks und Strategien. Kein echter Kampf.

»Dann geht's los, Honey. Versuch mein Gesicht heil zu lassen, ja? Ich will mich vor den Jungs nicht blamieren.«

Ich schaue ihn überheblich an.

»Notfalls sagst du einfach, ein Soldat hat dich übel zugerichtet. Das dürfte wohl mit deiner Männlichkeit vereinbar sein.«

Er schüttelt missbilligend den Kopf und startet die Sequenz. Um uns herum erscheinen Fahrzeuge, Menschen und überall steigt Rauch auf. Die Temperatur erhöht sich innerhalb von Sekunden auf Feuerland-Level. Ich brauche einen Moment, um mich daran zu gewöhnen. Jo nicht. Er hat bereits einen Angreifer im Visier, der von links auf uns zuschnellt. Eine halbe Umdrehung seiner Hand und der Soldat geht zu Boden. Jo und ich kämpfen zunächst im Team. Also stellen wir uns Rücken an Rücken und sondieren die Umgebung. Noch ist kein weiterer Soldat zu sehen. Doch dann lässt mich ein Geräusch zusammenzucken. Der metallische Klang schwerer Artillerie, die von Menschenhand geladen wird.

»Runter!«, rufe ich und wir werfen uns in den Sand.

Die Kugelsalve fegt über uns hinweg. Ich drehe mich ein paar mal um meine eigene Achse und rolle mich so hinter einen kleinen Felsen. Jo macht es mir nach. Das Feuer bricht nach kurzer Zeit ab. Es wird erneut nachgeladen. Ich schnelle hinter meiner Deckung hervor und aktiviere meinen Drift. In mehreren, schnell hintereinanderfolgenden Impulsen lasse ich meine Kraft auf die Fahrzeuge in der Nähe prallen. Auf einem von ihnen befinden sich zwei Soldaten. Es sind die Schützen. Bevor sie das gewaltige Maschinengewehr wieder feuerbereit haben, fegt mein Drift den sandfarbenen Humvee zur Seite und sie fallen herunter. Einer von ihnen ist sofort bewusstlos, der andere greift zu seiner veralteten Glock, die sich im Holster an seinem Oberschenkel befindet. Noch immer am Boden richtet er sie auf mich und ich werfe Jo einen hilfesuchenden Blick zu. Mein Drift ist geschwächt, die vielen Fahrzeuge zu befeuern hat mich angestrengt.

Jo hat verstanden und rollt sie nach rechts. Er verlässt die Deckung ebenfalls und springt auf die Füße. Im Laufen hebt er die Hand und zwingt den Arm des Soldaten auf die Erde. Dieser versucht nun verzweifelt seine Hand aus dem unsichtbaren Griff zu befreien. Doch er schafft es nicht. Als Jo ihn beinahe erreicht hat, bemerke ich zwei weitere Soldaten, die ihrerseits auf Jo und den hilflosen Mann zueilen.

Ich stütze mich auf der Kante des Felsbrockens ab und hieve mich hinüber. Kaum stehe ich mit beiden Beinen auf festem Boden, rase ich los.

Einer der herannahenden Männer wechselt die Richtung und kommt nun direkt auf mich zu.

»Jo! Hinter dir!«, rufe ich.

Jo wirbelt herum und fängt den Soldaten ab, indem er ihn abrupt von den Beinen reißt. Der Kerl bleibt etwa fünf Meter von Jo und dem am Boden verbliebenen Soldaten liegen und blickt sich verwundert um.

Ich ducke mich derweil und weiche so einem gefährlich kraftvollen Fausthieb meines Angreifers aus. Noch halb am Boden stütze ich mich mit einer Hand ab und trete ihm in die Kniekehle. Doch er zuckt nur kurz auf, bleibt aber stehen. Ich muss meine Taktik ändern, also wirbele ich herum und schnappe mir seinen Arm. Mit meinem Ellenbogen traktiere ich seine Brust und dann nutze ich sein eigenes Gewicht, um ihn zu Fall zu bringen. Er hebt schützend den Arm, als ich damit beginne, ihn mit gezielten Tritten zu bearbeiten. Eine dumme Idee von ihm. Ich mobilisiere meinen Drift. Viel Energie brauche ich nicht, um das Armdisplay an seinem Handgelenk mit einem Impuls zum Explodieren zu bringen. Die kleine Stichflamme verletzt seine Augen und er beginnt zu brüllen wie ein Wahnsinniger.

Jo hat inzwischen zwei weitere Soldaten außer Gefecht gesetzt und nähert sich mir. Mit einem eigentlich relativ laschen Kinnhaken gebe ich meinem Opfer den Rest und der Mann wird bewusstlos. Die Simulation flackert und fährt dann surrend herunter. Wir haben gewonnen. Doch mich beschleicht das ungute Gefühl, dass ich nur so brachial vorgehen konnte, weil es nicht echt ist. Jemanden im Feuerland so zuzurichten, verursacht mir Bauchschmerzen. Ob es Jo auch so geht? Bevor er sich der Division angeschlossen hat, hatte auch er nur an sportlichen Kämpfen teilgenommen. Was er dort draußen nun treibt, ist auch für ihn Neuland. Hat er ebenfalls Hemmungen, so wie ich?

»Gut gemacht!«, sagt er und zwinkert mir zu.

»Danke. Aber rein zahlentechnisch bist du mir überlegen«, entgegne ich und deute auf die Anzeige am Terminal. Jos Punktestand zeigt vier erledigte Gegner, meiner nur zwei.

»So was nennt sich Teamwork. Es geht nicht um die Anzahl, nur um den Erfolg. Und natürlich darum, dass wir beide überleben.«

Plötzlich habe ich keine Lust mehr, die zweite Trainingseinheit zu absolvieren, in der ich gegen Jo kämpfen muss.

»Lass uns aufhören und duschen gehen.«

»Zusammen?«, fragt er beinahe ein wenig hoffnungsvoll. Ich schüttele tadelnd den Kopf.

»Wir treffen uns bei mir. In einer halben Stunde, o. k.?«

»Ist gut«, sagt er und drückt mir einen Kuss auf die Stirn.

Auf dem Weg zu meiner Wohneinheit frage ich mich, warum ich nicht einfach »Ja« gesagt habe. Wieso eigentlich nicht mit Jo zusammen duschen? Wir sind nun schon so lange ein Paar. Es ist an der Zeit, unsere Beziehung auch in körperlicher Hinsicht eine Ebene weiterzubringen. Ich horche in mich hinein. Nein. Ich bin noch nicht so weit. Manchmal glaube ich, dass ich noch nicht mit ihm geschlafen habe, weil wir dann noch enger miteinander verbunden wären. Ich lebe in der ständigen Angst, ihn zu verlieren. Ob nun durch einen Kampf, Gefangennahme oder weil wir getrennt werden. Irgendwie befürchte ich, dass diese Ängste noch schlimmer werden, wenn wir erst den nächsten Schritt machen. Und außerdem habe ich großen Respekt vor meinem Drift. Von Nume weiß ich, dass die körperliche Verbindung zwischen Mann und Frau das Bewusstsein an seine Grenzen treibt. Was, wenn ich Jo und mich in Gefahr bringe, während wir ...

Ich glaube nicht, dass ich mich unter diesen Umständen entspannen könnte. Mich ihm so hingeben, wie es sein sollte.

Zum Glück bedrängt Jo mich nie. Er ist extrem geduldig. Eine weitere Eigenschaft, die ich so sehr an ihm liebe.

3. NATURGEWALTEN

Ein paar Tage später schrecke ich mitten in der Nacht aus meinem Bett hoch. Der tagsüber in mattem Weiß glühende Streifen an der Wand blinkt knallrot. Das pulsierende Leuchten brennt mir in den Augen. Ein Alarm. Bevor ich meinen Kommunikator von der kleinen Ablage neben meinem Bett nehmen kann, um der Sache auf den Grund zu gehen, ertönt auch schon das Signal eines eingehenden Anrufes auf allen Displays. Ich wuchte meinen schlaftrunkenen Körper aus dem Bett und eile zu der Konsole neben der Tür. Jos Gesicht erscheint auf dem Screen.

»Nova! Gut, du bist wach.«

»So gut wie«, stöhne ich mürrisch.

»Zieh dich an. Es ist ein Erdbeben. Wir treffen uns oben.«

Sein herrischer Tonfall - obwohl verstörend - gefällt mir irgendwie. Ich nicke und beende den Anruf. Dann schnappe ich mir ein paar meiner herumliegenden Sachen und bekleide mich notdürftig. Hauptsache feste Schuhe. Alles andere ist im Feuerland bei Nacht egal.

Zwar hoffe ich, dass es nicht an die Oberfläche geht, mitten während eines Erdbebens, aber man weiß ja nie. Wenn der Schutzraum nicht standhält, müssen wir nach oben. Dann schnappe ich mir doch noch meine Armmanschette und lege sie an.

Während ich meine Wohneinheit verlasse und mit ein paar anderen Bewohnern meiner Ebene zu den Treppen laufe, muss ich schmunzeln. Eine Frau neben mir wirft mir einen missbilligenden Blick zu. Sicher denkt sie, ich nehme die Situation nicht ernst. Doch so ist es nicht. Ich muss nur jedes Mal, wenn ich das kleine Display an mein Handgelenk anlege, an unsere Flucht aus HUB 1 denken. Wie besorgt wir waren, dass diese Geräte uns orten könnten. Dabei sind es nur bessere Walkie-Talkies. So hat man sie früher genannt, in der alten Welt. Das hat mir Sawyer erklärt. Ihre Reichweite ist enorm, aber sie sind dennoch bloß primitive Kommunikatoren ohne versteckten Sender oder geheime Funktionen.

Innerlich wappne ich mich für den Aufstieg. Den Cut-Out zu Fuß zu erklimmen, wird oft unterschätzt. Ich bin gut in Form, aber einige der anderen sind es nicht. Zum Schluss helfe ich einer etwas älteren Frau, die letzten Stufen zu bewältigen und sie bedankt sich herzlich bei mir.

»Mein Kind, das ist wirklich sehr lieb von dir. Schon etwas besorgniserregend, diese ständigen Erdbeben.«

Ich tätschele ihr den Arm und überlege. Sie hat recht. Es gibt sie in letzter Zeit wirklich oft, diese kurzen, aber heftigen Beben. Uns läuft die Zeit davon. Hoffentlich schaffen wir es, die Differenzen der HUBs bald in den Griff zu bekommen, und können dann alle gemeinsam von hier verschwinden. Lieber wäre es mir allerdings, wenn die Sonne sich einfach noch ein wenig Zeit lassen würde. Ich mag die Erde und ich mag das Feuerland. Dort habe ich Jo getroffen und meine Freunde und ich haben uns unsere Freiheit erkämpft. Doch ich fürchte, darauf wird der lodernde Feuerball am Himmel keine Rücksicht nehmen.

Vor der großen Schleuse erwartet mich schon ein nervös wirkender Jo. »Hast du unterwegs noch haltgemacht, um was zu essen?«, fragt er giftig.

Ich lächele ihn an und nehme seine Hand.

»Hast du etwa Angst um mich gehabt?«

Er gibt nur einen brummigen Ton von sich, anstatt zu antworten.

Dann erreichen uns auch Mailo und Nume, gefolgt von Marzellus, Jakob und Sawyer. Die Ebene füllt sich und Pete beginnt damit, die erste Gruppe in den höher gelegenen Schutzraum zu bringen. Dieser ist so konstruiert, dass ihm Erdbeben bis zu einer gewissen Stärke nichts anhaben können. Der Bereich ist nicht fest verankert und losgelöst von Leitungen, Schächten und anderen Zugängen. Im Falle einer starken Erschütterung sorgt er für unsere Sicherheit. Überzeugt hat mich dieses Prinzip nie wirklich. Selbst wenn wir im Schutzraum vor dem Beben sicher sind, wenn der Rest des CutOuts stark beschädigt würde, bliebe uns nichts anderes übrig, als an die Oberfläche zu gehen. Und dort wären wir ohne Nahrung, Wasser und Schutz der Witterung und vor allem den blauen Soldaten wehrlos ausgeliefert.

»Wir sind die Nächsten«, informiert uns Jo und wir folgen ihm durch den doppelt verstärkten Gang.

»Glaubst du, uns läuft die Zeit allmählich davon?«, frage ich Jo leise, als ich sicher bin, dass uns keiner hört.

»Ich weiß es nicht. Das kann jetzt noch Jahre so weitergehen. Aber ein gutes Zeichen ist es sicher nicht.«

Wir erreichen den Schutzraum und suchen uns einen Platz in der hinteren Ecke. Es gibt Decken und Notfallrationen. Die einzige Lehrerin, die wir zur Zeit im CutOut haben, beginnt damit, den Jüngeren etwas vorzulesen.

Pete und Marzellus positionieren sich hinter der großen Instrumententafel in der Mitte des Raumes und studieren die Messwerte. Ich weiß schon, wann das Beben beginnt, bevor man es spüren kann. Ich lese es an Petes Gesicht ab.

Hier im Schutzraum sind die Auswirkungen minimal. Aber das dunkle Grollen ist trotzdem wahrnehmbar.

Feiner Staub rieselt von der hohen Decke auf uns herab und ich bilde mir ein, das Schwingen der freitragenden Konstruktion zu spüren. So in etwa muss es auf einem Schiff zugegangen sein. Früher.

Es wird ganz still. Die Lehrerin hat das Geschichtenerzählen aufgegeben. Alle warten angespannt ab. Eines der Kinder hat zu weinen begonnen. Es bricht mir beinahe das Herz. Als die Luft im Raum so sehr von Emotionen aufgeladen ist, dass man beinahe danach greifen kann, beginnt Maja plötzlich zu singen. Ihre helle Stimme klingt wie die einer Fee. Ich lausche dem Lied, das mir völlig fremd und gleichzeitig so vertraut scheint. Meine Muskeln entspannen sich. Ich habe gar nicht bemerkt, dass mein Körper sich total verkrampft hat.

»Bald ist es vorbei«, sagt Jo und zieht mich an sich, »das sind nur die Nachbeben.«

Ich lege meinen Kopf an seine Schulter und versuche mich ganz auf Maja zu konzentrieren. Sie singt so schön, dass ich das Lied am liebsten in ein Glas sperren und immer und immer wieder hören möchte.

»Wusstest du, dass sie so toll singen kann?«, fragt Nume mich leise.

Ich schüttele den Kopf. Maja ist ein Mädchen mit vielen Talenten. Das steht außer Frage.

Dann ist es vorbei. Marzellus und Pete schauen sich erleichtert an und geben Sawyer ein Zeichen. Die Leute können zurück in ihre Wohneinheiten. Das Erdbeben war wieder einmal nicht stark genug, um den CutOut zu beschädigen.

»Glaubt ihr, der HUB 1 ist genauso intakt wie der Cut-Out?«, frage ich die anderen auf dem Rückweg durch die Schleuse.

»Ich hoffe es, aber sicher kann man sich nicht sein ...«, erwidert Marzellus geknickt.

Jakob starrt beim Gehen nachdenklich auf seine Füße. Sicher denkt er an seine Eltern. Er hat sie so lange nicht gesehen. Genau wie Nume und Mailo.

Jo bringt mich bis vor meine Tür und wir umarmen uns lange. »Meinst du, du kannst schlafen?«

Ich nicke, drücke ihn aber gleichzeitig noch etwas fester an mich. »Komm mit«, bitte ich ihn.

Er erwidert nichts, sondern dreht mich nur wortlos um, damit ich die Tür öffnen kann. Dann folgt er mir in meine Behausung und wir legen uns auf mein zerwühltes Bett. Eine Weile reden wir. Umgehen dabei die leidigen

Themen, die unseren Alltag beherrschen. Kampf, Lügen, Naturgewalten, Verlust und den unsicheren Blick in die Zukunft. Wir reden über Marzellus' neustes Spiel. Über unser Training, Majas Lied und über den Speiseplan im CutOut, der sich jetzt immer vielfältiger gestaltet.

Schließlich werden wir müde. Wären wir draußen, würden wir jetzt den Sonnenaufgang sehen. Doch wir sind hier. Hunderte Meter unter der Erde. In Sicherheit. In meinem Bett.

Ich schmiege mich an Jo, drücke meine Nase in die kleine Biegung an seinem Hals, nehme seinen Geruch in mich auf. Er hält mich ganz fest. Es ist perfekt, so wie es ist. Nur wir zwei. Mehr brauche ich nicht, um glücklich zu sein.

Dann ist es plötzlich Morgen. Oder besser Mittag. Ich versuche mich nicht zu bewegen. Jo schläft noch. Ich lausche seinen gleichmäßigen Atemzügen, beobachte wie sich seine Brust hebt und senkt.

Draußen erwacht der CutOut zum Leben. Ich höre Gelächter auf dem Gang. Anders als in den HUBs sind die Wohneinheiten hier nicht schallisoliert. Vielleicht waren die Erbauer sparsam oder haben einfach nicht über Privatsphäre nachgedacht?

Ich sehe das kleine Lämpchen am Screen neben der Tür blinken. Nume hat versucht mich zu erreichen, vermutlich.

Jo bewegt sich ein wenig nach links. Gleich wird er aufwachen. Im Halbschlaf zieht er mich ein bisschen näher an sich heran. Ich genieße jede Sekunde. Es fühlt sich so gut an!

»Bitte sag mir, dass es mindestens Nachmittag ist«, brummt er schlaftrunken.

»Ich fürchte, das kann ich nicht. Aber wir sollten genug Schlaf bekommen haben. Es waren sicher fünf Stunden.«

»Wie kommst du darauf, dass das genug ist?«

Ich lache laut auf.

»Weil es sich so anfühlt, du alter Brummbär!«

Er hebt den Kopf und stützt ihn auf seinem Arm ab. Dabei sieht er mich an. Plötzlich fühle ich mich hässlich und klebrig.

»Duschen«, sage ich und winde mich aus der Decke.

»Neeeeiiin!«, protestiert er, »bleiben wir noch ein wenig liegen.«

Er greift nach meiner Hand und hält sie fest.

»Nichts da! Ich fühle mich erst wie ein Mensch, wenn ich etwas Wasser abbekommen habe. Und es ist definitiv Zeit aufzustehen.«

Ich rolle mich vom Bett auf den Fußboden und komme unsicher auf die Beine. Meine Gelenke knacken, weil ich die ganze Nacht in der gleichen Position gelegen habe. Barfüßig tapse ich zum Waschraum, doch auf halbem Weg halte ich inne und drehe mich um. Wie Jo so daliegt, mit enttäuschter Miene, ganz verschlafen. Ich kann einfach nicht anders.

»Kommst du, oder willst du da ewig liegenbleiben?«

Einen Moment ist er sich nicht sicher, ob er meine Aufforderung richtig deutet, doch dann ist er schneller auf den Beinen, als ich gucken kann. Mit einem Satz steht er neben mir, packt mich und wirft mich über die Schulter. Ich quietsche vergnügt und trommele mit den Fäusten auf seinem Rücken herum.

»Du Untier, du Primitivling. Lass mich runter!«

Der Jäger schleppt seine Beute einen Raum weiter und dann nehmen Jo und ich unsere erste gemeinsame Dusche.

Eine Stunde später zupfe ich unzufrieden an einer meiner Haarsträhnen. Dass eine Dusche mit recyceltem Cut Out-Wasser nicht für zwei reicht, hätte ich mir eigentlich denken können. In meinem Haar ist eine nicht unerhebliche Menge Waschemulsion verblieben. Ich seufze. Das war es wert. Zusammen mit Jo unter dem warmen Wasser zu stehen, sich zu liebkosen, zu küssen ... das war etwas ganz Neues. Etwas Wunderbares. Ich beobachte ihn, während er unser Essen holt. Eine Ration in der Hand, die andere schwebend vor ihm. Noch immer faszinierend. Obwohl ich mich eigentlich längst an seinen Drift gewöhnt haben sollte.

»Es gab nur noch langweilige Sachen«, verkündet er und stellt meine Portion vor mir ab.

»Vielleicht hätten wir früher aufstehen sollen. Der Preis der Faulheit«, erwidere ich grinsend.

»Das stand nicht zur Debatte.« Er beugt sich zu mir herunter. »Du siehst ganz bezaubernd aus, wenn du nass bist, weißt du das?«

Ich spüre die Hitze in mein Gesicht steigen und schnappe mir eine Karotte, um sie prüfend zu beäugen.

»Danke.«

Er gibt mir einen Kuss auf die Stirn und setzt sich neben mich. Wir essen und beobachten das Treiben um uns herum.

Als wir beinahe fertig sind, kommt Sawyer zu uns. Er legt ein mobiles Terminal auf den Tisch und obwohl es über Kopf ist, kann ich die Auswertung des Bebens der letzten Nacht sehen und auch die typisch wellenförmigen Abbildungen der Hitzepeaks. Sawyer muss bereits seine Schlüsse aus den Auffälligkeiten gezogen haben, bevor Jo und ich den Tag überhaupt begangen haben. Wieder einmal bewundere ich sein Engagement. Es gibt so viele Dinge, um die er sich kümmern muss, oder besser, will.

»Na ihr zwei? Noch etwas Schlaf gekriegt?«

»Geht so«, erwidert Jo grimmig.

»War 'ne ätzende Nacht, ich weiß.«

»Geht so«, erwidere ich und verkneife mir einen zweideutigen Seitenblick zu Jo.

»Hör mal, Jo. Ich werde mich morgen mit Bold und diesem neuen Informanten treffen. Eigentlich wollte ich dich fragen, ob du dabei bist, aber wir haben Soldaten gesichtet. Nördlich von hier an der alten Grenze. Meinst du, du kannst dir das mal ansehen?«

Jo nickt und kaut gelangweilt auf einem Stück Brot.

»Kann ich machen. Die Politik ist ohnehin eher deine Sache. Du wirst das schon regeln mit diesem neuen Mann.«

Plötzlich folge ich einem spontanen Impuls.

»Ich will mit!«

Sawyer sieht mich verwundert an.

»Zu dem Treffen mit Bold?«

»Nein. Ich will mit Jo gehen. Zu den Soldaten.«

Jo hört nicht mal auf zu kauen, als er an Sawyers Stelle antwortet.

»Kommt nicht infrage.«

»Seit wann hast du das zu entscheiden?«, attackiere ich ihn.

»Vergiss es!«

Ich ignoriere ihn und wende mich wieder an Sawyer.

»Jo hat dir verschwiegen, dass er auf seinem letzten Spähtrip eine kleine Konfrontation mit einem der Soldaten hatte.«

»Das glaub ich jetzt nicht!« Jo reißt die Augen auf und sieht mich böse an, während er dies sagt.

»Stimmt das, Jo?«

Sawyer bleibt ganz gelassen, aber Jo ist wütend für zwei.

»Und wenn schon? Das kommt vor.«

»Ich will mitgehen. Zu zweit sind wir stärker, falls etwas passiert.«

Ich werde nicht lockerlassen. Ist mir egal, ob Jo dann sauer auf mich ist. Lieber sauer als tot.

»Ich bin so weit, Sawyer. Das weißt du. Wir haben genug trainiert und in den Simulationen bin ich auch schon besser. Lass mich mitgehen.«

Sawyer ist sichtlich unentschlossen. Er will seinen Freund nicht verärgern. Andererseits hat dieser ihn angelogen oder zumindest nicht die ganze Wahrheit gesagt.

»Ich kann es dir genau genommen nicht verbieten. Du musst selbst wissen, was du tust. Wenn du glaubst, du bist bereit ...«

»Das glaube ich!«, entgegne ich mit fester Stimme.

»Das ist sie nicht! Sie hat weder Späher-Erfahrung noch hat sie ihren Drift jemals gegen andere Menschen eingesetzt.« Jo wirkt jetzt geradezu aggressiv. Seine Augen zucken hektisch zwischen unserem Anführer und mir hin und her. Derart unkontrolliert habe ich ihn bisher noch nie erlebt. Beinahe bereue ich es, meinen Wunsch geäußert zu haben. Aber Sawyer kommt mir zur Hilfe.

»Das stimmt so nicht, Jo. Denk nur an die Rettung aus HUB 6. Ohne Nova säßest du heute noch in dieser Zelle.«

»Das ist nicht dasselbe!«

»Vielleicht nicht, aber sie hat recht. Wir haben viel trainiert und irgendwann muss Nova anfangen ihren Drift draußen zu erproben. Die Zeit arbeitet gegen uns. In vielerlei Hinsicht.«

Ich bemerke, wie sein Blick kurz zu dem Terminal wandert, welches noch immer vor ihm liegt und die verräterischen Anzeigen der Klimaveränderung aufzeigt.

»Dann nimm sie mit zu Bold.«

»Wenn sie das möchte?«

Sawyer schaut mich fragend an und ich schüttele den Kopf.

»Ich gehe mit Jo.«

Einen Moment lang sagt niemand etwas. Dann knallt Jo seine Gabel auf den Tisch, springt auf und rauscht einfach davon. Mit offenem Mund blicke ich ihm nach. Er hält direkt auf die Schleuse zu, will hoch an die Oberfläche. So impulsiv verhält er sich sonst nie. Ich habe das ungute Gefühl einen Fehler begangen zu haben.

»Mach dir nichts draus. Er hat bloß Angst um dich.«

Ich verwerfe meine Schuldgefühle, was Platz für Stursinn schafft. Nur mühsam kann ich den Drift im Zaum halten. Aber wenn ich jetzt den Müllzerkleinerer oder den Wasserspender zerschrotte, wird Sawyer mir wohl kaum abnehmen, dass ich bereit für einen ersten Ausflug zu den Soldaten bin.

»Das ist nicht fair. Ich habe jedes Mal Angst um ihn, wenn er ins Feuerland geht. Habe ich je so einen Aufstand deswegen gemacht?«

»Auch wahr.«

Sawyer steht auf und klopft mir auf die Schulter.

»Lass ihm etwas Zeit. Der kriegt sich schon wieder ein.«

Damit schnappt er sich seine Wetterdaten und geht in Richtung Kommunikationszentrale. Ich sitze allein da und vibriere innerlich. Von wegen Zeit lassen! Daraus wird nichts!

Fünfzehn Minuten später habe ich Jo ausfindig gemacht. Schwierig war es nicht. Seit wir im CutOut sind, gibt es einen Platz, an den wir beide gerne gehen. Ob nun zum Nachdenken, um die Sterne zu beobachten oder um einfach mal alleine zu sein. Wir gehen dann dorthin, wo die Nachtsonne scheint. Zumindest nennen wir es so. Unser kleiner, verliebter Geheimcode.

Doch heute ist nichts Verliebtes an diesem Ort. Jo wandert unruhig auf und ab. Als er mich kommen sieht, macht er sich nicht mal die Mühe seine Wut zu verbergen, sondern steuert direkt auf mich zu. Noch bevor er mich erreicht, beginnt er wild auf mich einzureden.

»Was sollte das? Bist du von allen guten Geistern verlassen? Das kannst du vergessen, hörst du? Keine Chance! Ich werde dich nicht mitnehmen. Noch nicht.« Er zögert. »Nein, weißt du was? Niemals! Ich werde dich niemals mitnehmen. Und dabei bleibe ich!«

Im ersten Moment erschreckt mich seine aufgebrachte Art. Sein gewohnt gefasstes Verhalten ist verschwunden. An dessen Stelle ist ein weitaus emotionalerer Wesenszug getreten, der mich zunächst ein wenig aus der Fassung bringt. Doch beim Anblick seiner bebenden Nüstern und der wild umherfuchtelnden Hände muss ich mich stark zusammenreißen, um nicht laut aufzulachen.

Ich gebe ihm ein paar Sekunden, damit er sich beruhigen kann. Schon damals in der verlassenen Stadt habe ich verstanden, dass man Jo nicht mit mädchenhafter Hysterie kommen kann. Man muss sich ihm vorsichtig und ganz subtil nähern. Aber anstatt sich zu beruhigen, setzt er jetzt auch noch seinen Drift ein. Schleudert wahllos

Steine, Metallteilchen und irgendwelchen Müll umher. Ich lasse ihn machen. Soll er sich austoben. Vielleicht ist es der Sache zuträglich. Irgendwann kommt er sich offenbar dämlich vor und bleibt einfach mit hängenden Armen stehen.

Gerade als ich etwas sagen will, geht er wieder auf mich zu und packt mich an den Schultern. Fast tut sein Griff mir ein bisschen weh, doch ich zeige es ihm nicht.

»Verstehst du das denn nicht? Wenn dir da draußen was zustößt ... ich wüsste nicht ...«

»Oh, ich verstehe sehr gut! Ich bin sogar mehr als im Bilde! Jedes einzelne Mal, wenn du spähen gehst, drehe ich beinahe durch vor Angst um dich. Ich zähle die Tage, die Stunden. Ich zähle jede verdammte Sekunde, Jo! Es ist nicht in Ordnung, dass du das von mir verlangst, und nicht einsehen willst, dass es die beste Lösung ist, wenn wir beide rausgehen. Und ungefährlicher wäre es obendrein.«

»Blödsinn! Ich würde die ganze Zeit nur auf dich achtgeben. Ich wäre unkonzentriert und DU wärst es auch.«

»Tja. Es gibt nur einen Weg, um das herauszufinden.«

Er presst seine Stirn gegen meine und ich widerstehe dem Drang dieser rohen Geste auszuweichen, während er einen knurrenden Laut von sich gibt. Ich kann das Testosteron geradezu schmecken.

»Gott, du machst mich wahnsinnig!«

Er lässt mich los und wendet sich ab.

»Jo ...«, sage ich so ruhig wie möglich, »ich will dich nicht ärgern. Ich möchte wirklich mit. Und mit wem außer dir könnte es sicherer für mich sein? Wir werden das ganz professionell meistern. Du und ich.«

Er fährt sich durch das Haar. Sein ganzer Körper sagt »Nein«. Aber ich kenne ihn inzwischen zu gut. Er findet sich bereits mit der ungewollten Tatsache ab. Ich trete näher an ihn heran und umarme ihn von hinten. Neben ihm bin ich so klein, dass mein Kopf nur bis zu seinen Schulterblättern reicht.

Ich schlinge meine Arme ein wenig fester um ihn und sage nichts weiter.

Schließlich seufzt er und dreht sich zu mir um. Er nimmt mein Gesicht in beide Hände und sieht mich an. In seinem Blick sehe ich Angst, Unsicherheit, ... Liebe. Dann küsst er mich. Nicht so wie unter der Dusche. Drängender und ungehalten. Es gefällt mir. Ich vergrabe meine Finger in seinen kurzen, braunen Haaren, die hier draußen trotz des grellen Lichts fast noch dunkler als im CutOut wirken. Die Hitze des Feuerlands umspült uns, während wir unseren Emotionen freien Lauf lassen. Dann schiebt er mich sachte ein Stück von sich weg.

»Gehen wir trainieren.«

4. FEUERPROBE

Jo schüttelt Sawyer zum Abschied die Hand und klopft ihm anschließend kumpelhaft auf die Schulter.

Der Anführer der Division macht sich heute auf den Weg, um zusammen mit Arros und Pete den neuen Informanten kennenzulernen. Ich setze all meine Hoffnung in dieses Treffen. Schon viel zu lange dauert unsere Suche nach dem Sender.

Als die drei durch die Schleuse verschwunden sind, dreht Jo sich zu mir um und mustert meine Erscheinung. Ich trage meinen alten SOLAR SUIT und bin bereit für das Feuerland. Obwohl ich die Hitze inzwischen ganz gut vertrage, wird er es mir zusätzlich erleichtern.

»Bist du bereit?«

Er nimmt meine Hand und blickt mich bittend an.

»Noch kannst du es dir anders überlegen. Du musst nicht mitkommen, nur um deinen Kopf durchzusetzen.«

»Ich komme mit, weil ich es will. Lass uns nicht schon wieder darüber diskutieren.«

»Schon gut. Ich hab's ja verstanden.«

Wir packen unsere Rationen zusammen und gehen ebenfalls durch die Schleuse. Jo wählt einen Humvee anstelle eines der Solarfahrzeuge, damit wir notfalls auch bei Nacht fahren können. Dafür ist der Humvee lauter und wir werden doppelt aufpassen müssen, damit uns niemand entdeckt.

Ich setze mich ans Steuer. Inzwischen bin ich eine recht passable Fahrerin. Die anfängliche Unsicherheit ist schnell vergangen, obwohl ich mir noch immer komisch vorkomme, wenn ich so klein und zierlich hinter dem Lenkrad dieses gewaltigen Monstrums sitze. Aber so verhält es sich mit vielen Dingen, die mir im letzten Jahr begegnet sind. Ob nun die Handhabung eines MGs, die Trainingssimulationen oder mein Drift. Alles ist gewaltiger, intensiver und eben auch erschreckender, als es mein Leben im HUB war.

Der Lift bringt uns nach oben, dann geht es durch den langen Gang, bis hin zur letzten Schleuse und in die große Halle dahinter.

Ich erinnere mich daran, wie ich sie zum ersten Mal gesehen habe. Meine erste Einfahrt in den CutOut. Damals habe ich Jo im HUB 6 zurücklassen müssen. Nume, Jakob und ich waren völlig auf die Hilfe der Division angewiesen. Es war nicht mal klar, ob wir bleiben durften. Nun sind wir die Division!

Jo studiert die holografische Karte und gibt mir die Richtung an. Im Vergleich zu dem alten Papierfetzen, den wir auf unserer Flucht hatten, ist diese Karte das reinste Videospiel. Ihr größter Vorteil: Alle Fahrzeuge der HUBs werden darauf angezeigt, weil jeder mit einem Sender versehen ist. Eine Folge unserer Flucht. Vorher gab es diese Sender nicht. Die Regierung ist wachsamer geworden. Aufgrund der Vielzahl an verschwundenen Bewohnern, was ausnahmslos auf die Division zurückzuführen ist, überwachen sie den Standort eines jeden Vehikels. Sie glauben, die Abwanderer würden eines der Fahrzeuge zur Flucht entwenden, aber kein Mitglied der Division wäre so kurzsichtig. Sie verlassen sich ganz auf das Netzwerk des CutOuts, um von den HUBs zu uns zu gelangen.

Für uns sind diese Sender ein Segen. Ohne es zu wissen, hat die Regierung uns ein weiteres, nützliches Instrument zur Verfügung gestellt. Marzellus brauchte nur eine einzige der interaktiven Karten, um ihre Funktionsweise zu kopieren und die Signale der Fahrzeuge ebenfalls orten zu können. Jo und ich werden es also merken, sollte sich jemand nähern. Natürlich hat unser Humvee solch einen

Sender nicht. Keines der Fahrzeuge aus dem Fuhrpark des CutOuts. Dafür hat die Division, oder besser gesagt, Pete und Arros gesorgt.

»Fahr jetzt einfach geradeaus weiter, bis ich etwas anderes sage.«

»Geht klar.«

Der Humvee wälzt sich über kleine Sandhügel, halb unter trockenem Gestrüpp und Dreck verwehte Straßen und herum um rostige Wracks und andere Hinterlassenschaften der alten Welt.

Ich lasse mich von dem gleichmäßigen Auf und Ab des Fahrzeugs einlullen und die Anspannung fällt von mir ab. Zwar hatte ich keine wirkliche Angst davor, Jo ins Feuerland zu begleiten, aber ich habe einen gehörigen Respekt davor zu versagen oder uns in Schwierigkeiten zu bringen. Wenn nun mein Drift mir einen Strich durch die Rechnung macht oder ich mich gefangen nehmen lasse ... das darf auf keinen Fall passieren. Ich will, dass Jo sich gut mit mir fühlt, dass er auf mich bauen kann und sich keine Sorgen machen muss.

Nach drei Stunden erreichen wir einen Checkpoint. Wir lassen den Humvee etwas abseits stehen und sehen uns um. Jo will Waffen und Munition abstauben. Die Karte zeigt keine fremden Fahrzeuge in der Nähe, also ist dieser Einsatz relativ gefahrlos.

Vor den großen Toren des Checkpoints bleiben wir stehen.

»Nun wäre dein Drift an der Reihe«, fordert er mich lächelnd auf.

Ich deute ihm an, ein Stück zurückzutreten, und widme mich der Konsole neben dem Tor. Seit die Division ihr Unwesen treibt, haben die HUBs alle Codes geändert. Jo kann nicht mehr wie früher in den Checkpoints ein und aus gehen. Aber ich kann es.

»Sesam ...«, ich starre die Konsole an und versuche meine Kräfte so gezielt wie möglich zu platzieren. Längst habe ich begriffen, dass mein Drift nicht nur Dinge zerstören, sondern auch beeinflussen kann. Ich muss den Impuls nur gut dosieren, ihn an der richtigen Stelle platzieren und mit etwas Fingerspitzengefühl arbeiten. »Öffne dich!«

Die Konsole gibt ein zischendes Geräusch von sich und der veraltete, mechanische Schließmechanismus öffnet die großen Tore vor uns.

»Gut gemacht!«, sagt Jo lobend und wirft mir einen anerkennenden Blick zu.

Meine erste Feuerprobe habe ich bestanden. Ein gutes Gefühl. Aber wenn ich ganz ehrlich zu mir bin, weiß ich nicht wirklich, was ich da tue. Man sollte meinen, ich müsste Kenntnisse wie Marzellus vorweisen können, um Technik nach meinem Willen agieren zu lassen. Ihre Funktionsweise richtig verstehen, aber so ist es nicht. Eigentlich trifft die Beschreibung, die Jo uns in der alten Stadt zu seinem Drift geliefert hat, es recht gut. Er sagte damals, dass er sich eben einfach vorstelle eine Unzahl von Armen zu haben, die beliebige Gegenstände emporheben könnten. Und genauso geht es mir mit meinem Drift auch. Ich stelle es mir einfach vor. Wenn ich also möchte, dass zum Beispiel mein Kommunikator nur noch empfangen, aber nicht mehr senden kann, sage ich es ihm einfach und es funktioniert. Ich hinterfrage diese neuen Fähigkeiten nicht. Ich habe sie verinnerlicht, genau wie die zerstörerischen Eigenschaften meines Drifts.

»Lass mich vorgehen«, sagt Jo und ich folge ihm in das Innere des Checkpoints.

Es ist niemand da. Die Feldbetten sind verwaist und die Nischen für die Fahrzeuge leer. Wir machen eine schnelle Inventur und deponieren alles, was uns geeignet erscheint, in der Mitte des Gewölbes.

»Ich hole den Humvee«, beschließt er und ich bleibe alleine zurück.

Komisch. Es kommt mir gar nicht gefährlich vor, hier zu sein. Als wäre es ganz normal. Aber das ist es nicht. Wenn wir hier drinnen in die Enge getrieben würden, sähe es schlecht für uns aus. Ich muss aufhören, das ganze Unterfangen wie eine Simulation zu betrachten. Es ist real. Und im Falle eines Kampfes geht es dieses Mal wirklich nicht um den Punktestand, sondern um's Überleben!

Der Humvee rumpelt die Rampe herunter und ich beginne damit die schweren Ausrüstungsgegenstände in seinem Inneren zu stapeln. Viel werden wir nicht mitnehmen können, aber immerhin.

»Wir sollten schnell verschwinden. Ich habe kein gutes Gefühl, solange wir hier in der Falle sitzen.«

Ich weiß, was Jo meint. Hier gibt es nur einen Ausgang. Wir beeilen uns, dann besteigen wir den Humvee, um so unbemerkt zu gehen, wie wir gekommen sind. Dieses Mal übernimmt Jo das Steuer.

»Wo genau befinden sich diese Soldaten denn?«, frage ich, während ich die Karte im Auge behalte.

»Ich habe die Koordinaten markiert. Es ist nahe der alten Grenze, ganz wie Sawyer gesagt hat.«

Ich suche die Markierung und werde schnell fündig.

»Wie viele sind es, was glaubst du?«

»Meistens sind es eine oder zwei Einheiten. Vielleicht zwanzig oder dreißig Männer.«

Er sagt das völlig emotionslos, obwohl dreißig gegen zwei erschreckend klingt. Will er mir Angst machen? Glaubt er, ich bereue es bereits, mitgekommen zu sein? Da hat er sich geschnitten. Ich bin einfach nur gern vorbereitet. Das ist alles.

Es dauert weitere zwei Stunden, bis wir die Markierung beinahe erreicht haben. Erneut lassen wir den Humvee zurück und machen uns zu Fuß auf den Weg. Die Sonne steht bereits tief am Himmel und mein Anzug wird überflüssig, doch ich behalte ihn an. Er ist perfekt für das Feuerland. Nach einer Stunde machen wir eine kurze Rast und essen etwas.

Jo hat den ganzen Tag über wenig gesprochen. Er verhält sich hier draußen anders als im CutOut. Vielleicht ist er auch noch sauer, aber ich glaube es nicht. Er ist kein sturer Mensch. Eigentlich ist er sogar fast ein wenig zu gutmütig. Nach wie vor rechne ich es ihm hoch an, dass er uns damals geholfen hat. Nicht jeder hätte sich für ein paar Commons in Gefahr begeben.

»Willst du noch Wasser?«, fragt er und hält mir eine Ration hin.

Ich nehme sie und nippe daran. Die Stille zwischen uns ist ungewohnt für mich. Ich suche nach einem Gesprächsthema.

»Hast du mitbekommen, wie gut es mit Mailos Gedächtnisverlust vorangeht? Er kann sich jetzt an alle seine Familienmitglieder erinnern, sogar an die, die schon tot sind. Nur ein paar Lücken gibt es noch in seiner Erinnerung. Aber ich bin sicher, das gibt sich ebenfalls mit der Zeit.«

»Hmmm ...«

»Und Nume leistet wirklich ganz tolle Arbeit auf der Agrar-Ebene. Apfelsaft ist nicht das Einzige, was uns demnächst erwartet. Kannst du mir glauben.«

Nichts. Er zuckt nicht mal mit der Wimper. Stattdessen nimmt er wieder die Karte zu Hand und prüft unsere nähere Umgebung auf »feindliche« Fahrzeuge.

»Nur Jakob macht mir Sorgen. Ich glaube, er ist immer noch in Nume verliebt. Es wäre besser für ihn gewesen, wenn es nur eine kleine Liebelei gewesen wäre, aber ich fürchte, er mag sie wirklich. Schrecklich für ihn. Wirklich schrecklich ...«

Ich bekomme keine Erwiderung auf meinen Klatsch und gebe es auf. Ich beschließe mich nun ebenso schweigsam zu verhalten. Vielleicht gehört das zum Spähersein dazu?

Um uns herum dämmert es allmählich. Ich streife die getönte Brille ab und sie hinterlässt rötliche Ringe um meine Augen. Es dauert einen Moment, bis ich mich an das Zwielicht gewöhnt habe. Sehnsüchtig schaue ich mich um. Ich liebe die Farben des Feuerlands, selbst jetzt im Halbdunkel. Und den Geruch. Trocken, metallisch, dennoch lebendiger als alles, was man im HUB oder im

CutOut zu riechen bekommt. Als ich mich wieder zu Jo umdrehe, bemerke ich irritiert, dass er mich anstarrt.

»Was ist?«

»Nichts ... Ich bin nur nervös. Es ist seltsam, mit dir hier zusammen zu sein.«

Ein wenig verletzen mich seine Worte. Zwar hat er im Vorfeld deutlich gemacht, dass er mich nicht dabei haben will, aber nur aus Sorge um mich. Zumindest dachte ich das. Offenbar ist es aber mehr als sein Beschützerinstinkt. Er mag es, allein zu sein. Ich weiß das. Trotzdem war ich mir sicher, dass wir im Feuerland gut zurechtkommen würden.

»Wenn es dir wirklich so viel ausmacht, dann komme ich nicht wieder mit. Ist schon o. k. ...«

Er erwidert nichts, sieht aber so aus, als wenn er es will. Vielleicht versucht er die richtigen Worte zu finden, um mir nicht noch mehr wehzutun?

»Nimm aber Jackson mit, ja? Ich würde mich wohler fühlen.«

Nun schaut er mich verdutzt an.

»Ich will Jackson nicht mitnehmen. Und ganz sicher will er mich auch nicht dabeihaben. Späher sind nicht so. Wir ziehen gerne alleine los. Das ist einfach so. Man ist flexibler, leiser, ohne Ballast.«

»Ich bin also Ballast für dich?«

Fast beginnt meine Unterlippe zu zittern. Ich kann es gerade noch unterdrücken.

Warum bin ich so empfindlich? Das muss am Feuerland liegen. Hier draußen kommt man sich so winzig und isoliert vor. Ich bin abhängig von Jo und der gibt mir gerade zu verstehen, dass ich ihn nerve.

»Nein! Natürlich bist du kein Ballast für mich. So meinte ich das nicht!«

Er rückt ein Stückchen näher an mich heran und legt seinen Arm um meine Schulter. Sofort bemerke ich, dass seine Hände beinahe kalt sind. Meine sind heiß, schwitzig und ein wenig angeschwollen. Ich brauche wohl noch ein paar Monate, bis ich die Hitze so gut ab kann wie er.

»Um ehrlich zu sein, ist es ganz nett mit dir hier. Was ich sagen wollte, ist, dass es sich seltsam anfühlt. Gut eigentlich. So als würden wir zusammenarbeiten.«

»Tun wir doch auch.«

Er schüttelt den Kopf.

»Schon klar, aber ich dachte, es würde sich wie ... ich weiß nicht ... mehr nach Beziehung anfühlen.«

»Und dass es das nicht tut, ist gut?«

»Auf jeden Fall! Ich glaube, wir machen das gar nicht schlecht zusammen. Ich hatte eben große Bedenken, aber vielleicht habe ich mich geirrt.«

»Ja, vielleicht hast du das.«

Ich lehne meinen Kopf gegen seine Schulter und vergesse beinahe, dass wir uns im »Einsatz« befinden. Das hier ist keine Kuschel-Tour! Aber ein paar Sekunden gönne ich mir. Dann rappele ich mich hoch und halte ihm meine Hand hin.

»Na dann los, Partner. Es wird Zeit, unsere Mission zu beenden.«

Er lacht und lässt sich von mir hochziehen. Wir packen unsere Sachen wieder ein und machen uns auf den Weg. Lang ist er nicht mehr.

Schon von Weitem sehe ich die in regelmäßigen Abständen geparkten Fahrzeuge der Blauen. Einige Männer installieren gerade Lichtquellen rund um das Lager.

Jo und ich kauern uns auf den Kamm einer steilen Düne und beobachten sie aus sicherer Entfernung.

Als Jo sich sicher ist, dass keine Gefahr droht, packt er den ChatSpotter aus und richtet ihn auf das Lager. Ich beobachte ihn dabei genau, um mir alle Handgriffe einzuprägen.

Plötzlich kann ich mir sehr gut vorstellen, wie er diese Art Unternehmung im Alleingang durchzieht. Wie er stundenlang auf irgendeiner Düne oder hinter einem Felsen hockt und einfach nur stumm beobachtet.

Wenn man es genau nimmt, habe ich mich in eben diesen Jo verliebt. Schon damals wirkte seine Rolle als Einzelgänger äußerst anziehend auf mich.

Ich nehme das kleine Kunststoffteil entgegen, welches er mir reicht und stecke es mir ins Ohr. Das andere bleibt frei, um die Umgebungsgeräusche weiter wahrnehmen zu können. Sobald ich den kleinen Knopf befestigt habe, höre ich die Stimmen der Soldaten, als ständen sie neben mir, und zucke zusammen. Glücklicherweise bekommt Jo es nicht mit.

»Wenn ich noch eine Feuerlandration sehe, steige ich auf gekochte Schlange um«, sagt einer der Männer.

Ich kann nicht erkennen, welcher von ihnen es ist. Sie sind zu weit entfernt. Mir gefällt die Rolle als stiller Beobachter. Es ist aufregend.

»Stell dich nicht so an. Besser Feuerlandrationen als den Mist, den sie uns neuerdings im HUB auftischen. Seit die Erdbeben schlimmer werden, geht alles den Bach runter.«

»Warum eigentlich?«, fragt ein anderer Mann, »haben die Commons etwa Angst vor dem bisschen Gewackel und hören auf zu produzieren?«

»Bob hat erzählt, die gelben HUBs sind nicht gut genug ausgerüstet, um den Beben auf Dauer standzuhalten. Ist halt alles veraltet da. Darum stellen einige von ihnen die Produktion ein. Geht wohl nicht anders.«

»Stimmt«, mischt sich nun ein Dritter ein, »ich habe gehört, dass drei von den Gelben bereits in Schutt und Asche liegen. Kein großer Verlust, wenn du mich fragst. Mal vom Essen abgesehen.«

Meine Hand formt eine Faust. Ich fasse nicht, was ich da höre. Wie kann man nur so unmenschlich sein? Am liebsten würde ich meine sichere Stellung verlassen und diese Idioten aufmischen. Jo wirft mir einen mitfühlenden Blick zu. Ich reiße mich zusammen.

»Ich weiß nicht, Leute, ihr solltet nicht so reden. Die armen Schweine können nichts dafür, dass sie dort leben und nicht in einem blauen HUB. Ich finde, ihr seid echt ätzend!«

Gut so! Wenigstens ein Blauer mit Verstand.

»Der Mildtäter mal wieder! War ja klar. Man, Jenkins, du bist echt ein Weltverbesserer.«

»Die Welt steckt schon so tief in der Scheiße, da gibt es nichts mehr zu verbessern, fürchte ich«, erwidert Jenkins. Bis hierhin gleicht die Abhöraktion eher einem Schauspiel. Nützliche Informationen kann ich aus dem sinnlosen Geschwätz nicht herausfiltern. Es wird wohl eine lange Nacht werden.

Und ich behalte recht. Die Unterhaltungen werden immer fader und irgendwann schlafe ich ein. Erst als die Sonne bereits ihre ersten, erbarmungslosen Strahlen auf mich herabsenkt, komme ich wieder zu mir.

Jo muss mir den Kopfhörer irgendwann aus dem Ohr genommen haben, denn ich kann ihn nicht ertasten und höre auch keine Stimmen mehr.

Schnell werfe ich einen Blick nach links und stelle beeindruckt fest, dass Jo noch immer in der mehr oder weniger gleichen Position seinen Dienst tut.

Ich drehe mich vorsichtig auf den Bauch und schaue über den Rand der Düne. Es sind kaum Soldaten zu sehen. Nur zwei Männer schieben Wache, ansonsten ist alles ruhig.

»Sorry«, flüstere ich.

»Schon gut. Du hast lange durchgehalten.«

Ich strecke mich und wühle nach einer Wasserration. Mit der lauwarmen Flüssigkeit kehren auch meine Lebensgeister zurück.

»Soll ich dich ablösen? Willst du dich nicht auch kurz hinlegen?«

Jo zögert einen Moment. Offenbar will er die Kontrolle nicht abgeben oder hat Angst, dass ich Mist baue.

»Keine Sorge, ich wecke dich, wenn etwas passiert.«

Er gähnt.

»Ist gut. Ein, zwei Stündchen können nicht schaden.«

Er reicht mir den ChatSpotter und zeigt mir die wichtigsten Konfigurationen. Ich versuche mir alles zu merken und stecke mir den Knopf wieder ins Ohr. Jo dreht sich auf den Rücken und blickt in den Himmel. Er sieht entspannt aus. Es dauert nicht lang und er ist eingeschlafen.

Hin und wieder werfe ich einen Blick zu ihm rüber. Seine regelmäßigen Atemzüge wirken beruhigend auf mich. Ich habe überhaupt keine Angst mehr. Die ganze Aktion läuft reibungslos. Obwohl ich eigentlich nichts Großartiges geleistet habe, bin ich ein wenig stolz auf mich.

Zwei Stunden vergehen wie im Flug.

Unten im Lager gibt es erneut Feuerlandrationen und ein paar Männer erleichtern sich hinter den Fahrzeugen. An dieser Stelle hätte ich nur zu gerne auf die Geräuschkulisse verzichtet.

Ich lasse Jo weiterschlafen und halte die Stellung.

Nach weiteren zwei Stunden schickt einer der Offiziere einen fünf Mann starken Trupp los, um »Sektor vier« zu überprüfen. Zuerst befürchte ich, dass sie an uns vorbeikommen und uns erwischen, aber sie schlagen einen Bogen, und die Staubwolke, die ihr Fahrzeug aufwirbelt, wird am Horizont kleiner und verschwindet schließlich.

»Wenn wir nicht bald ein paar Verräter schnappen, werden Köpfe rollen. Die im HUB machen keinen Spaß in dieser Sache. Ich frage mich, ob denen klar ist, wie groß das Feuerland ist? Diese Leute könnten überall sein.«

»Ist doch bald eh egal. Hab gehört, dass sie die HUBs dichtmachen, wenn das so weitergeht.«

»Glaub ich nicht.«

»Kein Scherz. Hab's von meinem Kumpel Rob, der sitzt an oberster Stelle. Na ja, weit oben jedenfalls.«

»Ich dachte, der ist Sekretär?«

»Na und? Mitbekommen tut er da so einiges.«

»Ich denke nicht, dass sie die Tore schließen. Stell dir das mal vor! Nicht mehr aus dem HUB rauszukönnen. Das machen die Leute doch nicht mit.«

Ich stoße ein leises Lachen aus. Diese Typen haben ja keine Ahnung, wie leicht man ein paar Tausend Menschen einsperren kann! Andererseits sind Gelbe und Blaue auch nicht zu vergleichen. Als Common kennt man es nicht anders. Man will gar nicht raus. Die Bewohner der blauen HUBs würden das sicher nicht einfach mitmachen.

Obwohl ... hätten sie denn eine Wahl? Wenn der Regent, oder besser, der Souverän beschließt die HUBs abzuriegeln, würden sie etwas dagegen unternehmen können? Mein Lachen hat Jo geweckt. Sein Schlaf muss unglaublich leicht gewesen sein.

»Alles o. k.?«, fragt er alarmiert.

»Ja. Ich lausche nur den Mutmaßungen.«

»Was Spannendes?«

Er rutscht ein Stück die Düne herunter und setzt sich aufrecht hin. »Laut den beiden Quasselstrippen da unten will die Regierung die blauen HUBs abriegeln, damit keine Leute mehr abhauen und zur Division wechseln können.«

Jo lässt seine Arme kreisen und legt den Kopf in den Nacken, um seine Muskeln zu lockern. Ich widerstehe der Versuchung meinen Posten zu verlassen und mich an ihn zu schmiegen. Fasziniert beobachte ich, wie sich seine starken Arme anspannen, während er sie über den Kopf hebt. Ich unterdrücke einen Seufzer und wende den Blick ab.

»So was hat Sawyer schon befürchtet. Wäre übel.«

»Noch scheint nichts entschieden«, erwidere ich.

Eine Weile beobachten wir die verbliebenen Männer noch, dann baut Jo den ChatSpotter ab und gibt mir ein Zeichen, ihm zurück zum Humvee zu folgen. Ich freue mich richtig auf den Fußmarsch. Das lange Liegen hat mich ganz träge gemacht. Ich habe das Gefühl, dass meine Knochen rosten.

Der Rückweg kommt mir kürzer vor als der Hinweg.

Der Humvee steht dort, wo wir ihn zurückgelassen haben, und wir werfen unsere Taschen hinein. Dann leeren wir ein paar Wasserrationen und verschnaufen kurz.

»Willst du fahren oder soll ich?«, fragt Jo mich.

Bevor ich antworten kann, zerreißt ein zischendes Geräusch die Stille um uns herum. Der Widerhall des Schusses folgt erst später. Das Geschoss ist am Humvee abgeprallt. Jo brüllt etwas, aber der Schock über die plötzliche Wendung unserer ansonsten so problemlosen Unternehmung lähmt mich. Ich reagiere zu langsam und die zweite Kugel erwischt mich am Arm. Der Schmerz ist erstaunlicherweise erträglich. Kaum der Rede wert.

Ich werfe mich in den Sand und Jo macht es mir auf der anderen Seite des Humvees nach. Wir treffen uns unter dem Fahrzeug. Er wirft einen Blick auf die kleine Blutlache, die sich neben meinem Arm ausbreitet. Geistesgegenwärtig zerrt er sein Halstuch hervor und wickelt es mir mit ein paar geschickten Handgriffen um den Arm.

Jetzt verstehe ich es. Genau vor so einer Situation hat er sich gefürchtet. Die wertvollen Sekunden, die er verschwendet, um sich um mich zu kümmern, kosten uns am Ende vielleicht beide das Leben.

Obwohl das Adrenalin mir noch immer vorgaukelt, ich habe keine Schmerzen, macht sich nun doch eine leichte Panik breit. Ich gebe mir gar nicht erst die Mühe, es vor Jo zu verbergen. Meine Augen sind weit aufgerissen und mein Atem geht stoßweise.

»Schsch ...«, macht er beschwichtigend, »wir packen das. Jetzt nicht den Kopf verlieren.«

Ich nicke zögerlich, spüre aber bereits, wie sich mein Drift verselbstständigt. Durch die Schusswunde habe ich meine Emotionen nicht länger unter Kontrolle. Ich schließe die Augen und versuche dagegen anzukämpfen. Das Letzte, was wir jetzt brauchen können, ist, dass ich den Humvee über unseren Köpfen in die Luft jage.

Jo robbt an den Rand unserer Deckung und versucht die Soldaten ausfindig zu machen. Schon prallen erneut Geschosse gegen die Karosserie. Wir sitzen in der Falle. Nach ein paar Sekunden hört der Kugelhagel auf und ich höre, wie sich Motorengeräusche nähern. Sie kommen uns holen. Jo kriecht auf der von den Geräuschen abgewandten Seite aus der sicheren Deckung hervor und postiert sich halb in der Hocke neben dem Humvee. Ich kann seinen Drift beinahe körperlich wahrnehmen, als er den kompletten Humvee auf die Seite wirft. Das verschafft uns eine bessere Deckung und damit etwas Zeit.

Er zieht mich auf die Beine und wie pressen uns gegen die nun senkrecht stehende Unterseite des Humvees. Noch immer kämpfe ich gegen meine eigenen Fähigkeiten an. Ich verfluche diesen Drift. Sollte er mich nicht aus eben diesen ausweglosen Situationen retten, anstatt mich noch zusätzlich in Gefahr zu bringen?

Die Soldaten haben inzwischen etwa zwanzig Meter von uns entfernt angehalten.

Jo stellt sich auf die Zehenspitzen und rüttelt an einem der Seitenspiegel. Es dauert einen Moment, aber dann bekommt er ihn aus der Halterung heraus und wir können ihn benutzen, um unsere Feinde damit zu beobachten. Es sind fünf Mann. Drei von ihnen sind bereits ausgestiegen und kommen mit erhobenen Waffen auf uns zu.

»Sektor vier«, hauche ich.

Jo versteht nicht, was ich meine, und ignoriert meine Worte.

»Wir müssen jetzt handeln, sonst werden sie uns einkreisen«, stellt er beunruhigt fest. Mich wiederum beunruhigt, das ER beunruhigt ist! Trotzdem strenge ich mein Hirn an.

»Ich attackiere ihren Wagen von dieser Seite aus, du greifst von der anderen an. Die zwei im Wagen erwische ich so. Du nimmst dir die drei anderen vor. Sorg dafür, dass ihre MGs verschwinden, dann können wir sie angreifen.«

»Kannst du kämpfen mit deinem Arm?«

»Es wird gehen«, lüge ich, denn sicher bin ich mir nicht.

Er zögert. Der Plan gefällt ihm nicht, aber viele Alternativen bleiben nicht und die Zeit läuft. Also atme ich einmal tief ein und informiere meinen Drift darüber, dass er nun freie Bahn hat. So als wäre er ein wildes Tier, das nun endlich auf seine Beute losgelassen wird.

»Und ... los!«

Ich schnelle um meine Seite des Humvees herum und lasse meine Kräfte blindlings auf das Fahrzeug vor mir los. Nur eine Sekunde später ist auch Jo auf seiner Seite unserer Deckung zur Stelle und drei Maschinengewehre landen zehn Meter weit entfernt im Sand. So weit so gut.

Ich lege nach und die beiden Männer im Fahrzeug werden übel durchgerüttelt, während es sich aufgrund der Explosion des Tanks mehrmals überschlägt.

Jo stürmt bereits auf die anderen Soldaten zu und wirft den ersten mithilfe seines Drifts zu Boden. Der zweite Mann tritt einen Schritt zurück und Jo nutzt das angewinkelte Bein seines Gegners als Sprungbrett. Halb in der Luft tritt er ihm mit dem anderen Bein ins Gesicht.

Ich bin extrem beeindruckt, darf mich aber nicht ablenken lassen. Der dritte Mann hält direkt auf mich zu. Ich lasse meine Schulter hängen, um ihn in Sicherheit zu wiegen. Soll er ruhig denken, ich wäre nur ein kleines, noch dazu verletztes Mädchen und eine leichte Beute. Kurz bevor er mich erreicht, senke ich den Oberkörper und sprinte meinerseits los. Ich ramme ihm meine gesunde Schulter direkt in den Magen und er stöhnt auf. Ich setze sofort nach und trete ihm mit voller Kraft gegen das rechte Knie. Er fällt vornüber, doch im Fallen packt er mich und reißt mich mit zu Boden. Ich falle auf den verletzten Arm und brülle vor Schmerz laut auf. Schon sehe ich Jo auf uns zurennen. Im Sprint hebt er eine der Waffen auf und richtet sie auf den Soldaten. Dieser bemerkt den zweiten Angreifer und bekommt es mit der Angst zu tun.

»Halt! Nicht!«, ruft er und lässt mich los.

Ich krieche rückwärts von ihm weg, während Jo zielt.

»Bitte!«

Irgendetwas an seiner Stimme macht mich unsicher. Ich brauche eine Sekunde, bis ich es zuordnen kann.

»Jo, nicht!«, rufe ich. Gerade rechtzeitig. Die Kugel trifft nur wenige Zentimeter neben dem Kopf des Soldaten auf den Boden. Sand spritzt ihm ins Gesicht und er blinzelt panisch. Jo muss den Lauf der Waffe im letzten Moment weggezogen haben.

»Was ist? Wieso ...?«, brüllt er mich ungehalten an.

Ich zittere und hebe die Hand, um ihn davon abzuhalten, erneut zu zielen. Aber er tut es ohnehin nicht. Der Mann ist überwältigt. Ihn jetzt zu erschießen, wäre grausam.

»Jenkins?«, frage ich unsicher.

Der Soldat sieht mich mit angsterfüllten Augen an.

»Bist du Jenkins?«

»Ich ... äh, ja ... ja, ich bin Jenkins.«

Jo starrt uns fassungslos an.

»Kannst du mir mal verraten, was das werden soll?«, fragt er irritiert.

Ich schaue erst den verunsicherten Mann und dann meinen Freund an.

»Wir können ihn nicht erschießen. Er hat noch einen letzten Rest Verstand. Das ist sein Glück!«

Ich blicke Jenkins finster an und dann rappele ich mich hoch.

Nachdem wir unseren neuen Gefangenen gefesselt haben, bringt Jo den Humvee wieder in eine fahrtaugliche Position und wir halten Kriegsrat.

»Willst du ihn etwa mitnehmen?«

Ich blicke mich unsicher zu Jenkins um.

»Ich weiß nicht. Ja ... Ich denke schon.«

»Wenn wir ihn mit in den CutOut nehmen, ist er so gut wie tot. Da können wir ihn auch gleich hier erledigen oder zumindest hierlassen.«

»Er könnte nützliche Informationen haben und außerdem ... nun ja, er scheint nett zu sein.«

»Nett? Ist das dein Ernst?«

»Du verstehst mich falsch. Ich glaube, er ist nicht wie die anderen. Wir sollten ihn mitnehmen und ausfragen.«

»Sawyer wird uns umbringen«, flucht Jo und deutet dann auf Jenkins, »ihn auf jeden Fall.«

5. HIMMELSZEICHEN

»Wo ist er?«

»Wir haben ihn etwa eine halbe Stunde von hier zurückgelassen. Gefesselt, versteht sich«, beantwortet Jo Sawyers Frage.

Ich halte mich im Hintergrund und warte ab. Zwar habe ich uns in dieses Schlamassel gebracht, aber Jo kann besser mit Sawyer umgehen. Ich überlasse es also meinem Feuerland-Partner, die Tatsachen zu schildern.

»Um ehrlich zu sein, verstehe ich nicht ganz, wie es dazu kommen konnte. Was habt ihr euch dabei gedacht?«

Jo wirft mir einen strafenden Blick zu und zuckt dann mit den Schultern.

»Eines gab das andere und schließlich hatten wir ihn auch schon im Humvee. Ich weiß auch nicht so recht.«

»Ihr bringt mich in eine unmögliche Situation, das ist euch hoffentlich klar?«

Nun möchte ich doch etwas sagen. Ich habe das Gefühl, Jo fallen ohnehin keine guten Argumente mehr ein.

»Sawyer, bitte. Sieh ihn dir erst mal an. Er ist ganz o. k., weißt du.«

Sawyer macht einen Schritt in meine Richtung und verzieht sein Gesicht zu einer wütenden Grimasse. Hätte ich doch bloß die Klappe gehalten.

»Ich glaube, du verkennst die Situation, Nova. Hast du eigentlich eine Ahnung, wie viele Menschen, wie viele Generationen dabei geholfen haben, den CutOut zu dem zu machen, was er heute ist? Wie viele ihr Leben lang dafür gearbeitet haben? Und all die, die auf dem Weg hierher gefangen genommen oder getötet wurden, nur damit WIR hier sicher sind.«

Er packt mich am Arm und ich weiche instinktiv ein Stück zurück.

Jo hebt die Hand, doch ich schüttele den Kopf. Ich brauche seine Hilfe nicht und Sawyer ist zu Recht wütend.

»Aber solange du dir ganz sicher bist, dass dieser Typ ›o. k.‹ ist, wird schon alles in Ordnung sein. Hast du vergessen, dass es SEINE Leute waren, die die Abwanderer töteten? Hast du das etwa schon vergessen?«

Die letzten Worte spuckt er nur so aus und ich zucke bei jedem einzelnen zusammen.

Ich muss mich sehr zusammennehmen, um nicht zu stottern, als ich ihm schließlich antworte.

»Es tut mir leid. Du hast recht. Natürlich hast du recht.«

Er lockert den Griff um meinen Arm und lässt dann ganz los. Doch er hört nicht auf mich anzustarren, als wäre ich der Feind.

Ich habe natürlich befürchtet, dass Sawyer sauer sein würde, aber diese starken Emotionen habe ich nicht erwartet. Er ist richtig außer sich.

»Gut. Ich glaube, wir haben das jetzt geklärt. Nova und ich haben einen Fehler gemacht. Nun lasst uns überlegen, wie wir damit umgehen«, schlägt Jo beschwichtigend vor.

»Oh, ich weiß schon, wie wir damit umgehen, keine Sorge. Ich ärgere mich nur, dass ihr mich in diese Lage bringt.«

Mir schwant Übles. Sawyers Blick ist plötzlich so gequält. Er hat seine Entscheidung längst getroffen.

»Du kannst ihn doch nicht einfach …«, beginne ich mit zitternder Stimme.

»Und was schlägst du vor, Nova? Sollen wir ihn einfach da draußen lassen, damit er langsam zugrunde gehen kann?«

»Nein! Natürlich nicht. Aber ihn einfach umbringen, das können wir auch nicht. Nicht so!«

Darauf erwidert Sawyer gar nichts mehr und dreht sich einfach um. Im Weggehen sagt er zu Jo: »Ihr könnt mitkommen, oder es lassen.«

Damit ist er fort und ich lasse mich auf einen der Stühle fallen, während ich ihm fassungslos nachblicke.

Jo sieht ebenfalls aus, als hätte er einen Geist gesehen. Er ist ganz blass und hat scheinbar das Atmen vergessen.

»Tut mir leid«, sagt er, ohne mich dabei anzusehen, »war klar, dass er wütend sein würde, aber damit hab ich nicht gerechnet.«

»Er meint es doch nicht ernst, oder? Das kann er doch nicht machen, Jo!«

Aber er kann.

Keine drei Stunden später sitze ich wieder im Humvee. Dieses Mal allerdings hinten, in der Verbannung. Jakob sitzt am Steuer, Jo neben ihm. Er sagt ihm, wo er hinfahren muss, um zur Schlachtbank zu gelangen.

Mir gegenüber sitzt Sawyer. Er schaut die ganze Fahrt über hinaus und beachtet mich nicht. Es ist mir auch lieber so. Nachdem der Schock über sein grausames Vorhaben abgeklungen ist, empfinde ich nur noch Abscheu für ihn. Trotzdem wollte ich unbedingt mit. Es wäre feige von mir gewesen, es die anderen allein tun zu lassen. Immerhin bin ich an der ganzen Situation schuld.

Wir erreichen die kleine Hütte, in der wir unser Opfer zurückgelassen haben, und Jakob macht den Motor aus.

Ohne zu zögern, springt Sawyer aus dem Fahrzeug und geht die wenigen Schritte zu der verwitterten Vordertür des kleinen Häuschens. Über seiner Schulter hängt sein Sturmgewehr.

Wir anderen folgen ihm mit einem mulmigen Gefühl und trockenen Mündern.

Im Inneren der Hütte ist es ziemlich dunkel. Die letzten Strahlen der Sonne fressen sich durch die maroden Holzlatten und zerbrochenen Fenster.

In der Mitte des viereckigen Raumes sitzt Jenkins. Seine Hände sind hinter seinem Rücken an einen der hölzernen Stützpfeiler gebunden. Als er uns kommen hört, hebt er ängstlich den Kopf. Nach ein paar Sekunden erkennt er mich wieder und beim Anblick meines schuldbewussten Blickes erstarrt er sofort. Eigentlich kann Sawyer sich seine Worte sparen. Sie sind überflüssig. Der Soldat weiß längst, was ihm blüht.

»Jenkins, ja?«

Der Mann nickt beinahe unmerklich.

»Hör zu, das hier ist scheiße gelaufen. Meine Freunde haben einen Fehler gemacht, als sie dich mitgenommen haben. Du verstehst sicher, dass ich dich nicht gehen lassen kann. Und mitnehmen können wir dich auch nicht. Daher ...«, Sawyer zögert, »es tut mir leid«, schließt er leise, aber entschlossen und lässt das Gewehr von seiner Schulter heruntergleiten.

Jakob tritt näher an mich heran und nimmt mitfühlend meine Hand, doch ich spüre es kaum. Die ganze Zeit über halte ich den Blickkontakt mit Jenkins. Es wäre eine Schande, jetzt wegzugehen oder auch nur wegzusehen. Das bin ich diesem fremden Soldaten schuldig. Im Kampf zu sterben ist eine Sache, aber das hier ... das hier ist einfach nur Mord.

Sawyer tritt ein paar Schritte zurück und bittet Jo die Fesseln abzunehmen. Wie gnädig von ihm. Mein Unterkiefer ist so angespannt, dass ich um meine Zähne fürchte. Als der Mann befreit ist, sagt Sawyer ihm, er solle aufstehen und er tut es zögerlich. Dies sind die letzten Sekunden seines Lebens. Woran er wohl denkt?

»Sawyer ...«, hauche ich, doch meine Stimme versagt und ich belasse es bei diesem halbherzigen Versuch.

Der Anführer der Division, DER Organisation, die für eine bessere, moralischere Welt steht, richtet sein abgenutztes Sturmgewehr auf Jenkins und kneift ein Auge zu, um besser zielen zu können.

Ich halte den Atem an und schicke Stoßgebete gen Himmel. Dass es keinen Gott gibt, weiß ich, zumindest bin ich mir ziemlich sicher, aber irgendwer muss mich erhören. Das hier kann nicht so geschehen!

Jakob umfasst meine Hand noch fester und auch Jo tritt nun ein Stück näher an mich heran. Die Sekunden erscheinen mir wie Minuten, so qualvoll und zermürbend. Und dann ... werden wir plötzlich allesamt von den Füßen gerissen.

Ohne Vorwarnung stürzt die Decke über uns ein und begräbt den halben Raum unter Schutt und Staub. Ein Erdbeben.

Beim Aufprall auf den Boden sind die Nähte meiner Schusswunde aufgegangen. Ich spüre warmes Blut über meinen Unterarm rinnen.

Schnell versuche ich mich auf allen vieren zu Jo durchzuschlagen, dessen Bein unter den Resten eines alten Sofas festklemmt.

Ein Seitenblick auf Jakob sagt mir, dass er mehr Glück hatte. Seine Hand blutet, aber er steht bereits wieder aufrecht. Ich zerre an dem Möbelstück und reiche Jo dann meine Hand, damit er sich selber herausziehen kann.

»Alles o. k.?«, frage ich besorgt.

»Geht schon. Ist jedenfalls nichts gebrochen, glaube ich.«

Aber er verzieht das Gesicht, als er versucht sich aufzurichten.

»Sawyer ist verletzt«, ruft Jakob mir zu.

Ich schaue Jo an und er wedelt mit einer Hand in Richtung der beiden.

»Geh schon, ich schau mal, ob ich laufen kann.«

Sawyer hat eine Platzwunde an der Stirn und reagiert weder auf meine Worte noch auf das Rütteln an seinen Schultern.

Plötzlich fällt mir Jenkins ein. Ist er abgehauen? Einen Moment hoffe ich es. Doch er hockt noch ein Stück von uns entfernt auf dem Boden und schaut unsicher zu mir herüber. Er wirkt unverletzt. Wieso läuft er nicht weg?

Schon setzt ein weiteres Beben ein und ich werfe mich schützend über Sawyer, damit er nicht noch mehr abbekommt. Dabei versuche ich so gut es geht, mein Gesicht zu bedecken. Dieses Beben ist hartnäckig und scheint länger zu dauern, als das erste.

»Wir müssen hier raus!«, brüllt Jakob.

Er versucht den regungslosen Sawyer hochzuhieven, doch es will nicht so recht funktionieren.

Plötzlich greift eine weitere Hand unter Sawyers Arme. Jenkins. Er will Jakob helfen. Mir wird übel. Die ganze Situation ist so unwirklich, so verwerflich. Ich nicke dem Soldaten dankend zu und eile dann zu Jo zurück.

»Stütz dich auf meiner Schulter ab«, sage ich und versuche meinen verletzten Arm außer Reichweite zu halten. Der Schmerz ist brutal, aber ich ignoriere ihn.

Wir schlagen uns durch das Gerümpel und erreichen die Tür. Sie ist aus ihren Angeln gerissen und liegt quer über der kleinen Veranda.

Ich helfe Jo hinunter auf den Weg und zum Humvee. Immer wieder werfe ich Blicke über meine Schulter, um die anderen im Auge zu behalten. Ich schäme mich dafür, aber ich befürchte, dass Jenkins doch noch die Chance ergreifen und Jakob überwältigen oder sonst etwas Unüberlegtes tun könnte. Doch er hilft weiter dabei, Sawyer sicher zum Wagen zu bringen.

Es dauert nicht lang und wir sitzen alle im Humvee.

Jo hat sich demonstrativ zwischen mich und Jenkins gesetzt. Offenbar fürchtet er, der Soldat könne mich als Geisel nehmen. Trotzdem denkt niemand daran, ihm wieder Fesseln anzulegen. Erst mal müssen wir hier weg.

Jakob lenkt den Humvee auf eine offene Fläche hinaus und wir bleiben angespannt auf unseren Plätzen sitzen. Ein paar kleinere Nachbeben lassen die Karosserie zittern, doch das Gröbste scheint überstanden.

»Wieso nennt man dich Jenkins?«, fragt Jo schließlich in die unangenehme Stille hinein.

Der Mann muss sich räuspern, bevor er antworten kann.

»Das ist mein Name«, erwidert er unsicher.

»Klingt aber nicht wie einer.«

Der Soldat zuckt leicht mit den Achseln.

Dann hält Jo ihm die Hand hin.

»Danke, Jenkins. War echt anständig von dir, Sawyer zu helfen.«

Die beiden geben sich die Hände und ich sehe einen Anflug von Hoffnung in Jenkins' Gesicht. Wir sollten ihn jetzt einfach laufen lassen. Er weiß nicht, wo der CutOut ist. Er wird uns nicht verraten.

Doch dann wacht Sawyer auf. Beinahe ärgere ich mich darüber, obwohl ich natürlich froh bin, dass die Verletzung offenbar nicht schlimm ist.

»Sind alle o. k.?«, fragt er benommen.

»Jo hat was am Bein abbekommen, aber wir sind vollzählig und so weit mit dem Schrecken davongekommen«, erstattet Jakob Bericht.

Sawyer setzt sich gerade hin und betastet seine Stirn. Das Blut ist bereits getrocknet. Er blickt nachdenklich in die Runde.

Ich presche vor.

»Sawyer. Jenkins hat dir sozusagen das Leben gerettet. Du kannst ihn nicht erschießen. Wir müssen ihn laufen lassen. Verstehst du? Es geht nicht anders. Ich weiß, wieso du das vorhin tun wolltest, ich verstehe es. Aber so dürfen wir nicht handeln. Dann ist alles, wofür wir kämpfen hinfällig. Du musst deine Meinung ändern, hörst du?«

Sawyer lehnt sich zurück und stöhnt. Dann schaut er erst mich und anschließend Jenkins lange an. »Tut mir leid, man. Ich kann dich auf gar keinen Fall gehen lassen.«

Ich schlucke und traue meinen Ohren kaum. Hat er nicht verstanden, was ich eben gesagt habe?

»Du wirst mit uns kommen. Es geht wohl nicht anders.«

Erleichtert atme ich aus und lächele Jenkins aufmunternd zu.

»Bild dir bloß nichts ein!«, sagt Sawyer zu mir, »deine kleine Ansprache ist es nicht gewesen, die mich zu diesem Entschluss führt. Ich denke nur, ein eindeutigeres Zeichen als dieses perfekt getimte Erdbeben können mir die Götter nicht schicken. Wenn ich das richtig sehe, dann ist euer Jenkins nun schon zweimal an nur einem Tag mit dem Leben davongekommen. Und wenn es stimmt, was du sagst, sollte ich wohl auch nicht so undankbar sein, was die Bewahrung meines eigenen Lebens angeht, also ... bleibt uns wohl nichts über, als dich mitzunehmen, Jenkins.«

Er überlegt kurz und fügt dann hinzu: »Ist das eigentlich dein richtiger Name?«

Am nächsten Morgen treffe ich mich mit Nume und Mailo zum Frühstück und berichte von unserem Abenteuer.

»Und wo ist dieser Jenkins jetzt?«, fragt Nume aufgeregt.

»Pete hat eine Wohneinheit für ihn zur Zelle umfunktioniert.«

»Wie darf ich mir das vorstellen?«

»Ach, nichts Besonderes. Sie ist wie alle anderen auch, nur dass man sie nur von außen öffnen kann.«

Nume scheint das zu enttäuschen. Vielleicht hat sie sich Bewegungsmelder und schwere Ketten vorgestellt?

»Und was passiert nun mit ihm?«

»Ich weiß es nicht, Nume. Sawyer wird schon wissen, was er tut.«

Inzwischen glaube ich das auch selber wieder. Mein Vertrauen in Sawyer ist zurückgekehrt. Nur ein leiser Zweifel nagt an mir. Was wäre geschehen, wenn es das Beben nicht gegeben hätte? Schnell verwerfe ich den Gedanken.

Zum Glück taucht Jo auf und unterbricht die Fragestunde. Nume kann ganz schön nervtötend sein, wenn sie erst mal Blut geleckt hat.

»Na ihr? Ich hoffe, ihr habt mir noch was zu essen übrig gelassen?«

Er gibt mir einen schnellen Kuss und ich schiebe ihm mein halb leer gegessenes Tablett hin.

»Hier, du Großvater.«

»Hast mich humpeln sehen, was?«

»Keine Sorge, sieht sehr cool aus. Der Held, der verletzt aus dem gefährlichen Feuerland zurückkehrt. Sehr attraktiv.«

»Sehr witzig. Ich finde es eher traurig. Fünf bewaffnete Soldaten hinterlassen keinen Kratzer an mir, aber ein Beben und ein altes Holzhaus genügen, um mich zum Krüppel zu machen.«

»Was hat Pratap gesagt? Wird es lange brauchen, um zu heilen?«, frage ich mitfühlend.

»Nein, nein. Vielleicht ein paar Tage. Mehr nicht. Was ist mit deinem Arm? Tut es noch sehr weh?«

»Schon. Aber das Mittel, das sie mir auf der Medi-Station gegeben haben, wirkt ganz gut.«

»Gott, ihr müsstet euch hören. Das reinste Lazarett!«, lacht Nume.

Ich werfe ihr einen mahnenden Blick zu.

»Schon gut«, lenkt sie ein, »war ja nur ein Scherz. Ich bin stolz auf deinen ersten Einsatz im Feuerland. Aber ich wusste ohnehin, dass du das toll hinbekommst.«

Sie tätschelt mir die Hand und ich verzeihe ihr den Spott.

»Nun zu dir, Joaquim.«

Erschrocken lässt Jo seinen Apfel fallen, als Nume ihn so anvisiert.

»Kannst du mir mal verraten, wieso du Sawyer da nicht rausgeholt hast? Hä?«

»Aus der Hütte? Ich hatte mir das Bein verletzt. Haben wir doch gerade ausführlich besprochen.«

»Das meine ich nicht, du gerissener Kerl.«

Er weicht ihrem Blick aus und beschäftigt sich wieder mit seinem Apfel.

»Mit deinem Drift wäre es dir doch ein Leichtes gewesen, ihn einfach nach draußen schweben oder fliegen oder was Leute wie du halt so können, zu lassen.«

Ich muss mich selber über meine Blindheit wundern. Natürlich hätte Jo das tun können! Aber er hat es nicht getan. Ein Lächeln überkommt mich.

»Du hast es mit Absicht nicht gemacht!«

Er nagt an dem Apfel und schaut unschuldig drein.

»Ich weiß nicht, wovon ihr da redet. Ich stand bestimmt unter Schock und hab nicht nachgedacht.«

Sein Mundwinkel zuckt.

»Blödsinn!«, meint Nume skeptisch, »du wolltest dem Soldaten Jenkins eine Chance geben, ein Held zu sein. Gib's zu!«

»Kein Held. Nur eben ... nett!«

Er wirft mir einen Blick zu und ich forme lautlos das Wort »Danke« mit meinen Lippen.

6. INFORMATIONEN

Dieses Mal freue ich mich richtig auf die Sitzung des Forums. Es gibt so vieles zu besprechen. Das Treffen mit Bold, dann der Soldat Jenkins, mein erster und relativ erfolgreicher Einsatz im Feuerland. Sicher wird das Meeting lange dauern.

Jo und ich sind bereits auf dem Weg zur Kommunikationszentrale und ich versuche mein Schritttempo zu drosseln, damit mein humpelnder Freund nicht zurückfällt.

»Kannst es wohl kaum erwarten, was?«

»Wieso auch nicht? Endlich passiert hier mal was!«

»Als wären der Weltuntergang und kämpferische Auseinandersetzungen, wo man nur hinsieht, nicht genug.«

»So meinte ich das nicht und das weißt du auch! Es ist nur so, dass ich die ganzen letzten Monate damit zugebracht habe zu trainieren und mir all die Informationen anzueignen, damit ich der Division auch wirklich von Nutzen sein kann. Jetzt endlich etwas Bewegung reinzubringen, ist einfach ein gutes Gefühl.«

»Ja, schon klar. Aber mach dir nicht zu viele Hoffnungen wegen des Treffens mit Bold. Vielleicht führt dieser Hinweis auf die Sendestation wieder nur ins Leere.«

»Ja, vielleicht. Aber vielleicht auch nicht. Ich finde, du solltest nicht immer alles so kritisch sehen.«

Wieder habe ich meine Schritte unbewusst beschleunigt und muss mich bremsen.

»So oder so kannst du stolz auf dich sein. Dein erster Späherdienst war tadellos. Obwohl ich nicht sicher bin, ob ich noch mal dabei zusehen will, wie ein blauer Soldat auf dich losgeht. Du musst auch jetzt noch weiter trainieren, hörst du?«

»Keine Sorge. Ich schaffe das schon.«

In diesem Augenblick gesellt sich Nume zu uns. Auch sie ist auf dem Weg zur Sitzung und ebenfalls gut drauf.

»Hi Leute. Wie geht's dem Bein und dem Arm natürlich?«

Jo brummt nur und ich erwidere: »Beiden besser, danke.«

Wir erreichen den Zugang zur Kommunikationszentrale und ich bemerke sofort, dass einer mehr als üblich im Raum ist. Sawyer hat Jenkins aus seinem Verlies gelassen und er darf offenbar an der Sitzung teilnehmen.

»Ist das nicht etwas voreilig?«, fragt Nume mich mit gesenkter Stimme.

»Er wird sicher nicht der ganzen Sitzung beiwohnen«, erwidere ich gelassen.

Sawyer begibt sich an seinen angestammten Platz und Pete zückt das Protokoll. Es kann losgehen.

Schnell schnappe ich mir einen der großen Kekse, die es seit Neuestem im CutOut gibt und die so unglaublich verführerisch duften, wenn sie frisch aus der Zubereitung kommen. Jenkins sitzt auf meinem Platz, sicher ein kleiner Seitenhieb von Sawyer, also gehe ich einfach zu Jo und setze mich dreist auf seinen Schoß.

»Au!«

»Oh, sorry!«, sage ich entschuldigend und verlagere mein Gewicht auf sein anderes, unverletztes Bein. Dann beiße ich genüsslich in meinen Keks und widme meine Aufmerksamkeit Sawyer. Dieser hat offensichtlich nur noch darauf gewartet, dass alle ihre Plätze eingenommen haben, und kommt gleich zum Wesentlichen.

»Die meisten von euch haben ja schon von Jenkins gehört«, er deutet mit dem Finger auf unseren Gefangenen, der in dieser vertrauten Runde allerdings gar nicht wie einer aussieht, »Nova und Jo haben ihn aus dem Feuerland mitgebracht.«

»Wieso?«, unterbricht Arros ihn sofort und ich brauche ihn nicht einmal anzusehen, um zu wissen, was jetzt kommt.

»Ist das jetzt unsere neue Vorgehensweise? Bitten wir den Feind jetzt zum Kaffeeklatsch in den CutOut, anstatt weiter gegen ihn vorzugehen? Ich würde sagen, diese Taktik verspricht nur mittelmäßigen Erfolg, wenn ihr mich fragt.«

»Arros, alter Freund. Ich verstehe deine Bedenken, aber bitte lass uns jetzt nicht streiten. Was geschehen ist, ist geschehen. Der Mann ist hier und wenn man es mal von der positiven Seite betrachtet, bietet sich uns dadurch auch die eine oder andere Möglichkeit.«

Arros schnauft nur missbilligend und zieht eine Braue hoch. Als Sektionsleiter der Sicherheit ist er zu Recht äußerst skeptisch, was Fremde und noch dazu blaue Soldaten im CutOut angeht.

»Die da wäre?«

»Zum Beispiel hat unser lieber Jenkins sicher einige Informationen für uns, nicht wahr?«

Sawyer sieht den jungen Soldaten eindringlich an.

»Was ... was wollt ihr denn wissen?«, erwidert dieser unsicher.

»Alles«, grunzt Jo stumpf.

»Fangen wir bei etwas Naheliegendem an«, fährt Sawyer fort, »würdest du sagen, dass die Blauen eine Ahnung davon haben, wo sich der CutOut befindet?«

Nun lacht Jenkins. Irgendwie wirkt es fehl am Platz. Eben noch verunsichert, sieht es jetzt so aus, als würde er sich über uns lustig machen. Das sollte er lieber lassen.

»Was ist so witzig?«, fragt Arros gereizt.

»Nein, ich meine, nichts! Es ist nur ... Wir, ähm, sie wissen nicht, wo der CutOut ist. Um genau zu sein, wissen sie nicht einmal, dass es ihn gibt.«

»Sehr gut«, sagt Sawyer erleichtert, »das sind doch mal gute Neuigkeiten.«

»Und wonach sucht ihr dann da draußen?«, frage ich neugierig.

»Nach euch natürlich! Die Regierung geht davon aus, dass ihr euch in einzelnen Lagern über das Feuerland verteilt habt.«

»Ausgezeichnet!« Sawyers Grinsen wird immer breiter. »Deshalb suchen wir ja auch die Gebiete um die blauen HUBs im Raster ab. Es hieß, wir sollen die Lager finden und die Abtrünnigen ... wir sollen sie bestrafen.«

»Umbringen meinst du.«

Arros' Worte klingen eher nach einer Feststellung als nach einer Frage.

»Ja.«

»Und was glaubst du, wird als Nächstes geschehen? Sie werden keine Lager finden, also müssen sie ihren Plan auf kurz oder lang ändern«, befragt Sawyer ihn weiter.

Jenkins zögert. Vielleicht hat er Angst zu viel preiszugeben. Ich kann mir vorstellen, dass es ihm schwerfällt, seine Vorgesetzten zu hintergehen, indem er den Feind mit Informationen füttert. Aber ihm wird nichts anderes übrig bleiben. Er begreift es nur noch nicht.

Ich nutze die Gelegenheit und teile das Ergebnis meiner Abhöraktion mit den anderen.

»Du und deine Einheit, ihr habt über die mögliche Abriegelung der HUBs gesprochen. Wie sieht es damit aus? Glaubst du, die Regierung würde so weit gehen?«

Jenkins sieht mich verwundert an.

»Woher ...?«

»Ihr seid nicht die einzigen, die das Feuerland beobachten«, erwidere ich herausfordernd.

Wieder zögert er, doch nun ist ihm klar, dass er lieber bei der Wahrheit bleiben sollte.

»Es machen Gerüchte die Runde. Das stimmt schon. Aber es gibt noch keine Befehle oder Bekanntmachungen dazu. Es könnte auch nur Gerede sein.«

Auf einmal wollen alle etwas wissen. Sogar Nume löchert den Soldaten mit Fragen und nach einer Stunde ist der arme Jenkins völlig erledigt. Doch er war sehr kooperativ und Sawyer scheint zufrieden mit der Ausbeute an Informationen. Schließlich holt Pete über seinen Kommunikator zwei Männer aus Arros' Truppe und sie bringen Jenkins zurück in seine »Wohnzelle«.

»Also schön. Dann hätten wir diesen Punkt ja erst einmal abgehakt. Nun zu dir, Nova. Jo sagte mir, dein erster Einsatz als Späher war recht erfolgreich? Mal von dem Vorfall mit Jenkins abgesehen.«

Ich räuspere mich und versuche ganz gelassen zu wirken.

»Mir hat es gefallen. Und wenn es Jo recht ist, würde ich ihn gerne wieder begleiten, wenn er rausgeht.«

Ich verzichte darauf, Jo anzusehen, um mir die Blamage zu ersparen, falls er nicht einverstanden ist und dies auch nach außen hin zeigt. Doch mein Freund hat scheinbar kein Problem mit mir als Verstärkung.

»Ich denke, wir kommen sehr gut miteinander klar da draußen. Meinetwegen kann es dabei bleiben. Es stimmt schon. Zwei sind besser als einer, wenn es hart auf hart kommt. Aber ich fände es gut, wenn Nova auch noch ein wenig mit Arros' Leuten trainiert. Was ihren Drift angeht, so ist sie bei dir in guten Händen, Sawyer, aber sie ist ebenfalls eine gute Nahkämpferin. In ihrem HUB hat sie regelmäßig mit Marzellus trainiert. Vielleicht könnte sie wieder daran anknüpfen?«

»Ich wäre einverstanden«, sagt Arros.

»Ich auch«, pflichte ich ihm bei, »ich würde gerne wieder etwas an meiner Technik arbeiten.«

»Dann wäre das ja ebenfalls geklärt. Nova ist also von nun an ein angehender Späher und wird Jo weiterhin begleiten.«

Sawyer lehnt sich zufrieden zurück und wartet, bis Pete alles notiert hat.

»Dann kommen wir zu meinem Treffen mit Bold und diesem William.«

Ich spitze gespannt die Ohren. Jetzt wird es richtig interessant.

»Ich muss schon sagen, der Kerl ist nicht unbedingt sympathisch gewesen, aber es geht auch nicht darum, dass ich ihn besonders gerne haben soll, sondern, dass er uns in dieser Sache mit der Sendestation weiterbringt. Alles in allem war das Treffen recht informativ. Wie es aussieht, ist er erst vor Kurzem in HUB Nummer 74 versetzt worden und dort dennoch bereits hoch angesehen. Er ist für den Informationsfluss und insbesondere für die Sendungen des Info-Kanals in diesem und in drei weiteren gelben HUBs zuständig. Nova, du hattest recht. Jeder gelbe HUB hat seine eigenen, individuell zugeschnittenen Sendungen. Meist sind es nur Dokumentarfilme über die alte Zeit. Wiederholungen, die den Leuten Angst vor der Oberfläche machen sollen.«

»Oh ja«, werfe ich ein, »daran erinnere ich mich gut. Man hatte nach solch einer Sendung immer das Gefühl, dass die Oberfläche praktisch schon in Flammen stehen oder einem das Gesicht wegätzen würde, wenn man auch nur daran denken würde, die Nase aus dem HUB zu stecken.«

»Genau das hat er auch beschrieben.«

Sawyers Augen blitzen auf. Er ist hoch motiviert und will uns ebenfalls jeden Zweifel nehmen.

»Wenn er uns wirklich zu der Station führt, wird sich danach alles ändern. Wenn etwas schiefläuft, ist er so gut wie tot. Der Mann riskiert verdammt viel für uns. Immerhin hat er eine gute Stellung innerhalb seines HUBs. Es ist seine freie Entscheidung, mit uns zu kooperieren. Das sollten wir ihm hoch anrechnen.«

Die anderen nicken zustimmend und auch ich empfinde eine tiefe Dankbarkeit gegenüber diesem unbekannten neuen Verbündeten. Wieder erstaunt es mich, wie viele Menschen bereit sind, ihr Leben zu riskieren, um uns zu helfen. Als Mitglied der Führungsriege hat dieser Mann tatsächlich keinen nachvollziehbaren Grund etwas zu riskieren.

Ich erinnere mich an das Gefühl, als mir auf unserer Flucht zum ersten Mal bewusst wurde, dass die Menschen auf den oberen Levels den HUB offenbar verlassen durften, wann immer sie wollten. Zumindest ging ich davon aus. Und am Ende stellte sich tatsächlich heraus, dass nur wir »normale« Bewohner belogen wurden. Die Führungsebene stand zu jeder Zeit in Kontakt mit den anderen gelben und blauen HUBs. Wie immer überkommt mich blanker Hass, wenn ich daran denke, wie viele Menschen noch immer mit dieser Lüge leben. Es sind Millionen.

Auf dem Weg zu meiner Wohneinheit treffe ich auf Marzellus. Er ist in letzter Zeit ständig beschäftigt und ich freue mich daher sehr ihn zu sehen.

»Hey Nova. Wie war die Sitzung?«

»Sehr aufschlussreich«, erwidere ich geheimnisvoll.

Er winkt ab.

»Ihr macht das schon. Ich lass mir später alles von Arros erzählen. Nur eine Sache, weißt du, ob Sawyer inzwischen mehr über die Nachtsichtgeräte herausbekommen hat? Wir haben nicht genug und ich wollte endlich mal damit anfangen, sie zu konfigurieren?«

»Nein, tut mir leid. Darüber weiß ich nichts.«

Ich überlege kurz.

»Was brauchst du noch so?«

Er stutzt. Mein alter Freund weiß ja auch noch nicht, dass ich nun eine angehende Späherin bin und seine Einkaufsliste aufnehmen kann.

»Da wäre einiges. Wie gesagt, mindestens zehn oder fünfzehn Nachtsichtgeräte, dann wären da noch die verschlissenen SOLAR SUITS. Da bräuchten wir dringend welche für die neuen Gelben im CutOut. Oh! Und die Munition für die Kleinkaliber ist auch ziemlich erschöpft.«

»Ich werd's mir merken und sehe, was sich machen lässt.«

»Hab ich also doch was verpasst?«

»Ich werde Späher«, sage ich stolz.

»Aha! Na dann pass aber auf, dass dir nichts geschieht. Das Feuerland kann tückisch sein, aber das weißt du ja.«

»Keine Sorge. Ich ziehe nur gemeinsam mit Jo los. Da passiert schon nichts.«

Er wirft einen kritischen Blick auf meinen Verband am Arm, sagt aber nichts weiter.

Wir unterhalten uns noch eine Weile, doch dann treibt ihn die Arbeitswut wieder in sein Labor und ich ziehe mich in meine Wohneinheit zurück. Die letzten Tage waren anstrengend und bevor ich mein neues Training mit Arros beginne, will ich mich einmal richtig ausschlafen.

Als ich mich endlich gemütlich und frisch geduscht in meinem Bett befinde, beschließe ich, mir noch ein paar Aufzeichnungen anzusehen.

Die Division hat es in den vergangenen Monaten geschafft, beinahe alle gesammelten Dokumente im CutOut zusammenzutragen. Der Wust aus Papier, Datenträgern, Karten und handschriftlichen Notizen, den ich vor langer Zeit in der U-Bahn-Station unter der verfallenen Stadt gesehen habe, wurde von vielen fleißigen CutOut-Bewohnern sortiert und digitalisiert. Ich kann jede beliebige Information in meiner Wohneinheit abrufen.

Zuletzt habe ich mir Mitschnitte von geheimen Treffen der Division vorgenommen, also will ich es heute mit den Aufzeichnungen aus den unterschiedlichen Medi-Stationen versuchen. Die neuen Erkenntnisse, die wir aus Prataps Dokumenten gewonnen haben, machen mich noch immer stutzig. Zwar steht es nun außer Frage, dass die ersten HUB-Bewohner tatsächlich nicht auf ihren eigenen Beinen, sondern im Reagenzglas in den HUB gelangt sind, doch möchte ich mehr darüber erfahren. Allerdings bezweifle ich stark, dass in den Unterlagen noch mehr darüber zu finden ist. Irgendein Mitglied der Division hätte die Informationen sicher längst gefunden und dokumentiert, wenn dem so wäre.

Ich schnappe mir meine Decke und mache es mir gemütlich. Tonaufzeichnung um Tonaufzeichnung sowie zahllose Notizen und Akten wälze ich, bis meine Augenlider schwer werden und ich allmählich wegdämmere.

Am Morgen erwache ich mit dem Gesicht auf meinem tragbaren Terminal. Ein kantiger Abdruck bleibt auf meiner Wange zurück. Ich strecke mich ausgiebig und will den kleinen Screen gerade weglegen, als mir plötzlich etwas ins Auge springt.

Das zuletzt geöffnete Dokument ist die Krankenakte eines jungen Mannes, welcher im HUB 19 auf der Medi-Station behandelt wurde. Diese Akte verdankt die Division T.J., der in mehreren blauen HUBs Verbündete um sich schart. Scheinbar auch Mitarbeiter der Medi-Stationen. Auf den ersten Blick ist an den Aufzeichnungen nichts Besonderes, eine Akte wie alle anderen auch. Nur eine Kleinigkeit irritiert mich.

Ich schiebe die verwühlte Decke ein Stückchen weg und schwinge meine Beine über den Rand meines Bettes. Dann vergrößere ich die rechte, obere Ecke des Datenblatts und versuche den Fehler zu finden. Irgendetwas passt nicht.

Schnell hole ich eine andere Akte nach vorne und vergleiche den oberen Bereich des Dokuments mit dem des Mannes aus HUB 19. Sofort fällt mir der Unterschied auf. Es ist die kleine Markierung, die Aufschluss darüber gibt, ob der Patient ein Blauer oder ein Common ist.

Die Patienten der blauen HUBs sind in der Regel Blaue. Nur ganz selten schleicht sich ein Gelber ein. Meist einer der Spätentwickler, der seinen Drift plötzlich entwickelt hat und deswegen in einen blauen HUB gebracht wurde.

Auf dem linken Dokument ist die Markierung ein kleiner, blauer Punkt. Auf dem rechten hingegen ist dieser Punkt grau.

Ich stutze. Das muss ein Fehler sein. Vielleicht ist bei der Digitalisierung etwas schiefgelaufen. Doch das kann eigentlich nicht sein. Die Krankenakten waren bereits digital, sie mussten nicht manuell zu Daten verarbeitet werden. Das hatten nur die handschriftlichen Notizen nötig. Ich überlege. Wenn es kein Fehler ist, dann ...

»Eine dritte Gruppe?«, fragt Jo ehrlich überrascht.

»Was sonst?«, erwidere ich achselzuckend, »oder fällt dir eine andere Erklärung ein?«

»Das nicht, aber ... es erscheint mir irgendwie unrealistisch. Graue, ja?«

»Graue.«

»Seltsam.«

Irgendwie beschleicht mich das Gefühl, dass mich der Austausch mit Jo nicht weiterbringt. Er scheint sich keinen Reim auf meine Entdeckung machen zu können.

»Lass uns Sawyer davon erzählen. Und nicht erst in der Sitzung«, beschließe ich, »dann machen wir die anderen nur verrückt. Falls das Ganze nichts zu bedeuten hat, muss es nicht gleich die Runde machen.«

Jo nickt zustimmend.

»Ich glaube, Sawyer ist bei Arros in Trainingsraum sechs. Müsstest du da um diese Zeit nicht auch sein?«

»Fuck!«

Ich werfe einen Blick auf mein Armdisplay und der Zeitmesser bestätigt meine Befürchtung. Ich komme über eine halbe Stunde zu spät zu meiner ersten Trainingseinheit mit Arros. Zwar sollte es heute sowieso eher um's Zusehen gehen, weil mein Arm mir noch Probleme macht, aber zu spät kommen möchte ich trotzdem nicht.

Schneller als Jo gucken kann, sprinte ich zu den Aufzügen. Nach wenigen Sekunden hat er mich eingeholt und wir liefern uns ein kleines Wettrennen. Entlang der Galerie sausen wir um die Kurve und kollidieren beinahe mit einer Gruppe gelber Neuankömmlinge.

Ich habe nicht mitbekommen, dass schon wieder neue angekommen sind. Sie springen erschrocken zur Seite und ich rufe im Vorbeirennen ein entschuldigendes »Tut mir leid. Und herzlich willkommen im CutOut!«

Wir erreichen die Fahrstühle beinahe zeitgleich und ich betätige den Sensor gleich mehrmals hintereinander.

»Komm mal wieder runter. Ein paar Minuten mehr oder weniger machen doch jetzt auch nichts aus.«

Ich werfe meinem Freund einen grimmigen Blick zu und seufze erleichtert, als sich die Fahrstuhltüren endlich öffnen. Der Lift ist zum Glück leer und hält auch zwischendurch nirgends mehr an.

Wir erreichen das Fitness-Level und ich winke Marzellus zu, der gerade dabei ist, einen Trainingssimulator zu reparieren. Weiter hinten, in dem lang gestreckten, breiten Raum stehen Arros und ein paar seiner Leute um den kreisförmigen Nahkampfring herum. Zwei von ihnen liefern sich einen erbitterten Kampf.

Plötzlich beschleicht mich das Gefühl, dass dies hier eine andere Art von Training werden wird. Nicht wie die Einheiten, die ich im HUB 1 zusammen mit Marzellus absolviert habe. Es sieht viel gefährlicher aus. Eher wie bitterer Ernst als ein sportlicher Wettkampf.

Als wir Arros erreichen, geht einer der beiden Männer krachend zu Boden. Ich weiß nicht, wie es klingt, wenn Knochen splittern, aber so in etwa stelle ich es mir vor.

»Hi Arros, ich bringe dir deine neue Schülerin.«

»Reichlich spät, aber immerhin«, erwidert dieser ernst.

Arros ist eine beeindruckende Erscheinung. Zwar ist er mir bereits während unserer Flucht ans Herz gewachsen, weil er ein großer, gutmütiger und irgendwie liebenswerter Kerl ist, doch wirkt er auf die meisten Menschen eher furchteinflößend. Seine gewaltigen Hände erwecken den Eindruck, als könne er damit Stahl verbiegen. Überhaupt sieht er aus wie ein großes, haariges Ungetüm. Dass er Sektionsleiter der Sicherheit ist, passt zu seiner einschüchternden Erscheinung.

»Es tut mir leid, Arros. Ich habe gestern zu lang gelesen und dann hatte ich auch noch etwas mit Jo zu besprechen, aber ...«

»Schon gut, Kleine. Spar dir den Atem für den Ring. Du bist als Nächstes dran. Sam! Du kämpfst gegen Nova.«

Ich wende den Blick ab und beobachte einen beunruhigend gut gebauten Jungen dabei, wie er sich auf den Weg in den Ring macht. So viel zum Thema »nur zusehen«. Offenbar bringt meine Verspätung mir gleich die erste Strafe ein. Ich schlucke, traue mich aber auch nicht zu widersprechen. Wenn Arros meint, ich wäre diesem Typen gewachsen, muss ich mich wohl beugen. Außerdem will ich ihn nicht noch mehr reizen. Mein spätes Auftauchen ist genug Blamage für einen Tag.

»Ich, ähm ... soll ich hierbleiben?«, fragt Jo mich leise.

Ich bin nicht sicher, ob er denkt, dass mich seine Anwesenheit stört, oder ob er schlicht nicht dabei zusehen will, wie seine Freundin nach Strich und Faden vermöbelt wird. Wieder beäuge ich den Jungen im Ring, welcher jetzt damit beginnt sich zu lockern und ein paar beunruhigend schnelle Fausthiebe in der Luft probt.

»Mir egal. Ich meine, du kannst bleiben, wenn du magst.«

Während ich die Worte an ihn richte, wende ich zu keinem Zeitpunkt den Blick von meinem Gegner ab. Ich habe tatsächlich Angst. Aber wenn ich weiterhin mit Jo durch das Feuerland streifen will, muss ich da jetzt durch. Also fasse ich mir ein Herz, streife mein Shirt ab und trete ebenfalls in den Ring. Im Trägertop kann ich mich besser bewegen und biete meinem Kontrahenten weniger Fläche zum Festhalten.

Sam verzieht belustigt das Gesicht und vollführt dann ein paar tänzelnde Schritte.

»Keine Sorge, Common, ich werde ganz zärtlich sein.«

Und schon verschwindet meine Angst. Kampfgeist und Stolz treten an ihre Stelle. Will er sich über mich lustig machen? Dem werd ich's zeigen!

Ohne weiter auf seine Worte einzugehen, stürze ich mich auf ihn, erklimme mit zwei gezielten Tritten seine Hüfte und packe seinen Kopf. Im Schwung wirbele ich herum und reiße ihn mit mir zu Boden. Die anderen johlen erheitert und beginnen damit, meinen Namen zu rufen. Flüchtig wundere ich mich darüber, dass sie ihn kennen, ich aber kaum einen ihrer Namen weiß. Irgendwie haben meine Freunde und ich es zu kleinen Berühmtheiten innerhalb des CutOuts gebracht. Vermutlich, weil wir die ersten waren, die hier einzogen, und wegen unserer halsbrecherischen Flucht aus dem HUB.

Ich nehme ein wenig Abstand und lasse Sam so die Möglichkeit sich wieder aufzurichten. Er ist hochrot und starrt mich fassungslos an.

»Na dann komm, du Blauer. Ich werde ganz zärtlich sein.«
Er schnaubt und dieses Mal ist er es, der schnell auf mich zuschießt.

Ich weiche mehrere Male aus, bevor er seinen ersten Treffer landen kann. Dieser hat es leider in sich und ich taumele kurz, bevor ich mich wieder fangen kann. Nur knapp entgehe ich weiteren, kurz hintereinander folgenden Hieben und weiche immer weiter zurück. Doch dann erkenne ich ein System hinter seinen Schlägen. Er ist nur mit der Rechten gut und hat keinen besonders festen Stand. Das muss ich mir zunutze machen.

Ich weiche ein weiteres Mal aus und ducke mich dann schnell an ihm vorbei. Als ich hinter ihm bin, trete ich gegen seine Wade und sein Bein knickt ein. Ich schnappe mir seinen Arm und drehe ihn nach hinten. Er brüllt vor Schreck und Schmerz auf. Doch mein Triumph ist nur von kurzer Dauer. Sam ist stark, er schafft es, sich aus meinem Griff zu befreien, und ich muss umdenken. Also lege ich meinen Arm um seine Schulter und zwinge ihn erneut zu Boden. Er packt mein Bein und ich lande unsanft neben ihm. Schon ist er über mir und drückt mir seinen Ellenbogen in die Kehle. Mit der anderen Hand drückt er meinen rechten Arm auf den Boden.

Aus dem Augenwinkel sehe ich Jo einen Schritt näher an den Ring herantreten. Noch zögert er, aber wenn Sam so weitermacht, wird er mir zur Hilfe kommen, und das wäre dann wirklich peinlich. Ich muss diesen Kampf irgendwie zu meinen Gunsten entscheiden, sonst nehmen mich die anderen nicht ernst.

Als wir hereingekommen sind, habe ich sofort bemerkt, dass nur ein Mädchen unter ihnen ist. Ich will nicht gleich am ersten Tag verlieren! Also versuche ich den immer stärker werdenden Druck auf meinen Hals auszublenden und überlege mir meinen nächsten Schritt. Viele Möglichkeiten bleiben mir nicht. Ich entscheide mich für die schwierigste, dafür auch effektivste von ihnen. Ich deute an, meinen Arm befreien zu wollen, und Sam verstärkt sofort den Druck darauf. In diesem kurzen Moment ist er abgelenkt und ich ramme meine linke Faust mit aller Kraft in sein Gesicht. Er stöhnt auf und der Druck auf meinem Kehlkopf wird sofort schwächer.

Ich rolle mich herum und befreie mich vollends aus seinem Griff. Dann lege ich beide Beine um seinen Hals und vollziehe eine schnelle Drehung. Er kann sich nun kaum noch rühren. Schnell greife ich nach seinem Arm und ziehe ihn in meine Richtung. Sein Gesicht läuft erneut rot an, während er Mühe hat, sich nicht selber noch mehr Schmerzen zu bereiten, weil er unaufhörlich mit den Beinen strampelt.

Nach ein paar weiteren Sekunden voller Schnaufen und Ächzen entlocke ich meinem Gegner die erlösenden Worte.

»Ich ... gebe auf.«

Gehässig warte ich weitere Sekunden, bevor ich meinen Griff lockere und ihn in die Freiheit entlasse. Die anderen grölen applaudierend und Jo sieht erleichtert aus. Ich habe gewonnen. Einfach war es nicht. Ich werde hart trainieren müssen, um es mit jedem von ihnen aufnehmen zu können. Aber für den Moment bin ich enorm stolz.

7. ONKEL RUBEN

»Wir haben insgesamt 25 gefunden«, berichtet Sawyer mir einige Tage später.

Er und ich sitzen an einem der Tische auf der großen Ebene etwas abseits der anderen CutOut-Bewohner und begutachten die Dokumente, die Sawyer mitgebracht hat. Jedes einzelne zeigt einen Patientenbericht. Und jeder Bericht hat eine graue Markierung.

»Und was denkst du?«, frage ich ihn nun.

Er lehnt sich zurück und verschränkt die Hände hinter dem Kopf. Das tut er immer, wenn er nachdenkt.

»Was ich davon halten soll, weiß ich nicht. Aber drei Dinge stehen auf jeden Fall fest. Du hattest recht, es ist kein Fehler oder Zufall. Und das wiederum bedeutet, dass es sich um eine weitere Gruppe von Menschen handeln muss.«

»Und die dritte Sache?«

»Keiner von denen hat einen Drift.«

»Woher weißt du das?«

»Hier, siehst du?«, er vergrößert einen Abschnitt in einer der Krankenakten und zeigt mir die relevante Stelle. »Hier würde bei einem Blauen oder einem Common mit neuen Fähigkeiten eine Klassifizierung oder falls noch nicht vorhanden, eine Beschreibung des Drifts stehen.«

»Verstehe.«

Jo schlendert zu uns herüber. Er hebt grüßend die Hand, als er Sawyer und mich sieht und setzt sich dann neben mich.

»Was wird denn hier so geheimnisvoll besprochen?«

»Das hier«, sage ich und schiebe ihm die Berichte hin.

Nachdem ich ihn ins Bild gesetzt habe, überlegen wir fieberhaft, was es mit diesen grauen Menschen auf sich haben könnte.

»Die Tatsache, dass selbst die Blauen nichts von diesen Leuten wissen, ist verdächtig, findet ihr nicht?«, werfe ich in die Runde.

»Nun ja, die oberen Hierarchien werden schon von ihnen Kenntnis haben. Wie immer. Aber du hast recht, es ist sehr seltsam.«

Sawyer kratzt sich am Kopf.

»Schaut euch mal die Verletzungen an, ich meine, die Gründe, warum sie Gäste der Medi-Stationen waren. Das ist schon auffällig.«

Ich überfliege die Liste der Gebrechen und verstehe nicht gleich, worauf Jo hinauswill. Als er meinen verständnislosen Blick bemerkt, geht er die einzelnen Aufzeichnungen mit uns durch.

»Hier. Schau dir das an. Quetschung, gebrochene Hand, Metallteil im Arm, Verbrennung ... Das sind alles Verletzungen, die man sich bei der Arbeit zuzieht. Kampfblessuren sehen anders aus und unter der Dusche rammt man sich normalerweise auch keinen Stahlstift in den Fuß. Versteht ihr, was ich meine?«

»Schon. Aber was hat das zu bedeuten?«, frage ich mich halbblau.

»Auf jeden Fall heißt es, dass diese Leute schwer arbeiten, ohne dass die anderen davon wissen. Und dass sie gelegentlich zur Behandlung in einen blauen HUB eingeliefert werden. Was wiederum darauf schließen lässt, dass es, da wo sie herkommen, keine Medi-Stationen gibt. Wo auch immer das sein mag.«

»In jedem Fall in Reichweite der blauen HUBs.«

Plötzlich habe ich eine Idee.

»Man, Leute! Die Schiffe! Sie bauen die Schiffe.«

Es dauert kurz, bis Jo und Sawyer wieder einfällt, dass die Regierung dabei ist Raumschiffe zu bauen. Neben der großen Revolution ist das Thema Salgaia in letzter Zeit völlig in den Hintergrund getreten. Kein Wunder also, dass es uns nicht sofort aufgefallen ist.

»Das könnte stimmen«, erwidert Sawyer fasziniert.

»Vielleicht. Aber wieso gibt es eine extra Gruppe Menschen dafür? Und noch dazu ohne Drift?«, Jo runzelt die Stirn, »ich meine, mal ganz ehrlich. Wenn ich die Wahl hätte zwischen einem Mann, der schwere Teile von A nach B schweben lassen kann, und einem Kerl, der sie mit bloßen Händen schleppen muss, dann wäre meine Wahl eindeutig.«

Sawyer verzieht leicht gequält das Gesicht.

»Mein lieber Freund. Ich fürchte, du unterschätzt noch immer die Unmenschlichkeit dieses Systems. Versetz dich mal in ihre Lage. Was glaubst du, wie viele Arbeitskräfte braucht man, um Schiffe zu bauen, welche alle Bewohner der HUBs auf einen weit entfernten Planeten bringen können?«

»Keine Ahnung. Tausende? Wahrscheinlich mehr?«

»Richtig. Und wir drei wissen am besten, was diese Regierung alles tut, um die Menschen klein zu halten. Dass die Commons nichts von den Blauen wissen, ist ein Sicherheitsmechanismus. Es gibt Millionen Gelbe. Ein Aufstand wäre verheerend für die Blauen. Drift hin oder her, bei einem Verhältnis von neun Gelben auf einen Blauen würden die blauen HUBs immer den Kürzeren ziehen.«

Während Sawyer dies sagt, erinnere ich mich sofort daran, wie Jo und ich uns über dieses Thema in der verlassenen Stadt unterhalten haben. Schon damals war Jo auf diesen Gedanken gekommen. Während ich noch naiv und unwissend durch die neu entdeckte Welt außerhalb meines HUBs taumelte, hatte er bereits seine Schlüsse gezogen.

»Du meinst, sie teilen ausschließlich Menschen ohne Drift zur Arbeit an den Schiffen ein, damit sie sie besser unter Kontrolle halten können?«

»Exakt.«

»Aber woher kommen diese Menschen?«, frage ich Sawyer, »aus den gelben HUBs sicher nicht. Der einzige

Grund, warum dort mal jemand verschwindet, ist wenn er zum Außeneinsatz geholt wird. Und das ist, wie wir inzwischen wissen, nur der formale Ausdruck für die Entwicklung eines Drifts.«

»Und aus den Blauen kommen sie auch nicht. Denn dann würden die Krankenakten wieder keinen Sinn ergeben. Sie haben ja alle keinen Drift«, schließt Jo.

Wieder sind wir ratlos und grübeln vor uns hin.

»Ohne weitere Informationen werden wir da nicht mehr herausbekommen. Ich denke, wir können davon ausgehen, dass es irgendwo so was wie graue HUBs gibt oder eben etwas Ähnliches. Für uns wäre jetzt eigentlich nur wichtig zu wissen, ob unsere Mutmaßungen berechtigt sind. Wir sollten diese Sache in jedem Fall mit in unsere Botschaft aufnehmen. Aber dazu müssen wir uns sicher sein, dass es diese Menschen auch wirklich gibt. Auf keinen Fall können wir irgendwelche haltlosen Vermutungen unter die Leute bringen. Sollten wir die Botschaft tatsächlich an alle HUBs senden, muss sie absolut glaubhaft sein! Die Leute müssen das System infrage stellen. Wenn sich unsere Behauptungen als Lügen entpuppen, wird die Regierung unsere Aktion mit Leichtigkeit als Täuschung hinstellen können. Das darf auf keinen Fall geschehen.«

Sawyer redet sich richtig in Rage. Aber es freut mich, dass meine Idee bei ihm, seit dem Treffen mit Bold und diesem William, wieder so hoch im Kurs steht.

»Wie sieht es eigentlich mit der Sendestation aus?«, frage ich bei dieser Gelegenheit neugierig nach, »haben wir inzwischen einen genauen Standort?«

»Der neue Mann will sich in zwei Wochen erneut mit mir und Bold treffen. Dann übergibt er mir die Koordinaten, damit wir das Ziel ausspähen können.«

»Der macht ja ein ganz schönes Geheimnis daraus«, brummt Jo.

»Vergiss nicht, es ist ein großes Risiko für ihn. Vielleicht will er sich einfach sicher sein. Ich habe ihm angeboten, in den CutOut zu ziehen, sobald die Übergabe durch ist. Dann muss er nicht fürchten, festgenommen zu werden, falls sein HUB ihn als Leck enttarnt.«

»Das ist nur fair«, erwidere ich.

»So oder so sollten wir uns allmählich daran machen, die Botschaft vorzubereiten. Marzellus hat bereits eine Auswahl an Sequenzen zusammengeschnitten, die den Leuten verdeutlichen wird, wie es im Feuerland tatsächlich aussieht und natürlich in den HUBs. Ich nehme an, für die Commons dürfte es interessant sein, das Spektakel in einem blauen HUB zu sehen. Und es würde unsere Informationen auch angemessen untermalen.«

»Das finde ich gut. Allein die Vorstellung, dass meine Freunde in HUB 1 solch einen Film sehen werden ... undenkbar. Sie werden an ihrem Verstand zweifeln. Es darf nicht übertrieben wirken, aber es sollte schon die Realität abbilden«, stelle ich fest.

»Wo wir gerade davon sprechen, Nova. Ich hätte gern, dass du die Botschaft in die Welt hinausträgst.«

»Natürlich komme ich mit, wenn ihr die Sendung in den Info-Kanal einspeist. Das ist doch klar! Immerhin war es meine Idee und bis dahin habe ich sicher schon weitere Späher-Touren mit Jo gemacht und bin kein Feuerland-Anfänger mehr.«

Sawyer schüttelt den Kopf.

»Du verstehst mich falsch. Ich will, dass du IN dem Film bist.«

Es dauert einen Moment, bis die Worte mein Gehirn erreichen.

»Du meinst, ich soll in der Aufzeichnung reden, also mit den Leuten. Wie eine Moderatorin?«

»Eher wie eine Prophetin, wenn du so willst.«

Jo schmunzelt und senkt den Blick, während mein Gesicht zu kribbeln beginnt.

»Ich weiß nicht, Sawyer. Ich glaube, so was kann ich nicht gut. Und es hängt so viel an dieser Botschaft.«

»Ich bin mir sicher, du wirst das hinbekommen. Du kannst ja noch ein wenig darüber nachdenken und natürlich werden wir gemeinsam festlegen, was in der Botschaft gesagt wird und was nicht. Aber eines steht fest, ohne dich und eure Flucht aus HUB 1 wären wir heute nicht da, wo wir stehen. Wenn jemand infrage kommt, um den Rest der Welt aufzuklären, dann du!«

Mein plötzlich aufkeimendes Lampenfieber mischt sich mit Stolz. Zwar graut es mir davor, mein Gesicht auf sämtlichen Screens und Hologrammen der HUBs zu zeigen, aber ein Fünkchen Wahrheit steckt in Sawyers Feststellung.

Ich bin der lebende Beweis für die Machenschaften der Regierung. Und eine der ersten, die sich dagegen gewehrt hat.

Ich stelle mir vor, wie die Bewohner meines eigenen, gelben HUBs zusammen auf der großen Ebene sitzen, den Blick auf den überdimensionalen Bildschirm gerichtet, auf dem wie jede Woche eine stumpfsinnige Sendung zu unserer Unterhaltung läuft. Und dann stelle ich mir vor, wie das Bild plötzlich verschwimmt, wie stattdessen mein Gesicht erscheint. Die Vorstellung ist für mich auf mehrere Arten verstörend.

»Ich kann es ja mal versuchen. Wenn es nirgendwo hinführt, sollten wir uns aber jemand anderen überlegen.«

Als Jakob zwanzig Minuten später zu uns stößt, sind wir schon wieder mit der Analyse der Krankenakten beschäftigt und trotzdem noch kein Stück schlauer als vorher.

Ich mustere meinen besten Freund besorgt. Er wirkt aufgewühlt.

»Störe ich?«

Sawyer schüttelt den Kopf und zieht einen Stuhl vor. Jakob lässt sich eilig darauf nieder und legt sofort los.

»Sie haben meinen Onkel gefunden. In 'nem blauen HUB, nicht weit von hier.«

Seine Stimme überschlägt sich beinahe vor Aufregung.

»Das ist großartig!«, entfährt es mir und schnell greife ich nach seiner Hand und drücke sie fest.

»Schon. Nur ist er ja nun einer von ihnen. Ihr wisst ja, er wurde vor Jahren zum Außeneinsatz geholt. Er hat also einen Drift und die Gehirnwäsche hinter sich. Trotzdem würde ich gerne ... Ich meine, Sawyer, können wir da was machen?«

Sawyer wirkt hin- und hergerissen. Die heimliche Abwanderung von Mitgliedern der Division ist eine Sache. Jemanden, der keine Ahnung von uns hat, der sich nicht einmal an seine eigenen Verwandten erinnert, dort herauszubekommen, ist gelinde gesagt riskant.

Ich verstehe das Dilemma, kann aber auch Jakobs Wunsch nachvollziehen.

»Können wir nicht einen der ansässigen Division-Leute kontaktieren und sehen, wie die Umstände sind?«, frage ich daher optimistisch.

»Das werden wir natürlich tun. Aber Jakob, mach dir keine zu großen Hoffnungen. Dein Onkel lebt schon sehr lange da. Er kann sich ganz bestimmt an nichts mehr erinnern und vielleicht ist es auch nicht mehr möglich, sein Gedächtnis wieder zu aktivieren, so wie bei Mailo. Es ist möglicherweise schon zu lang her.«

»Aber wir müssen es versuchen!«, bittet Jakob erneut.

Jo beugt sich ein Stückchen vor und sieht meinen aufgebrachten Freund mitfühlend an.

»Jakob. Stell dir vor, wie es sein würde, wenn wir deinen Onkel herholen und seine Erinnerungen nicht zurückkehren. Er müsste sich mit Jenkins eine Zelle teilen, verstehst du, worauf ich hinaus will? Das wäre eine ganz furchtbare Situation. Wer nicht zu uns gehört, darf nicht in den CutOut, das musst du bedenken.«

Ich bin ein wenig schockiert über die harten Worte und starre auf die Tischplatte.

Natürlich stimmt es. Jakobs Onkel könnte auch eine Gefahr für uns sein. Er ist jetzt ein Blauer und damit der Feind, zumindest bis das Gegenteil bewiesen ist.

»Was für einen Drift hat denn der Mann?«, wechselt Sawyer das Thema.

»Er ist wohl ein Pyro«, erwidert Jakob, nicht ohne Jo noch einen wütenden Blick zuzuwerfen.

»In welchem HUB sitzt er?«, fragt Sawyer weiter.

»In HUB 24.«

Wieder lehnt Sawyer sich zurück und nimmt seine Denkerstellung ein. Mit verschränkten Armen kaut er auf seiner Unterlippe herum und überlegt.

Ich verstärke den Druck auf Jakobs Hand aufmunternd und warte gespannt ab.

»Wie heißt dein Onkel?«, fragt Jo indessen.

»Ruben H1B-205. Zumindest hieß er früher so …«

»Gut«, verkündet Sawyer endlich, »wir nehmen Kontakt zum HUB auf und sehen, was wir für Onkel Ruben tun können. Um ehrlich zu sein, wäre ein Pyro eine ziemliche Bereicherung. Davon haben wir nicht viele hier.«

Jakob atmet erleichtert auf und ich verwuschele ihm freundschaftlich die Haare.

»Das wird schon hinhauen«, sage ich lächelnd.

»Wie gesagt, wir werden es uns erst mal ansehen und dann schauen wir weiter. Keine überschwänglichen Hoffnungen, in Ordnung?«, mahnt Sawyer noch einmal, doch Jakob ist schon wie ausgewechselt. Grinsend trommelt er mit den Fingern auf der Tischplatte und scheint sich bereits sein Wiedersehen mit Onkel Ruben auszumalen.

Obwohl ich diesen Ruben nicht kenne und auch nicht weiß, ob er ein netter oder ein unsympathischer Mensch ist, stelle ich mir die Situation ganz automatisch ebenfalls vor. Wie es wohl wäre, ein Mitglied seiner Familie hier im CutOut zu haben? Davon träumen Nume, Mailo und Jakob schon, seit wir hier sind. Im Gegensatz zu Marzellus und mir haben sie Eltern im HUB, die noch immer nicht wissen, was mit ihren Kindern geschehen ist.

Obwohl wir schon so viele HUBs unterwandern konnten, ist und bleibt der HUB 1 für uns unerreichbar. Wir wissen nicht, wem wir dort vertrauen können, und Sawyer konnte noch keinen Kontakt auftun. Auch wenn Onkel Ruben nun nicht mehr in diesem HUB lebt, wäre seine

Rettung, wenn man es so nennen kann, wie ein kleines Wunder. Ein kleines Stück aus Jakobs Vergangenheit hier bei uns. Ich hoffe, dass alles gut geht. Es wäre für meinen Freund so wichtig.

Etwas später sind Jakob und ich draußen im Feuerland, nicht weit entfernt vom CutOut natürlich und blicken hinaus in die flimmernde Weite.

»Siehst du es wie Sawyer?«, fragt er mich, »glaubst du, dass es vielleicht nicht möglich ist, seine Erinnerungen zurückzuholen?«

»Ich weiß es nicht, Jakob. Keiner von uns kann das einschätzen. Wie alt war dein Onkel noch mal, damals meine ich?«

»Ich glaube, er war 22. Ich war sieben Jahre alt, als sie ihn holten ...«

Ich stutze.

»22? Das ist alt, oder? Ich meine, Sawyer hat doch gesagt, dass der Drift bei den Gelben meist im Alter zwischen 16 und 18 Jahren auftritt. So wie bei Mailo zum Beispiel oder bei Pete.«

Oder bei mir, denke ich.

»Keine Ahnung, vielleicht war er auch jünger. Ist lange her.«

»Unwahrscheinlich. Er ist dein Onkel. Er wird jawohl nicht nur ein paar Jahre älter als du sein.«

Jakob zuckt nur unschlüssig mit dem Mundwinkel. Er ist ganz in Gedanken.

»Mach dir keine Sorgen. Wir haben schon so viele Hürden genommen. Sicher klappt auch diese Sache und dein Onkel ist bald einer von uns.«

Ich lehne mich gegen ihn und wir bleiben eine Weile schweigend sitzen. In der Ferne senkt sich die Sonne herab. Ich weiß, dass es Unsinn ist, aber sie kommt mir schon viel größer vor als noch vor einem Jahr. Völliger Blödsinn. Wenn der Tag kommt, an welchem die Sonne tatsächlich so groß ist, dass sie den ganzen Horizont ausfüllt, könnten

Jakob und ich nicht mehr hier sitzen. Vermutlich wären dann alle, die ich kenne, längst tot oder auf Salgaia.

Ich habe absichtlich auf meinen SOLAR SUIT verzichtet, um mich weiter an die Hitze zu gewöhnen.

Jakob hat seinen an und schwitzt trotzdem wie verrückt. Sein blondes Haar, welches er jetzt länger trägt als früher, klebt an seiner Stirn.

Es wäre schön, wenn er ebenfalls einen Drift hätte, denke ich. Irgendwie würde mir das gefallen.

»Ich weiß auch nicht, wieso mir so viel daran liegt, meinen Onkel herzuholen. Ich meine, ich erinnere mich kaum an ihn. Vielleicht liegt es daran, dass ich dann ein Stück Familie hier hätte.« Er hält inne. »Ich vermisse meine Eltern, Nova.«

»Ich weiß. Es ist furchtbar. Es tut mir so leid, Jakob.«

Mehr weiß ich nicht zu sagen. Keiner von uns kann sagen, ob seine Eltern noch leben. Ob der Regent unseres HUBs Wort gehalten hat und ihnen etwas angetan wurde. Oder ob der HUB bereits den Erdbeben erlegen und in sich zusammengestürzt ist, wie es die blauen Soldaten beschrieben haben. Es ist grauenvoll, aber wir können nichts tun. Bisher konnten wir noch keinen Zugang zu unserem alten HUB finden. Dabei wäre gerade dieser HUB so wichtig für meine Freunde.

Jakob scheint sein Herz ausschütten zu wollen. So haben wir lange nicht miteinander geredet. Das Training, der Aufbau des CutOuts und die andauernden Ereignisse im Feuerland haben unsere Freundschaft fast ein wenig geschwächt.

»Ich fühle mich oft alleine hier. Ich meine, du hast Joaquim. Die anderen kennen sich alle schon ewig und dann ist da noch Nume ...«

Ich horche auf. Das Thema Nume ist also tatsächlich noch nicht abgehakt. Ich habe das befürchtet.

»Sie ist so vernarrt in Mailo. Ich will das auch gar nicht ändern, es ist nur ... es ist einfach hart, verstehst du?«

»Natürlich verstehe ich es. Und es ist schrecklich, das mit ansehen zu müssen. Ihr seid meine besten Freunde und so etwas ist nicht einfach. Ich wundere mich, dass du ihr nie etwas gesagt hast. Du bist wirklich eisenhart, weißt du das?«

»Was sollte ich ihr schon sagen? Das bringt doch nichts.«

Er schüttelt mich zaghaft ab und steht auf. Eine Hand in die Hüfte gestemmt sieht er auf das Feuerland hinaus. Irgendwo da draußen ist unser alter HUB und in ihm sind seine Eltern. Vermutlich ...

8. MITGEFANGENE

»Nein, nein, nein! Du musst das viel ruhiger sagen und dabei hierhersehen. Du musst die Leute direkt anschauen, eine Verbindung zu ihnen aufbauen.«

Marzellus wettert und gestikuliert, während ich frustriert die Hände vor meinem Gesicht zusammenschlage und versuche nicht daran zu denken, auf welche Weise ich ihm am besten den Hals umdrehen könnte.

»Welche Leute, verdammt? Das war jetzt der sechste Anlauf. Vielleicht müssen wir uns einfach damit abfinden, dass ich nicht die Richtige für diese Aufgabe bin!«

»Unsinn! Du musst dir einfach mehr Mühe geben, Nova.«

»Beruhigt euch«, fährt Jo zwischen unsere künstlerische Auseinandersetzung, »vielleicht liegt es auch nur an der Umgebung. Ich meine, in diese nichtssagende Linse zu starren und einen Text abzulesen, ist ja auch nicht gerade emotional.«

Er tritt neben mich und legt seine Hand in meinen Nacken. Dann zieht er mich ganz nah zu sich heran. Marzellus wirft die Hände in die Höhe und zieht sich fluchend zurück.

»Oh Gott, bitte! Jetzt geht das wieder los.«

»Ignorier ihn«, sagt Jo leise und legt seine Stirn gegen meine.

Eine Weile stehen wir so da, bis wir beinahe im Einklang atmen.

»Du darfst nicht an die Aufzeichnung denken. Und den Text darfst du auch nicht zu wichtig nehmen. Erinnerst du dich an unseren ersten Abend, draußen im Feuerland? Als ich euch gefunden habe?«

»Natürlich erinnere ich mich. Du hast uns in die Tiefgarage des Einkaufszentrums gebracht und uns deinen Drift gezeigt«, erwidere ich ein wenig lustlos.

Er nickt kaum merklich, ohne seinen Kopf von meinem zu nehmen.

»Aber da war noch mehr, Nova. An diesem Abend hast du mir erzählt, wie mit euch umgegangen wird. Dass ihr belogen und gefangen gehalten werdet und man euch zum Tode verurteilt hat, nur weil Marzellus ein Gespräch belauscht hat.«

»Aber wir haben uns auf bestimmte Inhalte geeinigt, um es kurz und prägnant zu halten. Ich glaube nicht, dass die Leute jedes Detail unserer Flucht hören wollen«, erwidere ich störrisch.

»Das meine ich damit auch nicht. Ich will ja nur sagen, dass mich nicht nur die schrecklichen Tatsachen, die du mir damals beschrieben hast, aufgewühlt haben, sondern vielmehr die Art, WIE du es gesagt hast.«

»Wütend?«

»Nein, voller Inbrunst und zutiefst verunsichert. Ehrlich entsetzt.«

»Du meinst, ich soll mehr Emotionen an den Tag legen?«

»Ich meine, du solltest es dir richtig vorstellen und es dann so erzählen, wie es sich für dich anfühlt.«

Damit gibt er mir einen zärtlichen Kuss und überlässt mich wieder meiner ungeliebten Tätigkeit.

Ich schließe die Augen, versuche mich an eine Zeit zu erinnern, in der ich noch keine Ahnung von blauen und gelben HUBs hatte. In der ich dachte, meine ganze Welt wären diese 30 Etagen unter der Erde und über ihnen gäbe es nur Tod und Verderben.

Ich denke an unsere Gefangennahme und an die Verurteilung, daran wie Nume geweint hat und Jakob kreidebleich wurde. An die Soldaten, von denen ich bis dahin nicht einmal wusste, dass es sie gibt. An ihre einheitlichen, abgewetzten Uniformen und die Waffen, die so laute Geräusche machen, dass ich jedes Mal vor Schreck erstarrte, wenn ein Schuss fiel.

Und ich denke an den Moment, in dem Jo - damals noch Joaquim - seinen Drift dazu benutzt hat, mir ein Stück Apfel zu entwenden. An den Schock und die Faszination, die diese Darbietung heraufbeschwor.

»Lass es uns noch mal probieren«, sage ich mit fester Stimme und Marzellus startet seufzend die Aufnahme.

Wie konnte ich nur vergessen, wie einschneidend diese Erfahrungen für mich waren?

All die Monate im CutOut haben mich abgestumpft. Ich habe mich an die Situation gewöhnt und die Tatsachen einfach akzeptiert. Auch wenn die Division alles tut, um dieses grausame System zu stürzen, so habe ich vergessen, was es heißt, ein Common zu sein.

Wie konnte das nur passieren? Und wieso brauche ich Jo, damit er mich daran erinnert? Ich schäme mich.

Und dann GEBE ich mir Mühe!

Jo hält mich locker im Arm, als wir die Galerie entlanggehen. Ich bin immer noch etwas zittrig und habe das Gefühl, dass es ihm ganz ähnlich geht.

Die letzte Aufzeichnung war episch. Nach wenigen Sekunden war ich so von meinen Gefühlen überwältigt, dass ich es gar nicht mehr richtig mitbekommen habe, als Marzellus die Aufnahme beendete. Ich habe mich völlig verausgabt und dabei versucht so eindringlich und glaubwürdig wie möglich rüberzukommen. Ein wenig bin ich vom Text abgewichen, aber ich glaube, Sawyer wird es verstehen. Der Inhalt ist dennoch eindeutig und jeder Mensch dort draußen, ob nun gelb oder blau, wird die Botschaft ernst nehmen, dessen bin ich mir absolut sicher.

»Das war ... ein wenig beängstigend«, sagt Jo, als wir das improvisierte Aufnahmestudio bereits lange hinter uns gelassen haben.

»Du wolltest es doch emotional!«

»Es war ja auch gut. Ich meine, es war hundert Prozent authentisch, und wie ich mir vorstellen könnte, genau das, was Sawyer bezweckt hat, als er dich dafür ausgewählt hat.«

»Es war irgendwie seltsam. Als hätte ich diese Gefühle und Erinnerungen irgendwo in meinem Inneren eingeschlossen und sie erst heute wieder herausgelassen.«

Er streichelt liebevoll über meinen Arm.

»Vielleicht ist das gut so. Du solltest nicht vergessen, wo du herkommst. Dann weißt du noch mehr, wozu wir das alles tun.«

»Das denke ich auch. Ich fühle mich richtig wachgerüttelt. Wann gehen wir das nächste Mal raus?«

Er lacht.

»Bleib locker, du Rachegöttin! Du wirst schon noch genug Gelegenheiten haben, deinen Drift an ein paar Blauen zu testen.«

»Also ist erst mal kein weiterer Spähertrip geplant?«, erwidere ich etwas enttäuscht.

»Ich vermute, der nächste geht zur Sendestation. Sobald Sawyer die Koordinaten hat, werden wir uns den Laden ansehen. Wenn wir wissen, ob und wie gut er bewacht ist, können wir deinen Plan endlich in die Tat umsetzen.«

»Ja, endlich. Es wird auch Zeit, dass sich etwas bewegt.«

In mir tobt eine plötzliche Ungeduld, die mich halb wahnsinnig macht. Ich will endlich etwas unternehmen. Und zwar mehr als nur Munition für den CutOut zu stehlen und meinen Drift zu trainieren.

Vor den Fahrstühlen trennen wir uns. Ich habe jetzt Training mit Arros und Jo will Pete dabei helfen, ein paar Reparaturen am Reaktor vorzunehmen. Übersetzt heißt dies, dass er seinen Drift nutzt, um die massiven Teile der Verkleidung zu stützen, während Pete sie wartet.

Er drückt mir einen Kuss auf die Stirn und ich springe in den Lift. Dieser hält schon eine Ebene weiter unten wieder an und ich bekomme einen kleinen Schreck, als plötzlich Jenkins vor mir steht.

»Hallo«, sage ich zögerlich, während er sich neben mich stellt.

»Hi.«

Einen Moment überlege ich, ob er gerade dabei ist zu fliehen. Wieso ist er nicht in seiner verschlossenen Wohneinheit?

Ich mustere ihn unauffällig von der Seite. Er wirkt ein wenig nervös, aber nicht übermäßig. So würde sich niemand benehmen, der vorhat sich den Weg nach draußen freizuschießen. Und die Richtung, in die der Fahrstuhl fährt, stimmt auch nicht.

Ich weiß nicht, was ich sagen soll, und ein peinliches Schweigen entsteht zwischen uns.

Er steigt auf demselben Level aus wie ich. Wenigstens muss ich mir keine Sorgen um seinen Drift machen. Ich bin ihm haushoch überlegen.

Nachdem wir ihn im Feuerland überwältigt hatten, habe ich mich immer wieder gefragt, warum er seinen Drift nicht gegen mich eingesetzt hat. Die Antwort ist einfach. Seine Fähigkeit ist in Kampfsituationen nutzlos. Ähnlich wie Maja kann er in die Köpfe seiner Mitmenschen eindringen. Nur kann er nicht ihre Gedanken lesen, sondern einfach nur Informationen mit ihnen teilen. Er erinnert mich an die beiden Mädchen, die ich damals so fasziniert im HUB 6 beobachtet habe. Er kann mit seinem Gegenüber reden, ohne die Lippen zu bewegen. Allerdings bleibt es eine recht einseitige Unterhaltung, wenn der Gesprächspartner nicht dieselbe Fähigkeit hat. Und ihn zu irgendwas zwingen, kann er auch nicht. Ein interessanter, aber ziemlich nutzloser Drift also. Zumindest, was kämpferische Auseinandersetzungen angeht.

»Gehst du zu Arros?«, fragt er mich und ich bin froh, dass endlich jemand etwas sagt.

»Ja. Du auch?«

»Sawyer hat mich gebeten, ihn beim Training zu unterstützen. Weil ich die Soldatenausbildung habe und so. Er meint wohl, dass es nützlich sein könnte.«

»Oh.«

Er wirkt immer noch nervös, aber ein kleines Lächeln zeichnet sich auf seinem Gesicht ab.

Dann, ohne Vorwarnung, nimmt er meinen Arm und zwingt mich so anzuhalten. Mein Herz schlägt schneller. Wir sind ganz alleine auf dem langen Gang. Wenn er mich angreift, mich zum Beispiel als Geisel nimmt, bin ich auf mich allein gestellt.

Tapfer sehe ich ihm in die Augen. Ich werde keine Angst zeigen. Ich habe schon einmal mit ihm gekämpft und dabei beinahe gewonnen.

»Nova, richtig?«

Ich nicke und finde es seltsam meinen Namen aus seinem Mund zu hören.

»Ich wollte mich bei dir bedanken. Wenn du deinen Freund im Feuerland nicht davon abgehalten hättest zu schießen, ich wäre jetzt wahrscheinlich tot. Ich weiß, dass deine Reaktion nicht selbstverständlich war.«

Nun bin ich ehrlich überrascht. Diese Worte habe ich nicht erwartet.

»Kein Problem«, höre ich mich sagen, »ich hatte einfach kein gutes Gefühl dabei. Und du machtest nicht den Eindruck, als wärst du einer von den ›Bösen‹.«

Er lächelt dankbar und lässt meinen Arm los.

»Einer von den Guten bin ich aber auch nicht, oder? Eigentlich weiß ich selbst nicht mehr, wo ich eigentlich hingehöre.«

Er geht langsam ein paar Schritte weiter und ich folge ihm interessiert.

Seit Jo und ich den Soldaten im Feuerland gefangen genommen haben, bin ich Jenkins immer nur kurz begegnet und immer nur in Anwesenheit von Sawyer oder anderen CutOut-Bewohnern. Ich würde gerne hören, wie er seine neue Situation einschätzt.

»Ich meine, ich fand es schon immer hirnrissig, dass Blaue und Commons getrennt voneinander leben, aber es war eben so. Als wir dann immer häufiger nach draußen geschickt wurden, um euch zu finden, fand ich es nur noch krank. Aber ich war zu feige mich der Division anzuschließen. Genau genommen hätte ich nicht mal gewusst, wie man das macht. Ich meine, es ist ja nicht so, als hättet ihr irgendwo ein Rekrutierungsbüro oder so.«

Ich muss kichern.

»Da hast du recht. Die Anwerbung neuer Mitglieder ist eine echte Herausforderung für uns.«

»Wahrscheinlich hätte ich mich ohnehin nicht getraut. Ich bin manchmal ziemlich feige.«

Er seufzt und dreht sich wieder zu mir um. Obwohl er etwas unsicher wirkt, scheint er sich in meiner Gegenwart nicht unwohl zu fühlen. Vermutlich weiß er noch nichts mit seiner neuen Freiheit innerhalb des CutOuts anzufangen.

»Ich wollte nur, dass du weißt, wie bewundernswert ich deine Art mit dieser Situation umzugehen finde. Ich bin mir darüber bewusst, dass ich dir mein Leben verdanke. Soll heißen, ich bin dir was schuldig.«

»Schon gut«, sage ich leichthin, »manchmal muss man wohl einfach versuchen, den Menschen hinter der Farbe zu sehen. Ich hatte bei dir nicht das Gefühl, dass du hinter der Regierung stehst, und offenbar lag ich ja richtig.«

Aus dem Augenwinkel nehme ich eine kaum merkbare Bewegung wahr. Ich hebe den Blick und mustere die kleine, durchsichtige Wölbung, welche sich an der Decke über uns befindet. Eine Kamera. Es gibt unzählige davon im CutOut. Doch Pete und Arros haben sie deaktiviert. Zum einen, weil es ohnehin niemanden gibt, der die Vorgänge im Komplex im Auge behalten könnte. Dafür ist einfach zu viel zu tun und zum anderen hält Sawyer es nicht für notwendig seine eigenen Leute zu beobachten. Trotzdem bin ich mir ganz sicher, dass sich die kleine Linse im Inneren der durchsichtigen Kuppel gerade ein Stückchen bewegt hat.

Jenkins folgt meinem Blick und schmunzelt.»Dachtest du, dein Anführer würde mich hier ganz ohne Bewacher herumspazieren lassen?«

»Offenbar nicht«, entgegne ich wenig erstaunt.

»Ist schon gut. Da ich nicht vorhabe zu fliehen oder einen von euch anzugreifen, macht es mir nichts. Ist wohl besser so.«

Wir setzen unseren Weg fort.

Ich mag diesen Jenkins. Das war schon im Feuerland so, als ich seine Stimme über den ChatSpotter hören könnte. Aber aus der Nähe betrachtet ist er wirklich ein sehr angenehmer Mensch.

Er muss etwa in Marzellus' Alter sein, vielleicht etwas jünger. Die Art, wie er lächelt und dabei fast schüchtern zu Boden schaut, ist mir auf Anhieb sympathisch. Es erscheint mir tatsächlich höchst unwahrscheinlich, dass er einem von uns etwas antun würde. Ich habe sogar das Gefühl, dass er sich freut, hier zu sein. Vielleicht ist das wieder dieses Schicksal, von dem Sawyer immer redet?

Dieses Mal ziehe ich beim Training eindeutig den Kürzeren. Obwohl Arros mehrere Male eingreift und meine Gegner von den schlimmsten Attacken abhält, verlasse ich den Ring geschunden und unterlegen.

Wenigstens kommt Jenkins auf seine Kosten. Er hat tatsächlich ein paar hilfreiche Anmerkungen und Techniken parat, die meine Mitkämpfer fleißig erproben.

Zwei Stunden vergehen wie im Flug. Ich leere gleich drei Wasserrationen nacheinander und schleife meinen zermarterten Körper dann zurück in meinen Wohneinheit.

Der Spiegel neben der Dusche offenbart das ganze Ausmaß der hinter mir liegenden Tortur. Morgen werde ich einige blaue Flecke haben, aber die Schrammen kann man jetzt schon bestaunen. Eine davon zieht sich quer über mein Schlüsselbein. Auch neben meiner rechten Augenbraue findet sich ein kleiner Schnitt, den ich den harten Ellenbogenschonern meines zweiten Trainingspartners zu verdanken habe.

Ich seufze und krame das Desinfektionsmittel aus einem der Fächer neben dem Spiegel. Langsam betupfe ich alle Blessuren und beschließe dann, ein kleines Nickerchen zu machen. Ich fühle mich wie Brei.

Es dauert keine zehn Minuten und ich bin eingeschlafen. Doch selbst in meinen Träumen trainiere ich noch weiter. Nur ist es dieses mal Jenkins, gegen den ich kämpfen muss.

Er überhäuft mich mit einer nicht enden wollenden Anzahl von Hieben und Tritten und ich versuche ihm immer wieder auszuweichen. Dabei sagt er ständig die Worte »Ich danke dir«. Er wiederholt sie wie ein seltsam klingendes Mantra. Immer wenn ich ihn angreifen will, bin ich plötzlich wie gelähmt und kann meine Arme und Beine nicht richtig benutzen. Schon drischt er wieder auf mich ein. Der Traum ist verwirrend, und ich bin froh, als ich wieder aufwache.

»Schlecht geträumt?«, fragt eine Stimme neben mir und ich schrecke hoch.

Es ist Jo. Er hat sich neben mich gelegt und blickt mich besorgt an.

Er ist der einzige, der jederzeit Zutritt zu meiner Wohneinheit hat. In diesem Moment bereue ich es ein wenig, ihm diese Möglichkeit verschafft zu haben.

»Nicht so richtig. Es war nur ein wenig abstrus. Ein komischer Traum.«

Ich lege mich wieder hin und kuschele mich in seine Arme. Er riecht gut. Wie immer.

»Dein Gesicht sieht übel aus. War wohl kein lockeres Training heute?«

Er streicht zaghaft über die Wunde an meiner Augenbraue und dann über meinen Hals. Ich bemühe mich, nicht zusammenzuzucken.

»Es war auf jeden Fall nichts für Anfänger und dieser eine Kerl, dieser blonde ...«

»Bobby?«

»Ja, genau der. Mit dem stimmt doch was nicht. Ich hatte das Gefühl, er will mich einmal durch den CutOut prügeln.«

»Soll ich ihn mir vornehmen?« Er sagt es im Scherz, doch das spöttische Lächeln erreicht seine Augen nicht.

»Oh, bitte nicht! Es muss mich schon genug beweisen als die Neue und als Mädchen. Da fehlt es gerade noch, dass mein Freund meine Trainingspartner einschüchtert.«

»Alles klar, verstehe. Aber versprich mir, dass du Arros Bescheid sagst, falls es dir zu hart wird, ja? Ich will zwar, dass du gut vorbereitet bist für das Feuerland, aber nicht um jeden Preis.«

»Versprochen.«

Ich krieche noch näher an ihn heran und genieße diese trägen und so herrlich vertrauten Minuten.

Noch nie in meinem Leben habe ich mich jemandem so nahe gefühlt wie Jo. Ich kann über alles mit ihm reden und doch genügen uns oft nur Blicke, um zu wissen, was in dem anderen vorgeht. Mehr als einmal habe ich darüber nachgedacht, was geschehen wäre, wenn Marzellus diese Unterhaltung im HUB 1 nicht belauscht hätte. Ich würde noch immer dort leben, ich hätte Jo niemals getroffen und mich am Ende vermutlich tatsächlich mit Jakob verbunden, so wie es Nume immer prophezeit hat. Undenkbar, wenn man es aus heutiger Sicht betrachtet.

Wir liegen noch eine ganze Weile so da und dösen vor uns hin. Doch irgendwann wird es Zeit zum Essen und so quäle ich mich aus dem Bett.

»Wieder zurück in den Alltag, mein Lieber.«

»Ich hoffe, es gibt Muffins. Für etwas anderes lohnt es nicht, dieses Bett zu verlassen.«

Dann lässt er meine Schuhe in meine Richtung schweben und ich fange sie belustigt auf.

Die große Ebene ist gut besetzt, als wir eintreffen. Ein paar der CutOut-Bewohner sitzen bereits an den langen Tischen, während andere noch an der Essensausgabe anstehen.

Ich suche uns einen Platz und winke Nume zu, die zusammen mit Mailo ebenfalls Ausschau nach freien Plätzen hält.

»Wird langsam richtig voll hier, was?«, sagt Mailo nicht ohne freudigen Unterton.

»Wo ist Jakob?«, frage ich die beiden und versuche Jo mit einer Hand davon abzuhalten meinen Stuhl noch näher an seinen heranzuziehen.

»Keine Ahnung? Wieso fragst du mich das?«, erwidert Nume merkwürdig energisch.

»Zum Essen kommt er sonst nie zu spät. Eher würde er seine Wohneinheit freiwillig mit Arros teilen, als eine Mahlzeit zu verpassen!«, scherze ich.

»Da ist er doch«, sagt Jo und deutet auf den großen Zugang auf der anderen Seite der Ebene.

»Er macht schon wieder dieses Gesicht«, sage ich leise zu Nume.

Jakob setzt sich zu uns und verschränkt die Arme vor der Brust.

»Schieß los«, fordere ich ihn auf.

»Womit?«

»Na, man sieht doch, dass schon wieder irgendwas ist.«

»Geht um meinen Onkel.«

»Schlechte Neuigkeiten?«, fragt Nume besorgt.

»Wie man's nimmt.« Er kratzt sich am Kinn und wirft mir einen wehleidigen Blick zu. »In dem HUB, in dem er sich befindet, haben wir einen Mann. Sawyer hat ihn informiert und nun soll ich eine Entscheidung fällen.«

»Was für eine Entscheidung?«, frage ich neugierig, wenn auch leicht beunruhigt. Jakobs Miene verheißt nichts Gutes.

»Sawyers Freund sagt, dass man nicht feststellen kann, ob Ruben eine besondere Meinung zur Division hat. Er scheint sich wie ein ganz normaler Blauer zu verhalten. Besser ausgedrückt: nicht wie ein ehemaliger Common.«

»Das war ja zu erwarten«, merkt Jo an.

»Das Problem ist nun, dass wir entweder gar nichts tun können oder ihn hierher holen.«

»Und du sollst das entscheiden?«, frage ich mitfühlend.

»Genau. Aber ich weiß einfach nicht, was ich tun soll. Ich meine, wenn er erst mal hier ist, gibt es kein Zurück mehr. Dann muss er sich mit unserer Sache anfreunden. Dummerweise bleibt die Möglichkeit, dass er inzwischen tatsächlich ziemlich »Blau« ist. Wenn er also gegen die Pläne der Division ist oder uns schlichtweg nicht glaubt, uns für verrückt hält, dann ist er ein Gefangener oder schlimmer: eine Gefahr für uns.«

Ich muss an Jenkins denken. Das letzte Mal, als wir einen Blauen in den CutOut bringen wollten, hat Sawyer beschlossen ihn zu erschießen. Im Prinzip gilt dasselbe für Onkel Ruben, sollte er sich nicht so einleben, wie die Division es sich vorstellt.

»Die Gefahr besteht«, wirft Mailo ein, »ich meine, dass er uns nicht glaubt. Als Nova damals in meine Wohneinheit spaziert ist und mir aufgetischt hat, dass ich Eltern und eine Freundin habe und aus einem gelben HUB komme, habe ich sie im ersten Moment auch für geisteskrank gehalten.«

»Eben«, sagt Jakob frustriert.

»Ich finde es aber echt anständig, dass Sawyer es dir überlässt«, sagt Nume.

Irgendwie habe ich das Gefühl, dass die ganze Sache mit Jenkins dazu beigetragen hat, dass Sawyer inzwischen milder gestimmt ist, wenn es um Neuzugänge dieser Kategorie geht. Natürlich würde er das niemals zugeben.

»Trotzdem ist es eine verdammt schwierige Entscheidung«, erwidert Jakob und lässt den Kopf hängen.

»Aber Sawyer hat recht. Du musst sie alleine treffen. Er gehört zu deiner Familie und du bist der Einzige von uns, der ihn kennt«, sagt Jo nun.

»Kennen ist leicht übertrieben. Ich war ein kleiner Junge, als er … ging.«

Scheinbar verkneift mein bester Freund sich gerade noch das Wort »entführt«. Aber das ist es nun mal gewesen. Eine Entführung. Jeder angebliche Außeneinsatz ist eine gewesen. Demnach wäre es nur rechtens, Ruben wieder zu seinen Leuten und in diesem Fall zu seinem Neffen zu bringen.

»Hi. Habt ihr schon was von dem Pudding gekostet?«, fragt plötzlich eine engelsgleiche Stimme.

Maja ist zu uns an den Tisch gekommen und hält eine Portion des gelblichen Desserts in der Hand.

»Nein, noch nicht. Ist der denn gut?«, fragt Nume lächelnd.

»Ich finde schon. Alex sagt, mit synthetischer Milch wäre er besser, aber sie haben ja noch keine herstellen können.«

Numes Lächeln verschwindet augenblicklich und sie runzelt die Stirn.

»Wir arbeiten daran!«

Maja zuckt zusammen und wechselt schnell das Thema. Ihr war scheinbar nicht klar, dass meine Freundin maßgeblich an der Produktion der verschiedenen Nahrungsmittel beteiligt ist und jede Kritik als persönliches Versagen wertet.

»Worüber habt ihr geredet?«

Wieder ein Fettnäpfchen. Die arme Maja. Sie hätte sich keinen schlechteren Zeitpunkt aussuchen können, um an unserem Tisch vorbeizuschauen.

»Über gar nichts«, brummt Jakob.

Maja tritt einen Schritt zurück. Offenbar will sie sich lieber wieder aus dem Staub machen. Doch dann zögert sie.

Ihre Augen verengen sich zu kleinen Schlitzen und ich bemerke verwundert, wie Jo zu schmunzeln beginnt.

»Du solltest ihn herholen«, sagt Maja plötzlich mit fröhlicher Stimme, »eigentlich hast du das schon längst beschlossen. Du willst es dir nur nicht eingestehen.«

Jakob fährt erschrocken zu ihr herum.

»Hör sofort auf meine Gedanken zu lesen! Raus aus meinem Kopf!«

Maja kichert und läuft dann schnell zurück zu Alex, der an einem der anderen Tische sitzt.

»Erstaunlich«, sagt Mailo und blickt ihr nach.

»Wohl eher dreist«, erwidert Jakob.

»Aber sie hat recht, nicht wahr?«, frage ich ihn gespannt.

Er zuckt mit den Schultern, aber es ist klar, wie er sich entscheiden wird.

Ich finde es gut. Ich freue mich darauf Onkel Ruben kennenzulernen.

9. FAMILIENBANDE

Jo überprüft den Inhalt meiner Tasche, während ich mein Gewicht ungeduldig von einem Fuß auf den anderen verlagere.

»Wie geht's dem Arm?«

Als er mich darauf anspricht, spanne ich automatisch den Oberarm an und warte auf das schmerzhafte Ziehen, welches diese Geste in den letzten Tagen begleitet hat. Aber es ist kaum noch zu spüren. Ich habe immer angenommen, gegen eine Schusswunde wären selbst die Mittel der Mediziner nur mäßig wirksam, aber da habe ich mich geirrt. So erschreckend und zerstörerisch die Verletzung sich im ersten Moment auch anfühlte, die anschließende Heilung nach Prataps Behandlung schritt unglaublich schnell voran.

Was würde wohl mit einem geschehen, wenn man im Feuerland festsäße und keine Medi-Station erreichen kann? Ich habe von Ungeheuerlichkeiten wie Wundbrand und Blutvergiftungen gehört, kann sie mir aber nicht vorstellen.

»Ist wieder in Ordnung. Das Zeug, das Pratap mir gegeben hat, wirkt Wunder. Wie bei deinem Bein, oder?«

Er nickt und scheint seine Überprüfung abgeschlossen zu haben.

»Alles nach deiner Vorstellung?«, frage ich aufmüpfig.

»Ich wollte nur sichergehen, dass du nichts vergessen hast. Da draußen kann man ganz schön in Bedrängnis geraten, wenn einem irgendeine lebenswichtige Sache fehlt.«

»Ich weeeeeeiß das, Jo! Alles ist gut. Wasser ist im Humvee, Munition haben wir auch genügend dabei. Licht, den Kram von der Medi-Station, Feuerlandrationen, Fernglas, Nachtsicht, und und und ... Alles in bester Ordnung.«

Er verdreht die Augen und schultert seine eigene Tasche. Es kann losgehen.

Jakob, der das Prozedere schweigend mit angesehen hat, steht auf und umarmt mich kurz. »Passt auf euch auf und natürlich auch auf meinen Onkel, wenn's geht.«

»Sicher doch. Wird schon alles gut gehen. In zwei Tagen hast du deinen Ruben wieder«, verspreche ich fröhlich.

Jo hat sich geirrt, als er dachte, der nächste Trip ins Feuerland wäre die Ausspähung der Sendestation. Wir begeben uns auf eine Rettungsmission.

Es geht direkt zu HUB 24. Nicht in den HUB, aber in seine Nähe. Unser Mann im HUB wird uns Onkel Ruben übergeben und wir bringen ihn dann in den CutOut.

Ich bin voller Tatendrang und froh, endlich wieder raus zu dürfen. Zwar sollte sich die Aktion nicht besonders turbulent gestalten, aber ich freue mich trotzdem über diese weitere Chance, mich zu beweisen.

Jo ist wie immer ein wenig besorgt. Trotzdem scheint er meine Anwesenheit nicht als lästig, sondern vielleicht sogar als Bereicherung zu sehen.

»Dann machen wir uns mal auf den Weg«, sagt er, »ich will vor Sonnenaufgang am Checkpoint sein. Dann können wir unsere Verabredung mit deinem Onkel locker schaffen.«

Auf dem Weg zu HUB 24 werden wir Marzellus die angeforderten Nachtsichtgeräte besorgen und noch ein paar andere Dinge, die fehlen. Anschließend fahren wir weiter, um uns bei Anbruch der Nacht mit unserem Kontaktmann zu treffen und Onkel Ruben einzuladen.

»Mach's gut, Jakob. Und mach dir keine Sorgen.«

Er drückt mich noch mal und winkt Jo zu, der sich bereits hinter das Steuer des Humvees schwingt.

Dann sind wir wieder im Feuerland. Es ist noch dunkel, aber der Himmel hat bereits eine gräuliche Farbe. Lange dauert es nicht mehr, bis sich die Sonne wieder zeigt.

»Und Onkel Ruben ist betäubt, wenn wir ihn übernehmen?«, frage ich Jo, während ich die Karte mit Adleraugen inspiziere.

»Genau. So ersparen wir uns den Horror, mit ihm über seine Entführung reden zu müssen. Das kann dann schön Sawyer oder meinetwegen Jakob übernehmen.«

»Es ist aufregend, findest du nicht?«

»Diese Mission oder dass Onkel Ruben in den CutOut zieht?«

»Ruben natürlich. Es wird sich für ihn wie ein Traum anfühlen.«

»Oder wie ein Albtraum. Kann man nicht wissen.«

»Sei nicht so negativ. Bestimmt schaffen wir es, dass seine Erinnerungen zurückkehren. Du wirst schon sehen.«

Er erwidert nichts darauf.

Ich blicke nach draußen und lasse die vorüberziehende Einöde auf mich wirken. Nach einer Weile strecke ich meine Hand aus dem Fenster und lasse mir den Wind durch die Finger gleiten. Es fühlt sich sagenhaft an. Es fühlt sich nach Freiheit an. Es ist mir egal, ob das Feuerland gefährlich ist oder man wo man geht und steht aufpassen muss, ob blaue Soldaten hinter der nächsten Düne lauern. Ich fühle mich so verbunden mit dieser Welt. Ich kann dieses wunderbare Land schmecken, es in mich aufnehmen.

»Die Karte hast du im Auge?«, unterbricht Jo meine Träumereien.

»Oh! Tut mir leid.« Schnell überprüfe ich unsere nähere Umgebung und stelle erleichtert fest, dass absolut niemand in der Nähe ist. »Wir sind gleich am Checkpoint. Du weißt, wie du fahren musst?«

Jo gibt nur einen belustigten Ton von sich, anstatt zu antworten. Natürlich weiß er es. Er ist Joaquim! Der großer Feuerlandwanderer. Ich muss lächeln. Ich glaube, es gibt nichts, was Jo nicht kann oder weiß.

Der Ein- und Ausmarsch im Checkpoint verläuft genauso reibungslos wie beim ersten Mal. Noch immer ist weit und breit kein Soldat in Sicht und die Einrichtung war gut bestückt.

»Marzellus wird Augen machen, wenn er das ganze Zeug sieht«, sage ich, nachdem ich die letzte Kiste in den Humvee befördert habe.

Wir verlassen den Checkpoint und setzen unsere Reise fort.

Die Sonne ist inzwischen aufgegangen und bringt mich dazu, gleich zwei Wasserrationen zu leeren. Ich reiche Jo seinen Anteil und er trinkt gierig.

Der Fahrtwind ist jetzt nicht mehr ganz so angenehm wie am Morgen, aber ich lasse meine Hand trotzdem locker aus dem Fenster hängen.

»Ich frage mich, wie Onkel Ruben wohl ist«, sage ich nach einer Weile.

Tatsächlich frage ich mich, ob er wohl ein wenig wie Jakob ist.

»Wie alt ist der Mann jetzt?«, fragt Jo.

»Er müsste ungefähr 35 Jahre alt sein.«

»Ziemlich jung für einen Onkel.«

»Er ist wohl der jüngere Bruder von Jakobs Vater.«

»Wahrscheinlich ist er wie jeder andere Blaue auch.«

So wie Jo das sagt, klingt es wie eine Mahnung. Er findet offenbar, dass ich an die ganze Sache zu optimistisch herangehe. Aber ich lasse mir meine gute Laune nicht vermiesen. Es ist so vieles geschehen im letzten Jahr. Wäre doch gelacht, wenn wir diese Sache nicht auch irgendwie hinkriegen.

Als es Abend wird, lassen wir den Humvee stehen und gehen zu Fuß weiter. Bis zum Treffpunkt ist es nicht mehr weit und wir sind früh dran.

»Wie willst du Ruben transportieren, wenn wir den Humvee hierlassen und er betäubt ist?«, frage ich Jo.

»Die haben sicher ein Fahrzeug, um uns zurückzubringen. Ich würde mir den Treffpunkt nur gerne vorher ansehen, und zwar ohne dass wir uns durch das Motorengeräusch bemerkbar machen.«

Deswegen ist Jo ein Späher und ich nur ein Anwärter. Er hat diese Details einfach im Blick oder vielleicht eher im Blut?

»Verstehe.«

»Ich habe keine Bedenken, aber du weißt ja ...«

»Vorbereitung ist alles«, sagen wir im Chor und lachen.

Es dauert nicht lang und wir haben eine geeignete Position gefunden, von der aus wir die Stelle, an der die Übergabe stattfinden soll, gut überblicken können.

Eine halbe Stunde später nähert sich ein Fahrzeug. Es wird immer langsamer, je näher es den vereinbarten Koordinaten kommt und hält schließlich an. Heraus steigen zwei Männer. Da sie beide bei Bewusstsein sind, ist wohl keiner von ihnen Onkel Ruben.

»Und? Bist du zufrieden mit den Umständen oder sollen wir noch länger hier ausharren?«

Jo wirft mir einen missbilligenden Blick zu und rappelt sich auf.

»Schon gut, dann komm. Holen wir Onkel Ruben.«

Wir klettern die Düne hinab und nähern uns den beiden Männern und ihrem Gefährt. Einen kurzen Augenblick lang frage ich mich, ob der Jeep einen Sender hat, immerhin stammt er aus einem blauen HUB. Doch dann wundere ich mich über mein fehlendes Vertrauen in die Division. Unser Kontakt hat den Sender sicher entfernt oder deaktiviert, bevor sie losgefahren sind.

Als wir die Männer beinahe erreicht haben, öffnet einer der beiden die hintere Tür, sodass wir sofort einen Blick hereinwerfen können. Drinnen liegt ein weiterer Mann. Er sieht aus, als würde er nur schlafen.

Jo streckt seine Hand aus und der ältere der beiden schüttelt sie freundschaftlich. »Sawyer lässt Grüße ausrichten und dankt dir für die Hilfe hierbei.«

»Kein Problem. War ganz einfach. Falls ihr noch jemanden entführen wollt, sagt einfach Bescheid«, erwidert der Mann grinsend und dann wendet er sich mir zu.

Ich halte ihm ebenfalls die Hand hin und versuche lässig zu wirken. Ich bin ein wenig nervös, dabei sieht er nett aus. Seine Erscheinung ist einnehmend sympathisch.

»Ich bin Nova.«

»Daniel«, erwidert er und schüttelt meine Hand ein wenig zu fest für meinen Geschmack.

»Was habt ihr mit Ruben vor?«

Jo wirft mir einen Blick zu und ich halte den Mund.

»Er gehört zu uns. Er weiß es nur noch nicht«, sagt er kurz angebunden.

»Aha.«

Dann spricht erst mal niemand mehr.

Der Jüngere schließt die Wagentür wieder und ich versuche weiterhin nicht nervös zu wirken. Wieso sagt Jo den Leuten nicht, dass Ruben Jakobs Onkel ist? Es sind schließlich Verbündete.

»Unser Humvee steht ein paar Minuten von hier entfernt. Es wäre toll, wenn ihr uns und unseren Passagier dort absetzen könntet.«

»Klar doch. Steigt ein.«

Wir folgen der Aufforderung und ich zwänge mich hinten zu Ruben.

Wir fahren langsam in die Richtung aus der Jo und ich gekommen sind. Das Licht ist spärlich, aber ich erhasche ein paar Blicke auf Rubens Gesicht. Eine Gänsehaut überkommt mich, als ich feststelle, dass er eine auffallende Ähnlichkeit mit Jakob hat. Dieses scharf geschnittene Gesicht, die vollen Lippen ... Ich würde wetten, dass seine Augen ebenfalls blau sind. Es ist verrückt.

Hoffentlich hat Jakob nicht die falsche Entscheidung getroffen. Wenn Ruben sich an nichts erinnern kann, wovon wir ausgehen müssen, nimmt er uns seine Entführung vielleicht übel.

Wir stoppen ruckartig und ich laufe zum Humvee, um Platz für Ruben zu schaffen. Schnell befestige ich die gestohlenen Kisten aus dem Checkpoint, damit sie ihm während der Fahrt nicht auf den Kopf fallen. Indessen tragen die drei Männer die bewusstlose Fracht zu mir herüber.

Ich achte auf seinen Kopf, während sie Ruben in Position legen.

»Die Betäubung sollte noch mindestens einen Tag anhalten«, erklärt Daniel uns und tritt einen Schritt beiseite, als Jo die Fahrertür öffnet.

»Danke. Und bleibt vorsichtig. Sein Verschwinden könnte Aufsehen erregen. Gebt uns Bescheid, falls wir irgendwas für euch tun können«, sagt Jo noch und dann machen wir uns auf den Weg.

Weit fahren wir nicht. Jo hat vor im Feuerland zu übernachten. Der Tag war lang und wir sind beide müde. Trotzdem bin ich sehr zufrieden mit unserer Mission. Sie verläuft absolut nach Plan. Dieses Mal werden wir uns nicht von blauen Soldaten überraschen lassen.

Ich rolle dünne Schlafmatten für Jo und mich aus. Ruben lassen wir im Humvee.

Dann essen wir Feuerlandrationen und reden über Belangloses. Über das Training und die Nachtsichtgeräte. Die Atmosphäre ist entspannt. Jo und ich genießen es beide, hier draußen zu sein. Er erzählt mir, dass die Nachtsichtgeräte für den Ausflug zur Sendestation gedacht sind. Offenbar werden deutlich mehr von uns dabei sein als bei einem normalen Späher-Trip. Ich kann es kaum erwarten.

»Lass uns schlafen. Ich möchte morgen früh losfahren. Nicht, dass Ruben noch wach wird, bevor wir in CutOut ankommen.«

Ich stelle mir die Situation vor und muss lachen.

»Die Unterhaltung wäre sicher interessant. Hey Ruben, keine Sorge. Du kennst uns nicht, aber mach dir keinen Kopf. In zwei Stunden sind wir im Hauptquartier der Division, wo dein Neffe sich bereits auf dich freut. Das wird nett, du wirst sehen.«

Jo lächelt amüsiert, aber ich kann sehen, dass er die ganze Sache nicht ganz so unbekümmert betrachtet wie ich. Also krieche ich zu ihm herüber und gebe ihm einen langen Gutenachtkuss. Bevor ich mich vergesse, lasse ich wieder von ihm ab und lege mich auf meine Matte.

Die Müdigkeit überkommt mich schneller als erwartet. Ich genieße es, unter freiem Himmel zu nächtigen. Auch wenn hier und da seltsame Geräusche an mein Ohr dringen, ist es ganz wunderbar und ich würde es gerne öfter tun. Ich verstehe, warum Jo immer Späher werden wollte.

Ich bin schon beinahe eingeschlafen, als ich es plötzlich spüre.

Zunächst fühlt es sich an wie Angst. Das schnell anschwellende Gefühl, welches man empfindet, wenn ein Unheil sich ankündigt. Ruckartig setze ich mich auf. Jo neben mir genauso. Wir schauen uns irritiert an. Kein Geräusch, kein Anzeichen für Soldaten ist auszumachen. Und dann weiß ich plötzlich, was es ist.

Hitze.

»Spürst du das?«, frage ich ihn und bemerke gleichzeitig, wie unglaublich dämlich diese Frage ist.

Jo hat denselben, wachsamen Ausdruck im Gesicht wie ich. Natürlich spürt er es.

Meine Atmung beschleunigt sich und ich wiederstehe dem Drang, meine Hände wie einen Fächer zu benutzen, um die glühende Luft von mir wegzuwedeln.

»Das ist ... heftig!«, stöhnt Jo.

Dass mich der plötzliche Temperaturanstieg überfordert, ist wenig verwunderlich, aber Jo ist das Feuerland gewöhnt. Er ist schon durch Stürme und Erdbeben gewandert. Die Hitze sollte ihm nicht so zusetzen.

Und dann ist es vorbei. Die letzten Ausläufer streichen über mein Gesicht wie unsichtbare Stoffstreifen, die im Wind flattern. Ich keuche erleichtert und lasse mich auf meine Ellenbogen hinabsinken.

»Hast du so was schon mal erlebt. Hier draußen meine ich?«

Beunruhigt starre ich Jo an.

»Nein«, erwidert er knapp.

»Oh.«

Er fährt sich durchs Haar und staunt, als er seine nasse Hand betrachtet. Jo schwitzt so gut wie nie. Nicht einmal, wenn wir trainieren. Er ist gegen die Wärme genauso resistent wie all die anderen Blauen.

»Ich glaube, das war so ein Peak«, sagt er und wischt sich die Handfläche an seiner Hose ab.

»Du meinst so einen, wie Arros und Pete sie in letzter Zeit immer wieder aufzeichnen?«

»Genau.«

Ich weiß nicht, was ich dazu sagen soll. Bisher waren die Hitzepeaks nur grauschwarze Schlenker auf den Infografiken der Displays im CutOut. Technischer Kram. Daten, die mir nicht viel sagen und mich auch nie wirklich erschreckt haben.

Es live zu erleben, lässt mich den Ernst der Lage schnell erkennen. Was, wenn diese Ausschläge sich häufen. Was, wenn ihre Spanne sich verlängert, vielleicht ein paar Stunden oder sogar Tage andauert?

Sofort denke ich an Jakob, Nume und Marzellus. Keiner von ihnen könnte dann mehr rausgehen. Sie müssten im CutOut bleiben. Für immer.

»Schlafen wir jetzt besser ein wenig«, sagt Jo und legt sich nachdenklich hin.

Er macht nicht den Eindruck, als könne er jetzt noch gut schlafen. Trotzdem folge ich seiner Aufforderung und versuche mich ein wenig zu beruhigen.

Nach und nach lassen mich die Geräusche des Feuerlands wegdämmern. Wieder etwas, das mir am Spähen gefällt. Unter freiem Himmel schlafen. Das würde ich gerne öfter tun. Solange die Temperatur stimmt ...

Ich wache auf, als Jo damit beginnt, zwischen unserer Schlafstätte und dem Humvee hin und her zu laufen. Er räumt bereits unsere Utensilien zurück in den Wagen.

Ich richte mich träge auf und strecke die Arme über meinen Kopf.

»Morgen«, sage ich gähnend.

»Guten Morgen. Hast du schlafen können?«

»Wieso denn nicht?«

»Hätte ja sein können, na ja ... dass du Angst hast oder so.«

Ich starre ihn verständnislos an. Dann verschlucke ich mich beinahe an meinem eigenen Lachen.

»Wovor hätte ich denn bitte Angst haben sollen? Solltest du mich nicht inzwischen kennen, Joaquim.«

Dass ich seinen Namen wie einen Vorwurf klingen lasse, macht ihn ärgerlich.

»Hätte ja sein können! Entschuldige bitte, dass ich mich um dich kümmere, du furchtlose Späherin.«

Ich lache erneut auf und komme wackelig auf die Beine. Die Matte war nicht gerade rückenschonend.

Jo ist schon wieder dabei, etwas im Humvee zusammenzupacken, und ich schmiege mich von hinten an ihn heran.

»Ich finde es schön, dass du dich um mein Wohlergehen sorgst. Danke.«

Er dreht sich um und nimmt mich in den Arm.

»Es wird Zeit. Schnapp dir deine Matte, wir können während der Fahrt was essen.

»O. k.«, erwidere ich und tue, wie mir geheißen.

Wir nehmen dieselbe Strecke zurück zum CutOut, wie wir gekommen sind, und erreichen ihn ohne Zwischenfälle.

Einmal taucht ein kleiner Punkt auf der Karte auf. Ein Fahrzeug der Blauen. Aber es ist weit entfernt und verschwindet schnell wieder.

Ruben hat sich die ganze Zeit über nicht gerührt. Das Mittel, das sie ihm gegeben haben, muss sehr stark sein. Aber es ist besser so. Mitten während der Fahrt aufzuwachen, zusammengekrümmt in einem Humvee, das würde die ganze Sache für ihn sicher nur noch komplizierter gestalten.

Wir erreichen den geheimen Eingang und fahren hinunter. An der Schleuse wartet Jakob bereits auf uns. Er ist sehr aufgeregt, das sehe ich schon von Weitem. Mit großen Schritten eilt er auf uns zu und geht, ohne uns zu begrüßen, zum hinteren Teil des Humvees. Als er Ruben erblickt, erstarrt er sofort.

Ich klettere vom Beifahrersitz und stelle mich zu ihm.

Jo macht sich bereits daran, die Sachen für Marzellus auszuräumen. Sicher hat er gesehen, dass Jakob Tränen in den Augen hat, und will uns ein wenig Zeit geben. Weinende Männer sind vermutlich nichts für ihn.

»Und? Bist du glücklich?«, frage ich meinen Freund und schaue Ruben ebenfalls fasziniert an.

»Ich kann es irgendwie nicht fassen. Ich dachte, ich hätte vergessen, wie er aussieht, aber so ist es nicht. Eigentlich hat er sich kaum verändert.«

»Du dafür umso mehr«, erwidere ich.

»Ja. Das stimmt wohl.«

Am nächsten Tag mache ich mich gespannt auf den Weg zu der Wohneinheit, in welcher Sawyer Ruben hat unterbringen lassen. Sie ist ebenso wie Jenkins' Behausung, nur von außen zu öffnen, und eigentlich eine Zelle. Es geht nicht anders und als ehemalige Bewohnerin einer echten Zelle finde ich persönlich, dass es Schlimmeres gibt.

Ich verlasse den Lift. Mit jedem Meter, dem ich meinem Ziel näher komme, verlangsame ich mein Tempo. Irgendwie habe ich jetzt doch ein paar Bedenken. Die anfängliche Vorfreude, Ruben endlich kennenzulernen, wird von dunklen Vorahnungen getrübt. Was, wenn er wütend ist oder ganz anders, als Jakob ihn in Erinnerung hat. Vielleicht hält er uns tatsächlich für wahnsinnig oder fühlt sich mehr wie eine Geisel als ein willkommenes Familienmitglied.

Vor der Wohneinheit warten bereits Sawyer, Jo und Jakob. Mehr werden heute nicht dabei sein. Wir wollen Ruben nicht überfordern, aber Jakob wollte mich unbedingt dabeihaben und Sawyer Jo. Ich glaube, er hat Angst, dass Jakob nichts tun würde, falls Ruben aggressiv reagieren sollte. Zusammen mit Jo würde er das Schlimmste verhindern.

Keine schöne Vorstellung. Ich hoffe, dass alles gut geht.

»Hi.«

»Hi Nova. Dann wären wir ja vollzählig«, verkündet Sawyer und macht Anstalten, die Tür zu öffnen.

»Ähm, ist er ... Ich meine -«, setze ich unsicher an.

»Keine Sorge. Er ist zwar wach, aber Arros hat ihn an einer Hand gesichert. Er kann also nicht über uns herfallen, falls es das ist, was du befürchtest«, sagt Sawyer lächelnd.

Jakob findet das gar nicht witzig, sagt aber nichts. Er ist ziemlich aufgeregt. Wer könnte ihm das verübeln?

Die Tür gleitet auf und dahinter erscheint ein Raum wie jeder andere im CutOut. Allerdings liegen keine Habseligkeiten herum. Dafür sitzt ein Mann auf dem Bett und blickt uns entgegen.

Ich schlucke und nehme Jakobs Hand. Zusammen gehen wir langsam auf Ruben zu. Es kommt mir falsch vor, zu stehen. Es erweckt den Eindruck, als würden wir auf ihn herabblicken. Es könnte sogar bedrohlich wirken.

Ich bemerke den durch einen Code gesicherten Gurt um seine linke Hand. Es gibt schlimmere Fesseln, aber es ist sicher dennoch unangenehm für ihn.

Schnell ziehe ich ein paar Stühle heran und alle außer Jo nehmen Platz. Er stellt sich in die hintere Ecke. Offenbar will er sich zurückhalten. Bestimmt fühlt er sich fehl am Platze. Dieses hier soll ja theoretisch eine Familienzusammenführung werden.

»Hallo Ruben«, beginnt Sawyer und sein Gesicht wirkt dabei ganz freundlich. Er lächelt und legt den Kopf ein wenig schief.

»Mein Name ist Sawyer. Das hier sind Nova, Jakob und Joaquim.«

Er hält kurz inne, als würde er Ruben die Möglichkeit geben wollen, sich unsere Namen einzuprägen. Doch Ruben verzieht keine Miene. Sein Gesicht wirkt äußerst angespannt und sein Blick ist starr auf seine Hände gerichtet. Ich bekomme ein mulmiges Gefühl.

»Du bist sicher etwas verwirrt, ob der Umstände, die dich in diese Situation gebracht haben. Ich will versuchen, es zu erklären, damit du den Grund verstehen kannst, warum wir dich hierhergebracht haben. Du wirst sehen, es ist nur zu deinem Besten geschehen.«

Ruben regt sich kein Stück, aber ich meine mir einzubilden, dass seine Finger sich immer fester ineinanderverschränken.

Ich befürchte, dass er aufspringen und Sawyer angreifen wird. Schnell werfe ich Jo einen beunruhigten Blick zu und er erwidert diesen ebenso besorgt. Normalerweise würde ein Mann in dieser Situation Angst zeigen oder zumindest offenkundige Wut über die dreiste Entführung, aber Onkel Ruben sitzt nur ganz still da und wartet.

»Wahrscheinlich kannst du es dir bereits denken, aber ich will es der Form halber dennoch einmal laut aussprechen. Du befindest dich bei der Division, genauer gesagt im CutOut. Dies ist unser Zuhause. Hier leben ehemalige Bewohner von blauen und gelben HUBs zusammen. In Frieden und gegenseitigem Respekt.«

Die letzten Worte betont er absichtlich, um die Botschaft dahinter zu unterstreichen und von vornherein klarzumachen, wie unsere Ansichten sind.

»Wir haben dich zu uns geholt, weil du nicht dein ganzes Leben lang ein Blauer warst und einen Drift hattest. Du wirst dich nicht daran erinnern aber -«

Ruben hebt ruckartig den Kopf, dann die rechte, nicht angegurtete Hand und bedeutet Sawyer mit seiner Rede aufzuhören.

Ein wenig perplex hält dieser inne. Seit wir den Raum betreten haben, war dies die erste wahrnehmbare Reaktion unseres neuen Gefangenen und eine ausgesprochen eindringliche dazu. Ich kaue unruhig auf meiner Lippe herum. Ruben sieht Sawyer noch einmal emotionslos an und richtet seinen Blick dann auf Jakob. Dieser wird sofort unruhig und umklammert die Armlehne seines Stuhls, bis seine Fingerknöchel weiß hervortreten.

Die Art, wie Ruben ihn mustert, unterscheidet sich in jeglicher Hinsicht von seiner Reaktion auf Sawyer. Ich kann es nicht richtig deuten und wünsche mir plötzlich, Maja wäre hier, um seine Gedanken zu lesen.

»Du bist groß geworden«, stellt Ruben an Jakob gerichtet fest.

Hinter mir entfährt Jo ein ungläubiges Keuchen. Nur ganz leise, aber in der plötzlichen Stille des Raumes kann er es nicht verbergen.

»Wie ...?«, beginnt Jakob erschrocken, formuliert den Satz aber nicht weiter aus.

»Als ich ging, warst du noch ein kleiner Junge. Jetzt bist du ein Mann.«

Rubens Hände zittern kaum merklich. Ich glaube, es fällt nur mir auf. Die anderen sind völlig überwältigt von seinen Äußerungen.

Sawyer findet als Erster seine Stimme wieder.

»Du kannst dich an Jakob erinnern? Wie ist das möglich?«

Ruben antwortet nicht gleich, sondern starrt Jakob weiter an. Dann richtet er seine Aufmerksamkeit, zu meinem Erschrecken, auf mich.

Meine Nackenhaare stellen sich auf und ich muss mich zwingen, seinem Blick standzuhalten.

Etwas verändert sich in seinem Gesicht. Ich bin mir nicht sicher, aber es scheint, als bereite mein Anblick ihm Kummer.

»Du hast die Augen deiner Mutter, Nova. Und diese Ähnlichkeit ist ...«

Er blinzelt. Einen Augenblick lang fürchte ich, er beginnt vor uns allen in Tränen auszubrechen, aber er hat sich erstaunlich schnell wieder unter Kontrolle.

Mein Hirn versucht derweil die Wortfetzen zu einem plausiblen Inhalt zusammenzusetzen. Kannte er meine Mutter? Und wenn ja, warum hat er sie nicht vergessen? Er dürfte sich weder an Jakob noch an sonst wen aus HUB 1 erinnern.

Ruben erkennt offenbar, dass er uns mehr Informationen liefern muss, damit wir ihm folgen können, und hört auf, mich so seltsam anzustarren. Er setzt sich gerade hin und rückt den Gurt an seinem Handgelenk so zurecht, dass er den Arm bequem ablegen kann.

»Mein Gedächtnis wurde nicht gelöscht. Ich bin derselbe wie vor 13 Jahren. Ich weiß also, dass du mein Neffe bist«, sagt er und deutet auf Jakob, »und ich weiß, dass du Anabelles Tochter bist.«

Wieder sieht er mich so komisch an und ich komme mir wie zerbrechliches Glas vor, unter seinem beinahe liebevollen Blick.

»Weißt du, wie es deinem Vater geht?«, fragt er Jakob.

»Ich habe ihn seit beinahe eineinhalb Jahren nicht mehr gesehen. Wir mussten meine Eltern im HUB zurücklassen, als wir geflohen sind.«

»Geflohen?«, fragt Onkel Ruben aufrichtig überrascht.

»Das ist eine lange Geschichte«, erwidert Jakob, »Onkel Ruben, bitte sag uns, wieso du dich an alles erinnern kannst. Wieso haben sie dein Gedächtnis nicht gelöscht?«

Ruben lächelt und beugt sich ein Stück nach vorne.

»Oh, das haben sie versucht, aber ich war schlauer als sie. Als sie mich in den blauen HUB brachten, wusste ich bereits, was mich erwartet. Ich hatte einen Freund bei den Soldaten in HUB 1. Er sagte mir, ich dürfe nicht zulassen, dass sie mir dieses Mittel spritzen, sonst würde ich alles vergessen und ein anderer Mensch werden. Auf der Medi-Station angekommen, nutzte ich einen unbeobachteten Moment und habe mir die Krankenakten der anderen Patienten angesehen. Einer von ihnen war ein Gelber wie ich. Nur, dass er schon zwei Tage länger im HUB war. Auf dem Display an seinem Bett hatte der zuständige Mediziner die verabreichte Dosis vermerkt. Also hab ich es einfach riskiert und auf meinem Datenblatt dasselbe eingetragen. Tja, es hat funktioniert. Hätte auch schiefgehen können, aber mir blieben nicht viele Möglichkeiten. Ihr würdet euch wundern, wie sehr diese Ärzte auf ihre

Krankenakten vertrauen. Niemand hat bemerkt, dass ich keinen Tropfen des Mittels erhalten habe. Und so konnte ich in den HUB einziehen, ohne meine Identität aufgeben zu müssen. Ich habe mich einfach genauso verhalten wie mein Zimmernachbar.«

Sawyer ist sichtlich beeindruckt. Er reibt sich die Hände und kann gar nicht mehr aufhören zu grinsen. Jakob hingegen ist einfach nur erleichtert. Er strahlt wie ein kleiner Junge und hat Mühe, die Worte geordnet hervorzubringen, so aufgeregt ist er. »Dann kannst du dich an alles erinnern? An alle Menschen aus unserem HUB?«

»An alle.«

»Ich kann es nicht glauben ... das ist ... ich bin so glücklich!«

Jakob stürzt auf seinen Onkel zu und dieser schließt ihn in die Arme. Eine Weile verharren sie in dieser Position. Der ganze Raum pulsiert vor glückseliger Energie.

Ich stehe auf und gehe zu Jo. Er sieht ziemlich verdattert aus. Diese Wendung hat keiner von uns vorhersehen können.

»Ich würde sagen, mein Optimismus war berechtigt«, sage ich und stupse ihn in die Seite.

»Absolut. Es ist ... nun ja, es ist verrückt.«

»Ziemlich.«

Jakob und Ruben haben sich inzwischen voneinander gelöst und Sawyer beginnt damit auf Ruben einzureden. Er stellt ihm unzählige Fragen und ich habe Mühe, mich dazwischen zu drängen. Ich will unbedingt mehr erfahren über Ruben und meine Mutter.

Schließlich muss Sawyer Luft schnappen und ich nutze die Gelegenheit.

»Ruben, wie gut kanntest du meine Mutter?«

Wieder dieser leidende Gesichtsausdruck.

»Wir sind zusammen aufgewachsen. Sie ist ..., wie soll ich das sagen? Ich betrachte sie sozusagen als meine beste Freundin. Das hat sich nie geändert. Auch nicht, als dein Vater sie mir dann vor der Nase weggeschnappt hat. Ich hab's ihm nicht übel genommen.«

Ich rechne im Geiste nach. Meine Mutter war drei Jahre älter als er. Sie war auch älter als mein Vater. Damit hat er sie immer aufgezogen. Daran erinnere ich mich in diesem Moment. Doch dann fällt mir plötzlich etwas auf.

»Ruben. Du sagst, sie IST deine beste Freundin«, ich zögere, »meine Mutter, ich meine Anabelle ... sie ist gestorben. Vor einiger Zeit.«

Ein Kloß setzt sich in meinem Hals fest, wie immer, wenn ich über den Tod meiner Mutter rede oder nachdenke.

Jo legt mir tröstend eine Hand auf die Schulter. Doch das wirklich Traurige ist Rubens Anblick. Seine Augen sind weit aufgerissen und sein Kiefer ist so angespannt, dass ich befürchte, er könne jeden Moment explodieren. Doch dann presst er mühsam ein Wort zwischen den Lippen hervor.

»Wie?«

Ich traue mich kaum, ihm zu antworten. Ich möchte ihm nicht wehtun.

»Es war ein Unfall, an einer der Maschinen. Level 26.«

Ich hätte wetten können, dass ihn diese Information noch trauriger stimmen würde, aber stattdessen blitzt Wut in seinen Augen auf. Nein, keine Wut. Hass! Er muss ihr sehr nahegestanden haben.

»Es tut mir leid, dass du es so erfahren musst«, bringe ich vorsichtig hervor.

Er erwidert nichts. Dann ändert sich seine Miene wieder. Als würde er versuchen, sich vor uns nicht die Blöße zu geben.

»Sie war meine Vertraute. Meine Freundin. Ich kann mir eine Welt ohne sie nicht vorstellen.«

Wir sitzen eine Weile nur so da und lassen Ruben Zeit die traurigen Neuigkeiten zu verdauen. Ich frage mich unwillkürlich, ob Ruben auch noch nichts vom Tod meines Vaters weiß. Ich fürchte aber, es würde ihn überfordern, wenn ich jetzt damit anfange. Eine Hiobsbotschaft pro Tag reicht sicher. Außerdem gibt es so vieles, das er jetzt verarbeiten muss. Die Division, Jakob ... eben seine ganze Situation, die sich von einem Tag auf den anderen dramatisch verändert hat.

Schließlich räuspert sich Jakob.

»Können wir ihm diese Fessel jetzt abnehmen, Sawyer?«

Unser Anführer zögert. Eine halbstündige Unterhaltung, so emotional sie auch sein mag, scheint ihm offenbar nicht genügend Sicherheit zu geben. Ruben könnte immer noch versuchen zu fliehen. Vielleicht spielt er uns nur etwas vor? Ich halte diese Vorstellung zwar für äußerst unwahrscheinlich, aber Sawyer ist kein leichtsinniger Mensch.

Doch bevor er sich dazu äußern kann, beginnt Onkel Ruben zu lachen.

»Spart euch die Mühe. Dieses Ding ist sowieso überflüssig.«

Damit hört er auf zu lachen und fixiert den stabilen Gurt kurz mit einem intensiven Blick. Der Gurt beginnt sofort in Flammen aufzugehen und fällt von seinem Handgelenk ab. Ich schwanke zwischen der Faszination, die sein Drift auf mich ausübt, und der Frage, ob es nicht wehtut, sich sein Handgelenk anzuzünden? Erschrocken springt Sawyer auf und mustert Ruben wütend. Doch dann besinnt er sich und taxiert den immer noch kokelnden Gurt seinerseits mit einem typischen »Drift-Blick«.

Eine dünne Schicht Eis legt sich über das verbrannte Material und schmilzt sofort wieder. Die Brandgefahr ist gebannt, doch die Gemüter sind erhitzt.

10. VORBEREITUNGEN

Es ist Rubens erstes Abendessen im CutOut. Die letzten drei Tage hat er brav in seiner Wohneinheit verbracht und Sawyer und Arros Rede und Antwort gestanden.

Unser Anführer scheint alle seine Informationen bekommen zu haben, denn Onkel Ruben darf nun endlich zu uns anderen stoßen.

Dies beglückt natürlich besonders Jakob. Er war zwar einige Male bei Ruben, aber immer nur, wenn Arros oder einer seiner Leute dabei waren. Das kleine Kunststück, das Ruben uns an seinen Fesseln demonstriert hat, ließ Sawyer härtere Sicherheitsmaßnahmen ergreifen. Doch genau wie Jenkins hat Jakobs Onkel nun endlich Freigang.

Wir sitzen alle an einem der langen Tische und lassen es uns schmecken. Die Stimmung ist ausgelassen.

Ruben sagt nicht viel, aber das liegt sicher daran, dass er sich erst an seine neue Umgebung gewöhnen muss. Ich versuche ihn, wo ich kann, in die Unterhaltung mit einzubeziehen, genau wie Jakob. Dieser wirkt völlig verändert. Der unglückliche Ausdruck, welchen er die letzten Monate immer zur Schau getragen hat, ist für einen Abend verschwunden, vielleicht für immer. Mit Ruben ist ein kleines Stück zu Hause im CutOut eingezogen. Und noch mehr als das. Es ist Hoffnung, die Ruben uns bringt.

Neben Pete ist er bereits der zweite Common, der es geschafft hat, ohne Gedächtnisverlust in einem blauen HUB unterzukommen. Wieso sollten sie also die Einzigen sein? Es könnte noch mehr getarnte Gelbe mit Drift geben. In jedem Fall haben wir allen Grund zu feiern!

Jo beugt sich zu mir herüber und fährt mit der Hand meinen Rücken empor. Ein wenig irritiert blicke ich in die Gesichter unserer Tischnachbarn, doch keiner scheint sich für die intime Geste zu interessieren. Seine Hand wandert weiter nach oben, bis hin zu meinem Nacken. Ich trage mein Haar heute offen, sodass sein kompletter Unterarm darunter verschwindet, als er seine Finger von hinten um meinen Hals legt.

Mein Gesicht beginnt zu kribbeln und ich lasse meine Gabel langsam sinken. Ganz vorsichtig lehne ich mich weiter zurück und lasse die Berührung auf mich wirken. Seine Finger graben sich in mein dichtes Haar und liebkosen meinen Nacken mit gleichmäßigen Bewegungen. Auf meinen Armen breitet sich eine angenehme Gänsehaut aus.

Wie schafft er es nur immer wieder, dass seine Berührungen sich für mich anfühlen wie unser erster Kuss? Dabei gibt es Tage, da kommt er mir beinahe vor wie ein Kumpel. Tage, an denen wir uns kaum berühren oder schlicht keine Zeit dafür finden. Oft ist er auch so ernst, als würde er über alles und jeden nachgrübeln. Dabei ist das doch eigentlich Sawyers Job.

Vielleicht stimmt es, was unser Anführer vor Kurzem zu mir gesagt hat. Jo ist der geborene Aufständler, er weiß es nur noch nicht.

Jo lässt die Hand indessen nach links wandern und massiert mir die Schulter. Nur ganz sachte und trotzdem spüre ich die Kraft, die in seinem Griff verborgen ist.

Ich erinnere mich daran, wie Sawyer den Abgesandten der Division vor langer Zeit von Jos Gefangennahme berichtet hat. Er hatte angedeutet, dass er ihn noch nicht vollständig rekrutieren konnte.

Noch nicht vollständig ... Ich frage mich, ob Jo einen Beitritt der Division vielleicht schon einmal abgelehnt hat? Er selber hat mir während unserer Flucht mehr als einmal erzählt, dass er sich aus solchen Dingen lieber raushalten würde. Und mit »solchen Dingen« meinte er die Ungerechtigkeit gegenüber den gelben HUBs.

Die Hand sinkt hinab, auf die kleine Rundung meiner Hüfte. Ich unterdrücke einen leisen Seufzer und werfe einen vorsichtigen Blick nach rechts. Er sieht mich nicht mal an, tut so, als würde er die Unterhaltung zwischen Nume und Marzellus verfolgen. Ich wende den Blick nicht ab, sondern schaue mir meinen Freund genau an.

Er ist auf seinem Stuhl weit nach vorne gerutscht. Sitzt lässig wie immer da und scheint seine Umgebung in allen Einzelheiten wahrzunehmen. Sicher merkt er sich alles, was gesagt wird, auch wenn es ihn nicht interessiert oder er es nur am Rande mitbekommt. Seine Tätigkeit als Späher macht ihn zum perfekten Beobachter. Aber niemals kann man ihm ansehen, was er über eine Sache denkt, es sei denn, er will es so.

Wie oft habe ich in diese grünen Augen geblickt und keine Reaktion, keinerlei Indiz auf seine Emotionen herauslesen können?

Egal wie nahe wir uns kommen, Joaquim ist und bleibt ein großes, menschliches Rätsel.

Als er angefangen hat, den CutOut zu verlassen, um spähen zu gehen, damals, vielleicht zwei oder drei Monate nach seiner Rettung, habe ich jedes Mal Angst gehabt, er würde nicht zurückkehren. Ich redete mir ein, dass ich mir bloß Sorgen mache, aber die ganze Wahrheit war das nicht.

Ein kleiner Teil von mir befürchtet bis heute, dass er seine Entscheidung bereut und sie rückgängig machen will. Die Entscheidung Nume, Jakob, Marzellus und mich in der verlassenen Stadt aufgegabelt und unser Überleben gesichert zu haben. Doch um sie zu revidieren, diese folgenschwere Entscheidung, dazu müsste er sich den Einlass in seinem alten HUB erkaufen. Er müsste den Blauen Informationen anbieten, um wieder dazuzugehören. Er müsste uns verraten, so wie Kieran es getan hat.

Auch wenn ich ihn nicht immer durchschauen kann, so bin ich mir absolut sicher, dass Jo diesen Schritt niemals tun wird. Eher würde er im Feuerland leben und keiner der beiden Seiten dienen, als uns in den sicheren Tod zu schicken.

Nun sieht er mich doch an. Ich lächele verhalten, versuche meine dunklen Gedanken zu verbergen. Schnell hebe ich die Hand und lege meinen Daumen an seine Lippen. Ich zeichne den Schwung seiner Unterlippe nach und er umschließt mein Handgelenk mit seinen Fingern. Dann nimmt er meine Hand ein Stückchen weg und küsst ihre Innenseite. Ich liebe dich, denke ich. Ich liebe dich, ich liebe dich, ich liebe dich!

Seine Augen sagen: Ich dich auch!

Ein lautes Lachen reißt mich aus der trauten Zweisamkeit und ich fahre herum.

Ruben, der zwischen mir und Jakob sitzt, scheint sich auf einmal köstlich über etwas zu amüsieren.

»Da hast du was falsch verstanden, Sawyer«, sagt er und schüttelt amüsiert den Kopf.

Da ich nicht weiß, worüber die beiden gesprochen haben, drehe ich mich wieder zu Jo um und hebe eine Augenbraue. Er weiß es. Natürlich! Er hat auch dann noch ein offenes Ohr, wenn er mir den Rücken massiert.

»Sawyer hat gesagt, dass er es ungewöhnlich findet, dass Rubens Drift erst im Alter von 22 Jahren aufgetreten ist«, erklärt er mir leise.

Währenddessen ist Sawyer irritiert und bittet Ruben, ihm doch mitzuteilen, was genau er missverstanden hat.

Ruben hält kurz inne, als müsse er sich überlegen, wie er es beschreiben soll.

»Meinen Drift habe ich, seit ich 17 bin«, sagt er dann geradeheraus.

»Was?«, entfährt es Jakob.

»Wie konntest du es geheim halten?«, will Mailo wissen, »als mein Drift plötzlich auf der Bildfläche erschienen ist, war ich völlig überfordert. Bevor ich überhaupt wusste, wie mir geschah, hatten sie mich auch schon abgeholt. Da lagen keine zwölf Stunden zwischen!«

Nume verzieht das Gesicht und legt ihre Hand auf die von Mailo. Sicher denkt sie daran, wie Mailo damals einfach verschwunden ist. Von einem Tag auf den anderen.

Auch ich erinnere mich nur zu gut an diesen Tag. Ich hatte Jakob gerade von der Möglichkeit erzählt, dass es außer uns noch andere Überlebende geben könnte und Nume völlig aufgelöst vor meiner Wohneinheit vorgefunden.

»So läuft es ja auch normalerweise ab«, erklärt Ruben, »jedenfalls wenn man sich nicht unter Kontrolle hat.«

»Wie darf ich das verstehen?«, fragt Mailo leicht gekränkt.

Ruben lehnt sich zurück und überlegt erneut. Er scheint sich entweder unwohl zu fühlen, vor allen über seine Erfahrungen zu reden, oder er weiß nicht, wie er es umschreiben soll. Dabei kommt er mir eigentlich nicht wie jemand vor, der sich nicht auszudrücken weiß.

»Sie werten deine BIOscans aus. Vom Tag deiner Geburt bis zu deinem Tod. In der Hauptsache begründet sich das darin, weil sie Krankheiten vorbeugen wollen. Alles soll reibungslos laufen.«

Er redet von der Produktion, das ist allen am Tisch klar.

»Aber es gibt noch einen Grund dafür. Der BIOscan eines Menschen verändert sich schlagartig, wenn der Drift zum ersten Mal auftritt. Nicht wegen der Fähigkeit an sich, sondern weil derjenige durch die Hölle geht!«

Er beugt sich ein Stückchen nach vorne und stützt das Kinn auf seine Hände.

»Ihr müsst euch das so vorstellen. Du wachst eines morgens auf, duschst, machst einen Abstecher zum Fress-Level, triffst Freunde ... und dann PLÖTZLICH fackelst du dein Bett ab und hast keinen blassen Schimmer, wie das geschehen konnte. Von diesem Moment an richtet sich jeder einzelne Gedanke nur noch auf deinen Drift. Woher kommt er? Wieso hast gerade du ihn? Wie wirst du ihn wieder los? Natürlich weißt du nicht, dass du nur einer von vielen bist. Du glaubst, mit dir stimmt etwas nicht. Vielleicht gerätst du sogar ein wenig in Panik. So oder so, dein BIOscan zeigt es ihnen. Die HUB-Leitung weiß zu jedem Zeitpunkt, was vor sich geht. Und wenn ein ansonsten völlig normaler

Bewohner plötzlich Unmengen an Adrenalin ausschüttet oder mehrmals zu spät zur Arbeit erscheint, werden sie hellhörig. Sie müssen ihn dann nur noch ein paar Stunden unauffällig beobachten und auf den Beweis warten.«

Er hält inne.

»Was war dein Beweis, Mailo?«

Numes Freund schaut grimmig drein. Die Erinnerung an diese Zeit scheint keine Freude zu sein.

»Ich saß auf dem Fress-Level beim Frühstück. Es war noch sehr früh am Morgen und es waren nicht viele Leute da. Es gab nur trockenes Brot oder Haferschleim zur Auswahl. Das hat mich sauer gemacht. Ich stellte mir vor, das fade Zeug verschwinden zu lassen und stattdessen gekochte Eier auf meinen Teller zu zaubern.«

»Ich nehme an, der erste Teil dieses Vorhabens hat gut funktioniert?«, spekuliert Ruben mitfühlend.

»Ganz genau. Meine komplette Ration und noch ein Teil des Tisches verschwanden vor meinen Augen. Ich dachte zuerst, ich bin nur zu müde oder einfach überarbeitet. Doch am nächsten Tag geschah es wieder. Dieses Mal verschwand mein ganzer rechter Arm vor dem Spiegel in meiner Wohneinheit. Danach dauerte es nicht lang, bis sie mich holen kamen.«

»Verstehe«, sagt Ruben und blickt Mailo lange an.

Beide haben dasselbe durchgemacht, aber nur einer von ihnen konnte es vertuschen.

»Ich konnte meine Gefühle schon immer gut kontrollieren. Schon seit ich ein kleiner Junge war. Keine Ahnung, warum.«

Rubens Beschreibung würde auch auf Jakob zutreffen. Die Tatsache, dass er in Nume verliebt ist und es ihr nie gesagt hat, zeugt von großer Selbstbeherrschung.

»Als mein Drift plötzlich da war, habe ich es einfach akzeptiert. Ich habe gelernt, damit zu leben, und es für mich behalten. Nur ein Mensch wusste davon ...«

Er sieht mich an und ich weiß sofort, wer dieser Mensch war.

»Anabelle konnte Geheimnisse schon immer gut für sich behalten.«

Wir lächeln uns an, wie es nur zwei Menschen tun, die eine tiefe Trauer teilen.

»Das bedeutet, du hast fünf Jahre lang im HUB gelebt und deinen Drift verbergen können?«, stellt Sawyer beeindruckt fest.

»Richtig. Es waren fünf Jahre. Dann ist etwas passiert, ein Feuer zu viel sozusagen. Sie kamen und haben mich mitgenommen und den Rest kennt ihr ja bereits.«

In dieser Nacht schläft Jo bei mir.

Es ist bereits sehr spät, als wir die Tür in meiner Wohneinheit hinter uns schließen. Rubens Erzählungen waren unheimlich interessant. Je später es wurde, desto mehr kam er aus sich heraus. Die Ähnlichkeit zwischen ihm und Jakob ist wirklich bemerkenswert. Sowohl äußerlich als auch was ihre Charaktere angeht. Friedliebend, gefühlvoll und über alle Maßen großzügig.

Ich freue mich sehr für Jakob. Zwar wissen wir nicht, was aus den anderen Mitgliedern seiner Familie wurde, aber Onkel Ruben ist nun bei uns. Es ist ein kleiner Sieg.

Ich lege mich neben Jo und wir reden über Ruben. Irgendwie habe ich das Gefühl, dass er sich ganz sicher war, Jakobs Onkel würde zum Problem werden. Auf welche Weise auch immer. Aber er hat sich geirrt und ich bin froh darüber.

»Glaubst du, es gibt viele wie ihn?«

»Du meinst Leute mit Drift, die aber trotzdem in einem gelben HUB leben?«

»Ja, solche.«

»Keine Ahnung. Vielleicht.«

»Ich finde es bewundernswert. Ich meine, als mein Drift sich in der großen Halle im HUB 6 plötzlich gezeigt hat ... ich hätte nicht damit umgehen können, ohne euch. Immerhin wusste ich schon mal, was ein Drift ist und dass er eigentlich etwas Gutes bedeutet. Ruben musste alles allein herausfinden. Er hatte keine Anhaltspunkte und keine Hilfe.«

»Das stimmt. Dafür hat er es allerdings ganz gut bewältigt, würde ich sagen.«

»Ja, das hat er.«

Ich frage mich, ob meine Mutter ihm geholfen hat. Ob sie seinen Drift gut oder schlecht fand. Ob sie Angst vor ihm hatte? Wie viel wusste meine Mutter über Ruben? Wie viel wusste sie über diese seltsamen, neuen Fähigkeiten?

Etwas später ist Jo eingeschlafen. Ich gehe weiter meinen Gedanken nach. Ich kann nicht vergessen, wie Ruben den Namen meiner Mutter ausgesprochen hat. So als wäre er etwas, das verloren gehen könnte, wenn man es zu laut sagt.

Ich habe das starke Gefühl, dass sie für ihn mehr als nur eine Freundin war. Ob sie das auch wusste, werde ich wohl nie herausfinden.

Irgendwann ziehe ich mir die Decke über den Kopf und rücke so nah an Jo heran, wie es geht. Dann schlafe auch ich ein.

Eine Woche später wird es endlich ernst. Sawyer hat die Koordinaten der Sendestation erhalten. Wir sind bereit, sie auszuspähen.

Dieses Mal sind wir zu viert. Ich darf mitkommen und Jo ist natürlich Leiter der ganzen Aktion. Dann kommen noch Jackson und Arros mit.

Ich tätschele Maja mitfühlend den Kopf, als sie uns zusammen mit den anderen verabschiedet. Sie will unbedingt mitkommen. Aber mal ganz abgesehen davon, dass sie keinerlei Erfahrung hat und viel zu jung dafür ist, würde ihr Aufpasser Alex Sawyer eigenhändig erwürgen, wenn dieser seine kleine »Tochter« ins Feuerland schickte.

»Fang an zu trainieren, Maja. Du wirst sehen. In ein paar Jahren bist du eine von uns«, verspreche ich ihr.

»In ein paar Jahren ist doch alles schon vorbei!«, erwidert sie stur.

Ich schaue sie ernst an.

»Und das solltest du gut finden und nicht bedauern. Wenn alles vorbei ist, dann haben wir unser Ziel erreicht.«

Oder wir sind alle tot, denke ich.

Dann geht es los. Wir fahren mit zwei Fahrzeugen, falls wir uns trennen oder ein Ablenkungsmanöver starten müssen.

Ich sitze bei Jo im Humvee, Arros und Jackson nehmen den anderen. Es wird eine lange Reise werden. Die Sendestation ist weit entfernt und wir müssen vorsichtig sein. Mit diesem Auftrag steht und fällt mein Plan, die Botschaft zu senden. Zwar werden wir sie dieses Mal noch nicht einspeisen, aber unsere Beobachtungen dienen uns später als taktische Grundlage. Ich bin wahnsinnig aufgeregt.

Wir verlassen den CutOut und lassen ihn schnell hinter uns. Jo übernimmt den ersten Teil der Strecke. In fünf Stunden werde ich ihn ablösen.

Hinter uns fahren Jackson und Arros. Ich kann den bärtigen Hünen im Rückspiegel sehen. Ich frage mich, worüber sie sich wohl unterhalten. Vielleicht reden sie auch gar nicht miteinander. Arros ist eher der stille, brummige Typ, während Jackson relativ kontaktfreudig ist.

Wir fahren und fahren, vorbei an alten Autos, Schrott und verkümmertem Gestrüpp. Zweimal passieren wir eine Stadt und umrunden sie in weitem Bogen. Ich bedaure das natürlich, aber ich verstehe auch, dass dies kein Sightseeing-Trip ist. Trotzdem wende ich den Blick keinen Moment von den riesigen Bauten ab. Ich kann gar nicht genug davon bekommen. Gleichzeitig verunsichert es mich zutiefst, dass eine ganze Zivilisation einfach so verschwinden konnte. Wer diese Gebäude errichtet hat, sollte doch auch eine Krise überwinden können? Doch das war nicht der Fall.

Es gibt hier draußen niemanden mehr. Nur uns und die blauen Soldaten, die uns in regelmäßigen Abständen dazu zwingen, die Route zu ändern. Immer wieder tauchen sie auf der Karte auf. Und jedes Mal bekomme ich einen kleinen Schreck.

Dann ist es Zeit für eine Rast. Jo wählt eine kleine Gruppe von verfallenen Häusern aus, um die Humvees zu parken und eine Pause einzulegen.

»Hier war ich schon mal«, erklärt er mir, »bietet einen guten Sichtschutz und Schatten gibt's auch.«

Wir richten uns hinter einem kleinen, flachen Gebäude ein, das früher einmal ein Diner gewesen sein muss. Diner waren Orte, an denen die Leute etwas zu essen bekommen haben, wenn sie auf Ausflügen waren oder in ihrer Mittagspause. So viel weiß ich.

Wir verputzen Feuerlandrationen und unterhalten uns über dies und das. Niemand spricht über die Mission. Zum einen ist sie bis ins Detail geplant und keine Fragen offen und zum anderen will es vielleicht niemand von uns zugeben, aber wir sind nervös. Jeder, selbst Jackson, der einen Witz nach dem anderen reißt.

Dann geht es auch schon weiter. Nun bin ich mit fahren an der Reihe. Wieder kommen wir an einer Stadt vorbei. Sie sieht beinahe intakt aus, wenn man mal von dem improvisierten Verteidigungswall absieht, der sie umgibt.

»Hier haben sie Besuch wohl nicht gern gesehen«, kommentiert Jo die verfallenen Anlagen.

»Schrecklich, oder? Man will sich gar nicht vorstellen, wie viele gestorben sind. Dabei hätten sie einander besser helfen sollen.«

»Du bist immer so gutmütig. Das ist wirklich beeindruckend. Ich glaube kaum, dass wir uns eine Vorstellung davon machen können, wie es hier damals zugegangen ist. Die Leute haben wahrscheinlich einfach nur noch um's nackte Überleben gekämpft. Das ist alles.«

Ich runzele die Stirn. »Hättest du es lieber, wenn ich ein eiskaltes Miststück wäre?«

Er lacht.

»Nein. Du gefällst mir genauso, wie du bist.«

»Dachte ich mir.«

Dann ist der erste Tag vorbei und wir übernachten in einer alten Lagerhalle. Auf Licht verzichten wir und Arros besteht darauf, dass wir abwechselnd Wache schieben, obwohl Jo ihm mehrmals versichert, dass uns hier niemand entdecken wird. Aber Arros ist unnachgiebig und so übernehme ich die erste Wache, während die anderen sich hinlegen.

Es ist still in der Halle. Nur Arros' Schnarchen lässt mich hin und wieder aufhorchen. Ich versuche nicht einzuschlafen und denke über die Sendestation nach. Wenn wir Glück haben, ist sie gut einsehbar und nicht bewacht. Die Regierung ahnt nichts von unserem Plan und sicher sieht sie den Sender nicht als kritischen Bereich an.

Vielleicht ist es aber auch ganz anders und die Station ist eine Festung.

Ich schlage mich gut als Wache und Jo löst mich nach zwei Stunden ab. Schnell lege ich mich auf seine Matte. Die dünne Decke duftet noch nach ihm. Ich schlafe schnell ein und am nächsten Morgen weckt mich Jackson, der die letzte Wache übernommen hat.

»Wir müssen noch etwas bleiben«, verkündet Arros.

Erst jetzt bemerke ich, wie sehr sich die Geräuschkulisse verändert hat. Wind peitscht gegen die Wände der Halle und hinterlässt ein hohles Grollen. Ein Sturm.

»Wie lange dauert so was?«, frage ich beeindruckt von der Wucht der einzelnen Böen.

»Meist nur ein paar Stunden. Manchmal auch länger«, erwidert Jo.

Also warten wir.

Weil wir nichts zu tun haben und die Halle nicht viele Ablenkungsmöglichkeiten bietet, spielen wir ein Spiel. Zuerst weigert Arros sich, mitzuspielen, weil er es kindisch findet. Doch ich erpresse meinen Trainer mit zwei Keksen, die ich vor unserer Abfahrt stibitzt habe.

Das Spiel hat nichts mit Taktik oder Geschicklichkeit zu tun. Es geht um die Wahrheit.

Als Kinder haben Nume und ich es oft zusammen gespielt und so jedes noch so kleine Geheimnis über die Freundin erfahren. Es ist riskant. Man darf nicht lügen und nur einmal aussetzen, sonst hat man verloren.

Wir spielen ein paar Runden, um warm zu werden, und es macht sogar richtig Spaß.

Als Jackson Jo fragt, ob er schon einmal im Kampf gegen ein Mädchen verloren hat, nutzt dieser seinen Joker und setzt aus. Ich deute diese Reaktion als »Ja« und kann nur mühsam ein Grinsen verbergen. Wir befragen uns reihum und meistens sind die Antworten eher lustig als peinlich. Die Zeit vergeht wie im Flug. Dann ist Jo an der Reihe und darf Jackson eine Frage stellen.

»Wie alt warst du bei deinem ersten Spähtrip?«, fragt er und ich bin ein wenig enttäuscht darüber, wie belanglos die Frage ist. Die Jungs müssen das Spiel noch besser spielen lernen. Die Informationen, welche man aus seinem Gegenüber herausquetschen will, müssen brisant, persönlich und absolut geheim sein.

»14«, lautet Jacksons Antwort. »Ich hab mir vor Angst fast in die Hosen gemacht, aber als ich zurück im HUB war, wusste ich, dass es mein Beruf werden würde.«

Jo lächelt. Vermutlich ist es ihm ähnlich ergangen.

»Du bist dran«, sage ich zu Jackson.

Er blickt sich um und entscheidet, seine Frage an Arros zu richten.

»Was war das Traurigste, was du je erlebt hast?«

Schon besser, denke ich. So stellt man Fragen!

Arros schaut mich finster an.

»Muss ich wirklich?«

»Da du die Kekse bereits gegessen hast ... ja!«, erwidere ich stur.

Er seufzt und überlegt kurz.

»Das Traurigste, was ich jemals erlebt hab, war der Abschied von Anny.«

»Wer ist Anny?«, fragt Jackson neugierig.

»Anny war Sawyers Freundin.«

Ich horche auf. Dass Sawyer eine Freundin hatte, wusste ich nicht. Schnell werfe ich Jo einen Blick zu. Er schüttelt unmerklich den Kopf. Ihm ist es also auch neu.

»Wieso war das für dich traurig, wenn es seine Freundin war?«, hakt Jackson weiter nach.

»Weil es eben traurig war!«, wettert Arros. »Du wolltest wissen, was das Traurigste war, und das war eben dieser verdammte Abschied, kapiert?«

Er lässt die Schultern hängen und blickt ins Leere.

»Die beiden haben zusammengepasst wie Arsch auf Eimer.«

Ich lache leise auf. Arros ist immer so rüde und gleichzeitig so liebenswert.

»Doch dann hat Sawyer sich der Division angeschlossen und die Dinge wurden kompliziert. Sie stritten sich immer öfter und alles veränderte sich zwischen ihnen.«

»War sie etwa gegen die Division?«, frage ich ihn gespannt.

»Ich weiß nicht ... nein. Sie war gegen die Gefahr. Sawyer verließ den HUB sehr oft in dieser Zeit und sie machte sich Sorgen. Das lag wohl an ihrer besten Freundin. Die war ebenfalls bei der Division und bei einer Auseinandersetzung im Feuerland umgekommen.«

»Es gab damals schon Kämpfe?«, fragt Jo verwundert.

»Keine Kämpfe. Es war ein unglücklicher Zufall, dass die paar Soldaten auf ihre Freundin und dessen Komplizen gestoßen sind, als sie ein paar gesammelte Daten in ihr sicheres Versteck bringen wollten. So eins wie das in der U-Bahn-Station, wisst ihr. Na ja, jedenfalls kam es zu einer Auseinandersetzung und das war's dann.«

Er zuckt mit den Schultern. »Als Sawyer sich der Sache dann angeschlossen hat, war Anny natürlich nicht erfreut. Und eines Tages hat er sie mitgenommen zu einem unserer Treffen. Sie sollte uns kennenlernen, damit sie mehr Vertrauen in die Division bekäme.«

»Und das ist nach hinten losgegangen?«

»Mehr als das. Es war eine Katastrophe. Sawyer nahm sie mit in die Stadt und schon nach kurzer Zeit wurde sie sauer. Sie wollte unsere Pläne nicht hören und zurück in den HUB. Doch viel schlimmer war, dass sie Sawyer zwingen wollte, mitzukommen und die Division zu verlassen. Ihr könnt euch vorstellen, wie schwer das für ihn war.«

Ich stelle mir die Situation vor. Tausche Sawyer gegen Jo aus und versuche mich in Anny hineinzuversetzen. Was wäre Jo wichtiger? Liebe oder Prinzipien? Eine Frage, die meine Vorstellungskraft übersteigt.

»Am Ende haben sie sich richtig gefetzt und Anny wollte gehen. Sie stellte ihn vor ein Ultimatum. Würde er nicht sofort mit ihr kommen, wären sie getrennte Leute.«

»Was hat er getan?«, hauche ich, obwohl ich es schon ahne.

»Er ließ sie ziehen. Danach war es aus. Die beiden haben nie wieder ein Wort gewechselt.«

»Oh man ...«, sagt Jackson. »Das ist wirklich traurig.«

Wir schweigen.

»Dann bin ich wohl dran«, sagt Arros schließlich und überspielt seine melancholische Stimmung mit einem unsicheren Grinsen.

»Jo. Was ist dein größtes Geheimnis?«

Jo hebt erschrocken den Blick, als er seinen Namen hört.

Irgendwie fühle ich mich plötzlich schlecht. Das Spiel war meine Idee und nun muss Jo vielleicht mehr von sich preisgeben, als er es vor den anderen ansonsten tun würde. Ich blicke auf meine Hände und warte ab.

»Ich setze aus.«

»Geht nicht, Kumpel. Du hast schon einmal ausgesetzt. Raus mit der Wahrheit.«

Die anderen bemerken es nicht, aber die Stimmung ist plötzlich noch angespannter als während Arros' Geschichte über Anny und Sawyer. Jo hat also tatsächlich ein Geheimnis, das man als sein größtes bezeichnen könnte.

Ich schwanke zwischen dem Wunsch, es zu lüften und ihm die Blöße zu ersparen. Er soll sich nicht unwohl fühlen, nur weil ich das dämliche Spiel vorgeschlagen habe.

Doch Jo hat gar nicht vor, sein Geheimnis mit uns zu teilen. Er steht ruckartig auf und deutet mit dem Kopf auf den verbarrikadierten Eingang der Halle.

»Der Sturm ist vorüber. Wir können weiter.«

Während Arros und Jackson sich ratlose Blicke zuwerfen, falle ich in ein tiefes Loch. Was ist so heikel, dass Jo es mir nicht sagen kann? Oder wird er es tun, will es aber nicht vor den anderen preisgeben? Ich fühle mich hintergangen, was Unsinn ist, weil ja eigentlich gar nichts Schlimmes geschehen ist. Vielleicht gibt es kein Geheimnis und er hat einfach keine Lust mehr oder will tatsächlich nur weiter? Das Ganze hinterlässt ein fades Gefühl in meiner Magengegend.

Ich stehe auf und lächele Arros halbherzig an.

»Na, dann beim nächsten Mal«, sage ich zu ihm.

»Dann will ich aber mehr Kekse sehen!«, erwidert Arros scherzhaft, doch irgendwie fühle ich mich plötzlich wie Anny und Arros sieht mir zu, wie ich Sawyer hinterherblicke.

Insgesamt vier Tage ziehen an uns vorüber. Wir fahren, rasten, fahren, übernachten. Es entwickeln sich Routinen und wir müssen nur noch selten von unserer ursprünglichen Route abweichen. Es gibt offenbar wenig blaue Soldaten in dieser Gegend.

Am Nachmittag des fünften Tages erreichen wir die Koordinaten, die Bolds Mann Sawyer gegeben hat. Wie immer lassen wir die Humvees zurück und schlagen uns zu Fuß durch.

Irgendwann verkündet Jo, dass er nun allein vorausgehen wird. Mir gefällt das gar nicht, aber es ist sicher nicht unklug. Wir anderen warten hinter einer alten Tankstelle und vertreiben uns die Zeit mit Geschichten aus unseren alten HUBs und Feuerlandrationen.

Irgendwann, meiner Auffassung nach einer viel zu langen, zermürbenden Zeit, kommt Jo zurück.

»Sieht gut aus. Ich habe eine geeignete Stelle gefunden. Da können wir ne ganze Weile bleiben und uns die Sache ansehen.«

»Wie ist die Station?«, frage ich neugierig.

»Das wirst du schon sehen«, sagt er leichthin, lächelt aber geheimnisvoll. Ich deute das als ein gutes Zeichen und setze mich zusammen mit den anderen in Bewegung.

Eine Stunde später haben wir unser Ziel erreicht. Die Sendestation ist auf einem kleinen Berg, eher einem Hügel und die Umgebung eignet sich tatsächlich hervorragend, um unentdeckt zu spähen. Aber was mich wirklich, wirklich froh stimmt, ist die Tatsache, dass die Station nur ein relativ kleiner Komplex ist.

Ein etwas größeres Gebäude bildet den Mittelpunkt, zwei weitere befinden sich rechts und links daneben. Doch sie scheinen keine besondere Funktion zu haben. Es sieht aus, als wären es bloß Lagerhallen oder zu groß geratene Garagen. Was wir suchen, befindet sich ganz sicher im Hauptgebäude.

Es ist inzwischen dunkel geworden und damit tritt die nächste Phase unserer Mission in Kraft. Diese Phase gefällt mir ganz und gar nicht, aber ich muss mich zusammenreißen.

Der Plan sieht vor, dass Jackson und Jo hinuntergehen und sich das Ganze aus der Nähe ansehen. Mir wird ganz flau im Magen, als Jo mich zum Abschied küsst, während Jackson und Arros peinlich berührt wegsehen.

»Sei vorsichtig!«, ermahne ich ihn flehend.

»Bin ich doch immer.«

Er küsst mich erneut und dann machen die beiden sich auf den Weg. Arros gibt mir ein Nachtsichtgerät und bringt sein modifiziertes Remington 700 in Position. Als er meinen neugierigen Blick bemerkt, grinst er breit.

»Das ist meine Katie. Gefällt sie dir?«

»Sicher«, sage ich ein wenig irritiert und beginne damit, Jo über das Nachtsichtgerät ausfindig zu machen. Die ungewohnte Färbung der Umgebung, die der Restlichtverstärker verursacht, bereitet mir zunächst Probleme, doch dann gewöhne ich mich daran und folge Jos Bewegungen.

Ich sehe kein einziges Mal weg, selbst als meine Position unbequem wird und ein spitzer Felsen mir in die Seite sticht.

Schließlich erreichen Jo und Jackson das erste der drei Gebäude und bewegen sich wie Schatten an dessen Wand entlang.

»Sind da keine Kameras?«, frage ich Arros beunruhigt.

»Wenn es so wäre, hätte Jo sie längst bemerkt«, erwidert er gelassen.

Jackson ist inzwischen dabei, eine gut einsehbare Stelle zu umrunden, und Jo bleibt ihm dicht auf den Fersen. Die beiden wirken beinahe katzengleich. Sie bewegen sich im selben Rhythmus und verständigen sich mit knappen Handzeichen.

Hätte ich nicht solche Angst um meinen Freund, würde ich es sehr spannend finden.

Dann erreichen sie das große Gebäude und verschwinden dahinter. Ich kann sie nicht mehr sehen und meine Nervosität wird größer. Ich halte das Nachtsichtgerät weiter auf die Stelle, wo ich Jo zuletzt gesehen habe, und warte.

Doch es dauert eine halbe Stunde, bis sie wieder auftauchen. Meine Nerven liegen bereits blank. Wenn Jo es hierher zurückschafft, kann er was erleben!

Ich beobachte, wie sie den Rückweg antreten und sich unserer Position nähern.

Als sie nur noch knapp 30 Meter von uns entfernt sind, tritt plötzlich ein Mann aus dem Gebäude. Ich bemerke ihn erst, als Arros einen Schimpflaut von sich gibt und »Katie« fester umklammert. Ich habe meine Aufmerksamkeit die ganze Zeit über nur auf Jo gerichtet, und die Station nicht mehr weiter beachtet.

Der Mann geht ein paar Schritte und hebt dann einen Becher an die Lippen. Er ist kein Soldat, das kann ich an seiner Kleidung erkennen.

Schnell richte ich das Nachtsichtgerät wieder auf Jo und Jackson und stelle erleichtert fest, dass sie den Kerl ebenfalls bemerkt haben. Sie ducken sich hinter einen kleinen Felsen und warten ab. Wahrscheinlich hätte der Mann sie sowieso nicht gesehen. Es ist stockdunkel, aber warum ein Risiko eingehen?

Nach ein paar Minuten geht der Mann zurück in das Gebäude und unsere Freunde setzen ihren Weg fort.

Als Jo mich erreicht, lässt er sich neben mir nieder und wartet, bis auch Jackson wieder in Deckung ist.

»Und?«, fragt Arros.

»Ein Kinderspiel. Keine Soldaten, überhaupt kaum jemand da. Vielleicht fünf oder sechs Leute, die an ein paar Computern sitzen«, berichtet Jackson uns.

»Und was denkst du?«, frage ich Jo.

Er blickt nach unten auf den Komplex. Wegen der Dunkelheit kann ich seinen Gesichtsausdruck nicht sehen.

»Ich denke, es ist ein wenig zu ruhig, zu einfach. Wir sollten abwarten, wie das Ganze bei Tag aussieht. Vielleicht kommen tagsüber noch mehr von ihnen.«

II. ARGWOHN

Nachdem wir den gesamten folgenden Tag und die halbe Nacht auf unserem Beobachtungsposten verharrt haben, und Jo darauf bestand, dass er und Jackson noch ein weiteres Mal nach unten steigen und die Station aus der Nähe auskundschaften sollten, verschwinden wir endlich.

Meine Knochen sind geschunden. Meine Beine fühlen sich an wie der Pudding, den Maja uns zeigen wollte. Die wenigen Stunden Schlaf und die ständige Angst, erwischt zu werden, haben mir ganz schön zugesetzt. Doch nun ist es geschafft und wir erreichen, nach einer gefühlten Ewigkeit, den Humvee.

Kaum sitze ich neben Jo auf dem Beifahrersitz, bin ich auch schon eingeschlafen und wache erst am Mittag des folgenden Tages wieder auf. Ein wenig schäme ich mich für meine schlechte Späher-Kondition. Im Rückspiegel kann ich sehen, dass im Wagen hinter uns niemand schläft.

Außerdem habe ich schlecht geträumt. Ich saß wieder in der staubigen Halle, zusammen mit Jackson, Arros und Jo. Arros ritzte den Namen Anny in den Boden und sah traurig dabei aus. Wir spielten wieder dieses dämliche Frage-Antwort-Spiel und Jo war an der Reihe.

Ich stellte ihm gleich mehrere Fragen und er beantwortete alle. Dann wollte ich sein größtes Geheimnis wissen und er öffnete den Mund, begann zu erzählen, aber keine Laute drangen an mein Ohr. So sehr ich mich auch konzentrierte, da waren nur das Rauschen des Sturms und das gelegentliche Scharren von Arros' Messer zu hören.

»Wieder fit?«, fragt Jo, ohne den Blick von der staubigen Strecke abzuwenden.

»So ziemlich. War wohl etwas zu lang weg?«

»Keine Sorge, dafür kannst du jetzt locker die nächste Schicht übernehmen. Aber erst mal werden wir irgendwo rasten und etwas essen.«

»Musik in meinen Ohren«, erwidere ich und strecke mich ausgiebig.

»Jo?«

»Ja?«

»Ich will nicht ...«, ich zögere, »ich will nicht nerven aber diese Sache, ich meine die Frage, die dir Arros gestellt hat. In der Lagerhalle ...«

Ich bemerke, wie sich seine Körperhaltung augenblicklich versteift. »Es ist albern, ich weiß«, füge ich schnell hinzu. Dann halte ich inne, hoffe auf eine Reaktion. Irgendeine Erklärung, die dem Ganzen den unangenehmen Beigeschmack nimmt, doch Jo bleibt stumm.

»Tut mir leid. Ich wollte dich nicht bedrängen. Es ist wirklich kindisch von mir, dich nach deinem ›Geheimnis‹ zu fragen. Total idiotisch. Dieses dumme Spiel ...«

»Nein«, sagt er plötzlich, den Blick weiter starr geradeaus gerichtet. »Ich verstehe das. Schon gut.«

Erleichtert und gespannt auf das, was nun folgen wird, atme ich aus. Doch er ist wieder still. Will er es mir nun sagen oder nicht? Es vergehen lange Sekunden, bis er endlich weiterspricht.

»Nova«, beginnt er leise und seine Stimme klingt so ernst, dass bei mir alle Alarmglocken schrillen. »Ich glaube jeder von uns hat Geheimnisse. Manche sind wichtiger, andere vielleicht nur peinlich. Ich bin da keine Ausnahme.«

Was soll ich von dieser Aussage halten? Ist sein Geheimnis jetzt besonders wichtig oder ziemlich peinlich? Will er es mir nicht sagen, weil er sich schämt?

»Du kannst es mir sagen«, biete ich vorsichtig an.

»Ja, das könnte ich. Aber es ist nichts, worüber du dir Sorgen machen müsstest. Wirklich nicht.«

Er dreht sich zu mir und blickt mich lange an.

Eigentlich braucht er gar nichts mehr zu sagen. Ich weiß längst, dass er sein ominöses Geheimnis nicht preisgeben wird. Das Fatale ist, nun will ich es umso mehr wissen!

»Bitte vertrau mir einfach. Du weißt, ich würde dich nie belügen oder dir wehtun.«

Seine Stimme klingt ernst und aufrichtig. Und natürlich glaube ich ihm und nicke zurückhaltend.

Eine Weile fahren wir schweigend weiter und ich versuche das ungute Gefühle abzuschütteln, welches die kurze Unterhaltung in mir ausgelöst hat.

Ich tue einfach, als wäre alles wie immer, aber eine leise Stimme in meinem Kopf flüstert: Jo hat ein Geheimnis. Eines, das nicht einmal DU erfahren darfst.

Grimmig stelle ich mir vor, die Stimme hätte ein Gesicht, einen Mund und fiese, kleine Augen. Dann stopfe ich ihr das Maul.

Jo lenkt den Humvee ein paar Minuten später zwischen eine kleine Ansammlung von alten, verrosteten Trucks.

Wir errichten unser kleines Festmahl und lassen es uns schmecken.

»Wann glaubst du, werden wir die Botschaft senden können?«, frage ich ihn, während ich ein paar trockene Stückchen Brot mit Wasser herunterspüle.

»Das ist Sawyers Entscheidung, aber nachdem, was wir dort gesehen haben, gibt es eigentlich keinen Grund es hinauszuzögern. Womöglich können wir die Sache bereits nächste Woche in Angriff nehmen.«

Nächste Woche. Ein angenehmes Kribbeln durchfährt mich. Endlich!

»Das wird alles ändern«, stellt Arros fest.

»Ja!«, erwidere ich freudig, bin dann jedoch leicht irritiert über seinen unglücklichen Gesichtsausdruck, »das ist doch gut, oder etwa nicht?«

»Schon … aber du darfst die Konsequenzen nicht unterschätzen. Wenn die Botschaft erst mal die Runde macht, ist es aus mit der Ruhe. Es wird zu Aufständen kommen. Es wird viele Tote geben ...«

Ich höre seine Worte, ich verstehe sie, aber ich kann die Verbreitung der Botschaft beim besten Willen nicht mit dem Grauen verbinden, welches er prognostiziert. Natürlich bin ich mir darüber im Klaren, dass die Bekanntmachung der unschönen Wahrheit einen Tumult nach sich ziehen wird, schließlich ist es das, was die Division bezweckt, aber wirklich ausgemalt habe ich es mir nie richtig.

»Bist du gegen die Sendung?«, frage ich Arros stattdessen herausfordernd.

»Nein, Kleine. Das bin ich nicht. Ich mache mir bloß keine Illusionen. Keiner von uns kann mit Sicherheit sagen, wo und wie das alles enden wird. Doch wir können davon ausgehen, dass die Welt sich nicht von heute auf morgen ändert. Viele Menschen werden sich auflehnen und kämpfen müssen.«

»Ich verstehe, was du meinst«, sage ich leise, »aber was bleibt uns übrig? Ewig darauf warten, dass sich alles von alleine regelt, das führt doch auch zu nichts.«

»Nein. Wir müssen es durchziehen. So oder so. Und das werden wir auch, egal wie es ausgeht.«

Seine Worte hängen zwischen uns wie eine Mahnung.

Jo schaut nachdenklich auf seine Hände.

Irgendwie fühlt es sich falsch an. Dass die Sendestation so schlecht bewacht ist, sollte eigentlich ein Grund zur Freude sein. Wieso habe ich plötzlich das Gefühl, der ganze Plan wäre eine schlechte Idee?

Tage später schleppen wir unsere müden Körper endlich durch die Schleuse. Auf der großen Ebene treffen wir auf Nume, Mailo und Ruben. Sie trinken Ersatzkaffee und lachen über einen Witz, den Ruben gemacht hat. Als Nume mich sieht, reißt sie erschrocken die Augen auf. »Wie seht ihr denn aus?«, ruft sie uns entgegen.

Ich verstehe zuerst nicht, was sie meint, bis mir aufgeht, dass wir nach über einer Woche im Feuerland, mit nur einer Dusche in einem der Checkpoints, wie Wilde aussehen müssen.

Automatisch fahre ich mit der Hand durch mein Haar und sie bleibt einfach darin stecken. Ich ziehe sie heraus und blicke sie angewidert an. Meine Fingerspitzen sind rotbraun und voller Sand und Dreck. Mir war nicht aufgefallen, dass ich wie ein Haufen Unrat aussehe. Vermutlich weil Jo so umwerfend wie immer aussieht. Wie schafft er das nur?

Arros und Jackson machen sich vom Acker, sicher auf direktem Weg unter die Dusche. Ich lasse mich neben Nume nieder und Jo tut es mir nach.

»Und? Wie war's?«, fragt Mailo neugierig.

»Heiß und lang«, erwidert Jo stumpf.

»Aber was ist mit der Sendestation? Gibt es da viele Soldaten? Wird es schwer werden, reinzukommen?«

Nume reicht mir ihre Wasserration und ich teile sie mir mit Jo.

»Eigentlich sieht es ganz gut aus«, berichte ich, »tagsüber konnten wir ein paar Soldaten sehen, aber die schienen eher auf der Durchreise zu sein als zur Bewachung. Und nachts ist absolut tote Hose gewesen. Nur ein paar Blaue, die die Sendungen überwachen.«

»Das ist doch großartig, oder nicht? Dann können wir loslegen! Sawyer wird ausrasten vor Freude.«

Ich möchte Numes Euphorie gerne teilen, doch die Unterhaltung mit Arros hat mir einen Dämpfer verpasst. Irgendwie befürchte ich, dass die nächsten Tage für lange Zeit die letzten ruhigen bleiben werden. Die trügerische Ruhe vor dem Sturm. Wenn die Botschaft erst mal übermittelt ist, wird sich tatsächlich alles verändern und es gibt keine Garantie dafür, dass es so ausgeht, wie wir uns das vorstellen.

»Ja, jetzt kann es losgehen«, sage ich kurz angebunden.

Die nächsten Tage vergehen ausnahmsweise mal ohne das Entführen von Personen, das Bespitzeln von Orten und neu entdeckte Informationen über Blaue, Gelbe oder Graue. Trotzdem erforsche ich die Division-Dokumente weiter, um mehr über ihre Arbeit und die Erkenntnisse der letzten Jahre herauszufinden. Außerdem ist sonst auch einfach nichts Sinnvolles zu tun.

Mein Training bei Arros liegt heute bereits hinter mir und hat mir zumindest eine geringere Anzahl blauer Flecken als beim letzten Mal eingebracht. Dennoch bin ich einigen Teilnehmern noch immer nicht gewachsen, was mich, obwohl es albern ist, in meinem Stolz kränkt. Ich habe das ständige Verlangen nach Perfektion, in allem, was ich tue.

Wenn ich gegen einen anderen gewinne, will ich beim nächsten Mal eleganter gewinnen. Wenn ich etwas dazulerne, habe ich stets das Gefühl, es reicht noch nicht.

Immer strebe ich nach mehr. Nach mehr Wissen, mehr Kraft, mehr Anerkennung und mehr Selbstbeherrschung. Ich bin unersättlich und viel zu kritisch mir selbst gegenüber. Und obwohl ich das weiß, kann ich dieses Verhalten nicht ablegen oder bändigen. In meinem Zimmer rumzusitzen und den Berg von Informationen abzuarbeiten, macht mich nachdenklich und schnell träge, also schnappe ich mir mein tragbares Terminal und suche mir einen netten Platz auf der großen Ebene. Mit einem Saft und etwas, das wohl ein Kuchen werden sollte, liest es sich doch gleich viel besser. Doch schon nach wenigen Minuten fühle ich mich beobachtet.

Schnell ist die Ursache dieses Gefühls ermittelt.

Ruben.

Er sitzt ein paar Tische weiter und reinigt seine Waffe.

Zwei Dinge machen mich an diesem Bild nervös. Sein eindringlicher Blick, den er immer sofort abwendet, wenn ich zu ihm hinsehe, und, dass er eine Waffe vor sich liegen hat. Wenn auch in ihre Einzelteile zerlegt, passt dieses Utensil nicht so recht zu meiner Vorstellung eines Gefangenen. Aber vielleicht ist er das auch nicht mehr. Immerhin wird er sich dieses tödliche Zubehör ja nicht irgendwo heimlich beschafft, sondern von Sawyer oder Arros bekommen haben.

Irgendwann wird es mir zu blöd. Ich schnappe mir meine Snacks und mein Terminal und schlendere zu ihm herüber.

»Hi Ruben.«

»Hi.«

»Darf ich?«, frage ich und setze mich, bevor er etwas erwidern kann.

Er sagt nichts weiter und beginnt damit, die Einzelteile der Pistole wieder zusammenzusetzen.

»Gibt es einen Grund, warum du mich so anstierst?«, frage ich ihn geradeheraus.

Er lächelt verhalten.

»Viele, vermutlich.«

»Das klingt jetzt vielleicht verrückt, aber es ist nicht gerade angenehm. Ich wäre dir dankbar, wenn du es lassen würdest oder zumindest besser verstecken könntest.« Ich zögere kurz. Vielleicht war das zu direkt? »Ist es ... wegen meiner Mutter? Erinnere ich dich an sie?«

»Mit jedem Wort und jeder Bewegung«, erwidert er tonlos.

»Oh.«

Ich weiß nicht recht, was ich dazu sagen soll. Ich fühle mich unwohl in meiner Haut.

»Tut mir leid, Nova. Ich werd versuchen, es zu lassen.« Sein Halsmuskel zuckt kurz. »Erzähl mir mehr von deinem Drift. Das würde mich interessieren.«

Ich bin nicht sicher, ob er nur das Thema wechseln will oder wirklich Interesse an meinen Fähigkeiten hat, gehe aber dankbar darauf ein.

»Er ist stark, aber ich kann noch nicht so richtig damit umgehen. Trotzdem finde ich ihn natürlich toll. Ich meine, er ist ziemlich außergewöhnlich, weißt du.«

Mit einer schnellen Handbewegung lässt er den Schlitten einrasten, und ein bedrohliches »Tschick« ertönt.

»Er ist eine Bürde.«

Damit beschäftigt, ein erschrockenes Zucken ob der plötzlich einsatzbereiten Waffe zu unterdrücken, habe ich Schwierigkeiten seine Worte zu interpretieren.

»Eine ... Bürde? Wieso glaubst du das?«

»Ich glaube es nicht, ich weiß es. Und du solltest das lieber auch so sehen.«

Nun bin ich völlig verwirrt. Wieso will Jakobs Onkel mir weismachen, dass mein doch so einzigartiger Drift etwas Schlechtes sein soll? Automatisch spannen sich meine Muskeln an.

»Nein, so sehe ich es nicht und werde es vermutlich auch nie so sehen, sorry. Zwar habe ich mir diesen Drift nicht herbeigewünscht oder ausgesucht, aber ich sehe ihn eher als Gabe, auch wenn er bloß von irgendwelchen Wissenschaftlern kreiert wurde. Ich bin froh ihn zu haben. Besonders in diesen Zeiten!«

Er schweigt eine Weile und starrt nur die Waffe in seinen Händen an. Ich wünschte, er würde sie wieder in das Holster an seiner Seite stecken. Sie macht mich irgendwie nervös. Sie passt nicht hierher und auch nicht zu dieser Unterhaltung.

»Hast du mit deinem Drift schon mal jemanden getötet?«

Die Frage trifft mich unvorbereitet, daher kann ich es nicht verhindern, dass sich mein Blick beschämt senkt und meine Hände die Tischkante auffällig krampfig umklammern.

»Ja. Das habe ich.«

»Kein schönes Gefühl, oder?«

Ich schüttele nur den Kopf.

»Ich nehme an, es war Absicht? Im Kampf vermutlich?«

Vor mir tauchen wieder die Soldaten im HUB 6 auf. Einer von ihnen richtet seine Waffe auf Jo. Ich muss dabei zusehen. Nur noch wenige Sekunden, bis der Soldat Jo vor meinen Augen hinrichten wird.

»Es war mit Absicht«, sage ich mit fester Stimme, »aber nicht sonderlich kalkuliert, wenn du das meinst. Es blieb einfach keine andere Möglichkeit.«

Er nickt verständnisvoll, während ich versuche, die düsteren Erinnerungen wieder in ihre Schublade zu verbannen. Eine Schublade, die sich viel zu leicht öffnen lässt und eigentlich für immer verschlossen bleiben sollte.

»Nova. Wenn ich die Wahl gehabt hätte, wäre ich lieber ein Gelber geblieben. Ohne Drift, ohne dieses Wissen und bei meinen Leuten.«

Sein Blick wird weich und endlich lässt er die Waffe verschwinden.

»Du meinst, du hättest lieber weiter im HUB 1 gelebt und nichts von der Welt da draußen gewusst?«

»Ja, das wäre mir lieber gewesen.«

»Das verstehe ich nicht. Liegt dir nichts daran, die anderen zu informieren? Ich meine, sie sitzen alle unter der Erde fest und denken, sie wären die einzigen Überlebenden. Dabei werden sie die ganze Zeit nur ausgenutzt und belogen.«

Er lacht, aber es klingt nicht fröhlich. Eher, als würde er sich über mich lustig machen.

»Du sitzt doch auch unter der Erde«, er hält kurz inne, »und belogen wirst du auch.«

Damit steht er auf und murmelt etwas von einer Verabredung mit Jakob. Dann ist er weg und ich bleibe mehr als verwirrt zurück.

Dieser neue, geheimnisvoll anmutende Ruben gefällt mir gar nicht. Was meint er damit, dass ich auch belogen werde? Was weiß er? Ich kann mir keinen Reim darauf machen und große Lust, die Division-Dokumente weiter unter die Lupe zu nehmen, habe ich jetzt auch nicht mehr.

Ich beschließe, Marzellus einen Besuch abzustatten. Ich brauche jetzt jemanden mit klarem Verstand. Jemanden, der keine zweideutigen Reden schwingt und dabei Waffen in Einzelteile zerlegt.

Erstere Anforderung erfüllt Marzellus, jedoch ist auch er gerade dabei eine Reihe von Kleinkalibern zu säubern, als ich in sein Labor trete. Bei ihm wirkt es aber deutlich weniger bedrohlich. »Hey Nova!«, begrüßt er mich, »was verschafft mir die Ehre?«

Ich setze mich zu ihm an den spiegelblanken Labortisch und zucke mit den Schultern.

»Ich war in der Gegend. Kann ich behilflich sein?«

»Klar. Fang du da hinten an, ich mach hier weiter.»

Ich wechsele meine Position und beginne damit, seine Arbeit an zwei der Waffen fortzuführen. Mit geübten Handgriffen ziehe ich den Docht durch die Läufe und versuche so ordentlich wie möglich zu arbeiten. Marzellus ist sehr pingelig, wenn es um sein Equipment geht.

Eine Weile arbeiten wir schweigend und als die Kleinkaliber fertig sind, machen wir bei den Gewehren weiter. Seit ich im CutOut bin, habe ich eine Menge über Waffen, Kommunikationstechnik und das Feuerland gelernt.

Mein Leben hier gleicht der Ausbildung, die die Soldaten durchlaufen, nur dass ich meine eigenen Entscheidungen treffe.

Die immer gleichen Handgriffe sind irgendwie beruhigend. Beinahe vergesse ich die seltsame Unterhaltung mit Ruben. Beinahe.

Schließlich kann ich nicht länger an mich halten.

»Marzellus? Was hältst du von Ruben?«

»Keine Ahnung. Hab noch nicht viel mit ihm zu tun gehabt«, erwidert er, ohne von seiner Tätigkeit aufzublicken.

»Aber einen ersten Eindruck wirst du doch haben? Ein Gefühl, meine ich.«

Nun schaut er mich an.

»Und dieses Gefühl sollte eher schlecht sein?«

»Nein. Ich meine ... ich würde gerne wissen, was du über ihn denkst. Er benimmt sich manchmal so, ich weiß auch nicht. Seltsam irgendwie.«

»Der Mann war erst ein Gelber, dann ein Blauer und dann haben wir ihn entführt. Würdest du dich da nicht auch ein wenig seltsam benehmen?«

»Vielleicht ... Aber ich bin auch erst ein Gelber gewesen und dann so was wie ein Blauer. Und ich bin gerne hier.«

»Und du glaubst, er ist es nicht?«

»Keine Ahnung. Er freut sich, bei Jakob zu sein, das schon. Aber er wirkt immer so nachdenklich und hat ein paar ziemlich merkwürdige Ansichten. Finde ich jedenfalls.«

Marzellus seufzt und stellt die kleine Ölflasche beiseite.

»Nova. Komm auf den Punkt. Ratespielchen liegen mir nicht. Ich halte mich gerne an Fakten.«

Also erzähle ich ihm von meiner Unterhaltung mit Ruben. Ich versuche nichts auszulassen und beobachte Marzellus fasziniert dabei, wie er schweigend seine Schlüsse zieht.

»Für mich klingt das so, als wäre der Mann tatsächlich nicht besonders froh über seinen Drift. Dabei ist es eigentlich ziemlich cool ein Pyro zu sein. Und was das andere angeht ... Ich vermute, er meint Sawyer.«

»Womit?«

»Wenn er sagt, dass du belogen wirst, meint er sicher die Division. Und dessen Anführer ist nun mal unser alter Kumpel Sawyer. Vermutlich glaubt Ruben, dass sie uns oder vielleicht auch nur dir im Speziellen irgendwelche Informationen vorenthalten.«

Dass Sawyers Elite und er über einige Dinge Kenntnis haben, die mir und den anderen Bewohnern verborgen bleiben, weiß ich, aber ich kann mir nicht vorstellen, dass Sawyer mich absichtlich in einer wichtigen Sache belügen würde. Das wäre einfach nicht seine Art.

»Und was bitte sollte das sein? Ich glaube, Ruben ist einfach ein bisschen durcheinander«, winke ich ab.

»Nein, das glaubst du nicht, Nova. Sonst wärst du nicht hierhergekommen und hättest freiwillig eine ganze Wagenladung Waffen geputzt. Du wärst zu deinem Joaquim gegangen, zum Knutschen oder was ihr sonst so treibt. Oder du hättest Nume beim Äpfelpflücken zugesehen. Aber du bist zu mir gekommen, weil du weißt, dass ich die Dinge etwas nüchterner betrachte.«

Er hat recht. Marzellus hat einen besonderen Blick für Puzzle, die nicht so recht passen wollen. Deswegen konnte er uns auch aus HUB 1 herausholen. Er denkt mehr wie ein Computer als wie ein Mensch. Nicht so wie ich, die alles immer irgendwie emotional angeht.

»Und was schlägst du vor? Wie kann ich mehr darüber erfahren, was meinst du?«

»Nun«, sagt er und steht auf, »entweder hakst du bei Jakobs verrücktem Onkel noch mal ordentlich nach oder ...«, er geht zu einem der Terminals an der Wand und tippt ein paar Worte ein. »Oder wir nehmen uns die Protokolle der Sitzungen vor.«

Neugierig stehe ich ebenfalls auf und stelle mich neben ihn. »Ich kenne alle Protokolle der Sitzungen. Ich hab keine verpasst.«

»Ich rede nicht vom Forum. Ich meine das hier.«

Er deutet auf den Bildschirm, wo in diesem Moment die Standardausführung eines Gesprächsprotokolls des CutOuts auftaucht. Ich überfliege die Teilnehmer und erkenne sofort, dass es weniger sind als bei einer Sitzung des Forums.

»Wie bist du daran gekommen?«, frage ich misstrauisch, »das sind Unterhaltungen zwischen Sawyer und seinen engsten Verbündeten innerhalb der Division. Das sind die Protokolle der ›Elite‹.«

»Forum, Elite ... Mir egal. Was auf unseren Servern liegt, kann ich finden. Ein Kinderspiel. Sollten wir allerdings irgendwas entdecken, und du knallst es Sawyer an den Kopf, bin ich vermutlich dran.«

Ich schüttele den Kopf.

»Nein, Marzellus. Sollten wir etwas finden, was uns nicht gefällt, dann ist Sawyer dran.«

12. LUG UND TRUG

Ich gehe mit großen Schritten über die Galerie. Vorbei an freundlich lächelnden CutOut-Bewohnern, vorbei an Mailo, der zum Gruß die Hand hebt, sie aber sofort wieder sinken lässt, als er meinen Blick sieht.

Ich verzichte auf den Aufzug, nehme lieber die Treppe. Es tut gut, einen Teil der aufgestauten Energie beim Erklimmen der Stufen abbauen zu können. Dann bin ich endlich auf dem richtigen Level angelangt.

Ich habe mir die halbe Nacht um die Ohren geschlagen, um die unzähligen Protokolle durchzusehen. Marzellus hatte irgendwann keine Lust mehr und hat mich allein weitermachen lassen. Doch die Suche war nicht umsonst.

Leider.

Kurz bevor ich die Kommunikationszentrale erreiche, läuft mir Bobby über den Weg. Als er mich sieht, lässt er das tragbare Terminal, welches er in Händen hält, sinken und stellt sich mir in den Weg. Spöttisch hebt er eine Augenbraue. Genauso hat er auch geguckt, als er mich zum ersten Mal im Ring fertiggemacht hat. Er hat sich den falschen Moment ausgesucht, um mich zu reizen.

»Wohin so eilig, Common?«

Ohne etwas zu erwidern und ohne anzuhalten, vollführe ich eine kleine Bewegung mit meiner Hand und das tragbare Terminal sprüht augenblicklich Funken. Erschrocken lässt er es fallen und macht einen Satz nach hinten. Damit ist mein Weg wieder frei. Ich lasse den verdatterten Trottel hinter mir und betrete Sawyers Refugium. Bei ihm sind Jo und Arros. Sie studieren eine holografische Karte, planen offenbar die Einspeisung der Botschaft in die Sendestation. Als Jo mich herannahen sieht, werden seine Augen immer größer. Selbst ein Blinder kann erkennen, dass ich nichts Gutes im Schilde führe.

»Du!«, rufe ich lauthals und deute mit dem Finger auf Sawyer.

Er sieht verwundert von der Karte auf. Arros hebt ebenfalls den Kopf und scheint nicht erfreut über die Störung. Mir egal.

»Was hast du dir dabei gedacht? Was zum Teufel hast du dir nur dabei gedacht, frage ich dich? Wie konntest du uns das verschweigen?«

»Bitte was?«, erwidert Sawyer erstaunt, während ich bis auf zwei Meter an ihn herantrete und abrupt innehalte.

»Du hast Zugang zu HUB 1! Du weißt, was dort vor sich geht und du hast es uns nicht gesagt! Wie konntest du das verheimlichen? Wieso Sawyer? Wieso? Sag es mir! Auf der Stelle!«

Jo setzt eine beunruhigte Miene auf und macht Anstalten sich mir zu nähern, aber ich weiche instinktiv zurück. Ich will jetzt kein Mitleid und vor allem WILL ich mich jetzt nicht beruhigen!

»Raus damit, Sawyer! Was verschweigst du uns noch?«

Sawyer drängelt sich an Jo vorbei und geht nun auf mich zu. Er sieht betrübt aus oder einfach nur ertappt. Ich bin nicht in der Verfassung, es zu deuten. Mein Drift zuckt und bäumt sich in meinem Inneren auf. Die holografische Karte beginnt neben uns zu flimmern.

»Nova, ich ... Komm, setzen wir uns.«

»Ich will mich nicht setzen«, brülle ich etwas zu theatralisch und mache einen Satz nach vorne. Dann lasse ich meine flache Hand auf seinen Brustkorb zuschnellen und versetze ihm einen kräftigen Schubs. Er taumelt kurz, fängt sich aber schnell wieder.

»Beruhige dich! Ich werd's dir erklären.«

»Und wie bitte? Wie willst du mir erklären, dass du uns die ganze Zeit belogen hast? Ich bin gespannt!«

Die Karte hört auf zu flimmern. Ich habe den Drift wieder unter Kontrolle. Trotzdem bin ich stinksauer.

Jo mischt sich ein. Seine Stimme klingt argwöhnisch.

»Sawyer? Wovon redet Nova?«

Unser Anführer geht nicht darauf ein, sondern stellt stattdessen seinerseits eine Frage.

»Woher weißt du von HUB 1?«

Bevor ich antworten kann, meldet sich eine Stimme hinter mir. Ich habe nicht bemerkt, dass Ruben neben der Tür sitzt.

»Ich fürchte, das ist meine Schuld.«

Ich wirbele herum und blitze ihn an.

»Nein! Es ist nicht deine Schuld, aber ich hätte gerne gewusst, wieso DU nach nur einer Woche im CutOut so gut informiert bist und ich plötzlich um jede Information betteln muss!«

»Ruhe jetzt!«, fährt Arros mit lauter Stimme dazwischen.

Alle im Raum starren den bärtigen Mann an. Ich bin noch lange nicht fertig, aber irgendwie ist meine anfängliche Wut verzogen und jetzt fühle ich mich nur noch schlecht.

Die Division ist meine Familie, mein Zuhause. Ich vertraue jedem ihrer Mitglieder und ganz besonders Sawyer. Ich fühle mich verraten, verletzt und will etwas dagegen unternehmen.

»Ihr setzt euch jetzt alle hin und wir besprechen die Sache. Keine Widerrede!«, bestimmt Arros und nickt Jo zu.

Dieser geht sofort zur Tür, schließt sie und lässt sich dann in einem der Sessel nieder.

Ruben steht auf und setzt sich gehorsam neben meinen Freund.

Ich seufze und schließe mich an.

»Was ist passiert?«, fragt Jo mich vorsichtig.

Ich reibe meine Handflächen an meiner Hose trocken und knirsche mit den Zähnen. »Sawyer und seine Elite haben einen Zugang zu HUB 1. Schon seit Langem. Sie wissen also, wie es um unsere Familien steht. Um Jakobs, Numes und Mailos meine ich.«

Jo wendet den Blick von mir ab und schaut Sawyer verständnislos an. Dieser wirkt angespannt und seine Augen zucken unentschlossen von links nach rechts.

»Er hat es uns nicht gesagt, obwohl er genau weiß, wie wichtig das für uns ist«, schließe ich und schüttele dabei immer wieder den Kopf. Ich kann es einfach nicht fassen.

»Was hat Ruben damit zu tun?«, fragt Arros misstrauisch.

»Nichts eigentlich. Er hat mir nur zu verstehen gegeben, dass ich ein wenig zu naiv bin.«

»Ich wusste davon«, wirft Ruben ein. »Ich habe, wie ihr wisst, einen Freund unter den Soldaten des HUBs 1. Nun ja, einen Freund kann man ihn eigentlich nicht nennen. Wir hatten nur kurz das Vergnügen, als ich damals zum ›Außeneinsatz‹ geholt wurde. Aber er hat mich vor dem Mittel gewarnt und ich habe über die Jahre Wege gefunden, mit ihm in Kontakt zu treten. Ich wollte mich eigentlich nur bei ihm bedanken, was ich auch getan habe. Danach haben wir nichts mehr voneinander gehört. Bis … Na ja, bis Jakob mir bei eurem kleinen Verhör erzählte, dass er und seine Freunde aus HUB 1 geflohen sind. Da wollte ich natürlich wissen, wie es meinem Bruder ergangen ist.«

Sawyer wirft ihm einen bösen Blick zu. Dass Ruben es geschafft hat, außerhalb des CutOuts zu kommunizieren, macht ihn wütend. Aber er ist es, der gerade auf der Anklagebank sitzt. Daher scheint er sich die Predigt zu sparen und sagt nichts zu Rubens Vergehen.

»Und du? Woher weißt du davon?«, fragt Arros mich nun.

»Ich hab die Protokolle gelesen. Die von euren kleinen Meetings.«

»Welchen Meetings?«, fragt Jo.

»Sawyers Elite.« Das Wort »Elite« betone ich übertrieben und wackele dabei mit dem Kopf.

»Wie zur Hölle bist du daran gekommen?«, schimpft Arros.

Mich wundert, dass Sawyer die ganze Zeit so still ist, und ich möchte Marzellus nicht reinreiten, aber es hilft nichts.

»Marzellus hat mir geholfen.«

»Pffft ...!«, macht Arros missbilligend.

»Jetzt mach mal halblang!«, gifte ich ihn an, »ich bin froh, dass wenigstens einer meiner Freunde noch zu mir hält!«

Als ich die Worte ausspreche, fällt mir plötzlich auf, dass ich Jo damit ebenfalls in die Schublade der Lügner stecke. Ich will ihm einen entschuldigenden Blick zuwerfen, aber dann zögere ich. Was, wenn er auch darüber Bescheid wusste?

Ich mustere ihn unverhohlen. Nein. Er ist wütend, genau wie ich. Er hatte keine Ahnung.

Endlich ergreift Sawyer das Wort. Er sollte jetzt lieber genau aufpassen, was er sagt, ansonsten lasse ich ihm das Display an seinem Handgelenk in seine Haut schmelzen.

»Es tut mir leid, Nova. Es stimmt. Wir haben Kontakt zu einem Mann im HUB. Ich konnte es euch nicht sagen. Ich hielt es nicht für besonders klug.«

»Nicht besonders klug? Wie bitte?«, keuche ich, »es wäre deine verdammte Pflicht gewesen!«

Er schüttelt den Kopf. Sein Blick wird sofort härter, als ich ihn anherrsche.

»Meine PFLICHT ist es, die Menschen, die unter meinem Schutz stehen, vor weiterem Übel zu bewahren. Aber vor allem ist es meine Pflicht, unsere Sache voranzubringen. Und momentan bedeutet dies, dass wir diese Botschaft zu der Sendestation bringen müssen. Das hat Vorrang!«

»Vorrang vor was? Vor der Rettung von Rubens Bruder oder der von Numes Eltern? Vorrang vor unseren Gefühlen und dem Schicksal unserer Freunde?« Ich schleudere ihm die Worte nur so entgegen.

»Es tut mir leid, aber ... ja!«

»Ich glaube das nicht! Weißt du, Sawyer, es ist eine Sache, wenn du einen wildfremden Soldaten irgendwo in einer Hütte kaltblütig erschießen willst. Damit hätte ich mich gerade noch so arrangieren können. Vielleicht wäre er eine Gefahr für uns gewesen, vielleicht war dein Weg der bessere, aber in diesem Fall gibt keinen Spielraum für Abwägungen. Das sind unsere Familien! Du hast uns glauben lassen, dass wir nichts über ihr Schicksal herausbekommen können. Das ist unmenschlich!«

Meine Hände zittern und meine Stimme überschlägt sich. Ich muss innehalten und Luft holen.

»Nun mal langsam. Lasst uns mal ganz kurz auf den Punkt kommen«, geht Arros erneut dazwischen und macht mit den Händen eine beschwichtigende Geste. »Haben wir nun Informationen über eure Eltern, oder nicht?«

In den Protokollen stand nur, dass wir einen Verbündeten im HUB 1 haben. Mir fehlt also der wichtigste Teil des Puzzles. Ich starre Sawyer wütend an, ebenso wie Jo.

»Wirst du es uns sagen, oder soll Ruben das übernehmen?«, zische ich.

Zwar habe ich keine Ahnung, ob Ruben tatsächlich Genaueres weiß, aber die Andeutungen, die er mir gegenüber auf der großen Ebene gemacht hat, weisen stark darauf hin.

Sawyer lässt die Schultern hängen, was nichts Gutes bedeuten kann. Mir wird übel. Plötzlich will ein Teil von mir es doch lieber gar nicht wissen.

»Sie wurden alle festgenommen«, sagt er leise.

»Was?«, entfährt es Jo.

»Es geschah direkt nach eurer Flucht. Wir wissen es seit ein paar Wochen.«

Sawyer legt alle Karten auf den Tisch. Vor meinen Augen beginnt sich der Raum zu drehen. Jakobs Eltern. Numes Eltern. Und Mailos. Sie sitzen in einer der kleinen Zellen, die auch wir schon kennengelernt haben. Nur dass wir bloß wenige Tage dort festsaßen. Sie hingegen befinden sich seit über einem Jahr dort.

Ich unterdrücke das immer stärker werdende Bedürfnis, Sawyer eine Ohrfeige zu verpassen, und springe stattdessen auf. »Das ist das Letzte, Sawyer! Ich weiß nicht, was ich sonst dazu sagen soll. Du hast mich bitter enttäuscht. Ich werde es jetzt den anderen sagen und dann entscheiden WIR, was zu tun ist, und du wirst uns nicht davon abhalten!«

Damit mache ich auf dem Absatz kehrt und will fluchtartig die Kommandozentrale verlassen. Doch nach zwei Schritten hält mich etwas zurück. Ich bin wie festgenagelt. Ruckartig drehe ich den Kopf nach rechts und sehe Jo, wie er mit erhobener Hand dasitzt. Er nutzt seinen Drift, um mich aufzuhalten. Abgrundtief erschüttert über diese dreiste Vorgehensweise funkele ich ihn wütend an. Er merkt sofort, dass er einen bösen Fehler begangen hat.

»Nova, warte. Wir werden es ihnen sagen, aber nicht so. Du bist zu aufgewühlt. Das ist nicht gut«, sagt er und in seinem Blick erkenne ich aufrichtiges Mitgefühl.

Trotzdem lasse ich mich nicht einfach wie ein Tier an die Kette legen. Hat er etwa vergessen, dass mein Drift stärker ist als seiner?

Ich brauche eine Sekunde, um mich zu überwinden, aber dann lasse ich meine Kräfte auf die Konsole hinter Jos Sessel los und eine kleine Stichflamme schießt empor. Erschrocken springt er auf und hält schützend den Arm vor sein Gesicht. Der Bann ist gebrochen, ich bin frei. Noch vor wenigen Monaten hatte ich unglaubliche Angst, den CutOut zu beschädigen, und jetzt schleudere ich meinen Impuls nur so um mich. Seltsam, wie die Dinge manchmal laufen. Allerdings werde ich mich bei Marzellus entschuldigen müssen. Zum einen, weil ich verraten habe, dass er mir geholfen hat, und zum anderen, weil er die Spur der Zerstörung, die ich hinterlasse, sicher wieder reparieren muss. Ich entferne mich schnellen Schrittes von der Kommunikationszentrale und mache mich auf den Weg zur Agrar-Ebene. Auf den Weg zu meiner Freundin, der ich als Erstes von den Geschehnissen berichten will. Aufgewühlt, hin oder her!

»Ich kann es nicht fassen! Dieser Mistkerl! Wir müssen das sofort Jakob erzählen und dann müssen wir uns überlegen, was wir tun!«

Nume läuft hektisch in ihrem Büro auf und ab, während sie dies sagt.

Mailo und ich nicken zwar zustimmend, aber ich bin mir inzwischen gar nicht mehr so sicher, ob wir überhaupt etwas tun können.

Ohne Sawyers Unterstützung sind wir nur zwei Commons mit schlecht trainiertem Drift und zwei ohne. Andererseits habe ich mich so einer Situation schon einmal gestellt und sie bewältigt. Jo und Jackson konnten wir damals befreien.

Mailo hat offenbar ebenfalls leise Zweifel.

»Nume, komm runter. Ich sehe es genau wie du, aber ich glaube nicht, dass wir so ganz allein etwas ausrichten können.«

»Joaquim kann uns helfen! Und Ruben!«, entkräftet sie seinen Einwand.

»Das könnte klappen«, stimme ich matt zu.

»Was ist denn los mit euch? Wollt ihr das einfach so hinnehmen und unsere Eltern ihrem Schicksal überlassen?«

»Nein. Natürlich nicht«, sage ich entschlossen, »aber Nume ... es wäre doch noch viel schlimmer, wenn sie uns auch noch gefangen nehmen. Ich sage es nur ungern, aber irgendwie hat Sawyer recht.«

An Numes Stirn erscheint plötzlich eine Ader, die mir zuvor noch nie aufgefallen war. Trotzdem bleibe ich auf Kurs.

»Das beste, was wir tun können, ist diese verdammte Botschaft endlich auf den Weg zu bringen. Danach wird sich alles ändern. Dann holen wir eure Eltern da raus.«

»Ein ziemlich erwachsener Vorschlag«, ertönt es plötzlich vom Eingang zu Numes Büro her.

Ruben und Jo sind gekommen, ohne dass wir es bemerkt haben. Schnell gucke ich auf den Boden. Ich bin sauer auf Jo. Das er seinen Drift eingesetzt hat, um mich aufzuhalten, hat mich verletzt. Dabei habe ich es ihm auf gleiche Weise heimgezahlt.

»Wo ist Jakob?«, fragt Mailo an Ruben gerichtet.

»Hab ihm über den Kommunikator Bescheid gesagt. Ich denke, er wird auch bald hier auftauchen«, erwidert Ruben.

Jo nähert sich mir indessen vorsichtig. Eigentlich wünsche ich mir, dass er zu mir kommt, mich berührt und wir das Vorgefallene vergessen. Aber mein Verstand kann sich nicht mit meinem Herzen einigen.

Ich springe auf und verkünde, dass ich jetzt Training habe, was sogar stimmt. Damit rausche ich an Jo vorbei und verlasse das Büro.

Schon nach wenigen Schritten bereue ich meine übertriebene Reaktion, aber nun ist es zu spät. Ich schlage mich zum Fitness-Level durch und mache Arros klar, dass ich als Erste kämpfen will. Dieser weiß nach unserer hitzigen Unterhaltung in der Kommandozentrale nur zu gut, wieso. Aber er erfüllt mir den Wunsch und teilt mich und Bobby gegeneinander ein. Ob er das mit Absicht macht? Weiß er, wie ätzend ich diesen Typen finde?

Bobby ist, genau wie ich, wütend. Meine kleine Attacke von vorhin hat er nicht vergessen.

Wir umkreisen uns argwöhnisch. Es fehlt nur noch, dass wir die Zähne fletschen.

Dann, wie aus dem Nichts, prescht er vor und reißt mich ohne Umschweife zu Boden. Ich keuche auf und bekomme keine Luft mehr. Das darf jetzt einfach nicht wahr sein! Ich werde unter gar keinen, unter absolut KEINEN Umständen jetzt gegen diesen Idioten verlieren!

Ich beschließe, dass atmen überbewertet wird.

Ich beschließe, dass Taktik nicht so wichtig ist.

Ich beschließe, dass ich diesen verdammten Kampf gewinnen werde, wenn ich sonst schon nichts Sinnvolles tun kann!

Und dann stemme ich mich mit all meiner Kraft vom Boden ab und falle über Bobby her. Ich achte weder auf meine Technik noch auf sein Wohlbefinden. Ich nehme mich kein bisschen zurück. Wie im Wahn prügele ich auf meinen Gegner ein, traktiere ihn mit der Linken, dann mit der Rechten und dann abwechselnd. Ich schaffe es, beinahe jedem seiner lächerlichen Versuche mich abzuwehren, auszuweichen, und irgendwann ist er es, der am Boden liegt. Ich trete zu, wieder und wieder. Dabei rufe ich: »So kämpfen Commons, Bobby! So kämpfen Commons!«

Tränen laufen mir über das Gesicht, ich blinzele sie erbost weg. Nicht, weil ich mich schäme zu weinen, sondern weil sie mich dabei behindern, diesen Kerl weiter durch den Ring zu prügeln!

Irgendwann packt mich jemand am Arm und zieht mich ein Stückchen von Bobby weg. Erst denke ich, dass es Arros ist, aber als ich mich wütend zu ihm umdrehe, sehe ich direkt in Jos Gesicht. In Jos verständnisloses, mir missbilligend entgegenstarrendes Gesicht.

»Reiß dich zusammen! Er hat genug!«, zischt er mir zu und bugsiert mich aus dem Ring und dann hinaus auf den langen Gang vor dem Trainingsraum.

»Lass mich los!«, presse ich hervor, als wir draußen sind, doch er denkt nicht daran und zieht mich weiter. Erst zu den Aufzügen und dann durch die Schleuse, hinaus nach oben.

Ich sehe schon, wo die Reise hinführt und als wir unseren »geheimen« Platz erreichen, habe mich wieder beruhigt. Jo dafür nicht.

»Was sollte denn das werden? Wolltest du die Division um ein Mitglied erleichtern?«

»Oho!«, erwidere ich und verhöhne ihn mit meinem Blick, »warst du es nicht, der mir noch vor Kurzem angeboten hat, Bobby mal so richtig in die Schranken zu weisen?«

»Aber doch nicht so!«

»Das geht dich nichts an!«, rufe ich aufgebracht.

»Da hast du recht. Bobby ist mir egal, aber DU bist es nicht! Und das da eben warst nicht du! Keine Ahnung was das war, aber so kenne ich dich nicht, Nova.«

»Dann gewöhn dich daran! So reagiere ich eben, wenn man mich anlügt oder versucht seinen Drift an mir auszutesten!«

»So war das doch gar nicht. Ich wollte nur, dass du dich erst mal beruhigst, bevor du Nume von ihren Eltern erzählst.«

»Schöne Art, das zu zeigen«, grunze ich spöttisch und lasse mich an Ort und Stelle auf den sandigen Boden fallen. Ich schlinge die Arme um meine Knie und schmolle.

Jo sagt erst mal nichts weiter und geht dann ein Stückchen weg, um sich ebenfalls hinzusetzen. Es sind nur wenige Meter zwischen uns, aber es fühlt sich an wie ein ganzer Bundesstaat.

In diesem Moment verabscheue ich mich dafür, dass ich so stur reagiere. Andererseits hat Jo sich auch nicht gerade mit Ruhm bekleckert.

Wir haben unseren ersten richtigen Streit. Ich habe mich schon gefragt, wann das wohl mal passieren würde. Jetzt wäre ich froh, wenn der Moment noch etwas länger hätte auf sich warten lassen. Jo hat die Beine leicht angewinkelt von sich gestreckt und schnippt kleine Steinchen in den Sand. Ich bin vom Kampf noch ganz erhitzt und die Sonne ist wie immer gnadenlos. Ich will mich verkriechen. Nein. Ich will duschen und mich dann verkriechen. Ich will nicht mit ihm reden und erst recht nicht mehr mit Sawyer.

»Ich mag es nicht, wenn du so bist«, sagt er plötzlich.

»Na danke schön! Tut mir leid, wenn das Resultat von Sawyers Taktik dir nicht gefällt.«

»Ich verstehe ja, dass du sauer auf ihn bist, aber Bobby zu verkloppen, macht die Sache auch nicht besser oder rückgängig.«

»Tat trotzdem gut«, sage ich leichthin.

Auf einmal lacht er. Erst ist es nur ein kleines Lachen, das eher wie ein Husten klingt. Doch dann kann er sich kaum noch halten und lässt sich hintenüberfallen. Lachend und prustend hält er sich die Hand über die Augen, um sie vor der hellen Sonne zu schützen, und ich stimme mit ein. Ich kann gar nicht anders. Dabei war ich doch gerade noch so sauer auf ihn.

Es dauert ziemlich lange, bis wir uns wieder beruhigt haben, und dann noch mal eine kleine Ewigkeit, bis wir endlich ernsthaft miteinander reden können.

»Das war ein Fehler, vorhin in der Kommandozentrale«, räumt er ein und rückt näher an mich heran.

Ich tue es ihm nach und sage: »Von mir auch, die Konsole hätte dich verletzen können. Das war dumm von mir. Tut mir leid.«

Wir sind uns jetzt ganz nahe. Nur noch ein kleines Stück und ich könnte mich an seine Schulter lehnen.

»Du wirst das mit Sawyer klären müssen. Es geht nicht, dass ihr euch nicht mehr vertrauen könnt. Dafür ist der CutOut zu wichtig. Wir müssen zusammenhalten.«

Ich überwinde den letzten Abstand zwischen uns und nehme seine Hand, verschränke meine Finger mit seinen.

»Ich werde mit ihm reden, aber er muss mir entgegenkommen. Mir, aber vor allem auch den anderen.«

Er nickt verständnisvoll.

»Wie haben sie es aufgenommen?«

»Keine Ahnung, ob Jakob es schon weiß, aber Nume war bereit, Sawyer zu hängen.«

»Kann ich mir vorstellen.«

»Trotzdem werden wir wohl nichts unternehmen, bis die Botschaft raus ist.«

Er dreht den Kopf ruckartig zu mir um.

»Wirklich? Ich dachte, genau das ist es, was dich so aufgeregt hat? Ich meine, dass Sawyer die Mission über eure Familien stellt.«

»War auch so. Aber auch wenn ich es nur ungern sage ... er hat recht. Es ist zu riskant. Wir sollten nur unsere besten Leute schicken, um unsere Verwandten aus HUB 1 rauszuholen. Und wir sollten ebenfalls nur unsere besten Leute schicken, um die Sendung zu platzieren. Es wäre also tatsächlich dumm, wenn wir im HUB 1 gefangen genommen oder getötet werden, bevor wir unseren Plan in die Tat umsetzen konnten.«

Er zieht mich an sich und gibt mir einen sanften Kuss.

»Also ist da ja doch noch die alte Nova versteckt. Und ich dachte schon, sie hätte sich in eine bissige Kampfmaschine verwandelt.«

»Sie kann eben beides!«, erwidere ich widerspenstig.

Dann reden wir nicht mehr, wir küssen uns nur noch. So lange, bis die Sonne endlich beschließt unterzugehen, und dann noch etwas länger.

13. TAKTIK

»Auf gar keinen Fall!«

Arros' Stimme grollt durch die Kommunikationszentrale und keiner außer Sawyer wagt es, ihm etwas entgegenzusetzen.

»Ich habe es bereits entschieden. Wir brauchen jeden Mann und Rubens Talente werden uns nützlich sein.«

»Als würde einer nicht reichen? Aber beide mitzunehmen? Wirklich Sawyer, das halte ich für Irrsinn. Willst du das Schicksal unbedingt herausfordern?«

Arros hat Mühe, Sawyer nicht am Kragen zu packen. Ich muss schmunzeln und wende mich ab.

Jo sieht nicht ganz so amüsiert aus wie ich. Ob er derselben Meinung ist wie Arros?

Die Unterhaltung betrifft die Aufstellung des Teams, mit dem wir die Sendestation erobern wollen. In zwei Tagen soll es losgehen und ich werde dabei sein. Ebenso Mailo, Jo, Marzellus, Jackson und natürlich Arros und Sawyer. Aus Arros' Truppe kommen noch drei weitere Männer und die einzige Frau aus unserer Trainingsgruppe mit. Die Fähigkeiten dieser vier sollten uns im Falle einer kritischen Auseinandersetzung vielleicht das Leben retten können.

Byron kann Angst suggerieren. Ich bin beim Training einmal in den Genuss seines Drifts gekommen und möchte diese Erfahrung niemals wiederholen. Die aufsteigende Panik, die er mir ins Gehirn pflanzte, lähmte mich. Ich war weder in der Lage, dem etwas entgegenzusetzen, noch konnte ich es richtig verstehen. Es war so, als wäre man in einem dunklen Raum eingesperrt und alles, was man jemals in seinem Leben gefürchtet hat, lauert direkt neben einem in der Dunkelheit.

Zwei der anderen Teammitglieder haben Sawyers Fähigkeiten, Eis entstehen zu lassen, und Mischa, die letzte von ihnen und neben mir das einzige Mädchen, hat die einmalige Eigenschaft eine Art Schutz auf Dinge und Menschen legen zu können. Im Ernstfall kann sie also einen von uns vor potenziellen Angriffen der blauen Soldaten abschirmen.

Die große Frage lautet nun, ob Jenkins und Ruben mitkommen sollten. Laut Sawyer wäre es eine gute Idee. Sein anfängliches Misstrauen ihnen gegenüber ist mittlerweile verflogen, was nicht zuletzt daran liegt, dass Jenkins sich extrem gut eingelebt hat und das Training jeden Tag vorantreibt.

Er geht völlig in seiner neuen Rolle als Mitglied der Division auf, hat sich nie beschwert und verliert kein Wort über seine Zeit als Soldat bei den Blauen. Es gefällt ihm hier.

Sawyer hat sowohl mit Jenkins als auch mit Onkel Ruben eine Menge Zeit verbracht. Die langen Unterhaltungen haben bei ihm offenbar jeden Zweifel ausgeräumt und er sieht in ihnen tatsächlich eine wertvolle Bereicherung.

Zwar ist Jenkins' Drift im Kampfeinsatz nicht besonders hilfreich, aber seine Erfahrungen als Soldat könnten von Vorteil sein.

Die Sitzung des Forums dauert nun schon eine Stunde und wir hängen immer noch bei der Frage der Aufgabenverteilung fest. Zwar sind nur die Mitglieder des Forums anwesend, aber Sawyer hat es sich in den Kopf gesetzt, die Taktik unter Einbezug aller möglichen Teammitglieder heute zu planen. Dass er und Arros sich nicht einigen können, wer genau mitmachen und wer hierbleiben soll, ist dabei hinderlich.

»Arros. Ich bitte dich. Lass uns nicht wieder darüber streiten. Ruben und Jenkins könnten entscheidend für die

Aktion sein. Du weißt selbst, wie mächtig Pyros sind. Ich glaube wirklich, dass ...«

»Ja, vergiss einfach! Bitte! Nimm sie mit. Aber beschwer dich hinterher nicht, wenn wir alle draufgehen!«

Damit widmet Arros sich wieder der holografischen Karte und erklärt die Unterhaltung für beendet. Sawyer seufzt erleichtert und wendet sich in meine Richtung.

»Zu dir, Nova. Dein Drift ist einzigartig und wird uns sicher eine große Hilfe sein, aber du musst ihn kontrollieren können. Innerhalb der Sendestation werden wir auf eine große Anzahl empfindlicher Geräte stoßen. Das Letzte, was geschehen darf, ist, dass du die Anlage beschädigst! Das dürfte wohl klar sein, oder? Wenn wir die Botschaft senden wollen, musst du versuchen die Station heil zu lassen, egal, was passiert.«

Er sieht zu Jo hinüber und ich verstehe, worauf er hinauswill.

Das letzte Mal, als ich innerhalb eines geschlossenen Raumes in eine Auseinandersetzung mit blauen Soldaten verwickelt war, hatten sie Jo in ihrer Gewalt. Meine Angst um ihn hat dazu geführt, dass mein Drift sich verselbstständigt und mehrere technische Armaturen beschädigt hat. Ich nicke heftig.

»Ich kann das kontrollieren, versprochen.«

»Gut. Dann gehen wir jetzt alles noch mal von vorne durch. Im besten Fall bekommen wir ohnehin keinen Soldaten zu Gesicht und haben mehr oder weniger freie Bahn.«

Zwei Stunden später steht die Taktik und das Forum ist entlassen. Zusammen mit Jo begebe ich mich auf die große Ebene, um einen Happen zu essen. Ich bin ziemlich geschlaucht, aber auch aufgeregt. Der große Tag rückt immer näher. Ich brenne darauf, die Welt zu verändern. Wir schnappen uns etwas Suppe und löffeln sie gierig. Die Ebene ist wie immer gut gefüllt und ich beobachte die anderen Bewohner des CutOuts über den Rand meines Tellers hinweg.

»Wann kommen Ruben und die anderen?«, fragt Jo mich und schiebt seinen leer gegessenen Teller beiseite.

»Sie wollten alle um sieben hier sein.«

Ich überprüfe mein Armdisplay. Es ist beinahe sieben Uhr.

»Nume wird sicher wütend sein, dass sie nicht mitkommen kann und Mailo schon.« Jo sagt das ein wenig belustigt.

»Sie macht sich Sorgen. Das ist doch verständlich«, erwidere ich ernst.

Die anderen stoßen nach und nach zu uns und wir besorgen uns Kekse und Wasserrationen. Dann informiert Jo alle am Tisch über die Vorgehensweise, die in der Sitzung beschlossen wurde. Jakob und Nume sitzen schweigend da. Keiner von ihnen wird dabei sein. Jenkins und Mailo stellen zwischendurch immer wieder Fragen und ich bemerke amüsiert, dass Mailo sich Notizen macht. Das ist typisch für ihn.

»Das bedeutet, sobald du und Jackson die Lage sondiert haben, stoßen Ruben, Nova und ich zu euch und wir stürmen gemeinsam die Station. Arros, Sawyer und der ganze Rest folgen und geben uns Deckung, falls dies nötig sein sollte«, wiederholt Numes Freund den Plan.

»Richtig. Und wenn alles klar ist, sichern Arros und seine Leute den Eingang, während Marzellus die Botschaft ins System schleust«, ergänzt Jo.

»Klingt nach einer soliden Taktik«, sagt Ruben.

Er hat die ganze Zeit über nicht viel gesagt, scheint aber zufrieden mit unserem Plan.

Ich habe ein gutes Gefühl. Hier mit mir am Tisch sitzen einige der begabtesten Mitglieder der Division. Und auch wenn Mailo und ich noch nicht lange im Besitz unserer Kräfte sind, werden wir zusammen in der Lage sein, diese große Aufgabe zu bewältigen. Ich habe keinen Zweifel daran und ein Blick in die Gesichter der anderen sagt mir, dass es nicht nur mir so geht. Wir sind bereit.

»Morgen treffen wir uns alle in der Kommunikationszentrale und gehen alles noch mal durch. Tja und dann ...«, Jo grinst, »dann kann es losgehen.«

Die finale Vorbesprechung verläuft ohne weitere Zankerei-en, obwohl Ruben und Jenkins dabei sind und Arros sich merklich zusammenreißen muss, um ihnen unvoreinge-nommen gegenüberzutreten. Trotzdem bleibt unsere Tak-tik wie besprochen und alles ist bereit für den großen Tag.

Die Mitglieder von Arros' Truppe hängen geradezu an seinen Lippen. Mir ist nie aufgefallen, dass sie zu ihm anscheinend mehr aufsehen als zu Sawyer. Vielleicht ist das auch gut so. Er ist der geborene Kämpfer und wir alle haben während der Trainingseinheiten eine Menge von ihm gelernt. Sawyer behält Marzellus noch da, nachdem alle gegangen sind, um das Equipment noch mal durchzu-gehen. Wir anderen verabschieden uns. Es ist schon spät und Zeit, sich hinzulegen.

»Zu mir oder zu dir?«, frage ich Jo neckisch.

»Wo immer du mich haben willst«, erwidert er in glei-chem Tonfall.

Da ist sie, die Nacht, bevor wir aufbrechen, um Gro-ßes zu tun. Die Nacht, bevor sich alles ändern und die Menschen entweder verstehen oder direkt in die nächste Krise katapultiert werden.

Jo und ich liegen in meinem Bett, aber keiner von uns ist wirklich müde. Zu viel geht uns durch die Köpfe. Wir reden lange, lassen uns die bevorstehenden Tage durch den Kopf gehen. Ich rücke so nah an ihn heran, wie es möglich ist, ohne ihn gegen die Wand zu quetschen. Am liebsten würde ich eins mit ihm werden. Eine Seele, ein Körper. Mein Unterbewusstsein erinnert mich daran, dass es durchaus eine Möglichkeit gibt, ihm noch näher zu sein, aber ich ignoriere es. So wie ich es immer tue. Es wird der Tag kommen, an welchem ich über meinen Schatten und ins Ungewisse springen muss. Ich bezweifle, dass es Angst ist, die mich zurückhält. Es ist viel mehr mit Intuition zu vergleichen. Ich vertage meinen inneren Zwist auf später. Wieder einmal.

Wir bleiben lange wach, obwohl wir uns eigentlich ausruhen sollten, um morgen fit zu sein. Es ist schwer, den

Geist zum Schweigen zu bringen, wenn so eine wichtige Unternehmung vor uns liegt.

Die Quittung erhalten wir in den frühen Morgenstunden. Ich bin völlig gerädert und Jo sieht aus, als wäre er noch gar nicht richtig wach.

Stolpernd und fluchend sammelt er seine Sachen zusammen und verabschiedet sich nur flüchtig von mir.

Ich nehme eine Dusche. Es ist noch früh und ich bin so unkonzentriert, dass ich beinahe vergesse, mir die Haare zu waschen. Dabei ist es vorerst die letzte Dusche, die ich sehen werde. Also nutze ich jeden Tropfen des kostbaren Wassers und bleibe danach noch eine Weile nass und nackt, wie ich bin, unter der Dusche stehen. Erst als meine Hände bereits wieder trocken sind, verlasse ich die Kabine und ziehe mich an.

Dann wird es Zeit aufzubrechen.

Ich treffe die anderen am Fuhrpark. Arros und Marzellus sind bereits da und haken das Equipment auf einer langen Liste ab. Auch Mailo, Jenkins und Mischa lehnen an einer der Wände und unterhalten sich leise.

Mit mir zusammen betreten Pete, Darrel und Connor die Halle. Pete ist sicher gekommen, um uns viel Glück zu wünschen und bei den Vorbereitungen zu helfen. Darrel und Connor gehören zu Arros' Truppe. Wir nennen sie gerne »die eisigen Zwillinge«. Ein Spitzname, den ihnen ihr Drift eingebracht hat. Ich nicke den dreien zur Begrüßung zu und halte nach Jo Ausschau, doch er scheint noch nicht da zu sein.

»Hi«, begrüßt Marzellus mich, ohne den Blick von seiner Liste zu nehmen.

»Alles dabei?«, frage ich ihn.

»Alles bestens. Echt super, dass ihr die Nachtsichtgeräte noch besorgen konntet. So ist keiner von uns auf den anderen angewiesen. Überhaupt, sind wir gut ausgerüstet. Mit der Artillerie komme ich mir ohne Drift wenigstens nicht so unbeholfen vor.«

Ich lege ihm eine Hand auf die Schulter und er blickt auf. »Marzellus, du warst noch nie unbeholfen. Du bist der fähigste, klügste und gerissenste Mensch, der mir jemals begegnet ist. Drift hin oder her, du bist für uns unentbehrlich.«

Er lächelt dankbar und wird sogar ein wenig rot.

»Danke, Nova. Ist lieb von dir.«

»Es ist mein Ernst.«

Ich wende mich ab und schlendere zu Mailo hinüber. Nume ist nirgends zu sehen. Vielleicht haben sie sich schon vorher verabschiedet. Dafür ist Jakob da und unterhält sich mit Mischa.

»Na? Seid ihr schon aufgeregt?«, frage ich meine Begleiter.

»Müde trifft es eher«, erwidert Mischa grinsend.

Sie hat ihre kurzen Haare unter einem Kopftuch verschwinden lassen. Ihr kantiges Gesicht rückt dadurch noch mehr in den Vordergrund.

Beim Training habe ich sie oft beobachtet. Zuerst, weil ich wissen wollte, ob sie mir überlegen ist, später, weil es mir großen Spaß machte, ihre Bewegungen zu beobachten. Ihr Stil ist vollkommen anders als meiner oder der von Bobby und den anderen. Vielleicht liegt es daran, dass sie diesen außergewöhnlichen Drift hat. Sie geht selten in Deckung, weil sie praktisch unantastbar ist. Auch wenn wir beim Training mit Arros in der Regel darauf verzichten, unseren Drift einzusetzen, legt man den Gedanken an die eigenen Fähigkeiten nie ganz ab.

»Ja, geht mir auch so«, ein Gähnen unterstreicht meine Worte und ich halte mir schnell die Hand vor den Mund.

»Ah. Da kommt ja dein Freund«, sagt Jakob und deutet auf die Schleuse hinter mir.

Jo hat den Rest unseres Teams dabei, wir sind vollzählig. Schlagartig bin ich hellwach. Ich drehe mich wieder zu Jakob um und lächele ihn an.

»Tja, dann geht's jetzt wohl endlich los. Haben wir ja auch lange genug drauf warten müssen.«

Er erwidert mein Lächeln und zieht mich in seine Arme. Wir halten uns ganz fest. Keiner von uns wagt es, es laut auszusprechen, aber dies könnte ein Abschied für immer sein. Auch wenn die ganze Aktion gut geplant ist und die Sendestation nicht besonders gefährlich erscheint, so bleibt dennoch ein Restrisiko. Ein wenig schmerzt es mich, ohne Jakob gehen zu müssen. Andererseits bin ich froh, ihn im CutOut und damit in Sicherheit zu wissen.

»Versprich mir, dass du auf dich achtgeben wirst«, flüstert er mir ins Ohr.

»Ich verspreche es.«

Wie lösen uns langsam voneinander und halten uns nur noch an den Händen. Dann tritt Jo neben mich. Wir müssen los. Ich lasse Jakobs Hände los und er verabschiedet sich von Jo und den anderen.

Wir verteilen uns auf drei Humvees. Zwei von ihnen besitzen ein festinstalliertes MG.

Unser kleiner Konvoi verlässt den CutOut und rollt in die Dämmerung hinaus. Wieder sitzt Jo am Steuer unseres Humvees und bei uns sind Darrel, Marzellus und Mischa.

Ich bin für die Karte zuständig. Sorgsam achte ich auf jede Auffälligkeit und informiere Jo immer sofort, wenn ich ein blaues Fahrzeug ausmache. Selbst dann, wenn es noch weit entfernt von uns ist.

Die Stunden vergehen wie im Flug. Genau wie auf unserer ersten Reise zur Station rasten wir regelmäßig, wechseln uns mit dem Fahren ab und übernachten einige Male an ziemlich heruntergekommenen Orten.

Ich stelle fest, dass mir das Ganze viel zu schnell geht. Mit jeder Minute, die wir uns der Sendestation nähern, wird auch meine Unruhe größer. Dabei sollte ich mich eigentlich darauf freuen, die Botschaft endlich senden zu können. Wir haben drei Kopien davon bei uns. In jedem Humvee eine. Marzellus hat bei der Vorbesprechung jedem Einzelnen von uns erklärt, wie man sie einspeist. Für den Fall, dass er nicht in der Lage dazu sein würde. Für den Fall, dass er es nicht schafft.

Eine Gänsehaut überkommt mich. Ich weigere mich, diese Gedanken an mich heranzulassen. Wir werden es alle schaffen. Wir übermitteln die Botschaft und kehren zurück in den CutOut. Zurück zu Nume und Jakob. Wir werden einen neuen Plan schmieden und ihre Eltern befreien und die Welt wird eine andere sein. Oder die Menschen werden sie zumindest mit anderen Augen betrachten.

Wieder ist es der fünfte Tag, an welchem wir die Koordinaten der Sendestation beinahe erreicht haben. Dieses Mal lassen wir die Fahrzeuge aber nicht meilenweit entfernt stehen, sondern fahren dicht heran.

Dank unserer Ausspähaktion kennen wir die Umgebung und nutzen die Flanke des Hügels, um uns vorsichtig zu nähern. Die Karte zeigt genau wie beim ersten Mal keinen Hinweis auf blaue Soldaten. Alles läuft nach Plan.

Dann halten wir. Jeder bekommt Waffen ausgehändigt und wir teilen uns in zwei Gruppen auf.

Ich gehe mit Jo, Jackson, Ruben und Mailo zusammen weiter. Der Rest von uns nimmt einen anderen Weg und wird sich oberhalb der Station in Position bringen.

Es ist bereits später Nachmittag. Die Sonne steht tief, als wir uns in der Nähe der Stelle niederlassen, wo Arros und ich zuvor Jo und Jackson beobachtet haben.

»Jetzt heißt es warten«, verkündet Jo und wir machen es uns mehr oder weniger bequem.

Jo und ich setzen uns ein wenig von den anderen ab, um ungestört zu sein. Schon seit unserer letzten Rast ist er sehr still. Ich habe es bemerkt, jedoch nichts dazu gesagt. Ich kann mir denken, was in ihm vorgeht. Dasselbe wie in mir. Was, wenn es nicht klappt? Wenn wir versagen? Ich glaube fest an den Erfolg der Mission, aber leise Zweifel lassen mich immer wieder an die Gefahren denken. Was ist, wenn Marzellus es nicht schafft, die Botschaft zu senden? Wie schnell können Soldaten hier sein? Wie gut können sie uns im Feuerland verfolgen, falls wir fliehen müssen? Doch all diese Fragen sind nichts gegen die eine, elementare Frage.

Was, wenn Jo etwas passiert?

Die Möglichkeit ist so abwegig, dass ich es mir nicht mal richtig vorstellen kann. Dabei habe ich Jo schon einmal in einer scheinbar ausweglosen Situation gesehen.

Und ihn gerettet, denke ich schnell.

»Alles o. k. bei dir?«, fragt er besorgt.

»Dasselbe wollte ich dich gerade fragen. Du hast kein Wort geredet, seit wir uns das letzte Mal mit dem Fahren abgewechselt haben.«

Er umfasst mit einem Arm meine Schultern und zieht mich näher an sich heran. »Ich bin einfach froh, wenn wir diese Sache hinter uns haben.«

»Hast du so große Bedenken?«, frage ich nervös.

»Nein. Eigentlich nicht. Es ist nur ... ich weiß auch nicht. Ich finde, es läuft alles zu glatt.«

»Das sagst du immer. Und am Ende sind alle glücklich und du hast dir wieder einmal völlig umsonst Sorgen gemacht.«

»Wahrscheinlich stimmt das. Aber so bin ich eben. Ich habe einfach gerne alles im Blick.«

»Und das hast du hier nicht?«

»Es gibt viele Variablen. Dinge könnten anders laufen, als wir geplant haben.«

»Dann werden wir reagieren und dafür sorgen, dass trotzdem alles gut geht.«

Er erwidert nichts mehr, hält mich dafür noch ein wenig fester. Normalerweise beruhigen mich seine Berührungen. Doch jetzt, in diesem Moment, macht er mir Angst.

»Du wirst sehen. In ein paar Tagen sitzen wir wieder im CutOut und feiern unseren Erfolg.«

»Meine unverbesserliche Optimistin.«

»Mein schweigsamer Schwarzseher«, erwidere ich grinsend.

Er lockert seinen Griff wieder und beugt sich zu mir herab.

»Weißt du noch, als wir damals auf den Weg in den HUB 6 waren und ich dir den Code für den Checkpoint gegeben hab?«

Er sagt es ganz leise, als wären die Worte nur für mich bestimmt.

»Ja.«

»Ich will, dass du es heute genauso machst. Wenn irgendwas schiefläuft.«

»Es wird schon nichts ...«

»Wenn irgendwas schiefläuft«, wiederholt er beinahe ein wenig zu eindringlich, »dann verschwindest du. Du schnappst dir einen der Humvees und verschwindest einfach.«

Ich kann kaum fassen, was ich da höre.

»Und die anderen? Ich kann sie doch nicht einfach zurücklassen?«

»Es gibt drei Humvees. Wenn die Sache nach hinten losgeht, werden wir vielleicht nur noch einen brauchen. So oder so wirst du abhauen. Beim ersten Anzeichen für ein Scheitern bist du weg! Das musst du mir versprechen, Nova.«

Ich zögere. Ich verstehe, was er mir sagen will. Wenn die Sache schiefläuft, werden vermutlich einige von uns sterben oder verletzt sein. Aber das er ernsthaft von mir erwartet, mich vom Acker zu machen, und ihn und die anderen einfach ihrem Schicksal zu überlassen, schockiert mich.

Er bemerkt meinen Widerstand und packt mich unauffällig an der Schulter. Sein Griff ist mir unangenehm.

»Du musst es mir versprechen. Ansonsten gehst du sofort zurück und wartest, bis es vorbei ist.«

»Du spinnst ja! Ich werde bestimmt nicht zurückgehen, nur weil du dir Sorgen machst. Ich habe dasselbe Recht hier zu sein wie du. Vermutlich noch mehr als du.«

»Es geht hier nicht um Recht oder Unrecht. Es geht hier um dich!«

Mir wird plötzlich klar, dass bei dieser Unterhaltung keiner von uns gewinnen kann. Also beschließe ich zu lügen. Um des lieben Friedens willen und weil ich keine Lust habe, mich mit Jo zu streiten, so kurz bevor wir die wichtigste Aufgabe unseres Lebens erledigen müssen.

»Also schön. Wenn alles den Bach runtergeht, bin ich weg.«

Er sieht mich misstrauisch an.

»Versprochen!«, füge ich hinzu und gebe ihm einen Kuss, der keine Zweifel offenlässt.

»Bitte halt dich an dein Versprechen. Es ist mir sehr wichtig«, sagt er noch, doch dann gibt er auf und erwidert meine Küsse. Erst vorsichtig und liebevoll, dann fordernd und beinahe aufgebracht.

Bevor die anderen unser inniges Verhalten bemerken können, löse ich mich wieder von ihm und wir sehen uns lange an. Alle Worte sind gesprochen. Wir werden es einfach richtig machen müssen. Es muss niemandem etwas passieren, dann braucht auch keiner irgendwen zurücklassen.

14. ZIELGERADE

Viel später wird es dann endlich ernst.

Die Dunkelheit senkt sich herab, über uns und die drei Gebäude. Wir machen uns bereit aufzubrechen. Diese Zeit haben Sawyer, Arros und ich bei der Planung der Mission nicht ohne Grund ausgewählt. Gleich beginnen die Filmvorführungen in den HUBs. Zumindest war es im HUB 1 immer so. Einmal die Woche, zur selben Zeit.

Jo und Jackson werfen sich einen Blick zu und machen sich auf den Weg. Wir anderen zücken die Nachtsichtgeräte und wieder muss ich dabei zusehen, wie mein Freund ins Ungewisse läuft. Die beiden arbeiten sich Stück für Stück vor. Halten mehrere Male inne und behalten den Komplex im Auge. Doch unten tut sich rein gar nichts. Die Anlage wirkt genauso verlassen wie beim ersten Mal. Bis auf zwei schäbig aussehende Solarfahrzeuge ist weit und breit kein Anzeichen auf Menschen zu sehen. Sicher gehören sie zur Station. Sie wirken nicht intakt genug, um für längere Transporte oder militärische Zwecke gedacht zu sein.

Mein Blick folgt Jo aufmerksam, bis er und Jackson das erste der Gebäude erreicht haben. Hintereinander umrunden sie es und verschwinden erneut von der Bildfläche. So wie sie es beim letzten Mal auch getan haben.

Wieder macht es mich schrecklich nervös und wieder erscheinen sie einige Zeit später erneut in unserem Blickfeld. Nur dieses Mal sehe ich noch genauer hin.

Jackson hebt die Hand und gibt uns das Zeichen.

Wir sind dran!

15 Minuten später ist unsere kleine Gruppe wieder komplett. Mit dem Rücken an die Wand gepresst, versuche ich nicht durchzudrehen. Adrenalin pumpt durch meine Adern und verursacht ein unangenehmes Rauschen in meinen Ohren. Ich werfe Mailo einen Blick zu. Er sieht noch ängstlicher aus als ich. Doch für einen Rückzieher ist es jetzt zu spät.

Ich höre, wie Ruben den Schlitten seiner Waffe zurückzieht und einen letzten, prüfenden Blick in die Kammer wirft.

Ich sehe, wie Jackson jeden Muskel seines Oberkörpers anspannt und Jo sich noch einmal zu mir umdreht.

Die zweite Gruppe muss inzwischen ebenfalls ganz nah sein. Sie warten nur auf ihren Einsatz. Ich will das Nachtsichtgerät zücken und sie in der Dunkelheit suchen, nur um sicherzugehen, verzichte aber darauf. Keine Zeit mehr.

Dann geht alles ganz schnell.

Jo und Jackson sprinten los, verschwinden hinter der Ecke und der Rest von uns folgt. Ich sehe die beiden vor mir, als ich um das Gebäude herumschnelle. Sehe Jackson die unverschlossene Tür lautlos öffnen und Mailo vorgehen.

Ich folge ihm und Jo in das Innere der Sendestation. Mailos Drift lässt uns unsichtbar, aber nicht lautlos werden.

Wir bleiben zunächst dicht zusammen, rücken weiter vor. Ich registriere einen unbesetzten Arbeitsplatz, gleich neben dem Eingang. Vermutlich ein Empfang, der um diese Uhrzeit nicht besetzt ist.

Wir arbeiten uns weiter vor, gelangen in eine Art Vorraum, folgen einem kurzen Gang und erreichen schließlich das Herzstück der Station.

Der große Raum sieht aus wie ein Labor, nur unordentlicher. An den Wänden befinden sich einige Geräte, die wie Server aussehen. Sie sind mit unzähligen Kabeln verbunden und überall blinken unregelmäßig kleine Lichter.

Wir verteilen uns. Am hinteren Ende des Raumes ist eine Art Erhöhung, wie ein lang gestrecktes Podest. Darauf befinden sich mehrere Gerätschaften, die mich an die Kommunikationszentrale im CutOut erinnern. An ihnen arbeiten drei Männer. Sie sehen nicht mal auf, bemerken uns gar nicht. Sie können uns nicht sehen.

An der Wand links von uns sitzen zwei weitere Männer und reden über etwas, das sie auf einem Hologramm begutachten. Ich kann nicht erkennen, was es zeigt. Selbst wenn der Winkel besser wäre, könnte ich es nicht. Ich bin zu aufgeregt.

Zusammen mit Mailo und Jackson übernehme ich die rechte Seite.

Die Männer bemerken uns erst, als wir praktisch direkt vor ihnen stehen und Mailo die Illusion ausklingen lässt.

Jo überwältigt die beiden Typen mit dem Hologramm nahezu lautlos. Er lässt ihre Köpfe mithilfe seines Drifts auf die Tischplatte schnellen. Sie sind sofort bewusstlos.

Hinter mir höre ich ein Geräusch und stelle erleichtert fest, dass die anderen zu uns aufgeschlossen sind. Keine Gefahr in Verzug.

Die drei auf dem Podest haben inzwischen mitbekommen, dass etwas nicht stimmt, und springen erschrocken auf. Ruben richtet seine Waffe auf einen von ihnen und Jackson übernimmt die anderen beiden.

»Schön ruhig bleiben, alle miteinander. Wir wollen uns nur kurz mal an eurer Technik bedienen. Kein Grund in Panik zu geraten. Keinem wird etwas passieren«, sagt Jackson und grinst die Männer dabei schief an.

»Wer seid ihr?«, fragt einer der drei sichtlich verunsichert.

»Schsch ... Setzt euch einfach dahin«, sagt Jackson, ohne weiter auf die Frage einzugehen.

Mailo eilt zu ihm herüber und beginnt damit, den verdatterten Männern Fesseln anzulegen. Innerhalb weniger Minuten sind alle Mitarbeiter der Sendestation an Stühlen festgebunden und haben Knebel im Mund. Ich bin nicht sicher, ob diese unbedingt nötig sind, will mich aber nicht einmischen. Wir halten am Plan fest und das ist sicher sinnvoll.

»Ich behalte sie im Auge«, sagt Sawyer, »sollte einer von ihnen mit Feuer so geschickt umgehen können wie Ruben, werden die Fesseln nicht lange halten. Aber ihr werdet euren Drift nicht einsetzen, das sehe ich doch richtig, oder?«

Er richtet seine Worte an die Gefangenen und diese schütteln beim Anblick seiner erhobenen Waffe ängstlich den Kopf.

»Tja«, sagt Arros dann zu Marzellus, »deine Baustelle, Kumpel.«

Marzellus nickt und zieht die kleine Platte aus seiner Tasche. Die Botschaft. Eine Information, die brisanter nicht sein könnte, verbannt auf ein kleines, transparentes Plättchen.

»Kommt Leute«, sagt Arros zu Darrel, Connor und Mischa, »sehen wir zu, dass uns keiner von draußen überrascht.«

Damit machen sie sich auf den Rückweg zum Eingang, um uns Deckung zu geben, falls wider Erwarten jemand auftauchen sollte. Mischa zückt im Weggehen die Karte, um sicherzugehen, dass sich keine blauen Fahrzeuge nähern.

Ich habe indessen Mühe mich wieder ein wenig unter Kontrolle zu kriegen. Der Einmarsch in die Station ging so unglaublich schnell. Ich begreife noch gar nicht richtig, was eigentlich geschehen ist.

Langsam taste ich mich an der Kante eines langen Tisches vorwärts und schaue mir das Innere der Sendestation erst einmal genauer an. Während Marzellus die eine Stufe erklimmt und sich hinter das große Pult setzt, welches offenbar für die Koordination der Sendungen zuständig ist, betrachte ich die anderen Arbeitsplätze. An einigen kann man die Sendungen sehen, die in den HUBs gezeigt werden.

Ich trete näher an einen Screen heran, der etwa den Durchmesser meines Unterarms hat. In der rechten oberen Ecke befindet sich eine Ziffer. Die Nummer des HUBs. Ich studiere die eingelassene Tastatur vor mir und wage es, ein paar Befehle einzugeben. Am unteren Rand erscheinen weitere Sequenzen. Erst sieht es so aus, als wären es ebenfalls Sendungen. Wahrscheinlich diese schwachsinnigen Dokumentarfilme, die in den gelben HUBs immer gezeigt werden. Doch dann erkenne ich, dass die Aufnahmen das Innere des jeweiligen HUBs zeigen.

Mir wird plötzlich ganz heiß. Ich setze mich hin und hacke wie wild Befehle in die Tastatur. Der Screen wird kurz schwarz, dann erscheint ein neues Bild und ... eine neue Nummer in der Ecke.

HUB 1. Mein HUB.

Ich sehe mich um, suche nach Mailo und winke ihn zu mir. Er stellt sich hinter mich und schaut mir über die Schulter.

»Was ist das?«, fragt er neugierig.

»Weißt du, wie ich das auf den großen Monitor da kriege?«, stelle ich die ungeduldige Gegenfrage.

»Hmmm, klar. Lass mich mal ran.«

Seine Finger fliegen geschickt über der Tastatur und Sekunden später erscheinen die Aufnahmen hinter Marzellus. Überdimensional groß füllen sie beinahe die gesamte Rückwand hinter dem Podest aus.

Jo, der zusammen mit Sawyer uns gegenüber bei den gefesselten Männern steht, sieht erst verwundert zu der Aufzeichnung hoch und dann zu mir und Mailo.

»Bring diese Aufnahme hier nach vorne«, bitte ich Mailo und er ersetzt die Sendung mit einer der Einstellungen aus dem HUB.

Vor uns erscheint das Fress-Level. Ich kenne jeden Stuhl, jede Schramme im Boden, jeden Gang, der von dieser Ebene abzweigt.

»Ist das ...?«, setzt Mailo mit zittriger Stimme an.

»Ja«, erwidere ich leise, »das ist HUB 1.«

Tränen schießen mir in die Augen, als ich die Menschen auf dem Bildschirm einen nach dem anderen mit meinem Blick scanne. Wie eine Reihe von Akten durchkämme ich sie, suche nach signifikanten Merkmalen und dann ... dann erkenne ich jemanden. Es ist eine Freundin meiner Mutter. Bea. Sie sitzt neben ihrem Mann und sieht auf den Film, der ihnen wie jede Woche vorgespielt wird.

»Fast könnte man glauben, meine Eltern wären dort irgendwo«, sagt Mailo leise zu mir.

Ich weiß, was er meint. Ich wünschte, Nume wäre hier, um das zu sehen.

Beinahe eineinhalb Jahre ist es her, dass wir den HUB gesehen haben. Es tut richtig weh, die Menschen zu beobachten. Doch Mailos Eltern befinden sich heute Abend nicht mit den anderen auf dem Fress-Level. Sie sitzen in einer Zelle. Mehr als einmal habe ich mich gefragt, wieso sie nicht wie wir sofort zum Tode verurteilt wurden. Der einzig plausible Grund, der mir einfällt, ist, dass sie uns vielleicht erpressen wollen, falls sich die Gelegenheit bietet. Keine dumme Idee, immerhin würden Nume und Jakob alles für ihre Eltern tun, jetzt wo sie wissen, dass sie leben. Wir müssen sie befreien. So bald wie möglich!

Schlagartig fällt mir wieder ein, warum wir hier sind. Ich verlasse meinen Platz in der ersten Reihe und gehe zu Marzellus, der fieberhaft an der Übermittlung der Botschaft arbeitet.

»Wie sieht's aus?«, frage ich vorsichtig.

Ich habe inzwischen gelernt, dass man Marzellus bei seiner Arbeit niemals zu sehr ablenken sollte. Er wird dann schnell ungehalten.

»Gut. Ich brauche noch einen Moment. Aber es läuft alles wie geplant!«

Er lächelt nicht richtig, aber das liegt nur daran, dass er sich so konzentriert. Ich kenne seinen Tonfall, wenn er kurz davorsteht, eine Herausforderung zu meistern.

Hinter ihm läuft noch immer die Übertragung des HUBs. Mailo hat den Ton zugeschaltet. Nur ganz leise, aber ich kann das Gemurmel der Leute auf dem Fress-Level hören und die Musikfetzen, die den Dokumentarfilm unterlegen.

Ich lasse meinen Blick über die kompliziert wirkenden Armaturen wandern. Und dann hinunter zu Jo, der noch immer auf den großen Screen schaut. Er sieht meinen HUB heute zum ersten Mal.

Ich lächele. Wenn das hier alles vorbei ist, werden wir dorthin gehen. Ich werde ihm meine alte Wohneinheit zeigen und Jakobs und meinen geheimen Treffpunkt, an dem wir so manchen Streich geplant haben.

Nun sieht Jo doch zu mir rüber. Wir stehen zu weit auseinander, um miteinander reden zu können, aber sein Blick sagt mehr als tausend Worte. Er strahlt Zuversicht aus. Wir haben es fast geschafft. Es ist kitschig, aber ich habe plötzlich das Bedürfnis meinen Emotionen Luft zu machen, also forme ich ein lautloses »Ich liebe dich« mit meinen Lippen. Er legt den Kopf schief und lächelt verlegen.

Dann fallen die Schüsse. Erst zwei, dann immer mehr.

Mein Herz setzt einen Schlag aus, während ich dabei zusehen muss, wie sich Jos Gesichtsausdruck schlagartig verändert. Der verliebte Moment ist vorbei. Die Realität streckt ihre grausamen Hände nach uns aus.

Er dreht sich um und starrt in den Gang, durch den wir gekommen sind. Dort draußen sind Arros, Darrel, Connor und Mischa. Dort waren sie, schleicht sich der düstere Gedanke ein.

Instinktiv wende ich mich zu Marzellus um. Ich brauche nichts zu sagen. Er nickt nur und setzt seine Arbeit am Terminal fort. Hastig gibt er Befehle ein.

Mailo, Ruben und Jackson stellen sich, ein paar Meter entfernt, wie eine Wand vor uns, bereit uns zu verteidigen, sollte es nötig sein.

Jo, Sawyer, Byron und Jenkins verteilen sich im Raum und gehen in Deckung.

Ich spüre Jos Blick auf mir. JETZT, scheint er zu sagen. Jetzt ist er gekommen, der eine Zeitpunkt, an dem ich mein Versprechen einlösen soll.

Ich schaue mich suchend um, und entdecke eine schmale Tür, nicht weit vom Podest entfernt. Ein Notausgang oder vielleicht auch nur eine Abstellkammer? Es ist völlig irrelevant, denn ich werde nicht verschwinden. Ich weiß nicht, wie diese Sache ausgeht, und vielleicht wird Jo bis ans Ende meines Lebens sauer auf mich sein, aber ich werde nicht gehen!

Und wenn ich ganz ehrlich zu mir bin, könnte das Ende meines Lebens schon in greifbarer Nähe sein.

Aus dem Augenwinkel nehme ich eine Bewegung wahr. Es kommt jemand durch den Gang.

Ich halte die Luft an. Ich kann mich immer noch hinter das Pult ducken. In Deckung gehen. Aber ich muss Marzellus beschützen. Er kann nicht schießen und gleichzeitig die Botschaft einspeisen.

Ich bleibe also kerzengerade stehen und versuche mich an das Training zu erinnern. An Arros' Worte. Zeig deinem Gegner keine Angst, hat er immer gepredigt. Gib ihm das Gefühl, dass er schon verloren hat, bevor der Kampf begonnen hat. Doch mit seinen Worten erscheint auch das Gesicht meines bärtigen Lehrers vor meinen Augen und mir wird plötzlich klar, dass er wahrscheinlich tot ist. Es erscheint mir unrealistisch, dass dieser kräftige Kerl sterben kann. Fast nicht möglich.

Auf der anderen Seite des weitläufigen Raumes treten nun Soldaten durch den Gang.

Drei Stück. Hinter ihnen folgen zwei weitere. Beide schieben jemanden vor sich her. Erleichtert erkenne ich Arros und Darrel. Sie leben, scheinen aber verletzt zu sein. Ich kann keine Schusswunden ausmachen, aber sie gehen seltsam vornübergebeugt, als hätten sie Schmerzen.

Ich verdränge den Gedanken an Mischa und Connor. Vielleicht werden sie nur draußen festgehalten? Vielleicht leben sie ebenfalls?

Die beiden Soldaten, die Arros und Darrel gefangen halten, weichen langsam nach rechts aus. Auf dieser Seite befinden sich auch Jenkins und Byron, doch sie halten sich hinter zwei Schreibtischen versteckt.

Die drei Soldaten, die zuerst hereingekommen sind, nähern sich Jackson, Mailo und Ruben. Sie halten ihre Waffen im Anschlag.

Irgendetwas ist seltsam an diesen Waffen. Sie sehen anders aus als die, die ich kenne.

Dann tritt ein weiterer Mann in den Raum. Ich kann sein Gesicht nicht erkennen, er ist zu weit weg. Aber er trägt keine Uniform. Er ist also kein Soldat. Ein Regent vielleicht oder ein Prätor? Aber von welchem HUB?

Plötzlich fällt mir auf, dass es überhaupt keinen Sinn ergibt, dass die Soldaten hier sind. Mischa hätte sie auf der Karte sehen müssen, lange bevor sie sich der Sendestation überhaupt nähern können. Irgendwas stimmt hier ganz und gar nicht.

Meine Hände beginnen zu zittern.

»Sawyer, mein Freund? Wo bist du? Komm, zeig dich!«

Die Stimme des Mannes durchschneidet den Raum wie ein Messer. Etwas an seinem Tonfall lässt mich zusammenzucken. Er setzt seinen Weg durch den Raum fort, scheint keine Angst vor uns zu haben.

Ich sehe, wie Sawyer Anstalten macht, seine Deckung aufzugeben. Jo hält ihn nicht zurück. Zuerst wundere ich mich darüber, bin beinahe ein bisschen sauer auf Jo, doch dann wird mir klar, dass sie Zeit schinden wollen. Zeit, die Marzellus benötigt, um weiterzumachen.

Ich werfe einen Blick auf den Screen, an dem Marzellus arbeitet. Ich kann nicht deuten, wie weit er ist. Auf jeden Fall lässt er sich durch die Geschehnisse unter uns nicht ablenken.

Sawyer ist inzwischen hinter dem großen Schrank, den er und Jo als Deckung benutzt haben, hervorgekommen und steht nun nur noch wenige Meter von dem seltsamen Kerl entfernt. Dieser tritt einen weiteren Schritt auf ihn zu und ist nun so nahe, dass ich sein überhebliches Grinsen erkennen kann. Ein Grinsen, dass mir unerhört bekannt vorkommt.

Angeberisch, übertrieben, aalglatt.

»Kieran«, spreche ich gerade so laut aus, dass Marzellus es hören kann.

Er hebt ruckartig den Kopf und folgt meinem Blick, hin zu dem Mann, der eigentlich noch gar keiner ist.

Kieran ist hier.

Kieran, der uns im HUB 1 verraten und dafür gesorgt hat, dass wir zum Tode verurteilt wurden. Kieran, der an allem schuld ist.

Mit aller Macht dränge ich meinen Drift zurück, der sich in diesem Augenblick verselbstständigen will. Ich kann es ihm nicht übel nehmen, aber ich habe Sawyer versprochen, dass ich ihn unter Kontrolle halte. Komme was wolle. Obwohl ich mir sicher bin, dass Sawyer nicht ahnen konnte, wie sich die Situation entwickeln würde.

Unten richten die Soldaten und meine Freunde jetzt gegenseitig ihre Waffen aufeinander. Noch fällt das Kräfteverhältnis zu unseren Gunsten aus. Wir sind ihnen zahlenmäßig überlegen. Doch ich bin mir fast sicher, dass draußen noch mehr Soldaten warten.

Das hier ist eine Falle. Wir sind in eine verdammte Falle getappt!

»Sawyer. Schön dich wiederzusehen«, sagt Kieran nun zu unserem Anführer. Dieser starrt ihn nur wütend an.

»Ich nehme an, es wird Zeit, dass ich mich vorstelle. Mein Name ist Kieran. Was soll ich sagen? William erschien mir ... den Umständen entsprechend passender. Es tut mir leid, wenn ich dich und deine Leute hier bei eurer kleinen Aktion unterbreche, aber ich kann keinesfalls zulassen, dass du deinen nur dürftig durchdachten Plan in die Tat umsetzt. Das verstehst du sicher?«

Ich werfe erneut einen Blick auf den Screen. Marzellus war kurz abgelenkt, aber nun ist er wieder voll dabei. Ich bete, dass er schnell genug ist. Uns läuft die Zeit davon.

Sawyer hat inzwischen begriffen, dass sein Informant, der ihm so bereitwillig die Koordinaten der Sendestation übergeben hat, und mein alter Freund Kieran, ein und dieselbe Person sind.

Ich habe plötzlich großes Mitleid mit ihm. Diese Entwicklung ist für ihn wie ein Schlag ins Gesicht. Er hat vorgeschlagen, Bold und damit Kieran zu vertrauen. Er hat uns hierhergeführt. Doch er sagt noch immer nichts. Was sollte er auch sagen?

Kieran klatscht plötzlich in die Hände und wendet sich von Sawyer ab. Dafür schaut er mich nun direkt an und beginnt die Handflächen aneinanderzureiben. Während er auf mich und Marzellus zugeht, wird sein Grinsen immer breiter. Wie ich es hasse, dieses Grinsen, dieses Gesicht. Wie oft ich mir vorgestellt habe, ihm wehzutun, ihn leiden zu lassen.

»Nova«, sagt er und bleibt nur wenige Meter vor dem Podest stehen, »so sieht man sich wieder. Du siehst gut aus. Erwachsen. Ich hörte, du hast neue Freunde gefunden? Wie geht es Jakob?«

Ich verzichte auf eine Erwiderung und frage mich, wieso er so gelassen bleibt. Marzellus ist neben mir immer noch eifrig an der Tastatur beschäftigt. Wieso hält er uns nicht auf? Kann es sein, dass er es uns schlicht nicht zutraut, die Botschaft zu übermitteln? Oder weiß er etwas, das wir nicht wissen? Ist es vielleicht gar nicht möglich, auf diesem Weg etwas einzuspeisen? Haben wir noch einen Fehler begangen?

Ich muss meine volle Körperbeherrschung aufbringen, um Kieran nicht zu zeigen, wie aufgewühlt ich bin.

»Gut. Ich sehe schon. Ihr seid nicht sonderlich gesprächig. Dann bringen wir das hier mal hinter uns, nicht wahr?«

Er lässt seinen Blick über die Anwesenden schweifen und sein Grinsen verschwindet von einem Moment auf den anderen. An seine Stelle tritt ein harter Zug, den ich von ihm noch aus dem HUB kenne. »Alle, die keine Uniform tragen, kommen jetzt mal aus ihren Verstecken, sonst fangen wir an, einen nach dem anderen zu erschießen. So einfach ist das.«

Arros und Darrel werden von den Soldaten rüde auf die Knie gezwungen. Sie werden sie vor unseren Augen umbringen, wenn der Rest von uns sich nicht ergibt. Einen Moment lang geschieht gar nichts.

Ich kann sehen, dass Jo seinen Drift einsetzen will, aber er zögert. Wenn er einen Fehler macht, könnte den anderen etwas zustoßen.

Kieran blickt sich weiter erwartungsvoll um. Als keiner unserer Leute hervorkommt, greift er mit einem Seufzer unter sein dünnes Jackett, zückt seine Waffe und zielt auf Darrel. Dieser erstarrt augenblicklich. Die Angst steht ihm ins Gesicht geschrieben.

Kieran schaut sich noch einmal um, als wolle er uns noch eine letzte Chance lassen, uns zu ergeben, dann zuckt er mit den Schultern und drückt einfach ab.

Sawyer springt einen Schritt nach vorn, doch einer der Soldaten stellt sich ihm sofort in den Weg.

Neben Darrels Kopf bildet sich indessen eine dunkelrote Lache. Mir wird übel. Ich möchte den Blick abwenden, schaffe es aber nicht.

»Keiner?«, fragt Kieran in die Stille hinein. »Na gut«, sagt er achselzuckend und richtet seine Waffe nun gegen Arros, als Jo seine Deckung verlässt und sich, den Blick starr auf den Boden gerichtet, neben Sawyer aufbaut.

Auch Jenkins und Byron kommen hinter den Schreibtischen hervor und bleiben unschlüssig stehen.

»Schön«, sagt Kieran zufrieden und hebt die rechte Hand kurz in die Höhe. Ein Zeichen an seine Männer.

Fassungslos muss ich zusehen, wie zwei der drei Soldaten, die Mailo, Ruben und Jackson in Schach gehalten haben, hinter ihm beinahe zeitgleich auf Sawyer und Jo schießen.

Mailo reagiert blitzschnell und schießt dem dritten in die Brust, bevor dieser einen weiteren Schuss abgeben kann. Der Mann geht zu Boden und bleibt regungslos liegen.

Ich suche Jos Blick. Er hält sich die Schulter, aber ich kann nirgendwo Blut sehen. Auch Sawyer ist noch bei Bewusstsein.

Es sind diese Waffen, denke ich. Irgendetwas ist mit diesen Waffen.

Der Soldat, der zuvor noch Darrel bewacht hat, zielt nun auf Jenkins und Byron, doch Jackson ist schon dabei, seinerseits die Waffe auf ihn zu richten.

Und dann passiert etwas, das einfach nicht ins Bild passen will.

Ruben stellt sich Jackson in den Weg und hält ihm die Waffe direkt an den Kopf. Einen Augenblick lang habe ich das Gefühl, dass mein Verstand mir einen Streich spielt. Dass er das Geschehen unter mir einfach nicht richtig verarbeiten kann. Doch was ich beobachten muss, ist real.

Jakobs Onkel wendet sich gegen uns. Er presst den Lauf seiner Waffe, der Waffe, die er noch vor Kurzem so hingebungsvoll vor meinen Augen geputzt hat, gegen Jacksons Kopf und verzieht dabei keine Miene.

Hass und Verzweiflung streiten sich in meinem Inneren darum, das vorherrschende Gefühl zu sein. Doch mir bleibt gar keine Zeit, die Situation weiter zu analysieren.

Hinter Ruben werden Jenkins und Byron von zwei dieser merkwürdigen Projektile getroffen und verziehen schmerzverzerrt das Gesicht.

Zwei Gedanken formen sich in meinem Kopf. Ruben hat uns verraten und die Munition ist nicht tödlich. Sie ist nicht scharf.

Ich werfe Jo einen ängstlichen Blick zu. Er hat Mühe, den Kopf geradezuhalten. Ich habe ihn schon einmal so gesehen. Nur saß er da in einer Zelle und stand unter Drogen.

Ich zähle eins und eins zusammen. Die Waffen der Soldaten sind mit dem Mittel bestückt, das sie Jo damals verabreicht haben. Es lähmt den Drift und setzt einen außer Gefecht.

Der Soldat, der auf Jenkins und Byron geschossen hat, geht nun auf Mailo zu, dieser fackelt nicht lang und setzt seinen Drift ein. Ich kann ihn noch sehen, aber für seinen Gegner ist er unsichtbar.

Ich folge seinen Bewegungen durch den Raum. Er bleibt unschlüssig bei Arros stehen.

Der Soldat wedelt hektisch mit dem kurzläufigen Gewehr umher, nicht fähig sein Ziel ausfindig zu machen.

Vor mir seufzt Kieran gelangweilt und schnappt sich die Waffe eines der Soldaten. Mailo schafft es nicht, allen auf einmal im Raum vorgaukeln, dass er unsichtbar ist. Kieran kann ihn sehen, genau wie ich.

Also zielt er halbherzig und schießt einmal daneben, bevor er Mailo ins Bein trifft. Die Illusion zerplatzt, als das Mittel beginnt, seinen Drift zu beeinträchtigen.

Dann wirft Kieran dem Soldaten die Waffe wieder zu und richtet seine eigene auf Marzellus.

Diese hier ist nicht mit irgendwelchen Drogen bestückt, das beweist Darrels lebloser Körper auf verstörende Weise.

Ich sehe zu Marzellus. Er hat keinen Drift. Ihn kann man nicht so einfach kaltstellen. Ihn kann man nur erschießen.

Auf dem Screen verändert sich etwas. Ein kleines Rechteck erscheint. In seiner Mitte befinden sich zwei Buchstaben. Ein »Y« und ein »N«. Das »Y« ist mit einer blinkenden, hellblauen Fläche unterlegt.

»Zurück«, sagt Kieran so leise, dass nur Marzellus und ich es hören können.

Das Wort hört sich an, als wäre es nicht von dieser Welt. Als hätte eine Schlange oder ein giftiges Reptil es ausgespuckt. Marzellus sieht mich auf eine zutiefst beunruhigende Weise an.

Erst jetzt bemerke ich, dass mir Tränen über das Gesicht laufen.

Kieran weiß genau, dass wir nur noch einen Tastendruck von unserem Ziel entfernt sind. Ich weiß nicht, woher. Vielleicht kann er es auf einem der Bildschirme sehen, vielleicht ist er das Risiko auch einfach eingegangen. Das würde zu seinem kranken Charakter passen.

Er spielt mit uns. Dabei hat er bereits gewonnen.

Wenn Marzellus eine Bewegung macht, wird er ihn erschießen, und mich gleich dazu, sollte ich mich der Tastatur auch nur nähern.

Ich wage es, Jo anzusehen. Er schüttelt den Kopf. Es tut mir weh, ihn so zu sehen. Nicht, weil er verletzt wurde oder weil er mit ansehen muss, wie Kieran mich und Marzellus in Schach hält, sondern weil ich unser Versagen in seinen Augen sehen kann. Wir sind so weit gekommen, nur um jetzt auf ganzer Linie zu scheitern. All die Vorbereitungen, die Flucht, die Opfer, die wir gebracht haben. Alles war umsonst.

Ich verstehe es noch nicht ganz, aber dass Ruben sich gegen uns gewendet hat, steht außer Frage. Vielleicht war es schon die ganze Zeit so.

Er wird ihnen alles über den CutOut verraten oder hat es bereits. Er wird seinen Neffen und alle Bewohner des CutOuts ausliefern. Nume, Maja, Pratap.

Ich kann Jo nicht länger ansehen. Langsam atme ich ein und wieder aus, schaue erst Kieran, dann Marzellus an. Er ist noch immer nicht zurückgetreten, so wie Kieran es von ihm verlangt hat. Er sieht mich traurig an und ich wage es nicht, mich zu bewegen. Dabei möchte ich ihm am liebsten meine Hand auf den Arm legen und sagen: »Ist schon gut. Wir haben unser Bestes gegeben.«

»Letzte Warnung«, ertönt Kierans Stimme erneut.

Marzellus sieht mich weiter an. Dann beginnt er zu lächeln. Nur ganz leicht.

Ein anderer als ich hätte es kaum bemerkt. Meine Fingerspitzen beginnen zu kribbeln, als die Zeit plötzlich langsamer zu laufen scheint.

Ich sehe, wie Marzellus die Hand ausstreckt und seine Finger beinahe die Tastatur berühren. Dann höre ich den Schuss, den Kieran abfeuert, und sehe, wie das blaue Kästchen hinter dem »Y« sich weiß färbt und das Bild auf dem Screen sich verändert. Ich spüre den stechenden Schmerz, als mich das Geschoss trifft und das Mittel sich in meinem Körper ausbreitet. Die Wucht des Schusses lässt mich kurz das Gleichgewicht verlieren. Ich stolpere ein Stück rückwärts und sinke an der Seite des Pults hinab.

Und dann sehe ich Marzellus am Boden liegen. Sein Gesicht ist blutüberströmt.

Dieses Mal hat Kieran besser gezielt.

15. KOLLATERALSCHÄDEN

Wenn man es genau nimmt, darf ich mich eigentlich nicht beschweren.

Ich habe in meinem Leben mehr gesehen und erreicht als jeder Gelbe, den ich kenne.

Ich durfte das Feuerland durchstreifen.

Ich war über ein Jahr lang Mitglied der Division und habe mich für die Wahrheit eingesetzt. Habe meine eigenen Bedürfnisse hinter die derer, die ich liebe, gestellt. Ich habe Fähigkeiten entwickelt, von denen ich zuvor nicht mal zu träumen gewagt hätte.

Und einen ganz kurzen Augenblick lang hatte ich Jo ...

Joaquim, der das Feuerland sein Eigen nennt. Joaquim, dessen Blick mir selbst dann noch weiche Knie macht, wenn er mich bloß bittet, ihm einen Muffin zu reichen.

Man kann also sagen, dass ich meine kurze Zeit auf diesem Planeten weder verschwendet habe, noch etwas bereuen müsste.

Trotzdem.

Mein Geist will sich mit diesem Ende nicht so einfach abfinden, wie mein Körper es im Begriff ist, zu tun.

Halb liegend, halb sitzend lehne ich gegen die Seite des langen Steuerpults und halte mir den Arm. Eigentlich tut er nicht mehr so weh wie im ersten Moment, nachdem mich das Projektil getroffen hat. Dennoch habe ich das Gefühl, dass ich das Mittel aufhalten kann, wenn ich meine Finger nur fest genug um die Einschussstelle klammere. Ich habe die winzige Ampulle, deren Nadel sich in meinen Arm gebohrt hat, längst hinausgezogen. Sie liegt neben mir und verhöhnt mich. Seltsam, dass dieses Präparat mir mehr Angst macht als eine echte Kugel.

Ich horche in mich hinein und versuche Kontakt zu meinem Drift aufzunehmen, doch er ist verstummt. Als wäre er nie da gewesen.

Jetzt weiß ich, was Sawyer damals meinte, als er uns die Auswirkungen des Mittels beschrieb. Als jemand, der gut ohne Drift leben konnte, hätte ich es mir nicht so schlimm vorgestellt. Aber seine Beschreibung trifft es ziemlich genau. Es fühlt sich an, als hätte man einen seiner Sinne verloren. Als würde man plötzlich nichts mehr hören oder riechen können.

Eine weitere, lästige Nebenwirkung ist eine unangenehme Schwere, die mir das Gefühl gibt, meine Muskeln wären aus Gummi. Ich würde es nicht als Schmerz bezeichnen, eher wie ein unsichtbares Tuch aus Angst, das sich über jeden Quadratzentimeter meines Körpers legt.

Ich gönne mir ganze zehn Sekunden, um dieses neue Gefühl zu akzeptieren und dann in den Hintergrund zu drängen. Ich schließe die Augen und versuche irgendwo in meinem aufgewühlten Inneren einen Rest Hoffnung oder gar Kampfgeist zu finden. Dann wage ich es, die Augen zu öffnen und den Horror, der sich um mich herum abspielt, an mich heranzulassen.

Ein Stück von mir entfernt liegt Marzellus. Aber er sieht gar nicht mehr aus wie der Mann, der uns im Alleingang aus einem HUB befreit hat. Er ist nur noch eine leere Hülle.

Marzellus ist fort.

Ich versuche mich zu trösten, indem ich mir einrede, er wäre jetzt bei seiner Frau, doch es will nicht so recht funktionieren. Also wende ich den Blick ab und lasse ihn stattdessen emporwandern.

Noch immer ist niemand außer uns hinter das große Pult getreten. Wie durch einen dicken Vorhang höre ich gedämpfte Stimmen, die sich irgendwelche Sachen zurufen. Vermutlich die Soldaten, die Kierans Befehlen folgen und unsere Leute zusammensammeln und wegbringen.

Mein Blick wandert weiter nach oben, hin zu dem Screen, der vor wenigen Minuten noch die Bilder aus meinem HUB zeigte und mich so glücklich gemacht hat.

Die Übertragung läuft noch immer. Es ist dieselbe Einstellung, die Mailo für mich vergrößert hat. Die Bewohner des HUBs befinden sich noch immer auf dem Fress-Level und starren ihrerseits einen großen Bildschirm an. Mein benebeltes Bewusstsein registriert nur am Rande, dass ihre Mienen sich verändert haben. Der leicht gelangweilte Ausdruck, den jeder von uns an den Tag legte, wenn wir zum hundertsten Mal eine Sendung über die alte Zeit mit all ihren Kriegen und Problemen sehen mussten, ist verschwunden. An seine Stelle sind Verständnislosigkeit und Überraschung getreten.

Sie starren die Übertragung mit weit aufgerissenen Augen an. Einige von ihnen sind aufgestanden und halten sich die Hände vor die Münder.

Ich brauche einen Moment, bis ich endlich begreife, was geschehen ist.

Er hat es geschafft!

Marzellus hat die Botschaft übermittelt.

Vor mir passiert genau das, was wir die ganze Zeit erreichen wollten. Die Bewohner meines HUBs erfahren in diesem Augenblick und direkt vor meinen Augen die ganze Wahrheit.

Fasziniert sehe ich die kurzen Sequenzen über den Bildschirm im HUB huschen, die Marzellus für die Botschaft ausgewählt und zusammengeschnitten hat.

Das Feuerland. Ein Solarfahrzeug, das sich langsam durch die Einöde wälzt. Dann folgt eine Überblendung. Wir sind in einem blauen HUB. Ich sehe Menschen in verrückter Kleidung, die sich unterhalten und über etwas lachen. Ich sehe einen Mann, der gerade dabei ist einige Tische zusammenzurücken. Offenbar will er mit ein paar

Freunden ein Treffen abhalten. Mit lässigen Bewegungen lässt er einen Tisch nach dem anderen von links nach rechts und hinüber, über die Köpfe der Menschen schweben. Keiner von ihnen schenkt diesem Schauspiel große Aufmerksamkeit, sie kennen es nicht anders. Stuhl um Stuhl findet wie von Zauberhand seinen Platz neben den Tischen, die inzwischen ein Viereck bilden. Dann wechselt das Bild wieder.

Ich schnappe nach Luft, als ich mein eigenes Gesicht erkenne. Hinter mir sieht man das Feuerland.

Ich brauche eine Sekunde, um zu verstehen, dass es ein Effekt ist. Wie die Simulationen im Trainingsraum. Marzellus hat den Film nachbearbeitet. Bei der Aufnahme stand ich vor einer schmucklosen Wand. Jetzt lodert hinter mir die Sonne, als würde sie ihren Teil zur Botschaft beitragen wollen.

Dann erklingt meine Stimme.

Es ist seltsam, wenn man sich zum ersten Mal selber hört. Ich erkenne nichts von mir in dem, was diese Person auf dem Bildschirm sagt, wieder. Ihre Stimme ist hell und klar. Jedes Wort ist eindringlich, aber nicht bedrohlich betont. Ich höre mir selbst zu, wie ich der Welt von der Lüge berichte. Wie ich die Machenschaften unserer Anführer verurteile und die Menschen darüber informiere, dass sie nicht länger tatenlos zusehen müssen, wie andere über ihr Leben entscheiden.

Neben mir taucht plötzlich Kieran auf. Er hat einen Soldaten dabei. Ich frage mich, wie lange ich schon so dagesessen habe? Es kommt mir wie eine Ewigkeit vor, aber sicher war es keine. Kierans Blick wechselt hektisch zwischen dem großen Screen über uns und dem Soldaten hin und her. Er brüllt dem Mann etwas zu, fuchtelt mit den Händen umher und deutet auf die Steuerkonsole. Der Mann steigt einfach über Marzellus' Leiche hinweg und beginnt damit, die Tastatur zu bearbeiten.

Ich weiß, dass er die Übertragung beenden wird, also ignoriere ich Kieran, der sich zwischen mir und dem

Screen aufgebaut hat, und starre weiter nach oben, hinein in meinen alten HUB.

Es macht nichts, sage ich mir. Auch wenn die Botschaft abbricht, sie hat ihren Weg bereits gefunden.

Zwar sehe ich nur den HUB 1 vor mir, aber ich weiß, dass die Übertragung alle HUBs erreicht hat. Blaue wie gelbe. Selbst wenn sie nicht bis zum Ende weiterlaufen wird, ist der Zweifel gesät.

Ich höre den Soldaten fluchen und hefte meinen Blick weiter auf das Geschehen im HUB.

Ein paar Männer lösen sich jetzt von der Gruppe der Zuschauer und gestikulieren wild mit den Händen, während sie sich in Richtung der Aufzüge bewegen. Erst langsam, dann immer schneller. Die verbliebenen Bewohner starren noch immer wie gebannt auf diese fremde Version von mir, während sie ihnen von der Wahrheit berichtet.

Dann wechselt die Einstellung erneut. Eine Karte erscheint und kleine blaue und gelbe Punkte markieren pulsierend die Standorte der HUBs.

Die ALLER HUBs.

Eine Weile verändert sich das Bild nicht mehr, dann wird es schwarz. Die Botschaft ist vorbei.

Ich schlucke mehrmals und gebe es endlich auf, meinen Arm weiter festzuhalten. Ich lasse meine Hand auf den Boden sinken und unterdrücke ein Zittern, das meinen Körper durchfahren will.

Es lief nicht nach Plan. Wir mussten dabei zusehen, wie Kieran unsere Freunde vor unseren Augen erschossen hat. Ruben hat uns verraten und vermutlich werden wir das Ende dieses Tages nicht mehr erleben, aber ... wir haben es geschafft!

Marzellus hat es geschafft.

Die Informationen haben ihr Ziel erreicht. Die Botschaft wurde gesendet.

Ich stöhne auf, als Kieran mich unsanft am Arm packt und hochzieht. Wackelig komme ich auf die Beine und muss mich, obwohl ich es ums Verrecken nicht möchte, gegen ihn lehnen, um gerade stehen zu bleiben.

Vor uns erhellt sich der Bildschirm im HUB wieder. Die Botschaft spielt von Neuem ab. Der Soldat hat es nicht geschafft, die Übertragung zu stoppen.

Trotz der bleiernen Schwere, die das Mittel verursacht, und Kierans Fingern, die sich schmerzhaft um meinen Arm schließen, muss ich schmunzeln. Marzellus hat ganze Arbeit geleistet. Er muss mehr getan haben, als nur die Übertragung zu starten. Er hat eine Barriere eingebaut. Etwas, das es Kierans Leuten schwer machen wird, die Übertragung zu stoppen.

Dann ziehen die weiteren Ereignisse nur so an mir vorbei.

Kieran übergibt mich an einen seiner Handlanger und dieser führt mich von dem Podest herunter zu den anderen. Ich werfe einen letzten Blick über die Schulter, zu Marzellus.

Dann stehe ich plötzlich neben Mailo und Ruben. Es überrascht mich kein bisschen, dass Mailo die Hände hinter dem Rücken verbunden wurden und Ruben nicht.

Ich sehe ihn an und lasse ihn spüren, wie enttäuscht ich von ihm bin. Er weicht meinem Blick aus und starrt auf seine Schuhe.

Die Soldaten nehmen uns in die Mitte und führen uns hinaus. Am Ausgang gelange ich endlich in Jos Nähe und wir schauen uns kurz in die Augen. Eine Mischung aus Trauer, Angst und Erleichterung verbindet uns.

Darrel und Marzellus haben es nicht geschafft, doch die Botschaft ist verbreitet. Es reicht nicht, um glücklich darüber zu sein, aber es ist besser, als auf ganzer Linie versagt zu haben.

Wir passieren den kleinen Vorraum und ich zucke zusammen, als ich Mischa und Connor hinter einem umgestürzten Tisch liegen sehe. Mischas Drift konnte sie nicht retten. Vielleicht wurden sie zu schnell von dem lähmenden Mittel getroffen? Ich werde es wohl nie erfahren.

Wir treten hinaus und ich sauge gierig die Luft ein. Ich habe keine Ahnung, ob ich den morgigen Tag noch erleben werde oder den Rest meines Lebens in einer Zelle verbringen muss. Also speichere ich jede Emotion, die das nächtliche Feuerland in mir auslöst, eifrig ab. Ich präge mir den Geruch von Sand, vertrocknetem Holz und warmer Erde ein. Ein Blick zu den Sternen liefert mir eine Momentaufnahme des Himmels, die allein mir gehört.

Ich lausche auf das Geräusch, welches meine Schuhe auf dem staubigen Boden machen, und merke es mir. Das kann mir keiner nehmen. Ich war im Feuerland und ich werde nicht die letzte Gelbe sein, die es erkundet. Dafür haben wir gesorgt.

Wir verharren eine Weile vor der Sendestation. Die Soldaten scheinen auf weitere Befehle zu warten.

Kieran ist noch im Gebäude. Vermutlich versucht er noch immer die Übertragung zu stoppen. Ich empfinde Genugtuung bei diesem Gedanken.

Ich stehe jetzt ganz nah bei Jo. Auch seine Hände sind gefesselt. Er sieht mich an und versucht mir offenbar etwas mitzuteilen. Er mustert mich und deutet mit dem Kinn auf meine Hände. Erst da begreife ich, dass ich nicht gefesselt bin.

Ein Versehen? Das erscheint mir unwahrscheinlich.

Ich schaue mich vorsichtig um. Die Soldaten sind noch immer in Wartestellung und scheinen sich nicht sonderlich für mich zu interessieren. Soll ich fliehen? Weit würde ich vermutlich nicht kommen. Das Mittel lähmt mich noch immer und ich habe weder eine Waffe noch würde ich es schnell genug zu einem der Fahrzeuge schaffen.

Wieso bin ich nicht gefesselt wie die anderen? Außer mir sind alle gefangen genommen worden. Sawyer, Byron, Arros und der ganze klägliche Rest von uns stehen mit hängenden Köpfen in einer Reihe.

Alle, außer mir ... und Ruben.

Dann kommt Kieran aus der Sendestation. Sein Gesicht ist rot vor Wut. Hinter ihm folgt der Soldat, der versucht hat Marzellus' Arbeit zunichtezumachen, und sieht verängstigt aus.

»Geh schon«, sagt Kieran nicht besonders laut, aber entschlossen, »schalt alles ab.«

Der Soldat verschwindet um die Ecke des Gebäudes und Kieran eilt mit großen Schritten auf uns zu. Als er uns erreicht, wendet er sich zuerst an zwei der Soldaten, die neben Ruben stehen.

»Bringt die da in die Transporter und dann fahrt schon mal los. Wer Probleme macht, wird erschossen, verstanden?«

Er deutet mit der Hand auf meine Freunde und mein Magen schnürt sich zusammen, als die Soldaten kehrtmachen und damit beginnen, Jo und die anderen rüde vor sich herzuschubsen.

Hinter mir gibt es ein seltsames Geräusch und dann gehen plötzlich alle Lichter inner- und außerhalb der Sendestation aus. Der Soldat muss die komplette Stromversorgung gekappt haben, um unserer Botschaft ein Ende zu setzen.

Nur noch eines der drei Gebäude ist erleuchtet und ein paar Lampen, die das Gelände in ein gelbliches Licht tauchen. Wäre es grün, hätte der Anblick starke Ähnlichkeit mit dem Blick durch eines der Nachtsichtgeräte.

Die anderen steigen nacheinander in kleine Trucks, die hinten, wie auch unsere Humvees, ein Gestänge mit einer dunklen Plane darüber haben.

Ich mache einen Schritt nach vorn, weil ich zu Jo will. Ich will mit ihm fahren! Doch Ruben packt meinen Arm und hält mich zurück. Kieran bemerkt es und fährt sich mit der Hand durchs Haar, als würde die Tatsache, dass er seine Frisur wieder in Ordnung bringt, auch seine Selbstbeherrschung zurückerlangen.

Als er sich vor mir aufbaut, hat er sich tatsächlich fast wieder unter Kontrolle. Der panische Ausdruck des Verlierers ist aus seinem Gesicht verschwunden und er sieht mich wütend an. Er kann inzwischen nicht älter als 21 sein, wirkt aber viel erwachsener als damals im HUB 1.

Er war immer der fanatische, wissbegierige Nerd, der hinter jedem und allem ein Geheimnis vermutete. Er war es, dem Jakob von Marzellus' Entdeckung erzählen wollte, um seine Meinung dazu zu hören. Jetzt ist er … ja, was ist er eigentlich? Auf jeden Fall arbeitet er für den Rat, aber für welchen?

Sawyers Freund Bold hat ihm erzählt, dass sein Informant in HUB 74 arbeitet, in einer hohen Position. Wie ist Kieran dorthin gekommen und wie hat er es geschafft, Bold ins Auge zu fallen? Oder ist Bold ebenfalls ein Verräter?

Meine Gedanken überschlagen sich. Ich konzentriere mich darauf, Kieran nicht zu zeigen, wie unwohl ich mich in seiner Gegenwart fühle. Egal wie aussichtslos unsere Lage gerade ist, wir haben Kieran einen Strich durch die Rechnung gemacht. Ich habe keinen Grund, mich ihm gegenüber schwach zu fühlen.

»Weißt du, Nova, eigentlich solltest du froh sein. Wenn es nach mir ginge, würdest du jetzt da drüben, mit deinen Freunden zusammen weggekarrt werden. Nein. Das ist so nicht ganz richtig. WENN es nach mir ginge, hätten wir auf diese schwule Munition verzichtet und gleich reinen Tisch gemacht. Aber du hast Glück. Ruben hier war uns eine große Hilfe und hat einen hübschen Deal ausgehandelt. Du und mein alter Kumpel Jakob werden heil aus dieser ganzen Aktion herauskommen. Na ja, zumindest weitestgehend. Offenbar liegt dem lieben Ruben was an dir, nicht wahr, Ruben?«

Er wendet sich an Jakobs Onkel und grinst ihn zweideutig an. Dieser lockert den Griff um meinen Arm etwas und erwidert nichts auf das Gerede seines Gegenübers.

»Wie auch immer«, fährt Kieran fort, »ich gebe dir zwei meiner Männer. Dein Neffe dürfte bereits unterwegs in deinen HUB sein. Ihr könnt gleich losfahren, dann solltet ihr bis morgen Mittag ebenfalls da sein.«

Ich erstarre.

Wenn Jakob bereits zu Rubens HUB gebracht wird, ist der CutOut gefallen. Sie haben ihn gestürmt oder Schlimmeres.

Rubens Nähe stößt mich plötzlich ab wie ein offenes Geschwür. Er ist bereits im Begriff sich zu den beiden

Soldaten umzudrehen, die nun zu uns treten, als Kieran sich erneut an mich wendet.

»Keine Sorge, wir sehen uns sicher bald wieder. Dann können wir über die alten Zeiten plaudern, aber zuerst ...«, er dreht den Kopf weg und ich folge seinem Blick hinüber zu den Trucks.

Hinter der offenen Plane an der Rückseite des zweiten kann ich Jo sitzen sehen. »Zuerst sorge ich dafür, dass die da ihre gerechte Strafe erfahren. Keine Angst«, sagt er und setzt eine vergnügte Miene auf, »die Todesstrafe ist gar nicht so grausam, wie ihr sie euch vorgestellt habt. Es geht ganz schnell. Wir sind ja keine Unmenschen.«

Meine Selbstbeherrschung ist augenblicklich dahin.

Ich reiße mich von Ruben los, stürze auf Kieran zu und verpasse ihm einen Kinnhaken. Er taumelt, will nach seiner Waffe greifen, aber ich bin schneller. Bevor die beiden Soldaten dazwischengehen können, verpasse ich Kieran einen Tritt und er geht zu Boden. Fluchend brüllt er seine Männer an, sie sollen mich fassen, doch ich bin bereits unterwegs zu den Trucks. Mein Körper schreit auf. Rennen ist etwas, das ihm gerade gar nicht passt.

Der erste Truck ist eben im Begriff loszufahren. Ich renne wie eine Wahnsinnige zum hinteren Teil des zweiten Fahrzeugs, wo Jo bereits ungeschickt aufsteht, weil ihn seine hinter dem Rücken gefesselten Hände behindern.

Ich erreiche ihn und hechte mit einem Satz hinauf, an die hintere Klappe des Trucks. Mit einer Hand halte ich mich fest, mit der anderen greife ich nach Jos Schulter und ziehe mich noch ein Stück weiter hinauf. Er kann mich nicht umarmen, mich nicht mit den Händen berühren. Dafür legt er den Kopf gegen meine Stirn, nur ganz kurz. Dann küsst er mich. Auch nur ganz kurz. Viel zu kurz.

Ich muss entscheiden, was ich will. Reden oder Küssen? Er nimmt mir die Entscheidung ab.

»Hör auf, ihn zu verärgern«, sagt er, »geh mit Ruben.«

Obwohl er nicht gehört haben kann, was Kieran mir erzählt hat, muss ihm längst klar sein, dass Jakobs Onkel eine Vereinbarung mit ihm getroffen hat. Ich beneide Jo ein wenig um das Gefühl, mich in Sicherheit zu wissen. Obwohl ich Kieran insgeheim kein Wort glaube. Er wird die Vereinbarung mit Ruben später revidieren oder etwas anderes unternehmen, damit Jakob und ich nicht frei in der Welt herumlaufen können, das ist mir längst klar.

»Ich weiß nicht, wo sie euch hinbringen, Jo. Aber ihr werdet verurteilt.«

Er nickt und schaut dann beunruhigt über meine Schulter. Vermutlich haben die Soldaten uns gleich erreicht und bringen mich zurück zu Ruben, aber ich verschwende keine der wertvollen Sekunden, die mir mit Jo bleiben, nur um mich umzudrehen.

»Sie bringen mich und Ruben zu HUB 24. Jakob wird auch dorthin gebracht. Das bedeutet der CutOut ist ...«

Meine Stimme bricht, aber Jo hat verstanden.

Ruben hat ihnen den Standort des CutOuts verraten. Alle, die wir kennen, sind in Gefahr, bereits verhaftet oder tot.

Eine Hand packt mich grob von hinten und reißt mich zurück. Ich falle ins Nichts und schlage dann hart auf den Boden auf. Über mir sehe ich Jos wütendes Gesicht. Wenn sein Drift nicht beeinträchtigt wäre, wäre der Soldat, der mich nun wieder auf die Beine reißt, sicher fällig.

Strampelnd und wild um mich schlagend wehre ich mich, aber er zieht mich immer weiter vom Truck weg.

Jo steht immer noch, als der Wagen sich ebenfalls in Bewegung setzt und dem ersten Truck langsam folgt.

Bevor die Entfernung zwischen uns zu groß wird, gebe ich es auf, meine ohnehin schwindenden Kräfte an den Soldaten zu verschwenden, und rufe laut in Jos Richtung: »Ich hole dich da raus, hörst du? Haltet durch, bis wir euch holen kommen!«

Ich will ihm noch zurufen, dass ich ihn liebe, doch das würde einem Abschied gleichkommen und das ist es nicht! Das darf es einfach nicht sein!

Das Letzte, was ich von Jo sehe, bevor die Dunkelheit den Truck vollends verschluckt, ist sein Lächeln.

Er glaubt mir kein Wort.

Er weiß, dass er auf direktem Weg ins Verderben ist und dass niemand, nicht die Division und erst recht nicht ich, ihn retten kann. Es ist der gleiche Gesichtsausdruck wie damals, als wir schon einmal in einer ausweglosen Situation waren. Er akzeptiert die Gegebenheiten und will nicht, dass das Letzte, was ich von ihm in Erinnerung behalte, seine Angst oder seine Wut ist.

Aber er irrt sich. Das hier ist noch nicht das Ende. Nicht solange ich noch atme und da bin, um einen Weg zu finden, meine Freunde und ihn zu befreien.

Ich glaube mir beinahe selbst, so sehr verängstigt mich der Gedanke an die Alternative.

Mein Soldat hat mich inzwischen wieder bei Ruben abgeliefert und dieser stößt mich wütend in einen der bereit stehenden Humvees. Drinnen sitzt bereits der andere Soldat und sieht mich nicht mal an.

Ruben wechselt noch ein paar Worte mit Kieran, der sich die aufgeschlagene Lippe hält und mir immer wieder böse Blicke zuwirft.

Dann setzt sich der Soldat ans Steuer und Ruben nimmt auf dem Beifahrersitz Platz. Wir fahren los.

Kieran hat gesagt, dass wir den HUB morgen Mittag erreichen werden. Ich hoffe, wir sind schneller da. Ich hoffe, Jo und die anderen bekommen eine richtige Verhandlung, die mir etwas Zeit verschafft. Ich hoffe, Jakob ist mir eine Hilfe und nicht zu sehr damit beschäftigt, wütend auf seinen Onkel zu sein. Ich brauche ihn jetzt.

Und dann hoffe ich, das alles, was Sawyer uns immer gepredigt hat, wahr ist. Dass es unser Schicksal ist, der Regierung die Stirn zu bieten. Dass dies nicht das bittere Ende des kläglichen Versuchs von ein paar Aufständlern ist, die Welt zu verändern. Mir reicht es nicht, die Menschen nur zu informieren. Ich will dabei sein, wenn unsere Botschaft ihre volle Wirkung zeigt, und ich will, dass Jo es auch ist!

16. RUBENS DILEMMA

Genau wie Kieran es vorhergesagt hat, erreichen wir Rubens HUB am Mittag des darauffolgenden Tages.

Ich bin wie gerädert, habe kein Auge zugetan. Die Sorge um Jo und das Erlebte treiben mich an die Grenzen meiner Belastbarkeit.

Wenigstens hat das Mittel in seiner Wirkung nachgelassen und Ruben hat verhindert, dass die Soldaten mir eine neue Dosis verpassen. Ich verstehe nicht ganz, warum. Vielleicht glaubt er, ich könne mit meinem Drift ohnehin nichts gegen ihn ausrichten. Und irgendwie stimmt das ja auch. Selbst wenn ich es schaffen würde, mich irgendwie aus dem Staub zu machen, wohin sollte ich schon gehen? Raus ins Feuerland? Ohne Vorräte? Ohne Fahrzeug? Keine gute Idee. Ich brauche einen Plan und ich muss erst mal mit Jakob reden.

Allein.

Wir passieren eine Schleuse, die wie jede andere in den blauen HUBs aussieht. Die Soldaten begleiten uns weiterhin, aber ich habe nicht das Gefühl, dass sie viel zu melden haben. Jedenfalls nicht, solange ich schön die Klappe halte und brav mitgehe. Zuerst glaube ich, dass wir hinunter zu den Wohnlevels fahren, aber der Fahrstuhl hält bereits ein Level, nachdem wir ihn bestiegen haben. Wir verlassen ihn und gehen einen langen Gang entlang, biegen zweimal ab und halten schließlich vor einer Tür, die keinen Aufschluss darüber gibt, was sich hinter ihr befindet. Ich trete vor Ruben in den Raum, die Soldaten bleiben draußen. Drinnen steht ein großer, runder Tisch.

Er ist leer.

Daneben sitzt Jakob. Seine Haare sind zerzaust und er sieht aus, als hätte er geweint. Trotzdem bin ich unendlich erleichtert, ihn zu sehen. Als er mich sieht, springt er so schnell auf, dass sein Stuhl umfällt und ein schepperndes Geräusch auf dem glatten Boden macht. Ich werfe mich in seine Arme und vergrabe mein Gesicht an seiner Schulter. Dass es ihm gut geht, gibt mir Hoffnung.

Er legt eine Hand an meinen Kopf und drückt mich ganz fest an sich. Dann gibt er mir einen Kuss auf meine Schläfe und wir bleiben einfach so stehen, gönnen uns einen Moment der Erleichterung.

Ich höre, wie Ruben einen der Stühle zurückzieht und sich darauf niederlässt. Jakob verkrampft sich automatisch, als er seinen Onkel erblickt. Entweder ahnt er bereits, was er getan hat, oder sie haben es ihm gesagt. Er entlässt mich langsam aus seiner Umarmung und ich drehe mich zu Ruben um. Er kommt mir plötzlich klein und ungefährlich vor, wie er so zusammengesunken dasitzt. Jakob scheint hin- und hergerissen. Er muss furchtbar wütend sein, aber gleichzeitig auch traurig über den Verrat seines gerade erst wiedergefundenen Familienmitglieds.

»Sieh mich nicht so an«, sagt Ruben jetzt mit leidender Stimme zu seinem Neffen.

Ich bücke mich und hebe den umgekippten Stuhl auf, dann setze ich mich und stütze den Kopf auf meine Hände. Ich bin so müde, so erledigt. Ich muss klar denken können, muss Ruben loswerden.

»Wie soll ich dich denn sonst ansehen? Weißt du überhaupt, was du da getan hast, Onkel Ruben?«

Irgendwie klingt es lächerlich, dass Jakob ihn immer noch mit dem Wort »Onkel« anspricht. Es klingt so respektvoll. Ganz und gar deplatziert.

»Natürlich weiß ich das, aber mir blieb keine Wahl.«

Ich horche auf. Was will er damit andeuten?

»Willst du mich verarschen? Keine Wahl? Sicher hattest du eine! Die Frage ist nur, wieso du dich ausgerechnet dazu entschlossen hast, alles, wofür wir so hart gearbeitet haben, zu zerstören? Wieso hast du das getan? Wieso?«

Jakob schreit jetzt. Seine Stimme klingt dunkel und fordernd.

»Du hast alles ruiniert. Wir hätten es schaffen können!«

Ruben runzelt die Stirn.

»Du weißt es noch nicht?«, fragt er Jakob ein wenig erstaunt.

»Was weiß ich nicht?«, brüllt dieser.

Ich hebe den Kopf und beschließe, dass nicht Onkel Ruben es sein soll, der Jakob die einzig gute Nachricht überbringt.

»Wir haben es hinbekommen. Die Botschaft wurde übertragen«, sage ich und bringe sogar ein Lächeln zustande.

Jakob stutzt. Er öffnet den Mund, schließt ihn aber gleich wieder. Also fahre ich fort. Dieses Mal mit den weniger guten Neuigkeiten.

»Es war eine Falle. Und ... Kieran war da.«

Jakobs Unterkiefer klappt herunter. Ohne richtig zu zielen, setzt er sich und verfehlt dabei beinahe den Stuhl.

»Sie kamen, als Marzellus gerade dabei war, die Übertragung vorzubereiten. Dann haben sie uns überwältigt«, ich schlucke. »Darrel, Connor und Mischa sind tot.«

Irgendwie bringe ich es nicht über die Lippen, aber ich muss es ihm sagen.

»Und Marzellus«, flüstere ich, »Marzellus ist auch tot.«

Dann passiert es, ganz ohne Vorwarnung. Ich lasse meinen Gefühlen freien Lauf. Vielleicht liegt es daran, dass ich so geschafft bin oder weil Jakob da ist, weil er mein bester Freund ist und ich mich vor ihm nicht verstellen muss. Vielleicht habe ich auch einfach nur vergessen meinen Gefühlen Ausdruck zu verleihen, weil ich so geschockt war. Jedenfalls heule ich wie ein kleines Kind los, verschlucke mich beinahe an meinen eigenen Tränen, komme kaum noch zu Atem. Jakob starrt mich nur fassungslos an. Sicher denkt er an Marzellus und kann es selber noch nicht begreifen oder schlicht nicht glauben.

Da ich nicht mehr in der Lage bin, auch nur ein verständliches Wort herauszubringen, übernimmt Ruben es, seinem Neffen den Rest der Geschichte zu erzählen. Er lässt nichts aus, auch nicht seinen heimtückischen Verrat, als er Jackson mit der Waffe bedroht hat. Dabei wirkt er weder besonders erschüttert noch stolz. Er berichtet ganz sachlich, als wäre er nur ein stiller Beobachter gewesen.

Er kotzt mich an.

Als er endet, sagt keiner von uns mehr etwas. Ich kämpfe halbherzig gegen ein paar letzte Schluchzer und Jakob und scheint das Beschriebene vor seinem inneren Auge immer wieder nachzuspielen. Plötzlich bin ich sehr froh darüber, dass er nicht dabei war. Niemand sollte sehen, wie seine Freunde sterben.

Die Tür geht auf und einer der Soldaten bringt uns Wasser und Feuerlandrationen. Mehr gönnt man uns offenbar nicht. Als er wieder weg ist, reiche ich Jakob eine Wasserration und unsere Hände berühren sich kurz. Seine Finger sind eiskalt.

»Ich will es immer noch wissen«, sagt er an seinen Onkel gerichtet, »wieso hast du das getan? Nicht, dass ich deine Erklärung in irgendeiner Weise als Rechtfertigung gelten lasse, aber ich will es wissen. Also red schon!«

Ruben zögert nicht einen Moment mit seiner Antwort. Steht er so sehr hinter seiner Tat? Ich schüttele bereits fassungslos den Kopf, bevor er überhaupt etwas geäußert hat.

»Als ich von eurem Plan, die Botschaft einzuspeisen, Wind bekommen habe, war ich zunächst besorgt, aber Sawyer schien alles im Griff zu haben, also beschloss ich dabei zu sein, sollte er mich lassen. Als der Plan dann immer mehr Form annahm, war ich sogar richtig überzeugt von der Sache. Wir hatten eine reelle Chance und nach allem, was mir zugestoßen ist, wollte ich natürlich unbedingt mithelfen, die Dinge zu ändern.«

Jakob sieht ihn irritiert an. Und auch ich verstehe nicht, wieso dieser Mann sich am Ende offenbar dazu entschlossen hat, die Division zu hintergehen. Seine Worte klingen, als stünde er voll hinter uns.

»Was hat dich umgestimmt?«, fragt Jakob unsicher. Seine Fassade bröckelt, er möchte glauben, sein Onkel hätte den Verrat unfreiwillig begangen, aber er hat ja auch nicht gesehen, wie Ruben seine Waffe an Jacksons Kopf gepresst hat.

»Ich erzählte ja schon, dass ich wieder Kontakt zu einem der Soldaten aus HUB 1 aufgenommen habe. Wir haben nicht nur über meinen Bruder und seine Frau geredet. Eines gab das andere und schließlich erzählte er mir von Kieran. Du hattest mir erst kurz zuvor von eurer Flucht berichtet, daher kam mir der Name so bekannt vor«, sagt er zu Jakob, »jedenfalls habe ich dann natürlich weiter nachgehakt und mein Bekannter kam richtig in Erzählerlaune. Er ist ziemlich gut informiert für einen einfachen Soldaten. Man könnte ihn als richtige Klatschtante bezeichne, denke ich. Ich erfuhr also, dass Kieran den HUB gewechselt und inzwischen als eine Art Doppelagent tätig war, wenn man das so nennen kann. Auf der einen Seite gab er sich als Sympathisant der Division aus, auf der anderen lieferte er seinen Vorgesetzten die erlangten Informationen.«

»Und wer bitte sind seine Vorgesetzten?«, frage ich gereizt.

»Soweit ich das verstanden habe, arbeitet er für eine Abteilung, die direkt dem Souverän unterstellt ist. Keine Ahnung, wie er da gelandet ist. Vielleicht weil er damals so hilfreich war, als ihr alles herausgefunden habt?«

Er wirkt plötzlich bedrückt. Vielleicht tut es ihm leid, was er getan hat. Mitleid kann er von uns jedenfalls nicht erwarten.

»Als ich hörte, in welchem HUB Kieran eingesetzt wurde und dass er offenbar Kontakt zu der Division aufgenommen hat, musste ich nur noch eins und eins zusammenzählen. Danach habe ich lange überlegt, was ich tun soll. Ich meine, ihr müsst das verstehen. Wenn

Kieran und Sawyers Informant eine Person waren, dann war die ganze Aktion von vorneherein zum Scheitern verurteilt.«

»Wieso hast du Sawyer nicht einfach davon erzählt ... oder uns?«, fragt Jakob tonlos.

»Ich war noch ganz neu dabei, hatte Sawyers Vertrauen noch nicht gewonnen. Ich habe mich aus dem CutOut geschlichen, um mit meinem Kontakt zu reden, und das, obwohl ich ja eigentlich noch ›auf Probezeit‹ war. Ich war mir sicher, dass Sawyer sauer sein würde, und ich befürchtete, dass er und Arros mir kein Wort glauben würden. Dass sie mich für einen Spion oder Verräter halten würden, der ihnen einfach nur ihr Vorhaben vermiesen will.«

»Du hättest es riskieren müssen«, erwidere ich wütend.

»Und dann? Was wäre, wenn er mir nicht geglaubt hätte? Arros und er hätten mich von allen weiteren Plänen ausgeschlossen. Ihr wärt alleine in die Falle gelaufen und ich hätte nichts für euch tun können.«

»Für uns tun können? Nennst du das, was du letzte Nacht abgezogen hast, etwa eine Hilfe? Du hast das Ganze nur noch verschlimmert! Wie bist du überhaupt an Kieran herangekommen und was hast du ihm geboten, damit er mich und Jakob verschont?«

»Ich bat den Soldaten in HUB 1 seine Vorgesetzten zu informieren und ein Treffen auszumachen.«

»Du bist mehrere Male außerhalb des CutOuts gewesen, ohne dass es jemand gemerkt hat?«, fragt Jakob ungläubig.

Rubens Mundwinkel zucken. Jetzt ist nicht die Zeit zu prahlen, das ist ihm wenigstens klar.

»Ich habe mich dazu entschlossen, Kieran ein Angebot zu machen und euch beide und natürlich meinen Bruder und seine Frau so heil aus der Sache rauszubringen. Es war keine leichte Entscheidung, aber ich habe sie aus der Überzeugung heraus getroffen, dass ich die Pflicht habe, den Sohn meines Bruders zu beschützen, und dich auch, Nova. Ich konnte gar nicht anders.«

»Natürlich konntest du! Du warst bloß zu feige oder zu dumm! Ich weiß es nicht! Du hast ihnen verraten, wo der CutOut ist!«, rufe ich aufgebracht.

Er schaut müde auf seine Hände. Irgendwie beschleicht mich das Gefühl, dass der Standort unserer Zentrale nicht alles ist, was er den Blauen geliefert hat.

Und dann wird es mir plötzlich klar.

Ich weiß jetzt, was Ruben ihnen geboten hat, damit Kieran endgültig auf seine Forderungen eingeht.

»Du hast ihnen gesagt, dass wir ihre Fahrzeuge ebenfalls orten können, nicht wahr? Deswegen hatten Arros und seine Leute keine Chance, weil sie sich in Sicherheit gewiegt haben. Die Karte hat nichts Verdächtiges angezeigt, darum konnte Kieran sie so leicht überwältigen.«

»Stimmt das?«, fragt Jakob und seine Unterlippe zuckt verdächtig. Die Enttäuschung über seinen Onkel könnte sich gar nicht mehr deutlicher in seiner Miene widerspiegeln.

»Ja.«

Ich stöhne auf. Eigentlich weiß ich gar nicht, warum mich diese Tatsachen so überraschen. Es war ja klar, dass Ruben uns ans Messer geliefert hat, aber irgendwie ist es eben doch eine Sache, etwas zu vermuten, und eine andere, es aus seinem Mund zu hören.

»Ich werde dir das nie verzeihen.«

Jakob spricht merkwürdig monoton, als hätte er nicht einmal mehr Lust die Wörter zu formulieren. Als wäre selbst das schon zu viel Mühe, die er an seinen Onkel verschwendet.

»Ich würde jetzt gerne kurz mit Jakob allein sein. In Ordnung?«, sage ich und achte darauf, es mehr als Forderung, als eine Bitte klingen zu lassen.

Ruben reagiert nicht sofort und ich bin mir nicht sicher, ob wir in der Position sind, Forderungen zu stellen. So ätzend ich Rubens Vorgehensweise auch finde, immerhin hat er uns tatsächlich vor Kieran bewahrt. Obwohl ich immer noch nicht glaube, dass Kieran sein Versprechen hält. Ich erwarte jeden Moment einen Soldaten in der Tür, der den Auftrag hat, uns alle in eine Zelle zu werfen.

Aber zunächst sind wir Ruben ausgeliefert, so als wäre er unser Vormund. Dabei kann ich mir nicht mal vorstellen, wie es jetzt weitergehen soll. Werden wir bei ihm wohnen? Hier, in diesem HUB? Geht das überhaupt?

Schließlich nickt er und steht auf, um uns alleine zu lassen.

Ich atme erleichtert auf.

Kaum hat sich die Tür hinter ihm wieder geschlossen, lege ich Jakob eine Hand auf den Arm und versuche herauszufinden, wie aufnahmefähig mein bester Freund ist.

Dieselbe Frage könnte ich auch mir selbst stellen. Meine Augen sind verschwollen und mein Hals kratzt. Ich bin müde und mein Körper kämpft noch immer mit den Nachwirkungen des Präparats, das durch meinen Blutkreislauf gejagt wurde.

»Wir müssen reden«, sage ich leise.

»Ach was?«, erwidert Jakob und steht auf. Dann setzt er etwas versöhnlicher hinzu: »Na, dann raus damit. Was hast du vor?«

17. PLAN B

Wir sitzen zu dritt an einem kleinen Tisch und warten darauf, dass Ruben die erforderlichen Papiere ausgefüllt hat, die uns einbürgern sollen.

Entgegen meiner ursprünglichen Vermutung werden wir nicht bei ihm wohnen. Jakob und ich werden nicht einmal im selben HUB wohnen.

Eigentlich ist der Deal, den er mit Kieran ausgemacht hat, wirklich sehr gut. Jeder, außer der Division, profitiert davon.

Ich soll in HUB 24 bleiben, hier bei Ruben. Mir wurde sogar schon eine eigene Wohneinheit zugeteilt und ich muss mich nur noch brav in die Gesellschaft integrieren. Zumindest sieht es der verrückte Plan so vor.

Jakob geht zurück in unseren alten HUB. Zurück zu seinen Eltern.

Eigentlich keine schlechte Vereinbarung, wenn sie nicht einen elementaren Haken hätte. Damit wir unseren Mitmenschen nicht die Gedanken vergiften mit unseren revolutionären Ansichten, sollen wir das gleiche Verfahren durchmachen, wie alle Gelben, die umgesiedelt werden.

Sie werden unser Gedächtnis löschen und danach werden wir uns weder an die Geschehnisse in der Sendestation noch an die Division oder sonst irgendwas erinnern. Wir werden unbeschriebene Blätter sein, die ein neues Leben beginnen können.

So abstoßend diese Vorstellung auch ist, ich halte mich gar nicht damit auf, mir auszumalen, wie es wäre, Jo zu vergessen. So weit wird es nicht kommen.

Mein Plan ist wie immer risikobehaftet und völlig waghalsig, aber ich habe nur diesen einen.

Unsere erste Nacht haben Jakob und ich in einer Zelle verbracht. Ich habe nichts anderes erwartet. Wir haben die halbe Nacht geredet.

Jakob hat mir alles über die Vorkommnisse im CutOut erzählt. Es ging wohl furchtbar schnell. Die Blauen konnten sich genauso klammheimlich nähern, wie sie es auch bei der Sendestation getan haben. Da ihnen fast alle Zugänge bekannt waren, dauerte es nicht lange, bis sie den Komplex eingenommen hatten. Doch Ruben konnte ihnen nicht alles sagen, dafür kannte er sich im CutOut noch nicht gut genug aus. Ein paar unserer Leute konnten also entkommen. Jakob weiß nicht wer und wie viele genau, aber es gibt mir Hoffnung.

Wir können also davon ausgehen, dass die Gefangenen aus dem CutOut sich noch immer dort befinden. Es erscheint mir unwahrscheinlich, dass man mehrere Hundert Menschen aus dem CutOut an einen anderen Ort bringt. Die Frage ist aber, was haben sie mit den verbliebenen vor?

Jakob sagt, es gab keine heftigen Kämpfe. Es ging so schnell, dass die Soldaten den Komplex eingenommen hatten, bevor überhaupt jemand richtig reagieren konnte.

Unsere größte Sorge gilt Nume. Jakob weiß nicht, wo sie sich zum Zeitpunkt des Überfalls befand. Also auch nicht, ob sie fliehen konnte oder noch im CutOut ist. Ich sehe ihm an, wie fertig ihn das macht.

Wir dürfen uns tagsüber im HUB weitestgehend frei bewegen. Natürlich nur in Begleitung von Ruben.

Wir haben neue Kleider bekommen und durften duschen. Wir haben gemeinsam gefrühstückt und kümmern uns nun um die Formalitäten. Die ganze Situation erscheint mir falsch. Als wäre es nur eine Illusion, eine fehlerhafte Simulation. Beinahe erwarte ich, dass die Menschen um uns herum beginnen zu flimmern, so wie es die gegnerischen Soldaten in den simulierten Trainingseinheiten manchmal tun.

»Kann ich meinen Namen ändern?«, frage ich Ruben nun und versuche dabei gerade so unschuldig auszusehen, um es ehrlich und so wütend wie möglich, um es authentisch wirken zu lassen.

Er überlegt kurz und sagt dann: »Ich glaube, das ist möglich. Aber warum? Dein Name gehört dir, Nova. Anabelle hat ihn dir gegeben. Möchtest du das wirklich?«

Ich unterdrücke die Wut, die mich überkommt, weil er es wagt, ihren Namen auszusprechen, und nicke nur zaghaft.

»Und wie soll dein neuer Name lauten?«

Ich verzichte darauf Jakob anzusehen und tue, als müsse ich lange überlegen. Dann rutsche ich unentschlossen auf meinem Stuhl hin und her und setze eine frustrierte Miene auf.

»Ich weiß nicht. Das ist nicht so einfach.« Ich lasse meinen Blick schweifen und improvisiere ein Strahlen, als er auf der Anzeigetafel hängen bleibt, die alle Bewohner des HUBs auflistet. »Kann ich da hingehen und sehen, welche Namen hier bereits vertreten sind? Wäre doch ärgerlich, wenn ich mir einen aussuche, mit dem schon zwanzig andere im HUB rumlaufen.«

Ruben zuckt mit den Achseln und ich nehme dies als Erlaubnis.

»Aber mach nicht zu lang. Ich hab keine Lust, dass die Soldaten hier aufkreuzen, weil sie denken, ich würde nicht genug auf euch achtgeben. Und red bloß mit keinem!«

»In Ordnung«, erwidere ich und versuche so gelassen wie möglich aufzustehen und zu der Tafel zu schlendern.

Dabei schießt das Blut nur so durch meine Adern.

Ich habe mich eigentlich nie für jemanden gehalten, der schauspielerisches Talent hat. Aber Ruben hat nichts bemerkt. Ich baue mich vor der Tafel auf und beginne mit der Suche. Genau wie damals, als ich mich zusammen mit Jakob in den HUB 6 geschlichen habe, um Mailo zu finden, nutze ich die Anzeigetafel auch dieses Mal, um jemanden ausfindig zu machen. Neben den unzähligen Namen sind kleine Bilder, die den jeweiligen Bewohner zeigen. Es gibt vierzehn Daniels, aber schon der vierte auf der Liste ist der, dessen Gesicht ich schon einmal gesehen habe. Nur kurz und es war dunkel, aber ich erkenne ihn sofort wieder. Und er wird mich ebenfalls wiedererkennen, sich vielleicht sogar an meinen Namen erinnern.

Schnell überprüfe ich, wie weit unsere Wohneinheiten auseinander liegen, und merke mir seine Nummer.

Ich gehe zurück an unseren Tisch und nenne Ruben meinen neuen Namen.

»Mischa?«, fragt er seltsam berührt. »Bist du sicher?«

»Ja«, sage ich und verstecke meinen hasserfüllten Blick dieses Mal kein bisschen.

Ruben erlaubt Jakob und mir, zusammen in meiner neuen Wohneinheit zu verweilen, während er, wie er sagt, einige Dinge zu erledigen hat. Die Tür lässt sich von innen nicht öffnen. Jetzt weiß ich, wie Jenkins sich gefühlt haben muss.

Sobald Ruben weg ist, lässt Jakob seine teilnahmslose Maske fallen und fragt mich aus.

»Und? Konntest du den Mann finden? Ist er hier?«

»Ja. Er wohnt sogar bloß ein Level weiter oben, aber wir können nicht rausgehen, also kommen wir jetzt zur riskanten Phase des Plans.«

»Ist ja nichts Neues«, erwidert Jakob grinsend.

Ich blicke nach oben und mustere die löchrige Platte des Lüftungsschachts. Sofort erscheint Marzellus' Kopf vor mir, wie er ihn aus dem Schacht über unserer Zelle hinausgesteckt hat. Ich verdränge das Bild und stelle mich vor Jakob hin.

»Dann los«, sage ich und er formt, genau wie damals einen Tritt mit seinen Händen.

»Déjà-vu«, sagt er und lächelt halbherzig.

Ich lächele zurück und beginne mit dem Aufstieg. Zuerst habe ich Schwierigkeiten, die dünne Platte wegzuschieben und mich in die Öffnung zu zwängen, aber dann schaffe ich es, mich in den dunklen Schacht zu ziehen, und halte kurz inne. Ich lausche in die Finsternis hinein, aber außer meinem eigenen Herzschlag ist nichts zu vernehmen.

Ich ändere meine Position und halte für Jakob den Daumen hoch. Dann schließe ich die Klappe wieder und setze mich in Bewegung. Ich kenne mich kein bisschen aus und krieche mehr oder weniger ziellos durch die langen Schächte. Die größte Herausforderung ist der Aufstieg in das höher gelegene Level. Irgendwie bekomme ich in der Senkrechten noch mehr Platzangst als in der Waagerechten.

Langsam erklimme ich die schmale Leiter, bis ich endlich oben bin. Dann muss ich mich erst recht anstrengen, um nicht die Orientierung zu verlieren, falls ich je eine hatte.

Zweimal bin ich mir sicher, über der richtigen Wohneinheit zu sein, aber beide Male liege ich falsch. In beiden wohnen Frauen.

Der dritte Versuch ist ein Erfolg. Ich hebe die Platte ab und schiebe sie ein kleines Stückchen zur Seite. Unter mir sitzt ein Mann auf dem Bett und tippt konzentriert auf einem Terminal herum. Ich vergewissere mich mehrmals, dass es wirklich Daniel ist. Versuche einen Blick auf sein Profil zu erhaschen, was von hier oben schwierig ist. Doch als er sich ein paar mal vertippt und leise flucht, erkenne ich seine Stimme sofort wieder.

Ich nehme all meinen Mut zusammen und schiebe die Platte absichtlich geräuschvoll zur Seite. Dann lasse ich meine Beine durch die Öffnung gleiten und stemme mich von der Kante ab. Mit einem leisen Rauschen lande ich direkt vor Daniel am Fußende seines Bettes. Das mobile Terminal rutscht ihm aus der Hand, prallt vom Bett ab, um dann auf dem Boden zu landen.

Sekundenlang starrt er mich verwundert an. Nicht wirklich erschrocken, aber ziemlich überrumpelt. Dann erkennt er mich wieder.

»Na, so was. Ich muss zugeben, auf diese Weise ist mir noch nie ein Mädel ins Bett gekommen.«

Ich übergehe die zweideutige Bemerkung, zumal sie scherzhaft gemeint ist. Der Mann könnte mein Großvater sein. Beinahe jedenfalls.

»Ich nehme an, du weißt, wer ich bin?«

»Nova. Die so gerne Leute aus HUBs entführt«, erwidert er.

»Tja. Den letzten hätten wir lieber hierlassen sollen.«

Er hebt die Augenbraue.

»Dann ist es mit Ruben wohl nicht so gut gelaufen, was?«

»Nein«, sage ich, »und auch sonst ist alles ziemlich scheiße.«

Meine rüde Ausdrucksweise amüsiert ihn. Er steht auf und reicht mir die Hand.

»Dann komm. Wir setzen uns und du kannst mir alles erzählen. Wie viel Zeit haben wir?«

»Viel zu wenig, aber es muss reichen«, erwidere ich und greife nach seiner Hand, um mich hochzuziehen.

Wir setzen uns an den kleinen Tisch an der Wand und ich bringe Daniel auf den neusten Stand.

Fünfundvierzig Minuten später bin ich wieder bei Jakob und berichte ihm vom Ergebnis meines kleinen Ausflugs.

»Er wusste natürlich von der Botschaft. Er hat sie gesehen und er sagt ALLE haben sie gesehen oder zumindest davon gehört, aber die Reaktionen der Blauen sind gemischt. Die, denen es schon immer egal war, geben nicht viel drauf. Der Rest hat entweder Angst oder ist unentschlossen.«

»Nur logisch. Für die Blauen bedeutet die Botschaft, dass nicht nur ihre ganze Lebensweise in Gefahr ist, sondern auch ihr Leben selber. Wenn die Gelben sich zusammentun und einen Angriff starten, sieht es schlecht aus für diese Bande von Luxusliebhabern.«

Ich lache über seine Worte. Natürlich stimmt es, die Blauen schwelgen im Luxus. Wer würde das schon gerne aufgeben oder auch nur teilen? Andererseits kennen wir eine Menge Leute aus blauen HUBs, die es anders sehen.

»Daniel hat erzählt, dass der Info-Kanal nach der Botschaft nicht wieder angeschaltet wurde. Die Übertragungen haben aufgehört. Ich meine, in den blauen HUBs gab es ja immer irgendwelche Sendungen. Über die Regenten oder andere wissenswerte Dinge. Aber auch die sind weg. Die Bildschirme bleiben schwarz, sagt er.«

Jakob runzelt die Stirn.

»Das könnte bedeuten, dass die Aufstände bereits begonnen haben, sie es aber geheim halten wollen.«

»Ja. Schon möglich«, erwidere ich nachdenklich.

Wenn Jakob recht hat, dann ist draußen bereits die Hölle los und wir sitzen hier fest. Ich denke an Jo, frage mich, wo er wohl ist. Ich hoffe, dass Daniel mir bald mehr sagen kann.

»Wie geht es jetzt weiter?«, fragt Jakob aufgeregt, »wie will er uns hier rausholen?«

»Er steht in Kontakt mit den verbliebenen Mitgliedern der Division. Mit T.J., Zoe, Gibbs und so weiter. Die tappen natürlich noch völlig im Dunkeln. Daniel sagt, die Leute im CutOut konnten eine Nachricht absetzen, bevor es ernst wurde, aber keiner weiß so richtig, was los ist.«

»Stimmt«, bestätigt Jakob, »Pete wollte es versuchen, als die Hölle losbrach. Ich war mir nicht sicher, ob er es geschafft hat.«

»Und nun weiß Daniel ja auch alles, was wir wissen. Er kann es den anderen also sagen. Jedenfalls werde ich in ein paar Stunden wieder zu ihm gehen und dann teilt er mir den Plan mit, wie sie uns hier rausholen werden.«

»Meinst du, es wird alles gut gehen? Ich meine, aus einem HUB rauszukommen war schon vor einem Jahr keine einfache Angelegenheit und jetzt sind sie sicher noch aufmerksamer. Ich meine, nach allem, was passiert ist …«

Ich weiß nicht, was ich darauf erwidern soll. Es stimmt, die ganze Sache ist mal wieder verdammt riskant. Aber haben wir eine Wahl? Uns trennt nur noch ein Tag von dem Verlust all unserer Erinnerungen und was Jo gerade durchmacht, will ich mir gar nicht vorstellen.

Ich bin nicht bereit einfach so aufzugeben und wenn ich mir die aufgeregte, aber entschlossene Miene meines besten Freundes genauer ansehe, scheint er es auch nicht zu sein.

»Es muss klappen«, sage ich knapp.

Später taucht Ruben wieder auf. Er möchte mit Jakob sprechen und nimmt ihn mit. Ich vermute in seine eigene Wohneinheit. Vielleicht möchte er sich verabschieden. Immerhin bedeutet Jakobs bevorstehende Gedächtnislöschung, dass Onkel Ruben für ihn einfach wieder der längst vergessene Onkel sein wird, den sie vor Jahren zum Außeneinsatz geschickt haben. Vielleicht vergisst er ihn auch ganz.

Jakobs Eltern wissen nichts von Ruben, dafür wissen sie jetzt von der Division. Mich beschleicht die Vermutung, dass die Regierung vorhat, bei allen Gelben eine Löschung vorzunehmen. Aber ist das überhaupt möglich? Wie würde das aussehen? Wer würde sich an was erinnern und was geschähe mit der Produktion und den Hierarchien? Dass Jakob noch eine Weile in diesem HUB bleiben soll, bis er wieder zu seinen Eltern kann, deutet darauf hin, dass die Regierung die Situation nicht wirklich unter Kontrolle hat. Da ich seit unserer Ankunft beinahe die ganze Zeit in einer Zelle oder in meiner Wohneinheit verbracht habe, kann ich nur mutmaßen, wie es draußen im HUB aussieht.

Ich weiß nicht, was die Leute sich erzählen und ob der Info-Kanal inzwischen wieder sendet. Ich weiß gar nichts. Dieser Zustand macht mich wahnsinnig, aber ich muss jetzt in Etappen denken.

Sobald Ruben und Jakob zurück sind, muss ich sofort wieder zu Daniel und dann soll er uns, so schnell es geht, hier wegbringen, damit wir Jo und den anderen helfen können.

Es dauert ewig, bis Jakob wiederkommt, und ich bete, dass Ruben nicht auch noch das Bedürfnis hat, sich mit mir auszusprechen. Doch die Tür schließt sich hinter Jakob und wir sind wieder allein.

Ich brauche ihn gar nicht fragen, wie es gelaufen ist. Seine Augen sind rot und er wirkt nachdenklich. Sicher war es keine besonders schöne Unterhaltung. Ich will ihn nicht ausfragen, also schaue ich nur wortlos hoch zum Lüftungsschacht und er kommt zu mir, um mir hoch zu helfen.

Bevor ich die Klappe wieder verschließe, werfe ich noch einen Blick nach unten. Er lächelt ein wenig zu angestrengt.

»Grüß schön«, sagt er und ich winke ihm zögerlich zu. Dann schließe ich die Klappe und mache mich erneut auf den Weg zu Daniel.

»Erstaunlich«, sagt Jakob und blickt sich neugierig um.

»Eigentlich ist es ziemlich simpel. Man darf die Dinge nicht immer so verkomplizieren, dann gelingen einem die verrücktesten Sachen«, erwidert Daniel gelassen.

Wir stehen am Rande einer kleinen Gruppe von Häusern, unweit des HUB 24.

Daniel hat sein Versprechen gehalten und uns aus dem HUB herausgebracht. Das Ganze war eine Nacht-und-Nebel-Aktion und dafür eigentlich total unspektakulär.

»Genauso haben wir es mit eurem Ruben auch gemacht, damals meine ich«, erklärt uns Daniel und deutet auf das Fahrzeug hinter uns.

»Einfach einpacken und raus. So offensichtlich, dass es keiner gemerkt hat.«

Er hat recht. Eigentlich war es sogar total offensichtlich.

Gegen zwei Uhr nachts haben Jakob und ich uns durch die Lüftungsschächte in Daniels Wohneinheit begeben. Kurz darauf erschienen vier Soldaten an der Tür. Im ersten Moment war ich zu Tode erschrocken, aber schnell war klar, dass sie zu Daniel gehören. Sie hatten eines dieser schwebenden Teile bei sich, welche mittels Ultraschallwellen nur knapp über dem Boden gleiten und im Allgemeinen für die Verladung von Ausrüstungsgegenständen im HUB genutzt werden. Darauf befanden sich zwei längliche Kisten, die eigentlich für Munition und andere Spielzeuge gedacht sind. Doch beide waren leer.

Jakob und ich mussten jeder in eine der beiden Kisten steigen und die Soldaten brachten uns mit dem Lift hoch, zur Schleuse und hindurch, in das große Gewölbe, wo bereits ein Wagen bereitstand.

Daniel verließ den HUB getrennt von uns und dann trafen wir uns hier draußen wieder. Völlig ohne Sicherheitskontrollen, ohne Probleme. Jo wäre das wieder einmal zu einfach gewesen, aber Jo ist nicht hier ...

Ich wende mich an Daniel und scharre ungeduldig mit dem Fuß im Sand. Jakob nimmt indessen dankbar einen SOLAR SUIT von einem der Soldaten entgegen und begibt sich hinter das Fahrzeug, um sich umzuziehen.

Keine Minute zu spät. Die Temperaturen machen seinem Kreislauf inzwischen sogar nachts zu schaffen, auch wenn es nur eine kurze Zeit war, die er ohne Schutz aushalten musste.

»Wie geht's jetzt weiter?«, frage ich Daniel nervös.

Jetzt, wo wir entkommen sind, brenne ich darauf, die anderen zu finden und auch sie zu befreien. Ich weiß zwar, dass es vielleicht gar nicht möglich oder sogar schon zu spät ist, aber ich verdränge diesen Gedanken wie immer gekonnt.

»Wir treffen uns in drei Stunden mit den anderen.«

»Den anderen? Wer ist dabei?«, frage ich erleichtert.

»Zoe, Merdock, Gibbs und T.J. werden kommen. Sie bringen alle mit, die sich so schnell absetzen konnten. Ich hoffe auch noch auf Mac. Wir werden sehen.«

Ich überfliege die Liste der Namen und stelle erleichtert fest, dass so ziemlich alle Anführer, die noch nicht in den CutOut gezogen waren, dabei sind. Viele von ihnen habe ich noch nie oder nur ein- oder zweimal gesehen.

»Fertig«, meldet Jakob und greift schnaufend zu einer der Wasserrationen, die in einer Box hinten im Wagen bereitliegen.

Wir besteigen das Fahrzeug und fahren in die Nacht hinaus.

Ich beschließe, ein wenig zu schlafen. Was vor uns liegt, wird kein Kinderspiel. Ich muss hellwach und zu allem bereit sein. Wieder einmal.

18. KRISENMANAGEMENT

»Ruhe jetzt!«, wettert T.J. aufgebracht durch den Raum.

Alle Gespräche verstummen und die Anwesenden wenden erschrocken ihre Köpfe zu ihm um.

Das letzte Mal, dass ich eine so unruhige Gruppe Revolutionäre auf einem Haufen gesehen habe, befanden wir uns genau hier, in der alten U-Bahn-Station unter der Stadt. Doch heute sind die Teilnehmer andere und die Regale an den Wänden sind leer. Es ist viel geschehen seit damals.

Wir haben den Treffpunkt erreicht, als der Morgen bereits dämmerte, und ich habe es tatsächlich geschafft, die ganze Fahrt über zu schlafen. Zwar fühle ich mich alles andere als ausgeruht, aber ein wenig besser geht es mir trotzdem.

Auf jeden Fall hat sich meine persönliche Situation schon mal enorm verbessert. Ich bin keine Gefangene, ich bin weder angeschossen noch im Delirium und ich bin bei meinen Leuten. Zumindest bei denen, die noch übrig sind.

Mit mir im Raum befinden sich etwa 25 Personen. Es ist schwer, den Überblick zu behalten. Alle reden durcheinander. Manche sind sauer, andere verängstigt oder einfach nur paralysiert.

T.J. hat sich offenbar selbst zu Sawyers Vertretung ernannt und versucht die Leute nun zur Ruhe zu bringen.

»Kommt wieder runter! Wir haben einiges zu besprechen, aber wir werden es geordnet tun. Einer nach dem anderen. Wer keinen Platz findet, bleibt stehen, aber alle halten jetzt die Klappe!«

Irgendwie unterscheidet sich seine Art, mit den Mitgliedern der Division umzugehen, doch sehr von Sawyers. Aber seine groben Worte zeigen sofort ihre Wirkung. Die anderen suchen sich einen Platz und hören auf, wild durcheinanderzureden.

Jakob, Daniel und ich harren in einer Ecke des spärlich beleuchteten Raumes aus und beobachten das Ganze skeptisch.

»Gut!«, sagt T.J. zufrieden und lässt seinen Blick über seine Zuhörer schweifen. »Dann fangen wir mal an. Daniel? Du hast uns alle zusammengetrommelt. Am besten fasst du noch mal kurz zusammen, was du mir und ein paar anderen von uns bereits berichtet hast, damit alle im Bilde sind.«

Daniel räuspert sich und tritt einen Schritt vor.

»So gern ich auch im Mittelpunkt stehe, ich glaube, es wäre besser, wenn Nova euch Bericht erstattet. Sie war in der Sendestation dabei. Sie kennt diesen Typen, der den Befehl gegeben hat, den CutOut einzunehmen, und sie und ihr Kumpel hier waren die ganze Zeit über mit dem Verräter zusammen. Ich denke, sie kann euch am besten erklären, was alles passiert ist.«

Ein Teil von mir möchte Daniel zu verstehen geben, dass ich keinen Wert darauf lege, große Reden zu schwingen, aber jetzt ist nicht die Zeit für falsche Bescheidenheit oder Lampenfieber. Wir müssen handeln, also mustere ich die gespannten Gesichter vor mir und fasse unsere nur halb geglückte Mission in der Sendestation und die darauffolgenden Ereignisse so informativ und kurz zusammen, wie es mir möglich ist.

Als ich von Rubens Taten berichte, schauen einige der Teilnehmer immer wieder misstrauisch in Jakobs Richtung. Er tut mir leid, aber ich habe keine Lust jetzt über seine familiären Probleme zu philosophieren. Er wird es einfach ertragen müssen.

Als ich ende, sehen die Menschen vor mir noch frustrierter und entmutigter aus als vor meiner Zusammenfassung der Ereignisse. Ich verlagere mein Gewicht unschlüssig von einem Bein auf das andere und warte vergeblich auf verbale Reaktionen, also rede ich einfach weiter.

»Als Erstes würden Jakob und ich gerne wissen, ob jemand von euch weiß, welche Auswirkungen die Botschaft bisher auf die einzelnen HUBs hatte. Wir sind schlecht informiert und können die Lage überhaupt nicht einschätzen. Und dann müssen wir alles daran setzen, den Aufenthaltsort von Sawyer und den anderen festzustellen.«

Ein kleiner Mann, der gegen die anderen, wie Guerillakämpfer wirkenden Teilnehmer, fast kläglich erscheint, ergreift das Wort. Ich muss mich konzentrieren, um ihn überhaupt verstehen zu können, so leise ist seine Stimme.

»Wir wissen, wo sie sind. Zumindest sind wir uns ziemlich sicher.«

Mein Herz macht einen Satz. Endlich mal ein paar gute Neuigkeiten!

»Wo«, frage ich aufgeregt.

Eine Stunde, nachdem die Botschaft raus war, haben zwei Späher aus meinem HUB die Kolonne südlich von hier gesichtet. Die Information hat mich erst vor Kurzem erreicht, weil sie sich nichts dabei dachten. Erst als es die Runde machte, das einige von uns die Sendestation gestürmt und die Botschaft übermittelt haben, erkannten wir den Zusammenhang. Zeitlich kommt es hin und du sagtest doch, dass es zwei Trucks waren, richtig? Die Späher haben sie und ein paar kleinere Fahrzeuge beschrieben. Es liegt also nahe, dass sie es waren. Die Stelle, an der sie gesichtet wurden, liegt ziemlich genau eine halbe Stunde von der Sendestation entfernt. Passt alles zusammen.«

»Und woher weißt du, wo sie jetzt sind?«

»In dem Quadranten gibt's nicht viel, was man ansteuern kann. Zwei blaue HUBs und dazwischen ein alter Checkpoint. Dürfte nicht schwer sein, herauszufinden, in welchem sie sich aufhalten.«

»Danke, äh ...?«

»Bill.«

»Danke, Bill«, sage ich erleichtert.

»Was die Botschaft betrifft, so hat sie eingeschlagen wie eine Bombe«, fährt T.J. fort, »bisher wissen wir von elf blauen HUBs, die sich gegen ihre eigene HUB-Führung aufgelehnt haben. Bei den gelben sind es sicher viermal so viele, aber wir haben keine genaueren Informationen. Die Regierung geht hart gegen die Aufständler vor und wie immer bekommen wir von den Seiten der Commons nur etwas zu hören, wenn zufällig einer von uns in den oberen Etagen sitzt, was ja leider selten der Fall ist.«

Jakob tritt vor.

»Was meinst du, wenn du sagst, sie haben sich gegen die Führung aufgelehnt? Wie kann man sich das vorstellen?«

»In drei von den blauen HUBs hatten wir so viele Leute, dass sie den Rat einfach überwältigen und den HUB einnehmen konnten. Es gab nur minimale Verluste auf beiden Seiten.«

Ich schaudere. Waren Mischa, Darrel, Connor und Marzellus auch nur ein minimaler Verlust? Was genau ist ein minimaler Verlust?

»In den anderen HUBs kam es zu heftigen Auseinandersetzungen, weil dort zu der Zeit mehr Soldaten stationiert waren. Aber der Großteil der Bewohner hat sich auf die Seite der Division geschlagen und sie konnten sich durchsetzen.«

Ich nicke zufrieden. Plötzlich bemerke ich, dass mich alle ansehen, so wie sie T.J. ansehen oder Sawyer vor ihm. Sie warten auf eine Einschätzung oder auf eine Ansage. Auf jeden Fall ignorieren sie mich nicht mehr, so wie es noch vor über einem Jahr genau an diesem Ort der Fall war.

»Da ist noch etwas«, sagt T.J. nun.

»Was?«, frage ich beunruhigt.

»Sie senden wieder.«

»Über den Info-Kanal?«, fragt Jakob gespannt.

»Ja. Nur ist es eine Art Liveberichterstattung. Sie zeigen die Verhandlung. Nicht durchgehend, aber alle paar Stunden gibt es neue Bilder zu sehen.«

»Was meinst du damit? Welche Verhandlung?«, frage ich irritiert.

»Die Urteilssprechung gegen die Verräter.«

Ich erinnere mich an meine eigene Urteilsverkündung. Sie dauerte vielleicht zehn Minuten, grob geschätzt. Daraus einen mehrteiligen Film zu machen, ginge höchstens, wenn man den Streifen in extremer Zeitlupe abspielen würde. Das ergibt keinen Sinn.

»Was soll das heißen?«, fragt Jakob ähnlich verwundert wie ich.

»Sie zeigen keine Gesichter. Immer nur Ausschnitte. Die Gefangenen von hinten, einen Regenten und so weiter.«

»Das ist doch Blödsinn! Damit würden sie unsere Behauptungen ja bloß noch untermauern. Wenn die Leute in den gelben HUBs sehen, dass es nicht IHR Regent ist, der da richtet, ist ihnen doch sofort klar, dass es mehrere HUBs gibt und mehrere Regenten«, stelle ich kopfschüttelnd fest.

»Wir haben nur bruchstückhafte Informationen, aber offenbar zeigen sie in jedem gelben HUB einen anderen Film und in den blauen einen, der deutlich macht, dass die Division hart bestraft wird für ihre Vergehen.«

»Du meinst, es gibt über 500 verschiedene Filme? Für jeden HUB einen? Das ist doch Wahnsinn. Und überhaupt, was soll das bringen?«, fragt Jakob ungläubig.

»Im Prinzip ist es dasselbe, was sie auch vor der Eskalation schon gemacht haben. Sie müssen ja nur dafür sorgen, dass die paar Szenen, in denen der Regent zu sehen ist, den richtigen Mann zeigen. Der Rest ist Propaganda. Ganz billige Berichterstattung. Ein paar haltlose Behauptungen, Untertitel, hier und da eine paar schwülstige Worte von einem Prätor oder Mitarbeiter der oberen Levels. Könnte schon bei einigen Zweifel säen, wenn ihr mich fragt.«

T.J. zuckt mit den Achseln.

Ich verstehe, was er meint. Die Bewohner der gelben HUBs sind so sehr an ihr Leben gewöhnt. Wenn auch nur der leiseste Zweifel an der Botschaft besteht, könnten sie auf die neue Lüge hereinfallen. Wenn die Anführer der HUBs es schaffen, Jo und unsere Leute wie Irre hinzustellen, die sich einen aufwendigen, aber komplett an den Haaren herbeigezogenen Scherz erlaubt haben, wären sicher viele bereit in ihre alten Verhaltensmuster zu verfallen.

»Das bedeutet, jedermann glaubt, die Unruhestifter kommen aus seinem eigenen HUB und werden jetzt vom Rat verurteilt?«, fasst Jakob zusammen.

»Genau«, erwidert T.J., »deswegen zeigen sie nie die Gesichter, vermute ich. Damit jeder sich einbilden kann, das Ganze war eine verrückte Idee von ein paar Typen, mit denen sie ganze Zeit zusammengelebt haben.«

»Und was ist, wenn sie das Urteil sprechen? Wenn sie die Todesstrafe verhängen, werden die Leute doch genau das zu sehen bekommen, was wir in unserer Botschaft angeprangert haben«, werfe ich ein.

»Keine Ahnung. Vielleicht lassen sie sich da auch irgendwas Schlaues einfallen. Ist schwer zu sagen. Möglicherweise behaupten sie, die Leute würden zur Strafe ins Feuerland geschickt und knallen sie einfach heimlich ab.«

Ich verschränke die Arme vor der Brust und beginne auf und ab zu wandern. Das Ganze klingt mal wieder so abwegig, dass es tatsächlich funktionieren könnte.

»Ein enormer Aufwand«, murmele ich.

»Wir kennen es ja nicht anders von denen«, erwidert Jakob.«

»Das Gute daran ist, es verschafft uns Zeit. Solange sie damit beschäftigt sind, dieses lachhafte Schauspiel zu veranstalten, können wir uns überlegen, wie wir die anderen da rausholen.«

T.J. hat recht. Also denke ich nicht weiter darüber nach und stelle erleichtert fest, dass Zoe bereits dabei ist, eine große Karte auf dem Tisch auszubreiten.

Sie ist eine enorm große Frau. Schlank, aber muskulös und extrem einschüchternd in ihrer Art. Trotzdem mag ich sie auf Anhieb. Sie strahlt Würde und gleichzeitig Kampf-geist aus. Ich komme mir fast ein wenig ungeschickt und pummelig neben ihr vor.

»Jetzt mal alle aufgepasst«, beginnt sie und streicht mit den Fingern über das raue Material der Karte, »wir sind hier. Da ist die Sendestation und hier ist die Stelle, von der Bill geredet hat. Ich schlage vor, dass wir sofort jemanden losschicken, der herausfindet, wo Sawyer und die anderen festgehalten werden, und dann folgen wir.«

T.J. kratzt sich am Kinn.

»Wir müssen das gut durchdenken. Das Letzte was uns jetzt noch fehlt, ist, dass wir am Ende alle auf der Ankla-gebank landen.«

»Oder Schlimmeres«, fügt Daniel hinzu.

Also planen wir mal wieder.

Ich hätte mir von meinem Leben wohl vieles erwartet, aber ganz sicher nicht, dass ich alle paar Wochen mit irgendwelchen Freiheitskämpfern in einem kleinen Raum hocke und Angriffsziele festlege. Ich frage mich, ob ich nach all dem hier überhaupt noch in Ruhe leben kann, eine normale Tätigkeit ausüben kann?

Manchmal habe ich das Gefühl, für die Revolution ge-schaffen zu sein. Vielleicht hätte ich Marzellus damals sonst auch gar nicht geglaubt? Vielleicht ist auch diese Eigenschaft in meinen Genen verankert, genau wie der Drift?

Während wir unsere Strategie ausarbeiten, schickt Mac zwei ihrer Leute los, damit sie die HUBs ausspähen.

»Kommunikation wie immer über die üblichen Codes«, sagt sie ihnen noch, bevor sie aufbrechen.

Am Nachmittag schleppe ich mich zusammen mit Ja-kob, Zoe, T.J. und Daniel aus dem düsteren Tunnel der U-Bahn-Station und strecke mich ausgiebig.

Die schweigenden Ruinen um uns herum reflektieren die Hitze der tief stehenden Sonne und machen jede Be-wegung zu einer Qual. Wahrscheinlich bin ich einfach nur erledigt, aber ich kann Jakob ansehen, wie unerbittlich die Witterung ihn fordert.

Wir verteilen uns auf die Fahrzeuge und beginnen den Auszug aus der Stadt.

»Lust bei mir mitzufahren?«, fragt Zoe herausfordernd.

Ich mustere das vierrädrige Vehikel, auf dessen Lenker sie jetzt beinahe zärtlich ihre Hand legt, kritisch.

Jakob steigt bereits zu Daniel in den Wagen und ich habe keine Lust, als Feigling dazustehen, also wage ich mich näher an das Teil heran.

»Noch nie ein ATV gesehen?«, fragt sie ein wenig großspurig.

»Nein«, lautet meine ehrliche Antwort.

»Keine Angst. Das Ding ist ebenso sicher wie ein Humvee, aber es macht tausendmal mehr Spaß!«

Sie schwingt sich auf den schmalen Sitz und blickt mich erwartungsvoll an. Ich betrachte das Gefährt noch eine Weile skeptisch. Das Gestänge war sicher irgendwann einmal glänzend Silber und hier und da sehe ich etwas durchscheinen, dass man mit viel Fantasie als Rot bezeichnen könnte. Jetzt ist es einfach nur noch sandig und abgenutzt.

Trotzdem will ich mich nicht länger zieren und schwinge ein Bein über den Sitz. Mit einem leichten Schwung rutsche ich hinter sie und weiß nicht so recht, wohin mit meinen Händen. Doch als sie den Motor aufheulen lässt, lege ich schnell meine Brille an und greife automatisch um Zoes Taille, um mich festzuhalten.

Wir brettern an Jakob und den anderen vorbei. Ich kann gerade noch sehen, wie der Rest unserer Truppe ebenfalls die bereitstehenden Fahrzeuge besteigt, da sind wir auch schon um die erste Kurve.

Vor uns tauchen ein paar verwitterte Autowracks auf und ich klammere mich noch fester an Zoe, um mich für den bevorstehenden Slalom zu wappnen. Doch sie denkt gar nicht daran auszuweichen. Stattdessen nutzt Zoe eine umgestürzte Reklametafel als Rampe und springt einfach über das erste Auto hinweg. Ich bin froh, länger nichts gegessen zu haben. Spätestens jetzt würde mein Magen es wieder loswerden wollen.

Die nächsten Hindernisse umrundet sie auf altherkömmliche Weise und ich danke ihr im Geiste dafür.

Kurz bevor wir die Stadt verlassen, kommen wir an dem kleinen Spirituosengeschäft vorbei, in welchem meine Freunde und ich unsere erste Nacht in der Stadt verbracht haben. Damals wussten wir weder was ein Drift ist noch hatten wir eine Ahnung, was uns in den blauen HUBs erwarten würde. Mein Herz schlägt schneller, als ich daran denke, wie ich Jo zum ersten Mal gesehen habe. Wie er Witze gerissen und uns belehrt hat. Und dann denke ich an Marzellus, wie verbissen er auf der Suche nach Diesel war.

Nun ist er weg.

Ich werde ihn nie wieder etwas reparieren sehen. Ihn nie wieder dabei beobachten können, wie er stirnrunzelnd über einer technischen Zeichnung brütet oder sich mit Pete über irgendeinen Quellcode streitet. Die Trauer droht mich zu überwältigen, also konzentriere ich mich wieder auf die wilde Fahrt.

Zoe beugt sich tief hinunter, als wir die letzten Ausläufer der Geisterstadt hinter uns lassen. Ich spüre den Wind in meinem Gesicht und lasse mich von ihm umspülen. Ein überwältigendes Gefühl von Freiheit überkommt mich. Wie eine Welle aus Hoffnung und Vorfreude überrollt mich die starke Emotion. Ich fahre zu Jo. Ich halte mein Versprechen. Ich werde ihn befreien. Ihn und Sawyer und all die anderen. Das ATV macht einen Satz, als wir über ein paar flache Steinplatten brettern, und ich stoße einen freudigen Schrei aus.

Hinter uns höre ich die anderen näher kommen. Zoe ist nicht die einzige, die solch ein verrücktes Fahrzeug hat. Ein blonder Mann schließt zu uns auf und wir liefern uns ein Wettrennen. Kurz bevor Zoe ihn endgültig überholen kann, zieht ein weiteres ATV an uns vorüber. Gibbs. Er jauchzt angeberisch, als er sich direkt vor uns setzt. Ich lache laut auf. Diese Art Adrenalinkick gefällt mir so viel besser als die ständige Angst um meine Freunde oder die Konfrontation mit den Soldaten. Der Nervenkitzel rüttelt alle meine Sinne wach und lässt mich für ein paar Minuten vergessen, wie mies unsere Situation wieder einmal ist.

Ich werfe einen vorsichtigen Blick über meine Schulter und kann Jakob im Inneren des hinter uns fahrenden Wagens sehen. Er grinst breit. Ich wage es, einen Arm aus dem sicheren Griff zu lösen und winke ihm zu. Er winkt belustigt zurück. Am Horizont kann ich die Ausläufer eines Sturms erkennen. Es macht den Eindruck, als würde das Feuerland an dieser Stelle durch eine sandige, graubraune Wand durchtrennt. Diese Stürme sieht man genau wie die Erdbeben in letzter Zeit öfter. Ich weiß, dass er weit weg ist. Er wird kein Problem für uns darstellen, aber das schmälert keinesfalls meinen Respekt vor der natürlichen Gewalt. Es ist leicht, die Auswirkungen der sterbenden Sonne geflissentlich zu ignorieren, wenn man ständig anderes im Kopf hat. Propaganda, Kämpfe und die Sorge um meine Freunde lassen mich die immer häufiger auftretenden Hinweise auf die nächste Etappe des Klimawandels niedriger priorisieren, obwohl sie genauso gefährlich für uns sind wie die blauen Soldaten.

Ich wende den Blick ab und klammere mich weiter an Zoe. Ich kann nichts gegen den Sturm oder die Hitzepeaks oder die Sonne unternehmen. Aber ich kann etwas für Jo und die anderen tun. Zumindest kann ich es versuchen.

Zwei Stunden später machen wir eine Rast. Mein ganzer Körper ist völlig verkrampft. Also beschließe ich die Reise bei Jakob im Auto fortzusetzen. Aber erst mal stärken wir uns und warten auf Nachricht von unseren Spähern. Wir haben noch ein ganzes Stück vor uns, aber irgendwie hat die Fahrt auf Zoes ATV meine Lebensgeister zurückgebracht. Ich bin wieder voller Zuversicht und bereit, alles zu tun, um die anderen zu uns zurückzuholen.

19. FRONTEN

Meine Euphorie wird herb in ihre Schranken gewiesen, als unsere Kolonne, kurz bevor wir die von den Spähern übermittelten Koordinaten erreichen, einen unplanmäßigen Stopp einlegen muss. Ein heftiges Erdbeben erschüttert das Feuerland und wir müssen mitten auf offenem Gelände anhalten. Ohne die sensiblen Instrumente des CutOuts ist es praktisch, nicht möglich ein Beben vorherzusehen.

Wir verlassen eilig unsere Fahrzeuge und halten dann angespannt inne. Das Beben ist entweder deutlich stärker und ausdauernder als seine Vorgänger oder es kommt mir nur so vor, weil ich es nicht im sicheren Schutzraum aussitzen kann.

Immer, wenn wir gerade glauben, die Erde hätte sich wieder beruhigt, durchzucken neue Erschütterungen den Boden unter uns. Weil ich mich unwohl fühle, wenn die Natur solche Macht über mich hat, hocke ich mich hin, um nicht ständig das Gleichgewicht zu verlieren. Jakob geht neben mir in die Knie und ruft: »Schau mal. Da!«

Er zeigt mit dem Finger auf eine Gruppe kleiner Berge, nicht unweit von unserer Position.

Wie, als hätte jemand ein Messer in die Seite des Gesteins gerammt, löst sich die gesamte Flanke des kantigen Hügels und fällt grollend herab. Wir sind zu weit entfernt, um die Ausmaße wirklich zu spüren zu bekommen, aber das Geröll bahnt sich dennoch lautstark seinen Weg hinab in das kleine Tal der Bergkette. Ein gleichermaßen faszinierendes wie beängstigendes Schauspiel. Als das Erdbeben endlich abschwillt, kehren wir zu unseren

Fahrzeugen zurück und überprüfen die Ausrüstung. Alles scheint intakt, aber ich habe den Rest der Fahrt ein ziemlich mulmiges Gefühl. Als hätten wir nicht genug Probleme. Muss der Planet seinen Überlebenskampf ausgerechnet heute weiterführen?

Am Horizont erscheinen Rauchsäulen. Zuerst denke ich, dass es weitere Resultate des Bebens sind. Vielleicht ein ausgebrannter Checkpoint oder irgendwelche alten Wracks? Doch als T.J. den anderen ein Zeichen gibt anzuhalten, ahne ich bereits, dass es etwas anderes sein muss.

Ich steige aus und schließe zu T.J. und Gibbs auf. Die beiden begutachten das entfernte Schauspiel mit ihren Ferngläsern.

»Was ist los?«, frage ich neugierig.

»Kämpfe«, lautet die knappe Erklärung.

Gibbs reicht mir das Fernglas und ich mache mir ein eigenes Bild. Durch den Rauch und die Entfernung fällt es mir schwer, die Situation einzuschätzen, aber er hat recht. Man kann die Überreste der verfallenen Verteidigungsanlagen eines HUBs erkennen und zwischen ihnen bewegen sich kleine Punkte hin und her.

Menschen. Sie liefern sich einen erbitterten Kampf. Gedämpft höre ich den Hall der kurzen Schusswechsel und hin und wieder schlägt eine Granate ein, was auch das qualmende Szenario erklärt.

»Das da links scheinen blaue Soldaten zu sein«, mutmaßt Gibbs, »die hinter den alten Wällen sind vermutlich die Leute aus dem HUB.«

Ich überlege kurz. »Ist das der HUB, in dem Sawyers Leute sitzen?«, frage ich erschrocken.

»Nein. Der ist noch ein Stück weiter in die Richtung, aber es ist einer von den beiden, die unsere Späher überprüft haben. Gut möglich also, dass es in dem anderen genauso zugeht.«

Ich schlucke. Ist das jetzt gut oder schlecht für uns? Wenn die HUBs bereits in Kämpfe verwickelt sind, könnte es uns die Befreiung vielleicht sogar erleichtern? Wir müssten uns bloß auf die Seite der Aufständischen stellen und die Soldaten in die Flucht schlagen. Doch dann wird mir klar, wie naiv diese Vorstellung ist. Der HUB, in dem sie unsere Freunde festhalten, ist sicher zweimal so gut bewacht wie ein normaler HUB. Die Leute hätten keine Chance.

»Können wir das irgendwie umfahren?«, frage ich T.J. ungeduldig.

Er wirft mir einen seltsamen Blick zu. Aus irgendeinem Grund fühle ich mich plötzlich wieder wie das kleine Mädchen, dessen Vater mahnend die sinnlose Verschwendung von Wasser verbietet.

»Sicher. Wenn wir das wollen, können wir die Leute ihrem Schicksal überlassen und uns um unsere eigenen Angelegenheiten kümmern. Ist ja nicht so, als hätten WIR diesen Aufstand angezettelt!«

Ich wünsche mir augenblicklich, ein weiteres Erdbeben würde kommen und mich in einen Riss im Boden fallen lassen. Ich schäme mich schrecklich für meine gedankenlosen Worte.

Wenn dies der HUB wäre, in dem Jakobs und Numes Eltern gefangen gehalten werden? Würde ich dann auch vorschlagen einfach drumherum zu fahren? Schnell hebe ich das Fernglas wieder an mein Gesicht und richte meine Aufmerksamkeit auf das Geschehen am HUB, um meinen peinlich berührten Blick zu überspielen.

Was sollen wir nur tun? Jede Sekunde, die wir damit verbringen hier stehen zu bleiben oder uns mit dem Kampf in der Ferne zu beschäftigen, nimmt uns wertvolle Zeit, die Jo und die anderen nicht haben. Ich bin hin- und hergerissen. Plötzlich muss ich an Maja denken. Wie sie Jakobs Gedanken gelesen hat, als dieser mit der Entscheidung rang, ob er Ruben entführen solle oder nicht. Sie hat ihm gesagt, dass er sich längst entschieden hätte, es nur noch nicht wisse.

Seufzend lasse ich das Fernglas sinken und wende mich ab.

»Kommt. Überlegen wir, wie wir ihnen helfen können.«
Damit gehe ich zurück zu den anderen und obwohl ich sein Gesicht nicht sehen kann, bin ich mir ganz sicher, dass T.J. zufrieden schmunzelt.

Als wir uns den Soldaten von hinten nähern, verfluche ich einmal mehr die Tatsache, dass unsere holografischen Karten unbrauchbar sind. Wie gerne hätte ich gewusst, ob sich noch andere Einheiten in der Nähe befinden. Wenn sie uns jetzt von hinten überraschen, sind wir zwischen ihnen eingekesselt. Ich versuche die Vorstellung zu verdrängen und widme mich weiter unserem Einsatz. Unserem halbherzig und schnell zusammengedachten Einsatz.

T.J. und ich stehen aufrecht und angespannt hinter der Fahrerkabine des sandfarbenen Pick-ups, den Gibbs geradewegs ins Geschehen steuert. Zwischen uns ist das große MG, aber wir werden es nicht benutzen. Dafür ist Mac zuständig, die sich hinter mir am Gestänge festklammert. Ihr Blick wirkt entschlossen, trotzdem bin ich nicht sicher, ob unser Angriff gut durchdacht ist. Aber für große Zweifel bleibt keine Zeit mehr.

»Jetzt!«, ruft T.J. mir zu und wir springen gleichzeitig von der Ladefläche, hinab in den Sand. Kaum habe ich einen festen Stand, sause ich los und hebe schon im Näherkommen beide Arme. Aus dem Augenwinkel sehe ich, dass T.J. es ebenso macht.

Ich lasse meinen Drift nacheinander auf drei ihrer Humvees los. Obwohl ich kaum einen klaren Gedanken fassen kann, versuche ich zuerst die auszuwählen, die mit Artillerie bestückt sind. Alle drei werden samt der Soldaten, die sich auf ihnen befinden, in die Luft geschleudert.

T.J. übernimmt seinen Teil der Arbeit und zwei weitere Fahrzeuge gehen in Flammen auf. Ich nehme nur am Rande wahr, wie einer der blauen Soldaten von seinem Platz hinter dem MG herunter in den Sand stürzt und dabei fast vollständig in Flammen steht. Den Blick kann ich schnell abwenden, aber seine markerschütternden Schreie lassen sich nicht so einfach ausblenden.

Ich verbanne mein Mitgefühl in die Tiefen meines Unterbewusstseins und entscheide mich dafür, es erst später wieder hervorzuholen. Später, wenn wir noch ein paar mehr Menschen auf dem Gewissen haben.

Hinter mir höre ich, wie Mac das MG abfeuert. Salve um Salve schmettert über unsere Köpfe hinweg und auf die verbliebenen Fahrzeuge vor uns. Wir hatten das Überraschungsmoment auf unserer Seite, aber nun wissen die Soldaten, dass sie auf beiden Seiten vom Feind bedrängt werden.

Ich überschlage die Anzahl unserer Gegner. Es müssen einmal zwei Einheiten gewesen sein. Jetzt sind noch knapp zwanzig von ihnen übrig. Vier von ihnen kommen, ihre Gewehre im Anschlag, auf mich zu.

»Runter!«, höre ich eine Stimme hinter mir brüllen.

Ich werfe mich auf die Erde und verschränke die Hände über meinem Kopf. Vor mir höre ich Soldaten zu Boden fallen. Von ihren eigenen Gewehren niedergeschlagen.

Merdock besitzt denselben Drift wie Jo und ich bin in diesem Moment mehr als froh darüber.

Ich richte mich wieder auf und sehe, wie T.J. neben mir die Hand ausstreckt und den letzten der vier Soldaten in Brand steckt. Kein schöner Anblick.

Ich presche vor und sondiere die Lage. Mac hat das Feuer inzwischen eingestellt. Die verbliebenen Soldaten haben sich hinter die kokelnden Wracks ihrer Fahrzeuge verzogen und sie will offenbar keine weitere Munition verschwenden.

Fünf aus unserer Gruppe pirschen sich auf T.J.s Seite näher an sie heran, aber wir haben bereits gewonnen. Hinter dem alten Verteidigungswall kommen mehrere Menschen hervor und feuern jetzt auf die Soldaten, die von beiden Seiten umzingelt sind und keine Möglichkeit haben, um Schutz zu finden.

Zwei der Leute aus dem HUB bugsieren die gefangenen Soldaten in den großen Fahrstuhl, um sie in den HUB zu bringen, und achten dabei darauf, sie möglichst oft mit dem Kolben ihrer Gewehre in die Seite zu stoßen.

Ich beobachte das Schauspiel emotionslos. Wahrscheinlich können die Soldaten froh sein, dass sie den Kampf heil überstanden haben. Ein Stoß in die Rippen ist für sie sicher das kleinste Übel.

T.J. hat sich inzwischen mit den Aufständischen des HUBs bekanntgemacht und verhandelt mit ihnen. Er will wissen, ob sie ein paar ihrer Leute entbehren können, damit sie mit uns kommen.

Ich geselle mich zu Jakob, der noch immer ein wenig sauer ist, weil er beim Kampf nicht dabei sein durfte. Gibbs und ich hatten ihn und ein paar andere dazu verdonnert, sich abseits zu halten. Zum einen, weil er keinen Drift und auch keinerlei Kampftraining genossen hat, und zum anderen, weil er und die drei anderen in seinem Wagen so die Umgebung im Auge behalten konnten, während wir uns ins Getümmel stürzten.

»War ne beeindruckende Leistung«, sagt er zu mir und knufft mich in die Seite.

»Danke. War zum Glück ja relativ schnell unter Kontrolle. Ich bin ziemlich froh, dass T.J. ein Pyro ist. Dieser Drift ist manchmal irgendwie viel effektiver als meiner.«

»Trotzdem warst du super«, erwidert er stolz.

Wir gehen ein Stück und beobachten dabei T.J. und die anderen. Einer der Männer aus dem HUB schüttelt ihm die Hand. Sie scheinen sich einig geworden zu sein. Wir sehen, wie sechs der Bewohner des blauen HUBs sich zu Mac und Gibbs stellen und ihre Sachen auf einen unserer Pick-ups werfen.

»Dann sind wir jetzt wohl über dreißig Mann. Ist doch gut?«, befindet Jakob.

Ich nicke, frage ich mich aber gleichzeitig, was dreißig von uns gegen einen ganzen HUB ausrichten sollen. Zwar haben wir uns eine recht gute Strategie zurechtgelegt, doch ich gehe nicht davon aus, dass die Befreiung der anderen ein Kinderspiel wird.

Wenig später sind wir wieder unterwegs. Ich starre durch die dreckige Windschutzscheibe und folge den Spuren des Humvees, der sich vor uns seinen Weg durch das Feuerland bahnt. Es wird bereits dunkel und ich gehe im Geiste immer wieder die Namen meiner Freunde durch.

Jo, Sawyer, Byron, Mailo, Jenkins, Arros, Jackson.

Wie gerne würde ich diese heuchlerischen Sendungen sehen, die sie angeblich über den Info-Kanal ausstrahlen. Und sei es nur, um einen kurzen Blick auf Jo erhaschen zu können. Doch hier draußen haben wir keine Möglichkeit dazu.

Ich schrecke aus meinen Gedanken hoch, als T.J. mir auf die Schulter tippt.

»Wir sind gleich da«, sagt er und deutet auf die schemenhaften Umrisse vor uns. Die Verteidigungsanlagen des blauen HUBs.

Wir halten an und versammeln uns zwischen den Wagen. Inzwischen sind auch die beiden ausgesandten Späher wieder zu uns gestoßen.

T.J. gibt ein paar knappe Anweisungen und alle wirken sehr konzentriert. Jeder von uns weiß, wie riskant die ganze Angelegenheit ist, und unser Plan ist nicht gerade subtil.

Dieses Mal kommt Jakob mit. Jemanden hier zurückzulassen, ergäbe keinen Sinn. Was sollten ein paar von uns schon unternehmen, wenn plötzlich Soldaten auftauchen?

Wir setzen alles auf eine Karte und werden geschlossen in den HUB vorrücken. Trotzdem hält Jakob mich lange im Arm, als wolle er unseren Aufbruch hinauszögern. Am liebsten würde ich tatsächlich hierbleiben. Der HUB erscheint mir wie eine einzige, große Falle. Ein Loch im Boden, das uns verschlucken und nie wieder herauslassen wird. Aber der Wunsch, Jo zu befreien, ist größer.

»Wenn alles vorbei ist, hauen wir hier ab und kümmern uns um Nume und die anderen«, sage ich und er drückt mich noch mal ganz fest.

»Ich nehm dich beim Wort.«

Ein wenig beschämt stelle ich fest, dass ich ihm dasselbe versprochen habe, bevor wir zur Sendestation aufgebrochen sind. Nur waren es da seine Eltern, die ich retten wollte. Werde ich beide Versprechen einhalten können?

Wir lösen uns voneinander und ich steige zu T.J. in den Pick-up. Jakob fährt mit Zoe und Gibbs.

Mit hoher Geschwindigkeit rast unser Konvoi auf den HUB zu. Rechts und links neben dem Fahrstuhl erkenne ich Soldaten. Auf den ersten Blick zähle ich zehn. Zwei von ihnen stehen auf einer kleinen Plattform, die von einem Metallgitter umgeben ist. T.J. hebt seinen Kommunikator auf Kinnhöhe.

»Gibbs. Der Hühnerkäfig gehört dir. Zoe, du übernimmst die zwei auf der linken Seite. Nova und ich den Rest.«

Ich ziehe den Schlitten meiner 9 mm zurück und wappne mich für den Zusammenstoß mit den Soldaten. Sie haben uns längst entdeckt und gehen bereits in Stellung.

Der Wagen, in dem Gibbs, Jakob und Zoe sitzen, hält etwa zwanzig Meter vor dem Eingang zum Fahrstuhl an und während Zoe herausspringt und sich hinter der geöffneten Tür duckt, sehe ich, wie die Metallgitter der Plattform sich um die beiden Soldaten zusammenziehen. Es sieht aus, als wären die Gitter aus Alufolie und wie durch ein Vakuum hüllen sie die Männer plötzlich ein und machen sie bewegungsunfähig. Ich habe keine Ahnung, wie dieser Drift funktioniert, aber Gibbs scheint Übung darin zu haben.

T.J. reißt das Steuer herum, als einer der Soldaten damit beginnt, auf uns zu feuern. Noch während sich der Wagen um seine eigene Achse dreht, halte ich meinen gestreckten Arm aus dem Fenster und ziele. Ich erwische einen Soldaten an der Schulter und einen weiteren direkt oberhalb der Brust. Dann klettere ich schnell über T.J.s Sitz und springe hinter ihm aus dem Pick-up.

Wir ducken uns hinter einem der großen Reifen. Ein Stück von uns entfernt taumeln zwei Soldaten seltsam orientierungslos umher.

»Das ist Zoe«, erklärt T.J. mir, den Blick weiter auf das Geschehen gerichtet, »Halluzinationen.«

Ich nicke beeindruckt und verpasse es so beinahe in Deckung zu gehen, als der vordere Teil des Pick-ups plötzlich Feuer fängt.

»Da will sich wohl einer mit mir messen«, schnauft T.J. kämpferisch.

Er schnellt hervor und schleudert seinerseits brennende Feuerstöße in Richtung der Soldaten.

Mac hat indessen wieder ihren Platz hinter dem MG eingenommen und erledigt die letzten drei Soldaten mit gezielten Schüssen. Der Eingang ist frei.

Ich helfe Zoe dabei, die immer noch umherirrenden Opfer ihres Drifts einzufangen und zu fesseln.

»Was hast du mit ihnen gemacht?«, frage ich neugierig.

»Die denken, sie seien in einer Eiswüste«, erwidert sie grinsend.

»Eiswüste?«, frage ich irritiert.

»Klar. Früher habe ich immer Lava oder Platzangst suggeriert, aber inzwischen weiß ich, dass eine Umgebung, die unsereins einfach nicht zuordnen kann, viel effektiver ist.«

Sie zieht das Kunststoffband noch etwas fester um die Gelenke ihres Soldaten und lacht über meine verwunderte Miene.

»Pass auf«, sagt sie und schaut mich eindringlich an.

Ich schnappe nach Luft, als sich das dunkle Feuerland um mich herum plötzlich in eine karge Eislandschaft verwandelt. Die Kälte wirft mich beinahe um. Ich schlinge die Arme um meinen Oberkörper und lasse hektisch den Blick schweifen.

Von Zoe und den anderen ist nichts mehr zu sehen. Ich bin allein und zittere wie Espenlaub. In der Ferne erheben sich weiße Berge und unter meinen Füßen knirscht ... Schnee! Ich habe in meinem ganzen Leben noch keinen Schnee gesehen und Zoe sicher auch nicht. Wie also schafft sie es, mir diese Empfindungen zu suggerieren?

Bevor ich meine Hände fasziniert in das kühle Weiß zu meinen Füßen stecken kann, erlischt die Halluzination.

»Wir sind nicht hier, um Zaubertricks zu proben«, brummt T.J., der jetzt neben mir steht und Zoe böse anfunkelt.

Doch sie zuckt nur mit den Achseln und schubst die Soldaten dann vor sich her, zu den Wagen.

Jakob tritt neben mich. Es ist so weit. Wir werden in den HUB herunterfahren, ohne zu wissen, was uns da erwartet.

»Hey Nova«, sagt T.J. zu mir, »falls wir uns nicht mehr sprechen, ich wollte dir nur sagen, dass du es echt drauf hast, Schätzchen!«

Er zwinkert mir zu.

»Man würde meinen, als Common und als Mädchen solltest du weder gut zielen können noch gerne treffen wollen, aber wie du da vorhin die beiden Soldaten erledigt hast, alle Achtung. Das wollte ich nur gesagt haben.«

Ich lächele halb beschämt, halb erschrocken über die Art, wie er meine Tat so unbeschönigt darstellt. Ich bin nicht sicher, ob ich wirklich stolz darauf sein kann, nehme sein Lob aber zur Kenntnis.

»Danke, T.J.«

Unsere ganze Truppe steht im Fahrstuhl. Mit der üblichen, rasenden Geschwindigkeit bringt er uns in das Innere des feindlichen HUBs.

Ich versuche mich ganz auf mich zu konzentrieren. Blende die anderen aus und suche nach Gelassenheit, nach Mut. Was ich finde, sind Unruhe und Unsicherheit.

Ich gebe es auf und fixiere die Vorderseite des Fahrstuhls. Gleich sind wir unten.

Ich stehe in zweiter Reihe, abgeschirmt von T.J. und drei anderen Männern aus seinem Trupp. Neben mir steht Daniel. Er ist viel zu alt für das hier, denke ich. Was tun wir hier nur?

Es macht einen Ruck und die großen Rolltore vor uns öffnen sich. Das Gewölbe liegt vor uns. Es sieht haargenau so aus wie das im HUB 6.

Ich erinnere mich daran, wie Jakob und ich damals diesen Jungen in eine Kiste gesperrt haben, als wir uns eingeschlichen haben. Wie hieß er noch? Der Name will mir nicht einfallen. Wieso denke ich jetzt daran?

Auf halbem Weg zur Schleuse stehen Soldaten. Vor ihnen befinden sich zwei weitere Männer. Keine Soldaten.

Ich brauche einen Moment, um zu erkennen, dass es Kieran und Ruben sind.

Ich werfe Jakob einen Blick zu. Er steht schräg hinter mir und erstarrt sofort, als er seinen Onkel erblickt.

Was macht Ruben hier?

T.J. verlässt als Erster den Fahrstuhl und wir anderen folgen ihm entschlossen. Was auch immer jetzt geschieht, wir werden nicht klein beigeben.

Ich bemerke, dass Ruben unter Einfluss des Mittels steht. Sein Gesicht ist zu einer angestrengten Maske verzogen und seine Arme hängen schlaff herunter. Schnell werfe ich einen Blick auf die Waffen der Soldaten und stelle beinahe enttäuscht fest, dass es normale sind. Dieses Mal hat Kieran nicht vor, uns nur zu betäuben. Wahrscheinlich hatten wir dies in der Sendestation ohnehin nur Ruben zu verdanken.

»Nova«, schallt Kierans unerträgliche Stimme mir entgegen, als er mich unter den anderen ausmacht, »ich sagte zwar, dass wir uns wiedersehen, aber so habe ich mir das eigentlich nicht vorgestellt. Aber sei's drum. Du warst ja schon immer eher eigenwillig, nicht wahr?«

Er setzt ein fieses Lächeln auf und mustert mich, als wäre ich der Abschaum der Welt.

Ich schließe auf zu T.J. und stelle mich neben ihn. Ich habe keine Ahnung, was Kieran im Schilde führt, aber ich werde ihm nicht die Genugtuung geben, aus der Fassung zu geraten. Mir war von vornherein klar, dass er sein Versprechen Ruben gegenüber nicht einhalten würde. Ich bin mir nicht mal sicher, ob sie uns tatsächlich das Gedächtnis gelöscht hätten. Viel eher glaube ich, dass sie uns im HUB 24 einfach vergiftet hätten. Klammheimlich. Niemandem wäre aufgefallen, dass die zwei Neuen nicht mehr da sind. Dafür waren wir zu kurz im HUB. Ruben hat einen Fehler gemacht, als er Kieran vertraut hat. Seinem mutlosen und fast schon unterwürfigen Blick nach zu urteilen, hat auch er dies längst begriffen.

»Ich glaube, dein regelmäßiges Versagen ist wohl kaum auf meine Eigenwilligkeit zurückzuführen«, erwidere ich herausfordernd.

Das Lächeln verschwindet aus Kierans Gesicht und seine Lippen verformen sich stattdessen zu einem schmalen Strich. Ich habe voll ins Schwarze getroffen.

Seine Vorgesetzten sind sicher alles andere als erfreut über seinen missglückten Versuch, uns vom Senden der Botschaft abzuhalten. Und nachdem Jakob und ich nun auch noch entkommen konnten, steht es um seine Karriere ganz bestimmt nicht besonders gut.

Ich bleibe weiter regungslos neben T.J. stehen. Keiner von uns weiß so recht, wer den ersten Schritt tun soll.

»Also das läuft hier jetzt folgendermaßen ab: Ihr werdet mal hübsch eure Waffen niederlegen und dafür bleibt Onkel Ruben hier in einem Stück.«

Ich wage es nicht, mich zu Jakob umzudrehen. Zu sehr fürchte ich mich vor seinem Blick. Ist ihm Rubens Leben gleichgültig oder hat er Angst um seinen Onkel?

Dafür sieht T.J. mich jetzt fragend an. Will er ernsthaft eine Erlaubnis von mir einholen? Ich glaube nicht, dass ich das Recht habe, Rubens Leben über das unserer Leute zu stellen. Schon unter normalen Umständen nicht, doch er ist zudem auch noch ein Verräter.

Nein. Ich werde nicht auf Kierans Forderung eingehen.

Langsam und so unauffällig wie möglich schließe ich meine Hand fester um den Griff meiner mattglänzenden Waffe. T.J. bemerkt es und sein Blick wird trüb. Er versteht den Hinweis, ist aber ein wenig schockiert über meine eiskalte Entscheidung.

»Ruben ist keiner von uns mehr«, höre ich mich sagen.

Kieran wirkt überrascht und verpasst es sogar, etwas zu erwidern. Ich starre ihn an, als könnte mein Blick ihn in seine Einzelteile auflösen.

»Kieran«, sage ich, »die Dinge liegen heute anders als damals. Die Welt hat sich verändert oder ist dabei, es zu tun. Du hast dich schon im HUB 1 für die falsche Seite entschieden. Jetzt kannst du das Richtige tun. Sag deinen Männern, sie sollen uns durchlassen. Es ist die einzige Lösung. Andernfalls ...«

Hinter mir höre ich, wie unsere Leute ihre Waffen heben und das Durchladen kurze, metallische Geräusche erzeugt.

Kieran spannt seinen Unterkiefer an. Einen Moment lang scheint es so, als würde er ernsthaft überlegen, meiner Aufforderung zu folgen. Doch der Moment vergeht und er setzt wieder dieses widerliche Grinsen auf, das er schon als Junge im Schulbezirk hatte und das ich bereits auf dem Fress-Level so ätzend fand, als er sich über mich und Marzellus lustig gemacht hat.

»Ich fürchte, unsere Ansichten unterscheiden sich noch immer sehr voneinander, Nova. Das ist schade, findest du nicht?«

Er legt den Kopf leicht schief und mustert unsere Gruppe. Dann gibt er den Soldaten ein Zeichen und zieht Ruben weg von den Fronten.

Die Soldaten treten im Gleichschritt ein Stück auf uns zu.

»Macht keine Gefangenen«, höre ich Kieran laut sagen und dann hebt T.J. den Arm, um seinen Drift einzusetzen.

20. IRRGARTEN

Innerhalb des Bruchteils einer Sekunde habe ich meine Entscheidung gefällt.

Ich werde mich nicht wie die anderen auf die Soldaten stürzen und kämpfen.

Ich schnappe mir Kieran, bevor er mit Ruben durch die Schleuse verschwinden kann.

Ich ducke mich, und weiche so nur um ein Haar einer Kugel aus. Diese Tatsache gelangt aber nicht so recht bis in mein Hirn vor.

Ich empfinde weder Angst noch Wut. Ich funktioniere einfach irgendwie.

T.J. wehrt einen Soldaten ab, der auf uns zustürzt und unbewaffnet ist, weil Merdock ihm seine Waffe mit seinem Drift abgenommen hat.

Während ich mich halb kriechend, halb laufend weiter nach links vorarbeite, bemerke ich, dass viele der Soldaten bereits entwaffnet sind. Merdock ist wirklich ein Segen für unsere Truppe. Nur leider haben die Soldaten, genau wie wir, immer noch ihren Drift. Den kann Merdock ihnen nicht abnehmen.

Ich trete einem der Blauen die Beine weg und sehe aus dem Augenwinkel, dass eine weitere Gruppe Soldaten durch die Schleuse stürmt. Wie viele hat Kieran noch gerufen? Noch könnten wir sie besiegen. Aber mehr dürfen es nicht werden. Dann wäre alles aus.

Ich gebe meine geduckte Haltung auf und springe über den Mann, den ich mit meinem Tritt zu Fall gebracht habe.

Einer der Soldaten aus dem Nachschub hält auf mich zu, als er bemerkt, dass ich Kieran folge und ich senke den Kopf, um ihm meine rechte Schulter mit Anlauf in den Magen zu rammen. Er stöhnt auf und taumelt zurück. Ich nutze den Moment und setze mit mehreren Tritten nach. Dazu muss ich mich immer wieder um meine eigene Achse drehen und verliere Kieran und Ruben beinahe aus den Augen, als der Soldat endlich schlappmacht und hintenüberfällt.

Die beiden haben die Schleuse fast schon erreicht.

Ich schaue mich kurz um und sehe erstaunt, wie Jakob einen der Soldaten verprügelt, als würde er das täglich machen.

Bill hat es schlechter getroffen. Einer der Blauen hat ihn in der Mangel und erst als Bills Gesicht schon verdächtig rot anläuft, geht Gibbs dazwischen und zieht dem Soldaten von hinten eins über.

Ich beschließe, dass meine Freunde alles im Griff haben, und setze meine Verfolgung fort. Kieran zückt gerade seine Karte und will die Schleuse öffnen, als ich ihn erreiche und meinen Drift dazu nutze, den Schließmechanismus zu blockieren.

Wieso habe ich das nicht schon vor zwei Minuten gemacht? Dann hätten die Soldaten nicht nachrücken können.

Kieran stutzt, als seine Karte nicht funktioniert, und ich registriere es schadenfroh.

Ich stehe nun direkt hinter ihm und er merkt es nicht mal. Also packe ich seinen Kopf und schmettere ihn gegen die verschlossene Schleuse.

Ruben wankt zur Seite und lehnt nun schlapp an der Wand. Ich achte gar nicht auf ihn, sondern reiße den überrumpelten Kieran zurück und schleudere ihn vor meine Füße. Er starrt mich mit weit aufgerissenen Augen an und kriecht rückwärts von mir weg. Ich genieße diesen Anblick so sehr, aber ich habe keine Zeit mich lange daran zu laben. Ich muss den anderen helfen und daher ziehe ich meine Waffe und wedele kurz damit vor Kieran hin und her, um ihm klarzumachen, dass er sich wieder aufrappeln soll.

Ruben lasse ich weiter unbeachtet. Ich glaube nicht, dass er sich erneut gegen uns stellen wird, und er sieht auch nicht so aus, als wäre er überhaupt dazu in der Lage. Er ist immer noch betäubt oder er will einfach nicht mehr.

Kieran hat es inzwischen geschafft wieder auf die Beine zu kommen und starrt verängstigt in den Lauf meiner 9 mm.

»Vorwärts«, sage ich und er gehorcht sofort.

Komisch, wie besonders gemeine Menschen auch besonders feige sind, wenn sie ihre Haut retten wollen.

In der Mitte des Gewölbes haben meine Freunde es inzwischen geschafft, die Situation zu unseren Gunsten zu wenden. Eine Hälfte der Soldaten liegt auf der Erde, die andere steht mit erhobenen Händen da. Ich bugsiere Kieran zu den anderen und mache eine schnelle Bestandsaufnahme.

Jakobs Unterlippe blutet, Bill hält sich die Schulter und ein paar von uns sehen aus, als bräuchten sie eine Pause, aber keiner ist ernsthaft verletzt.

»Da!«, sage ich tonlos und schubse Kieran auf Jakob zu.

Er schaut seinen alten Freund angewidert an, scheint aber nicht so recht zu wissen, was er mit ihm anfangen soll.

»Jakob. Ihr solltet jetzt nichts Unüberlegtes tun. Ihr macht das Ganze nur noch schlimmer. Die verstehen da keinen Spaß. Ich ...«

Jakob verdreht die Augen und verpasst Kieran einen Kinnhaken. Sein Kopf schnellt zurück und prallt beinahe gegen meinen, doch ich springe schnell zur Seite.

Ich überlasse Jakob unseren Gefangenen und suche nach T.J. Er steht bei den Soldaten, die noch bei Bewusstsein sind, und redet mit Bill.

»Alles in Ordnung?«, frage ich und mustere die Blauen abschätzig.

»Ja. Alles klar. Bill wird denen jetzt mal die Köpfe durchleuchten, damit wir wissen, wie wir sie unterbringen können.«

Ich nicke und beobachte Bill fasziniert dabei, wie er sich den ersten Soldaten vornimmt und seine Gedanken liest. Im Kampf hat ihm dieser Drift nicht viel genützt, aber jetzt kann er so herausfinden, welche Kräfte die einzelnen Soldaten haben, damit wir sie fachgerecht verschnüren können. Die meisten Drifts können gegen Fesseln nichts ausrichten, aber einen Pyro oder jemand, der ähnliche Fähigkeiten hat, muss man besser im Auge behalten, das ist auch mir inzwischen klar.

»Ich habe eine bessere Idee«, sage ich und gehe wieder zurück zu Kieran und Jakob.

»Sag mir, wo ihr dieses Zeug aufbewahrt. Das, das den Drift beeinträchtigt.«

Kieran zögert. Er hat keine Lust uns den Einmarsch auch noch zu erleichtern.

»Antworte ihr schon!«, fährt Jakob ihn an und schubst ihn.

»Da drüben«, bringt Kieran zähneknirschend hervor und deutet auf einen der Waffenschränke an der Wand hinter uns.

Ich nehme ihn genauer unter die Lupe und werde schnell fündig. Ich erkenne die seltsamen, kurzläufigen Gewehre sofort wieder. Sie sehen aus wie Spielzeuge. Ich schnappe mir zwei Magazine und gehe wieder zu Bill.

»Willst du?«, frage ich ihn und halte ihm die Waffe hin.

Er schüttelt den Kopf. Also übernimmt T.J. die Aufgabe und bei jedem Schuss, den er abgibt, wird sein Grinsen breiter.

Am Ende sind alle Soldaten, auch die, die noch immer nicht bei Bewusstsein sind, mit einer Dosis des heimtückischen Mittels versorgt. Wir verfrachten sie in einen der Lagerräume und ich blockiere auch diese Tür mit meinem Drift, indem ich die kleine Konsole neben der Tür kurz mit meinem Blick fixiere.

Ich bin fast ein wenig erstaunt darüber, wie gut ich meinen Drift inzwischen einsetzen kann. Ihn wahllos auf irgendwelche Dinge abzufeuern, ist leicht, aber genau die richtigen Schaltkreise zu treffen, damit die Technik hinter dem Metallgehäuse nach meinen Wünschen agiert, ist gar nicht so einfach.

Ich bin zufrieden mit meiner Leistung.

Kieran hat sich inzwischen auf eine der Munitionskisten gesetzt und beobachtet unser Treiben mit betrübter Miene. Ich baue mich vor ihm auf.

»Wie viele Soldaten sind im HUB stationiert?«, frage ich geradeheraus.

»Es müssten noch zwei weitere Einheiten sein. Der Rest wurde zu HUB 34 geschickt.«

HUB 34 ist der HUB, vor welchem wir unseren letzten Kampf ausgetragen haben, erinnere ich mich. Das ergäbe Sinn.

»Er lügt«, sagt Bill und starrt Kieran durchdringend an. »Es sind drei. Drei Einheiten.«

Kieran zuckt zusammen, als ihm klar wird, dass Bill seine Gedanken lesen kann. Ich seufze und beuge mich zu ihm herunter.

»Kieran. Das hier ist dein Moment. Wenn du jetzt aufhörst, uns Steine in den Weg zu legen, überlassen wir dich vielleicht nicht der nächsten Gruppe von Widerstandskämpfern, der wir begegnen, wenn das hier erledigt ist. Du verstehst, worauf ich hinauswill?«

Er nickt zögerlich und weicht meinem Blick aus.

»Gut«, sage ich und überlege, welche Informationen wir noch brauchen könnten.

Nachdem wir von Kieran erfahren haben, wo Sawyer und die anderen festgehalten werden, und wie stark die Sicherheitsvorkehrungen sind, stellen wir uns neu auf und gehen zur Schleuse.

Laut Kieran weiß der Rat dieses HUBs nicht, dass wir hier sind, weil er in all seiner Arroganz versuchen wollte, uns im Alleingang zu überwältigen, um mit unserer Gefangennahme Punkte zu sammeln. Er hat einen Funkspruch der Einheiten bei HUB 34 erhalten und sich ausgerechnet, dass wir kommen würden. Selbstverliebt, wie er nun mal ist, hat er ernsthaft angenommen, dass ein kleiner Trupp Soldaten und sein halb garer Versuch, uns mit Ruben zu erpressen, Erfolg haben würden.

Ich kann nicht nachvollziehen, wie man so kurzsichtig sein kann. Aber Kieran hatte in seinem Leben eine Menge Glück und verwechselt es nun offenbar mit Talent.

Ich entriegele die Schleuse und wir betreten den Lift dahinter. Wieder wundere ich mich über die Tatsache, dass hier Musik spielt. Daran kann ich mich nicht gewöhnen, es passt einfach nicht.

Kieran bleibt weiter in Jakobs Obhut. Ruben haben wir bei den Soldaten gelassen. Er wäre nur ein Klotz am Bein. Vielleicht nehmen wir ihn später mit, sollte alles nach Plan laufen.

Die Voraussetzungen könnten eigentlich nicht besser sein. Von Kieran wissen wir, dass der HUB schon unter normalen Umständen nur wenige Bewohner beherbergt. Nicht so wie die anderen blauen HUBs, in denen grundsätzlich etwa 2000 Blaue Platz finden. Doch wegen der Aufstände, die unsere Botschaft ausgelöst hat, wurden auch noch diese wenigen Bewohner des Komplexes umquartiert. Zu groß war die Angst des Rats, unter ihnen könnten sich ebenfalls Mitglieder der Division befinden.

Nur noch die Mitarbeiter des 30. Levels sind hier. Unter ihnen natürlich der Rat. Wir müssen es also irgendwie schaffen, die knapp 60 Soldaten loszuwerden, und haben vielleicht eine Chance.

35 von uns gegen drei Einheiten von ihnen. Das reine Selbstmordkommando.

Aber wir haben die hilfreiche Munition. Wenn wir einigen von ihnen den Drift nehmen können, wäre das Kräfteverhältnis wieder ausgewogen. Wenn ...

Der Lift hält auf Höhe der großen Ebene. Um in das 30. Stockwerk zu gelangen, welches von hier aus über uns liegt, werden wir einen anderen Transportaufzug nehmen müssen. Die Aufteilung dieses HUBs unterscheidet sich nicht von denen, die ich bisher kennengelernt habe.

Ich weiß nicht, was ich erwartet habe, aber die große Ebene ist vollkommen leer. Keine Menschenseele ist zu sehen.

Wachsam arbeiten wir uns vor und gelangen völlig unbemerkt zu den Aufzügen. Wieder kommen mir Jos Worte in den Sinn.

Zu einfach. Viel zu leicht.

Dann sind wir auch schon im nächsten Lift und ich nehme mir die Steuertafel neben der Tür vor. Zu den oberen Levels hat nicht jeder Zugang. Man braucht eine Karte mit einer hohen Sicherheitsfreigabe. Ich mache mir nicht die Mühe, Kieran um seine zu bitten, sondern lasse es meinen Drift übernehmen.

»Deine Fähigkeiten haben echte Spionagequalitäten«, sagt Gibbs beeindruckt.

Ich lächele stolz, aber die Anspannung lässt mir die Mimik auf meinem Gesicht festfrieren. Lachen und Angst haben funktioniert nicht synchron.

Die Türen öffnen sich und vor uns erscheint wie immer ein langer Gang. Etwa fünf Meter von den Aufzügen entfernt befindet sich ein Counter, hinter dem zwei Soldaten stehen und gelangweilt den Blick heben, als sie die Fahrstuhltüren aufgehen hören.

Bevor sie auf unseren Anblick reagieren können, verpasst T.J. beiden eine Dosis. Der eine Soldat fällt rückwärts auf einen Stuhl, der andere kippt vornüber und stützt sich erschrocken auf dem Pult ab. Bill und zwei von Gibbs Männern eilen zu ihnen, um sie zu fesseln und zu knebeln. Der Gang bleibt leer und wir ziehen weiter.

»Da hinten rechts«, sagt Kieran missmutig, als ich ihm einen fragenden Blick zuwerfe.

Wir folgen seiner Richtungsangabe und postieren uns knapp vor der Abzweigung des nächsten Ganges.

Ich schaue vorsichtig um die Ecke, kann aber niemanden ausmachen. Also gebe ich den anderen ein Zeichen und wir setzen unsere Tour fort.

Im nächsten Gang kommen wir an einem Raum vorbei, der wohl eine Art kleines Sitzungszimmer gewesen sein muss, nun aber notdürftig zu einem Aufenthaltsraum für die stationierten Soldaten umfunktioniert wurde. In ihm befinden sich acht Männer vor leeren Feuerlandrationen und lachen lautstark.

Zoe flüstert T.J. zu: »Lass mich mal ran.«

Sie streckt ihren Kopf gerade so weit in den Raum hinein, dass sie Sichtkontakt hat, aber niemand sie bemerkt. Dann höre ich merkwürdige Laute aus dem Inneren.

Die Soldaten verlieren sich in der Halluzination. Gibbs und T.J. hechten um die Ecke und geben mehrere Schüsse ab. Die »Spielzeuggewehre« sind viel leiser als echte. Das ist ein weiterer Vorteil für uns. Einer der Soldaten scheint nicht auf die Illusion anzusprechen und zieht seine Waffe, als er uns erblickt. Trotzdem schafft T.J. es, zuerst auf ihn zu feuern, doch das Projektil prallt einen halben Meter vor ihm ab. Er muss denselben Drift wie Mischa haben, darum kann er sich gegen Zoes mentale Fähigkeiten wehren und auch das Geschoss ablenken.

»Hey!«, ruft Mac dem Mann zu und lässt ihre Weste von ihren Schultern gleiten. Sie steht jetzt nur noch im Tank Top da und diese eine Geste reicht, um den Soldaten einen Augenblick lang abzulenken. T.J. feuert erneut und das Projektil trifft dieses Mal. Gibbs grinst Mac lüstern an.

»Nicht übel, Mac. Nicht übel.«

Als wir die Soldaten an der Stirnseite des kleinen Raumes auf dem Boden aufreihen und den letzten gefesselt haben, wende ich mich an Zoe.

»Was war es dieses Mal?«, frage ich, weil ich wissen will, was die Soldaten glaubten zu sehen.

»Einsame Insel, mitten im Meer.«

Ich versuche es mir vorzustellen, aber dazu ist mein Verstand nicht in der Lage. Die einzigen, halbwegs realistischen Darstellungen von Orten, an denen man das Meer sehen kann, kenne ich nur von den Bildwänden in den blauen HUBs. Genau wie Wasserfälle, Wälder und Unterwasseransichten von Fischen und anderem Getier, welches es vermutlich längst nicht mehr gibt.

Wieder lassen wir unsere Opfer zurück und wieder zeigt Kieran uns, wo wir langgehen müssen.

Wir erreichen eine Gabelung, hinter der sich ein Gang befindet, der ebenso aussieht, wie jener, den Mailo, Sawyer und ich schon bei unserer letzten Befreiungsaktion passieren mussten. Damals hat Mailo uns unsichtbar gemacht. Dieser Drift fehlt uns heute, aber Zoe ist genauso hilfreich.

Wieder probt sie ihre Fähigkeiten an zwei Soldaten, die vor dem gesicherten Zugang postiert sind, und wieder können wir sie problemlos überwältigen.

Solange wir unentdeckt bleiben, können wir ihre Einheiten weiter minimieren. Mit dem Überraschungsmoment auf unserer Seite konnten wir bisher erfolgreich verhindern, dass die Blauen ihre Drifts gegen uns einsetzen, was uns einen klaren Vorteil verschafft.

Hoffnung keimt in mir auf.

Wir lassen die kleine Schleuse hinter uns und schreiten den langen Zellengang ab. T.J. gibt seinen Leuten ein Zeichen, dass sie am Zugang warten sollen, während der Rest von uns weitergeht. Nacheinander öffnen wir die Zellen, doch sie sind alle leer.

Mein Magen krampft sich zusammen. Wo ist Jo? Zwar habe ich mich keineswegs auf den erneuten Anblick von ihm, in einer Zelle, gefreut, aber wenigstens hätte ich ihn dann wieder bei mir.

»Also weiter«, stellt Gibbs fest und wir treten den Rückzug an.

»Sollen wir Bill noch mal in deinen Kopf jagen?«, zische ich Kieran zu, weil ich glaube, er spielt erneut ein Spiel mit uns.

Schnell schüttelt er den Kopf.

Ich werfe Bill einen Blick zu.

»Hab ich schon überprüft. Er dachte wirklich, sie wären hier«, informiert mich mein gedankenlesender Komplize. Trotzdem werfe ich Kieran noch einen verachtenden Blick zu. Selbst wenn dieser Mistkerl ausnahmsweise mal ehrlich zu uns ist, ist er nutzlos.

»Wo sollen wir jetzt langgehen?«, fragt Gibbs mich und plötzlich wundere ich mich darüber, warum solche Fragen immer mir gestellt werden. Sollte nicht eigentlich jemand wie T.J. die Führung übernehmen? Sicher hat er mehr Erfahrung in diesen Dingen. Trotzdem überlege ich kurz und sage dann an Kieran gerichtet: »Wo machen sie diese Aufnahmen, für die Sendungen meine ich? Hier im HUB?«

Er scheint überrascht, dass ich von den Ausstrahlungen weiß, deutet aber gehorsam mit dem Kinn nach links.

»Gut. Dann da lang«, beschließe ich.

Doch schon nach ein paar Metern habe ich eine bessere Idee.

»Wie weit ist es?«, frage ich Kieran.

»Die erste Abzweigung rechts und dann hinten, am Ende des Ganges«, erwidert er.

Ich werfe einen prüfenden Blick auf Bill, aber dieser nickt nur zustimmend. Kieran hat es aufgegeben, zu lügen.

»Ich brauche zehn Leute, die nicht zu ... ähm, füllig sind und sich leise fortbewegen können«, sage ich in die Runde.

Die anderen machen erstaunte Gesichter, folgen meiner Aufforderung aber und nacheinander treten acht Männer und zwei Frauen vor.

Ich mustere sie kurz und richte meinen Blick dann nach oben, auf der Suche nach einem Zugang.

Kieran begreift sofort, was ich vorhabe, und verdreht die Augen. Schon zweimal haben wir seine Pläne durchkreuzt, indem wir uns das Belüftungssystem der HUBs zunutze gemacht haben.

»Fällt dir nicht mal was Neues ein?«, fragt er gehässig.

»Warum? Hat doch bisher ganz gut funktioniert«, sage ich nur lässig, ohne ihn dabei anzusehen.

Dann erkläre ich den anderen, was ich vorhabe, und sie machen sich gegenseitig Räuberleitern, bis alle zehn im Schacht sind. Es muss eng und ungemütlich da oben sein. Schon zu viert war es keine Freude, aber es geht nicht anders. Etwas Besseres fällt mir nicht ein.

Wir gehen weiter und erreichen nach kurzer Zeit den Gang, mit der Tür, von der Kieran gesprochen hat, an seinem Ende. Vor ihr befinden sich vier weitere Soldaten. Offenbar ist gerade Ablösung. Wir müssen den ganzen, langen Gang überwinden, um zu ihnen zu gelangen, also haben sie genug Zeit, uns zu bemerken.

Als sie ihre Gewehre heben, lässt Gibbs sie in ihren Händen praktisch zerfließen. Sein Drift ist so verrückt! Erst dieser Drahtkäfig vor HUB 34 und nun das. Ich weiß nicht, wie er es macht, aber ich muss später unbedingt mehr darüber in Erfahrung bringen. Doch zunächst muss ich aufmerksam bleiben und den anderen dabei helfen, die Situation unter Kontrolle zu bekommen.

Einer der Soldaten will gerade über seine Armmanschette Meldung machen, doch ich zerstöre sie, bevor er auch nur den Mund öffnen kann. Dafür wird Merdock neben mir plötzlich zu Boden geschleudert, obwohl wir die Soldaten noch nicht mal erreicht haben. Wieder einer, der seinen und Jos Drift teilt.

Gibbs feuert auf den Soldaten und Mac übernimmt die anderen drei. Bei zweien tut das Mittel augenblicklich seinen Dienst, der Dritte kann ausweichen und ich muss dabei zusehen, wie sich eine dicke Eisschicht um Macs Hände und ihr Gewehr legt. Also übernimmt Gibbs wieder und zielt besser, als Mac es zuvor getan hat.

Die Soldaten sind betäubt und wir laufen zur Tür.

Dass die vier Soldaten hier sind, deute ich als gutes Zeichen. Sie würden wohl kaum einen leeren Raum bewachen?

Über mir höre ich ein Geräusch und fluche leise. Unsere Leute im Schacht sollten doch unsichtbar bleiben! Wenn ihnen das gleich passiert, ist mein schöner Plan dahin.

»Fertig«, sagt Gibbs und lässt den letzten Soldaten verschnürt neben die Tür fallen.

»Dann wird es jetzt wohl Ernst«, sage ich und schaue noch einmal in die Runde.

Zoe grinst mich kämpferisch an, T.J. steht zu allem bereit da und hinter ihm zeichnet sich Siegesgewissheit auf den Gesichtern ab. Ich wünschte, ich würde all ihre Namen kennen, aber ich hatte keine Zeit mir jeden zu merken. Da sind natürlich Bill, Zoe, Mac und Gibbs. Und dann noch T.J. und Jakob. Ich glaube zu wissen, dass der Junge hinter Jakob Anthony heißt, bin mir aber nicht sicher. Dann Emma, oder Emily?

Ich gebe es auf. Es zählt ohnehin nur eines: Sie alle sind hier, weil sie ihren Anführer befreien wollen. Sawyer bedeutet ihnen mehr, als es der Souverän für die Blauen tut. Sawyer ist einer von ihnen, ein Mann mit Idealen. Namen sind nicht wichtig, nur dass wir hier sind, zählt. Händchenhalten können wir später immer noch.

21. KRÄFTEMESSEN

Das Erste, was mir auffällt, ist, dass sich erstaunlich wenig Soldaten in dem weitläufigen Raum befinden. Zumindest, wenn man davon ausgeht, dass wir erst etwa fünfzehn von ihnen kaltgestellt haben und es insgesamt drei Einheiten geben soll.

Die Aufteilung des Bereiches erinnert mich sofort an den Saal, in welchem Nume, Jakob und ich unser Todesurteil erhielten. Aber hier wurde offensichtlich behelfsmäßig umgebaut.

Anstelle der Tribünen stehen überall Gerätschaften und Kisten herum. Mobile Bildschirme befinden sich auf vereinzelt im Raum stehenden Tischen und überall hängen Kabel. Erst beim zweiten Hinsehen erkenne ich, dass es sich um eine improvisierte Sendestation handeln muss. Entweder ist diese also immer noch außer Betrieb oder sie wollen es nicht riskieren, von dort aus zu senden, weil die Division ihren Standort kennt.

Ich lasse meinen Blick an den Wänden emporwandern. Die Decke erscheint niedriger, als ich es erwartet hätte. Unzählige Scheinwerfer sind der Grund dafür. An langen Metallkonstruktionen hängen sie über unseren Köpfen und tauchen eine Seite des Raumes in das mir so verhasste, künstliche Licht. Vermutlich wird das grelle Licht für die Aufnahmen benötigt.

Ich überfliege die Anzahl der Soldaten und komme auf circa zwanzig. Ein paar sitzen in einer der hinteren Ecken, andere helfen bei der Montage einiger Installationen und der Rest ... Ich bleibe wie angewurzelt stehen, obwohl wir gerade dabei sind, uns in die Mitte des Saals vorzuarbeiten.

Der Rest der Soldaten befindet sich unmittelbar neben einer langen Bank ohne Arm- oder Rückenlehnen, auf der die Gefangenen sitzen.

Alle.

Sawyer, Byron, Mailo, Jenkins, Arros, Jackson und ... Jo.

Sie sitzen mit dem Rücken zu uns und ich würde am liebsten schreien vor Erleichterung.

Sie sind hier! JO ist hier!

Obwohl ich die ganze Zeit davon ausgegangen war, trifft mich die Tatsache wie ein Schwall kaltes Wasser. Ich zwinge mich, ein Bein vor das andere zu setzen, und hole die anderen ein. Noch haben wir es nicht geschafft. Trotzdem bohre ich meinen Blick weiter in Jos Hinterkopf, als könnten meine Gedanken ihn dazu bringen, sich umzudrehen. Ich bewege mich wie in Trance, vergesse die anderen Menschen, die Techniker und Soldaten. Und dann geschieht es tatsächlich. Langsam, wie in Zeitlupe, wendet er den Kopf nach links und schaut zu uns herüber. Mein Herz macht einen Satz, als ich die Mischung aus Erleichterung und Wachsamkeit in seinem Blick sehe, als er seine Freunde erkennt.

Dann entdeckt er mich. Mitten zwischen diesen bis an die Zähne bewaffneten, angriffslustig dreinschauenden Revolutionären, findet er mich. Ein Ruck fährt durch seinen Körper. Er zeigt die unverkennbaren Merkmale des Mittels, aber sie müssen die Dosis schon länger nicht mehr aufgefrischt haben, sonst wäre sein Haltung noch viel gedrungener und sein Blick trüber.

Ich sehe, wie er sich weiter zu uns umdreht. Seine Hände sind gefesselt, aber nicht hinter dem Rücken wie beim letzten Mal. Ich achte darauf, alle Gefühle, die ich jemals für ihn empfunden habe, in meinen Blick zu legen, während ich diesen keine Sekunde von ihm abwende.

Bewunderung, Zuneigung, Respekt, Mitgefühl, Anziehung ... Liebe.

Irgendwie schafft er es, seine Emotionen wieder unter Kontrolle zu bringen und die Lage in Gänze zu erfassen. Er unterbricht unsere Verbindung und neigt sich unauffällig zu Sawyer herüber, flüstert ihm etwas ins Ohr. Sawyers Rückenmuskulatur spannt sich an, aber er dreht sich nicht um.

Neben mir bemerkt nun einer der Männer, die bisher nur starr auf ihre Bildschirme geblickt haben, unseren schweigsamen Trupp und reißt schockiert die Augen auf. Gleich werden auch die anderen uns bemerken und dann wird die Hölle losbrechen. Ich wappne mich innerlich für den Kampf.

Vor mir gehen Mac, T.J., der, den ich noch immer für Anthony halte, und zwei andere in die Knie und eröffnen das Feuer. Wieder verwenden wir zunächst nur die Betäubungsgewehre. Sie sind genauso effektiv wie echte Waffen und niemand muss sterben. So sehr ich dieses Präparat auch hasse - nachdem ich selbst in den Genuss gekommen bin -, mir gefällt die Vorstellung niemanden töten zu müssen.

Als die Soldaten, die bis eben noch relaxt im hinteren Teil des Saals gestanden und geplaudert haben, den Rest von uns auf sie zustürzen sehen, setzen sie sich ebenfalls in Bewegung. Einer von ihnen ist ein Pyro und setzt immer wieder kleine Feuersalven ab, um uns einen nach dem anderen in Brand zu stecken. Ich hechte nach links, kann gerade noch so ausweichen. Aus dem Augenwinkel sehe ich Jo und Sawyer aufspringen. Hinter mir hat es ein Mädchen aus unserer Gruppe erwischt. Ihr rechter Arm brennt lichterloh und die Flammen erreichen schnell ihr langes Haar, welches augenblicklich Feuer fängt. Der Anblick ist so verstörend, dass ich kurz nicht weiß, was ich tun soll, und wieder nur knapp einem Feuerstoß entgehe.

Ein Mann, der zusammen mit Jakob in den Saal gekommen ist, löscht das schreiende Mädchen mit seinem Eis-Drift. Sie fällt wie eine Puppe zu Boden und regt sich nicht mehr. Zornig wende ich mich wieder unseren Gegnern zu und ignoriere, dass Gibbs neben mir von einer Kugel getroffen wird. Ich muss etwas unternehmen! Während die anderen erbittert weiterkämpfen oder sich eine Deckung suchen, um das Mittel auf die Angreifer zu feuern, setze ich mich vorsichtig vom Rest der Gruppe ab und schnappe mir einen der Techniker, um ihn als menschliches Schutzschild zu benutzen. Er wehrt sich nicht mal, ist vor Angst völlig erstarrt. Zum Glück ist er nicht besonders groß oder kräftig, sodass ich ihn mit einem geschickten Handgriff in meine Gewalt bringen und über seine Schulter spähen kann. Dann aktiviere ich meinen Drift und suche mir ein Ziel.

Die Soldaten sind immer noch in der Mitte des Raumes und geben abwechselnd Schüsse und Kostproben ihres Drifts auf uns ab. Ich konzentriere mich und lasse nacheinander gleich mehrere der über uns befestigten Scheinwerfer explodieren. Als der vierte in Flammen aufgeht, gibt das Gerüst endlich nach und löst sich auf einer Seite aus seiner Aufhängung.

Das komplette Konstrukt saust herab, mitten in die Soldaten und begräbt vier von ihnen unter sich. Zwei weitere springen zur Seite, doch ich bin noch nicht fertig.

»Merdock!«, rufe ich und lasse gleichzeitig eine der großen Konsolen direkt neben den Soldaten Funken sprühen.

Er versteht sofort und lässt die Konsole mit einer fließenden Bewegung seiner Hand umkippen. Wieder ein Soldat weniger. Nummer sechs erwischt T.J. mit seinem Gewehr.

Ich drehe meine Geisel um und versetze dem Mann einen leichten Schlag ins Gesicht. Er sackt zusammen. Dann spüre ich eine Berührung an der Schulter und schnelle erschrocken herum, bereit mich zu verteidigen, aber es ist Jo.

Er hält mir seine Handgelenke entgegen und ich ziehe schnell mein Messer aus dem Schaft an meinem Stiefel und befreie seine Hände von den breiten Gurten. Ich möchte ihn umarmen, ihn küssen, irgendetwas sagen, aber er dreht sich bereits um und so stehen wir Rücken an Rücken und verhalten uns genau wie in den

Trainingssimulationen. Ich sehe Bill ein Stück von uns entfernt mit einem Soldaten ringen. Dieser scheint einen ebenso nutzlosen Drift wie er zu haben, denn er verteidigt sich ausschließlich mit seinen Händen, nicht mit Eis, Feuer oder bloßer Willenskraft.

Doch dann bemerke ich plötzlich, dass Bills Drift gar nicht so kampfuntauglich ist, wie ich dachte. Er weicht den Schlägen seines Gegenübers immer wieder gekonnt aus, scheint jeden Schritt vorauszusehen. Er liest die Gedanken des Soldaten, weiß genau, was dieser als Nächstes tun wird. Und dann, obwohl Bill alles anderes als stark oder besonders zielsicher ist, versetzt er ihm einen Schlag, der sich gewaschen hat, und entscheidet den Kampf für sich. Hinter mir höre ich Jo raunen: »Ich bin nicht ganz bei Kräften, ich hoffe, du weißt das?«

»Ja. Hab ich mir gedacht. Versuch mir das Kämpfen zu überlassen.«

Dann erhasche ich, vorbei an der kämpfenden Meute, einen Blick zur Tür und sehe mit Entsetzen, wie weitere Soldaten hindurchströmen.

»Fuck!«, rufen T.J. und ich gleichzeitig.

Er hat sich neben uns mit Sawyer zusammengetan und versucht, ihn abzuschirmen.

Plötzlich bemerke ich, dass sich die paar Soldaten, die von der ersten Gruppe noch übrig sind und noch nicht von uns überwältigt wurden, an einer Stelle zusammenrotten. Sie nehmen einen Mann in ihre Mitte.

»Wer ist das?«, frage ich Jo.

»Der Souverän«, erwidert er und in seiner Stimme höre ich Verachtung.

Das ist er also. Der Mann, der uns alle regiert. Das Oberhaupt unserer verlogenen Welt.

Ich erlaube es mir, ihn kurz zu betrachten, versuche dabei aber immer wieder achtzugeben, dass Jo und mir nichts geschieht.

Er ist groß und schlank. Er sieht jünger aus, als ich ihn mir vorgestellt habe. Vielleicht Anfang vierzig. Sein

Gesicht zeigt ernste, beinahe wissende Züge, als stände er über dem Geschehen um ihn herum. Als wäre es nur eine Strategiespiel und er studiert die Züge seines Gegners.

Ein dunkelhaariger Mann löst sich aus unseren Reihen und will zusammen mit zwei anderen Division-Angehörigen die Soldaten angreifen, welche den Souverän beschützen. Er schießt auf einen der Uniformierten und trifft ihn am Oberschenkel. Er benutzt scharfe Munition. Es gab nicht genug Betäubungsgewehre für alle von uns.

Der Soldat geht in die Knie. Dafür erwischt es unseren Mann ebenfalls, als einer der anderen Soldaten einen Schuss abgibt. Und dann geschieht etwas ganz Seltsames.

Der Souverän legt plötzlich seine Hand auf die Schulter eines seiner Beschützer und fixiert die beiden Männer, die noch immer in seine Richtung stürzen mit einem Drift-Blick. Irgendetwas an der Art, wie er den Soldaten berührt, kommt mir komisch vor. Die Geste wirkt so sanft, als wäre der Mann sein Sohn und er wolle ihn zu etwas ermutigen.

Der Drift des Souveräns tut indessen seinen Dienst und erwischt unsere Leute. Beide bäumen sich augenblicklich auf und halten mitten in der Bewegung inne. Sie scheinen Schmerzen zu haben und sind plötzlich nicht mehr in der Lage, ihren Weg fortzusetzen.

Dann fallen weitere Schüsse. Die Soldaten haben beide erschossen und sie konnten sich nicht wehren, haben es nicht mal kommen sehen.

Ich schnappe nach Luft.

»Was für einen Drift hat er?«, frage ich Jo noch ziemlich erschrocken über das brutale Szenario.

»Keinen. Das heißt, doch, er hat einen, aber der ist anders.«

Er geht nicht weiter darauf ein, weil uns die zweite Einheit inzwischen erreicht hat und er die Glock auffangen muss, die T.J. ihm zuwirft. Dann tritt Plan B in Kraft. Aus drei verschiedenen Luftschächten über uns lassen sich unsere Freunde nach unten fallen. Sie landen mitten im

Getümmel und ihr plötzliches Auftauchen zeigt seine Wirkung. Die Soldaten rufen sich erschrocken Anweisungen zu, sind kurz abgelenkt. Genug Zeit für uns, den Angriff noch zu verstärken.

Wir liefern uns einen erbitterten Kampf, der gar kein Ende nehmen will.

Obwohl keine weiteren Soldaten mehr in den Saal gerufen wurden, habe ich das Gefühl, dass es immer mehr werden. Als ich einen von ihnen gerade unter vollem Einsatz meiner nahkämpferischen Fähigkeiten niedergerungen habe, wage ich es, einen erneuten Blick zu unserem Regierungsoberhaupt zu werfen, kann ihn aber nirgends mehr entdecken. Die Soldaten müssen ihn rausgebracht haben.

Sie flüchten vor uns! Diese Erkenntnis verschafft mir neue Energie. Wir schaffen es!

Während Zoe damit beschäftigt ist, gleich fünf Soldaten auf einmal kampfunfähig zu machen, indem sie erneut eine Halluzination einsetzt, sehe ich Jakob und Mac gegen einen Pyro kämpfen. Macs Drift ist ungeeignet, um sich gegen ihn zu wehren. Sie kann Menschen kurzzeitig taub werden lassen. Im richtigen Moment kann das von entscheidenden Vorteil sein, aber jetzt ist es so hilfreich wie eine Sonnenbrille in der Dunkelheit. Mir wird ganz schlecht, als ich sehe, wie der Soldat seinen Drift gegen Jakob richten will.

»T.J.!«, schreie ich und er schnellt herum, um den Pyro mit seinem Gewehr außer Gefecht zu setzen, doch die Munition ist aufgebraucht. Seine eigene Waffe hat er gerade an Jo abgetreten.

Vor meinem inneren Auge sehe ich Jakob bereits brennend am Boden liegen. Doch T.J. reagiert blitzschnell. Er flucht, streift den Gurt des Gewehrs von seiner Schulter und wirft es dann einfach so hart er kann in Richtung der drei. Es trifft den Soldaten am Kopf und dieser schreit auf, wankt ein Stück zurück und hält sich erschrocken das blutende Gesicht. Mac schnellt auf ihn zu und knockt ihn mit ein paar geschickten Schlägen aus.

Der Kampf der drei war einer der letzten im Saal. Um uns herum haben sich die Reihen gelichtet. Ich sehe viele Soldaten am Boden liegen und auch einige von unseren Leuten. Ich kann nicht sagen, ob sie nur verletzt sind oder ...

Ein Blick auf die Tür verrät mir, dass die letzten Soldaten den Rückzug antreten. Beinahe fluchtartig verlassen sie rückwärts den Raum. Ihre Gewehre immer noch im Anschlag.

T.J. kommt zu mir, gibt Jo einen Klaps auf die Schulter und grinst ihn erschöpft an.

»Hättet uns ruhig sagen können, wo die Party steigt.«

Jo grinst zurück, aber ich kann sehen, dass er ziemlich fertig ist. Ein Kampf unter Einfluss des Mittels ... für mich kaum vorstellbar.

Bevor wir uns weiter organisieren können, ertönt ein Signal, welches mir vage bekannt vorkommt. Der Alarm ist losgegangen.

»Ein bisschen spät, oder nicht?«, frage ich die beiden und muss dabei fast schreien, damit sie mich über das monotone Röhren hinweg verstehen können.

»Ich glaube, das soll nicht heißen, dass wir kommen, sondern dass SIE gehen. Ich denke, sie rücken ab und verschanzen sich anderswo«, brüllt T.J.

Endlich habe ich zwei Sekunden, um Jo richtig wahrzunehmen.

»Hi«, sagt er.

»Hi.«

Wir stehen uns gegenüber und halten uns an den Händen. Irgendwie gestehe ich mir erst in diesem Moment den Gedanken zu, dass ich ihn hätte verlieren können. Als wäre es zuvor verboten gewesen, es sich auch bloß vorzustellen.

»Wie kommt es eigentlich, dass du NIE auf mich hörst?«, fragt er und setzt einen strengen Blick auf.

»Wie kommt es, dass DU ständig in Gefangenschaft gerätst?«, erwidere ich. Ich versuche dabei gespielt lustig zu klingen, aber meine zitternde Unterlippe verrät mich und er zieht mich schnell an sich.

»Ich bin froh, dass es dir gut geht«, sagt er ganz nah an meinem Ohr und übertönt mit seinen Worten nur gerade so den Alarm.

Ich bin nicht in der Verfassung etwas zu erwidern. Ich weiß, dass wir noch nicht in Sicherheit sind und hier irgendwie rauskommen müssen. Irgendwo im HUB könnten sich noch die restlichen Soldaten rumtreiben und uns in einen Hinterhalt locken, aber ich muss meinen Gefühlen jetzt einfach freien Lauf lassen, und wenn es nur für zehn Sekunden ist.

Also schlinge ich meine Arme um Jo, klammere mich an ihn, als liefe ich Gefahr ihn doch noch an einen Soldaten oder an Kieran oder an sonst wen zu verlieren. Ich küsse ihn fordernd, beinahe zu heftig. Doch er scheint denselben Drang zu verspüren und ich habe das Gefühl, dass meine Lippen beinahe mit seinen verschmelzen.

Es bleibt tatsächlich nur bei zehn Sekunden. Dann werden wir von Bill unterbrochen, der auf T.J. und die anderen deutet. Sie finden sich alle bei Sawyer ein, der ohne große Ankündigung automatisch wieder den Platz den Anführers eingenommen hat.

Wir sammeln uns und verschaffen uns einen Überblick.

Ich nehme mir die Zeit, Mailo und Jackson zu umarmen. Sie sehen ebenso fertig aus wie Jo, sind aber ansonsten unverletzt. Im Gegensatz zu einigen anderen.

Gibbs ist angeschossen. Merdock und drei unserer Leute ebenso.

Mac ist die am Boden liegenden Mitglieder unserer Truppe bereits durchgegangen und meldet zwei weitere, mittelschwere Schusswunden, etwas, das nach ihrer Einschätzung eine Gehirnerschütterung ist, und vier Tote.

Wieder bin ich zutiefst schockiert, dass ich keinem der Männer und Frauen einen Namen zuordnen kann. Dafür ging alles einfach zu schnell. Die Flucht vor Ruben, das Treffen unter der Stadt, der Kampf am HUB. Ich hatte keine Gelegenheit, diese Menschen richtig kennenzulernen, und nun sind vier von ihnen tot.

Ich kaue frustriert auf meiner Unterlippe. Wie immer in solchen Situationen versuche ich Trauer und Verzweiflung mit Hass wegzudrängen. Dabei wandern meine Gedanken automatisch zu Kieran. Ich suche ihn unter den Anwesenden, aber er ist fort. Vermutlich mit den Soldaten abgehauen.

Ich weiß nicht mal, ob ich darüber sauer sein soll? Was hätten wir schon mit ihm anstellen sollen? Ihn töten? Ihn bis an sein Lebensende gefangen halten? Und wenn ja, wo? Der CutOut ist noch immer in den Händen der Blauen und wir haben anderes zu tun, als uns mit Kierans Schicksal auseinanderzusetzen. Vielleicht ist es gut, dass er weg ist.

Während mein Blick den Raum nach ihm absucht, bemerke ich, dass ebenfalls keiner der Techniker mehr da ist. Sie müssen irgendwann, während wir uns gegenseitig bekriegt haben, geflüchtet sein. Wir sind allein. Die Frage lautet nun, ob wir in der Falle sitzen oder sie tatsächlich abgerückt sind?

Am liebsten würde ich mir die Ohren zuhalten, so nervtötend ist der Alarm mittlerweile. Zwischen dem regelmäßig an- und abschwellenden Dröhnen mache ich allerdings noch einen anderen, deutlich höheren Ton aus.

Während Sawyer und T.J. unseren Abzug besprechen, versuche ich die Quelle des merkwürdigen Piepens ausfindig zu machen. Ich fürchte plötzlich, die Soldaten könnten eine Sprengladung oder etwas ähnlich Gefährliches für uns zurückgelassen haben. Auf jeden Fall erinnert mich das Geräusch stark an einen Timer.

Ich wandere langsam vorbei, an den umgestürzten Tischen und herumliegenden Körpern und lausche angestrengt. Das Geräusch kommt nicht wie der Alarm von allen Seiten, sondern eindeutig aus nur einer Richtung.

Plötzlich ist Mac neben mir.

»Suchst du jemanden?«, fragt sie und ich verstehe sie kaum, weil sie viel zu leise spricht und die lauten Töne ihre Stimme fast vollständig verschlucken.

»Ich höre etwas, aber ich weiß nicht, was es ist«, erwidere ich und gehe weiter.

»Und du meinst nicht zufällig diesen unaufdringlichen Warnton?«, scherzt sie.

Ich schüttele den Kopf.

»Warte mal«, sagt sie und hält mich am Arm fest, damit ich stehen bleibe. »Ich helfe dir.«

Damit sieht sie mich durchdringend an und mit einem Mal verschwindet der Alarm fast ganz. Er ist jetzt nur noch wie ein dumpfes Rauschen, weit hinten, in meinem Kopf. Dafür höre ich die anderen immer noch laut schreien. Offenbar hören sie das Dröhnen weiterhin in voller Lautstärke, nur ich nicht.

Und dann begreife ich, warum Mac so leise gesprochen hat. Sie kann Menschen nicht einfach nur taub werden lassen. Genau wie ich kann sie ihren Drift dosieren, ihn nur in Teilen anwenden und damit zum Beispiel ein bestimmtes Geräusch einfach wegfiltern. Ich staune nicht schlecht.

»Danke«, sage ich und nutze die neue Geräuschkulisse, um meine Suche fortzusetzen.

»Ist praktisch, wenn du dich mal mit deinem Freund streitest«, erklärt sie mir, während wir weiter durch den Raum streifen. »Man kann alles, was einen nervt, einfach ausblenden.«

Ich muss lachen. Mac war mir vom ersten Augenblick an sympathisch. Aber dieser kleine Trick macht sie in diesem Moment zu meiner besten Freundin.

»Da«, sage ich und deute auf einen kleinen Screen an einer der Konsolen.

»Was ist das?«, fragt Mac und runzelt die Stirn.

Ich begutachte die Anzeige und fühle mich in meinem Verdacht bestätigt. Ziffern zählen im Sekundentakt rückwärts. Was auch immer hinter diesem Countdown steckt, wir werden es in knapp drei Minuten wissen und ich bin nicht sicher, ob ich dann noch hier sein will.

»Sawyer!«, brülle ich zu den anderen hinüber. Und dann noch einmal lauter: »Sawyer!«

Jo, Mailo und Sawyer kommen zu uns herüber. Ein paar der anderen folgen ihnen. Als Sawyer mich erreicht, zeige ich verunsichert auf meine Entdeckung und er starrt gleichermaßen beunruhigt auf den Bildschirm.

»Glaubst du, es ist ein Sprengsatz?«, frage ich viel zu leise, weil ich vergesse, dass Mac mich noch immer in Watte hüllt.

Aber er hat verstanden oder kann sich zumindest denken, was ich von dem Ding halte, und schüttelt den Kopf.

»Sieht nicht so aus.«

Jo bückt sich zur Tastatur herunter und gibt ein paar Befehle ein. Ich muss mich zusammenreißen, um ihn nicht davon abzuhalten. Irgendwie glaube ich nicht, dass mein Freund der richtige Mann ist, um an einem laufenden Todes-Timer herumzuspielen.

Ich wünschte, Marzellus wäre hier. Vermutlich werde ich mir das in Zukunft noch sehr oft wünschen.

Sawyer schaut ungeduldig über Jos Schulter. Dann erscheinen weitere Befehle auf dem Screen. Sie sind nicht von Jo. Jemand anderes hat sie eingegeben, Jo hat nur den Verlauf aufgedeckt.

»Schnell!«, sagt Sawyer plötzlich. »Wir müssen das stoppen. Sie löschen die Daten. Auf diesem Terminal muss irgendwas Wichtiges sein. Etwas, von dem sie nicht wollen, dass die Division es in die Hände bekommt.«

»Und das haben sie hier? In diesem improvisierten Fotolabor?«, wirft Arros ungläubig ein.

»Willst du mit mir streiten oder mir helfen?«, fährt Sawyer ihn gereizt an.

In all dem Chaos fällt mir plötzlich auf, dass sich Arros und Sawyer bei praktisch jeder wichtigen Entscheidung in die Haare kriegen. Ständig! Es ist, als wäre Arros eine Art Kontrollmechanismus für Sawyer. Seine fleischgewordene, innere Stimme. Obwohl die Situation kein bisschen komisch ist, kann ich nur mit großer Mühe ein Schmunzeln unterdrücken.

»Schon gut!«, erwidert der bärtige Freund unseres Anführers und schubst Jo zur Seite. »Lass Papa mal machen.«

Ich weiß, dass Arros eine Menge Zeit mit Pete verbracht hat, und der ist neben Marzellus der mit Abstand talentierteste Techniker im CutOut. Vielleicht kann er den Timer stoppen? Versuchen müssen wir es.

Die Uhr zeigt inzwischen nur noch dreißig Sekunden. Obwohl ich nicht weiß, was sich dahinter verbirgt und ob Sawyer mit seiner Vermutung richtig liegt, wünsche ich mir plötzlich, dass Arros es schafft.

Ziffer um Ziffer blinkt auf, während er die Tastatur bearbeitet und offenbar immer wieder von Neuem anfangen muss, weil das Programm eine Fehlermeldung ausgibt. Als der Timer bei sechs verbleibenden Sekunden angelangt ist, drückt Arros eine Taste und die Zahlen bleiben stehen.

»Ja!«, entfährt es Sawyer. »Gut gemacht!«

Arros grunzt nur gelassen, aber ich kann sehen, wie stolz er ist.

»Pack alles, was drauf ist, auf eine Platte, wir nehmen es mit.«

Arros folgt Sawyers Anweisung und macht sich daran, die Daten zu kopieren.

Wir anderen beginnen damit den Verletzten auf die Beine zu helfen und einige verabschieden sich von den Gefallenen. Ich sehe weg, weil ich mich unwohl dabei fühle, ihnen zuzusehen.

Dann hört der Alarm endlich auf und hinterlässt eine Art Phantomsummen in meinen Ohren.

Sawyer stellt sich in unsere Mitte und wartet, bis alle zuhören. Während die letzten sich vom Boden erheben und ihre Freunde zurücklassen, beobachte ich Jo dabei, wie er immer wieder mit den Fingerspitzen wackelt. So als wären sie eingeschlafen.

»Was ist los?«, frage ich irritiert.

»Ich will nur ...«

Er macht weiter und dann sehe ich, was er versucht. Vor ihm liegt ein leeres Magazin auf dem Boden. Ganz kurz bewegt es sich. Nur ein kleines Stückchen, aber es regt sich.

»Dein Drift?«, frage ich erfreut.

»Ja. Wird langsam besser. Das Zeug scheint seine Wirkung zu verlieren. Wurde auch Zeit.«

Ich lehne mich an ihn und lausche Sawyers Worten. Bald ist es geschafft, denke ich. Nur raus hier und dann irgendwo untertauchen. Ausruhen.

Jo gibt mir einen Kuss auf die Stirn. Es ist so schön, wieder bei ihm zu sein. Keine Ahnung, wie es jetzt weitergeht, aber eines weiß ich auf jeden Fall: Das war das letzte Mal, dass ich dabei zusehe, wie irgendwer meinen Freund gefangen nimmt. Noch mal stehe ich das nicht durch.

22. AUSZEIT

Unser Rückzug durch den HUB gleicht einer Wanderung durch die verlassene Stadt. Niemand ist mehr da. Mit ihrem Regierungsoberhaupt scheinen tatsächlich auch die Soldaten abgerückt zu sein.

Ich glaube nicht, dass sie uns fürchten. Trotzdem haben sie sich dazu entschlossen, zumindest hier und heute, nicht weiterzukämpfen. Ein wenig macht mir diese unerwartete Tatsache Sorgen, aber ich bin viel zu erleichtert, um mir den Kopf darüber zu zerbrechen. Für meinen Geschmack haben wir genug gekämpft. Ich spüre jeden Muskel und möchte eigentlich nur noch Jo packen und mich irgendwo verstecken.

Wie im Zeitraffer nehme ich unseren Weg zurück durch den menschenleeren Komplex wahr.

Als wir die große Ebene erreichen, muss ich an das Fest denken, welches ich auf unserer Flucht zusammen mit Jo und Jackson besuchen durfte. Die vielen Menschen in ihren bunten Kleidern, der herrliche Erdbeer-Slush, der kühl und süß auf meiner Zunge zergangen ist. Ohne all das wirkt dieser Ort plötzlich grau und klein. Gar nicht mehr so gewaltig und beeindruckend.

Natürlich waren wir damals in einem ganz anderen HUB und die Lage längst nicht so bedrückend, aber ich kann die Erinnerungen nicht ausblenden. Alles hier erinnert mich an meinen ersten Abend mit Jo. An seine Geschichtsstunde, hoch über den Köpfen der feiernden Menschen unter uns. Ich trug ein langes Kleid, ich war hübsch. Jetzt bin ich dreckig, Blut klebt an meinen Händen, ich habe mich verändert. Nicht nur äußerlich, wenn sich die Veränderung dort auch am deutlichsten zeigt. Meine Figur, vorher schlank, aber schwach, ist jetzt eine andere. Ich habe Muskeln an Stellen, von denen ich vorher nicht mal wusste, dass es sie gibt. Obwohl ich schon im HUB 1 oft trainiert habe, haben das Training mit Arros und die Übungen im Feuerland meinen Körper gestählt. Die größte Veränderung aber betrifft meinen Charakter, meine Sichtweise der Dinge. Zwar war ich nie einfältig oder besonders genügsam, doch haben die Ereignisse des letzten Jahres mich härter gemacht. Misstrauischer und mir ein Stück meiner Unschuld genommen.

Durch meinen Drift habe ich mehr Selbstvertrauen erlangt. Durch die Division habe ich gelernt, Entscheidungen zu fällen, seien sie noch so schwierig. Durch den Verlust von Marzellus habe ich mir einen Panzer zulegen müssen, um nicht unter der Trauer zu zerbrechen. Ja, ich bin härter geworden. Zu mir selbst und zu anderen. Und durch Jo habe ich erfahren, was richtige Gefühle sind. Nicht die schwesterlichen, die ich für Nume empfinde, oder die freundschaftlichen, die Jakob in mir auslöst. Ich meine diese unbeschreiblichen, alles verzehrenden, bis zum bitteren Ende starkbleibenden, echten Gefühle. Niemals hätte ich gedacht, dass mein Weg so beschwerlich und gleichsam so wundervoll sein würde. Ich dachte immer, ich würde alt werden und in meinem HUB sterben, wie all die anderen vor mir. Jo stellt sich hinter mich, als unsere Gruppe vor dem Aufzug innehält und sich berät. Zwei Späher sind vorausgegangen und überprüfen den Ausgang. Ich lehne mich an ihn und warte ab. Er spürt, wie abgelenkt ich bin. Dass plötzlich niemand mehr bekämpft oder bedroht werden muss, hat uns alle müde werden lassen. Kaum jemand verliert ein Wort.

»Alles in Ordnung bei dir?«, fragt er mich leise.

»Hmmm. Ich schwelge nur in Erinnerungen.«

Er schlingt seine Arme von hinten um meine Taille und ist nun ganz nah.

»Traurige Erinnerungen?«

»Nein. Ich dachte nur gerade an das Fest. Wie wir auf Mailo getroffen sind, nachdem dein Regent über Salgaia sprach, und an unser erstes Date.«

Er schnauft amüsiert und sein Atem kitzelt an meinem Ohr.

»Unser erstes Date? Du findest, das war ein Date?«

»Wir waren schick gekleidet, wir waren auf einer Party und wir haben lange geredet. Wo ich herkomme, nennt man so was ein Date.«

»Wo du herkommst, gibt es keine schicken Kleider.«

Ich ramme ihm spielerisch einen Ellenbogen in die Seite.

»Schon gut, du Kampfmaschine. Ich weiß ja, was du meinst.«

Er dreht mich zu sich herum und streicht mit einer Hand durch mein Haar.

»Es ist nur ... ich finde unser erste Date kam erst später.«

Ich schaue ihn fragend an.

»Später?«

»Mein erster Abend im CutOut. Das war unser erstes Date. Nicht direkt im CutOut, aber draußen, unter der Nachtsonne. Da waren wir das erste Mal zusammen, wie es zwei Menschen, die sich mögen, sein sollten.«

Darauf gibt es nichts zu erwidern. Ich stelle mich auf die Zehenspitzen und will ihn küssen, doch Sawyers Stimme lässt mich zurückzucken.

»Wir müssen eine Entscheidung treffen. Wir brauchen einen sicheren Ort, an dem wir uns neu formieren können. Der CutOut wurde besetzt. Für den Augenblick können wir nichts für unsere Leute dort tun. Wir können vorerst nicht zurück.«

Er hält kurz inne, wirft Arros einen Blick zu.

»Hier ist niemand mehr. Wir könnten hierbleiben.«

Ein Rumoren geht durch die Gruppe. Nicht allen gefällt diese Option.

»Oder«, fährt Sawyer fort, »wir könnten so viel wie möglich mitnehmen und uns zur Stadt durchschlagen. Die alten Städte wurden von den Soldaten von jeher gemieden, was auch der Grund ist, warum für die Division dort alles begann. Wir könnten uns ein Basislager errichten und die nächsten Schritte von dort aus koordinieren.«

Sofort reagieren einige der Männer mit lauter Zustimmung. Neben mir ruft Mac: »So machen wir es!«

Sie wollen nicht hierbleiben. Lieber schlafen sie zwischen Schutt und Trümmern, als an dem Ort zu bleiben, den die Regierung als ihre Zentrale hergerichtet hat, an dem ihre Freunde gestorben sind.

»Was meinst du?«, fragt Jo mich.

»Um ehrlich zu sein, habe ich gar nicht daran gedacht, dass wir auch hierbleiben können. Irgendwie betrachte ich die HUBs als Feindgebiet.«

»Ist ja auch kein Wunder«, mischt Jakob sich ein. »Immerhin wurden wir in den HUBs bisher bloß gefangen gehalten, verurteilt, bekämpft und sie wollten sogar unser Gedächtnis löschen. Nicht gerade ein Ort, an dem man sich einrichten will.«

»Sie wollten euer Gedächtnis löschen?«, fragt Jo mich mit angsterfülltem Blick.

Ich bemerke, wie sehr ihn die Vorstellung erschreckt. Dass ich ihn vergessen könnte, so wie es damals Mailo und Nume widerfahren ist. Schnell drücke ich seine Hand und lächele ihn an.

»Der Blaue, der mich löschen will, muss erst noch geboren werden.«

Er lacht, aber es klingt nicht echt.

Arros kommt zu uns und strahlt mich an.

»Nova! Super Einsatz vorhin. Ich bin richtig stolz auf dich, Kleine.«

Ich scharre mit dem Fuß auf dem Boden und werde rot. Arros' Lob bedeutet mir viel. »Danke.«

»Hört mal«, sagt er dann auch an Jakob und Jo gerichtet, »wie war die Lage, drüben in 34? Können wir da Unterstützung erwarten?«

Ich überlege und nicke dann zustimmend.

»Wir haben denen aus einer ziemlich miesen Lage geholfen. Ich glaube schon, dass sie uns helfen werden, wenn wir sie darum bitten. Außerdem haben wir bereits ein paar von ihnen rekrutiert.«

»Dann sage ich Sawyer, dass wir jemanden hinschicken müssen, um die Leute da mit einzubeziehen.«

Damit verschwindet er wieder und der Rest von uns beginnt damit, sich in Gruppen aufzuteilen, um den HUB auszuschlachten. Zwar werden wir nicht viel mitnehmen können, aber es muss reichen.

Ich bin sicher, Sawyer plant im weiteren Verlauf, noch die Checkpoints rund um die Stadt zu plündern. Wenn wir draußen bleiben wollen, werden wir eine leistungsstarke Stromquelle, Wasser, Vorräte und Waffen brauchen. Zwar bin ich ebenfalls dafür, in die Stadt zu ziehen, aber ich weiß auch, dass dies nur eine Übergangslösung ist. Ewig werden wir uns dort nicht versteckt halten können.

Eine viel zu lange Zeit und endlose Schlepperei später befinden wir uns endlich wieder im Feuerland. Am liebsten würde ich in die Weite hinausschreien, wie sehr ich es vermisst habe. Wie sehr ich mich darauf freue, wieder unter freiem Himmel schlafen zu können und die Sterne zu sehen. Die kurze Zeit im HUB und die Angst davor, am Ende doch noch in einer Zelle zu enden, lassen die glühende Umgebung noch reizvoller auf mich wirken. Wir haben uns hemmungslos an den Ressourcen des HUBs bedient. Sechs Humvees, einen mittelgroßen Truck, drei Solarfahrzeuge und ein Pick-up gesellen sich nun zu unserer Kolonne.

Auch haben wir uns dazu entschlossen, Ruben nicht zurückzulassen, sondern mit einer weiteren Dosis des Mittels auszustatten, und später zu überlegen, wie die Division mit ihm verfahren soll. Jakob scheint kein besonderes Interesse an seinem Onkel an den Tag zu legen oder er tut nur so. Vielleicht muss er sich erst selbst darüber klar werden, wie er zu den jüngsten Entwicklungen steht.

Immerhin wollte Ruben uns ja tatsächlich helfen. Auf eine besorgniserregend dämliche Weise, aber er meinte es gut. Ich nehme mir vor, später noch mal mit meinem besten Freund darüber zu reden. Sicher braucht er ein wenig Trost, jetzt wo bei ihm in zwischenmenschlicher Hinsicht mal wieder alles in Scherben liegt ...

Auf dem Weg in die Stadt haben wir den Umweg über HUB 34 genommen und anstatt, dass dessen »Leiharbeiter« dortblieben, haben sich uns noch mehr angeschlossen. Der Rest der Bewohner blieb im HUB, aber wir sind vernetzt und so beginnt für die Division eine neue Etappe. Eine mit neuen Regeln und Gegebenheiten.

Die Struktur der HUBs ist nicht mehr wir vorher. Zwar sind unsere Informationen noch lückenhaft, aber das wird sich bald ändern. Wir werden Kontakt zu den wenigen, verbliebenen Mitgliedern der Division aufnehmen oder zu denen, die sich gerade erst mit ihr verbündet haben. Wir werden herausfinden, welche HUBs von Blauen besetzt sind, welche von uns oder den Aufständischen eingenommen wurden und welche zerstört wurden. Ob nun durch Erdbeben oder Kämpfe.

Alles wird anders sein. Nichts ist mehr sicher. Auch wenn ich das System mit all seinen Lügen und Tricks gehasst habe, so wusste man zumindest immer, woran man war.

Nun herrscht nur noch Chaos, aber das gehört zu einer Revolution wohl dazu.

Wieder stehen wir ganz am Anfang, genau wie damals, als die Division beschloss, in den CutOut zu ziehen.

Ich denke bereits in eigenen Etappen. Ich will wissen, was mit Nume geschehen ist. Und dann will ich unbedingt vermeiden, dass noch einem meiner Freunde etwas geschieht. Marzellus hat sein Leben für eine Sache gegeben, die wichtiger war als alles, was für uns jemals von Bedeutung war. Ich verstehe, warum er es getan hat. Trotzdem möchte ich nie wieder dabei zusehen, wie jemandem, den ich liebe, etwas zustößt. Dass wir Jo und die anderen befreien konnten, gibt mir Kraft. Es zeigt, dass wir zusammenhalten, komme was wolle. Wie müssen Nume und die anderen finden. Feststellen, ob sie im CutOut ist oder flüchten konnte. Und wir müssen herausfinden, wie es um Numes, Mailos und Jakobs Eltern steht. Diese Dinge sind für mich am wichtigsten. Die Menschen, die ich liebe, zu beschützen und in Sicherheit zu wissen.

Mein Blick bleibt am Rückspiegel heften und ich beobachte eine Weile die gewaltige Staubwolke, die unser Tross auf seinem Weg durch das Feuerland nach sich zieht. Bis zur Stadt ist es nicht mehr weit. Ich freue mich richtig auf sie. Obwohl ich mich nie lange dort aufgehalten habe, fühlt sie sich fast so sehr nach Heimat an wie der CutOut. Mit meinem HUB verbinden mich nur noch die Gefühle zu meinen Eltern. Ein Zuhause ist er für mich längst nicht mehr. Vielleicht war er es nie.

»Jo?«, frage ich sanft.

»Hmmm?«

»Lass dich nie wieder gefangen nehmen, ja?«

»Nie wieder. Versprochen.«

Die Stadt empfängt uns mit stiller Zuversicht. Ein leiser Windhauch lässt graues Papier und die Reste einer alten Plastikummantelung vor meinen Füßen umherwehen. Ich beobachte das Schauspiel fasziniert.

Sawyer hat uns nicht zu der alten U-Bahn-Station gelotst, sondern zu einem der hohen Türme in der Mitte der Stadt. Arros hat mich und Jo darüber aufgeklärt, dass dieses Gebäude vor vielen Jahren schon einmal als Zentrale der Division zur Auswahl stand, bis sich der CutOut durchgesetzt hat. Es sei halbwegs intakt, nicht einsturzgefährdet und weitestgehend von der Zerstörung und dem Vandalismus der alten Tage verschont geblieben.

Bis wir einen mobilen Reaktor auftreiben können, müssen wir ohne Strom auskommen. Also schleppen wir das meiste von unserem Zeug in die große Eingangshalle und lassen es dort stehen. Mangels funktionierender

Fahrstühle kommen zunächst nur die unteren Stockwerke als provisorischer Wohnraum infrage. Arros und Jackson werden morgen einen der umliegenden Checkpoints untersuchen, um einen mobilen Reaktor mitgehen zu lassen.

Doch für mich das vorerst Wichtigste: Wir sind endlich angekommen und können verschnaufen.

Jo und ich teilen uns eine Matte und nachdem wir etwas gegessen und uns noch ein wenig mit den anderen über die hinter uns liegenden Torturen unterhalten haben, liegen wir endlich müde und satt nebeneinander.

Die Etage ist weitläufig. Wir haben es uns in einer der kleinen Büroboxen bequem gemacht. Direkt neben uns steht ein Schreibtisch mit einem unfassbar antiquarisch wirkenden Computer darauf. Er ist mit einer dicken Staubschicht überzogen und ich widerstehe der Versuchung meine Finger auf die altertümliche Tastatur zu legen. Alles in diesem Gebäude sprüht nur so vor Erinnerungen an die alte Zeit. Die Möbel, staubig und zumeist aus einem seltsam rauen Kunststoff. Die Schilder neben den Türen. Dort stehen Namen und Bezeichnungen der Menschen, die hier früher einmal gearbeitet haben. John Perkins, Richard Kowalski, Mary-Anne Fischer. So viele Namen. Ich streiche mit den Fingern über die Oberfläche des Fußbodens, auf welchem wir unsere Schlafstätte errichtet haben. Er ist rau und weich zugleich. Alles hier ist anders. Anders als in den HUBs, anders als im CutOut. Eine Welt voller kleiner Entdeckungen und Geheimnisse. Wenn ich nicht so müde wäre, würde ich losziehen und das ganze Gebäude erkunden, Fahrstuhl hin oder her.

»Hast du es bequem?«, fragt Jo mich und rutscht rücksichtsvoll ein Stück zur Seite.

Sofort packe ich ihn am Shirt und ziehe ihn wieder zurück.

»Ist genau richtig so«, erwidere ich zufrieden.

»Gut.«

Er gibt mir einen Kuss auf die Stirn und ich schließe die Augen, genieße das Kribbeln, welches mich augenblicklich durchfährt. Jeder Muskel schmerzt, jede Bewegung ist eine zu viel, aber dass ich hier bei ihm liegen darf, wir uns berühren können ... es fühlt sich an wie ein Traum.

Wir reden nicht mehr viel, liegen nur so da. Meine Hand ruht auf seiner Brust, als ich einschlafe.

Ich träume in dieser Nacht nichts. Es gibt nichts, worüber ich mir den Kopf zerbreche und das meinen Schlaf mit Bildern füllt. Ich bin für einige Stunden einfach nur noch zufrieden und dankbar. Die Welt mit all ihren Problemen, Aufständen, vermissten Freunden und mobilen Stromquellen wird auch morgen noch da sein.

Die nächsten Tage vergehen wie im Flug. Unser neues Hauptquartier ist allmählich auch als solches zu erkennen. Arros und Jackson haben für Strom gesorgt, sämtliche Fahrzeuge sind in der Tiefgarage unter dem Komplex eingezogen und somit deutet nach außen hin nichts mehr auf die Anwesenheit der Division hin.

Wir haben die obersten Stockwerke bezogen und nachts ist es strengstens verboten, Licht in den äußeren Büros anzuschalten. Dafür ist der Ausblick sagenhaft. Gleich am Tag nach unserem Einzug sind Jo, Jakob und ich auf das Dach gestiegen und haben unseren Blick mit offenen Mündern über die Stadt schweifen lassen. Schon aus der Perspektive des Feuerlands waren mir die Bauten stets wundersam und geheimnisvoll erschienen, aber von hier oben ist der Anblick beinahe beängstigend gewaltig. Ein Meer aus Stahl und Beton, golden leuchtend, im Schein der lodernden Sonne. Weit oben, in den letzten Fensterreihen der Wolkenkratzer, wo sich Staub und Dreck noch nicht festsetzen konnte, reflektieren die Fensterscheiben das Licht wie blitzende Augen.

Vom Dach aus kann man auch den Park sehen, auf welchen wir bei der ersten Erkundung der Stadt gestoßen sind. Grau-braun liegt die verdorrte Fläche unter uns und ich fürchte, sie wird in Flammen aufgehen, wenn die

Sonne noch unbarmherziger auf sie herabscheint. Sawyer kümmert sich fast ausschließlich um die erneute Vernetzung der zersplitterten Division. Seine erste Handlung besteht darin, alle zu kontaktieren, die nicht im CutOut oder bei unserer Rettungsaktion dabei waren, und ihnen zu sagen, dass ihr Anführer noch da ist. Dass die Blauen nicht unbesiegbar sind.

Eine improvisierte Kommunikationszentrale dient ihm als Arbeits-, Wohn- und Schlafplatz. Obwohl er weiß, dass er nicht alle finden wird, versucht er es verbissen. Er will einfach nicht wahrhaben, dass viele von ihnen aufgeflogen oder während der ersten Aufstände gefallen sind.

Manchmal habe ich das Gefühl, er gibt sich selbst die Schuld daran. Als wäre er für seine Gefangennahme selber verantwortlich gewesen, weil er auf Kieran hereingefallen und in die Falle getappt ist. Dass er direkt nach dem Versenden der Botschaft nicht die Kontrolle übernehmen und den Aufstand anführen konnte, scheint ihm sehr zuzusetzen. Ich hoffe, er sieht bald ein, dass er nur ein Mensch ist. Ein einzelnes Individuum, welches - wenn auch hochgradig motiviert - nicht die ganze Welt beeinflussen kann. Wenn er nur erst wieder den Überblick hat, sich mit allen, die noch da sind, beraten konnte ... Sicher wird er dann aufhören, sich selbst zu kasteien.

An Tag vier, nach der Befreiung von Sawyer und den anderen, gibt es endlich stichhaltige Informationen. Es hat Arros und Sawyer viel Mühe gekostet, die versprengten Mitglieder der Division zu erreichen und dann noch mal großen Aufwand, um glaubhafte Informationen von Gerüchten und Vermutungen zu unterscheiden.

Wir sitzen, in kleiner Runde, in einem Raum, der wohl früher einmal zum Kopieren von Dokumenten und zur Aufbewahrung von Materialien gedacht war. Hier haben Sawyer und Arros sich ihre kleine Kommunikationszentrale aufgebaut. Eine Wulst aus dickummantelten Kabeln führt durch die Tür in eines der Treppenhäuser bis hinauf

auf das Dach, wo Arros einen Empfänger installiert hat. Von hier aus haben die beiden versucht, den Kontakt zum Rest der Welt, zur Division aufzunehmen.

Gespannt warten Jo, Mailo, Jakob, T.J. und ich auf die Zusammenfassung ihrer Ergebnisse. Zoe, Mac und der Rest der Division-Anführer sind unterwegs, um die Umgebung der Stadt auszukundschaften. Die Technik, welche dies auch ohne nennenswerten menschlichen Einsatz schon bald übernehmen soll, konnte Arros noch nicht installieren. Dafür müssen überall in den Straßen und vor der Stadt Installationen vorgenommen werden und dafür fehlte ihm bisher die Zeit. Obwohl wir die Ausrüstung dank der Plünderung des HUBs vorliegen haben, geht es wie auch schon damals im CutOut nur langsam voran. Die Kommunikationsaufbauten hatten Vorrang.

Jo und ich zwängen uns auf einen kantigen Sessel, der schon einmal bessere Tage gesehen hat. Abwechselnd trinken wir aus einer Wasserration und beobachten Arros dabei, wie er immer wieder von einer Tastatur zur anderen wechselt und die mobilen Screens im Auge behält. Schließlich nickt er Sawyer zu und dieser ruft die letzten Informationen vor sich ab. T.J. wirkt ungeduldig. Er kann sich nicht hinsetzen, weil kein Platz dafür ist. Aber ich habe auch nicht das Gefühl, dass ihm der Sinn danach steht, genau wie Jakob. Jo und ich sind relativ entspannt. Natürlich sind wir Jakob und Mailo gegenüber auch klar im Vorteil. Wir haben einander. Die beiden haben sicher große Angst um Nume. Ich sorge mich ebenfalls um sie, aber ich habe wenigstens Jo an meiner Seite, während Mailo und Jakob keinerlei Informationen über den Verbleib meiner Freundin haben. Sawyer studiert noch einen Augenblick die Daten und beginnt dann, uns ins Bild zu setzen.

»Es gibt einen Haufen gute Nachrichten ... aber leider auch ein paar schlechte ...«

23. STATUS QUO?

Als ich noch im HUB 1 gelebt habe, konnte ich nie verstehen, warum sich die Menschen in der alten Zeit bekriegt haben. Warum sie gewalttätig gegeneinander vorgingen und sich von Hass und Missgunst beherrschen ließen. Natürlich gab es mitunter auch im HUB Unstimmigkeiten, aber niemals erhob jemand die Hand gegen einen anderen. Zumindest habe ich es nie erlebt. In dieser kleinen Welt gab es keine Waffen, keine Gerichte, keine Gefängnisse und keine Kriminalität.

Erst als wir, dank Marzellus, der Wahrheit auf die Spur kamen, erkannte ich, dass nicht nur die HUB-Leitung uns belogen hatte, sondern wir uns auch selbst etwas vorgemacht hatten.

Es gab Waffen, es gab Gerichte und es gab auch Gefängnisse. Aber vor allem gab es Kriminalität.

Nicht die Art von Vergehen, wie das Wort sie in der alten Zeit beschrieb. Keinen Steuerbetrug oder Diebstahl. Aber kriminelle Energie existierte die ganze Zeit über, direkt vor unserer Nase. Lug und Trug bestimmten die Abläufe im weitverzweigten System der HUBs und wir waren mittendrin, ohne es zu ahnen.

Heute weiß ich: Solange es Menschen gibt, die immer nach noch mehr Macht und Besitz gieren, wird es auch Verbrechen geben. Ob nun gegen Einzelne oder gegen eine Gruppe von Menschen.

Was ich aber erst jetzt verstehe - ja wirklich nachfühlen kann - ist der Drang, sich zur Wehr zu setzen. Die bewusste Entscheidung, einen Krieg heraufzubeschwören.

Es gibt 542 gelbe HUBs. Vierzig von ihnen wurden durch die Erdbeben der letzten Monate zerstört. Weitere 120 befinden sich in der Gewalt der Blauen. Wenn man Sawyers Informationen trauen kann, hat es die Regierung geschafft, den Bewohnern dieser HUBs weiterhin vorzugaukeln, sie wären die letzten Überlebenden auf dem Planeten. Dass die Botschaft nur ein Scherz, ein dummer Streich von ein paar Leuten aus ihrem HUB war.

Wie sie es geschafft haben, diese lächerliche Behauptung durchzusetzen, ist mir schleierhaft. Vielleicht waren ihre Sendungen wirklich glaubhaft oder die Menschen möchten ihre Weltanschauung einfach nicht ändern? Vielleicht tun sie es auch längst, trauen sich aber nicht, es offen zur Schau zu tragen, aus Angst, die HUB-Leitung könnte sie zur Rechenschaft ziehen?

Ich weiß noch genau, wie es sich angefühlt hat, mit Jakob über die Unterhaltung zu sprechen, die Marzellus in unserem alten HUB belauscht hat. Wir waren instinktiv vorsichtig. Auf der Hut, kann man sagen. Obwohl wir keinen blassen Schimmer davon hatten, wie hart gegen Hetzerei vorgegangen wird, achteten wir penibel auf den Umgang mit der heiklen Information.

Möglicherweise ist es also vorstellbar, dass die Bewohner der weiterhin unterjochten HUBs sich fürchten und einfach stillhalten. Abwarten, bis sich eine Gelegenheit ergibt oder die Dinge sich ohne ihr Zutun ändern.

Nicht so die restlichen, gelben HUBs mit ihren etwa zwei Millionen Insassen. Unsere Botschaft hat eine Reaktion ausgelöst, die an Intensität nicht zu unterschätzen ist. Auch nicht von der Regierung.

Sawyer beschreibt es uns bedrohlicher, größer und weitreichender, als alles, was wir uns erwartet haben. Es ist mehr als der Aufstand von ein paar Commons.

Es ist eine Schlacht.

An unserer Seite befindet sich die geradezu lächerlich wirkende Anzahl von knapp 50 blauen HUBs, deren Bewohner entweder von der Botschaft überzeugt oder von

der ersten, schlecht organisierten, aber ziemlich durch-
schlagenden Angriffswelle der umliegenden gelben HUBs
überrannt wurden. Ein Drittel der blauen HUBs ist also
gar nicht mehr so blau.

Man sollte meinen, zwei Millionen Gelbe sollten die
Regierung innerhalb kürzester Zeit bezwingen können.
Doch was wie eine simple Rechnung erscheint, ist am
Ende viel komplizierter.

Die Commons ringen mit ihren angeborenen Defiziten.
Sie kennen sich weder im Feuerland aus, noch haben sie
diese famosen Fähigkeiten, mit denen jeder einzelne Blaue
ausgestattet ist.

Und dann ist da noch die Hitze.

Gestern Morgen betrug die Temperatur das erste Mal
über 60 °C. Ich sehe an Jakob, wie kräftezehrend diese
Witterung für einen Menschen ohne Drift ist. Und er hat
bereits Erfahrungen im Feuerland gesammelt. Er hatte
Zeit, sich darauf einzustellen.

All die Menschen, die im Zuge der Aufstände das erste Mal in ihrem Leben das Sonnenlicht erblickt haben,
können sich nur schwer auf das Klima einstellen. Es muss
ihnen vorkommen, als liefen sie gegen eine glühende
Wand aus Licht. Und als wäre das nicht genug, gibt es
nicht mal annähernd ausreichend Ausrüstung für diese
Leute.

Die SOLAR SUITS waren stets nur für die überschauba-
re Anzahl von gelben Soldaten, Beamten und Technikern
gedacht. Jeder, der unterhalb der 29. Ebene arbeitet, sollte niemals aus dem HUB herauskommen.

Doch nun gibt es unzählige Gelbe, die darauf brennen,
ihren Kerker zu verlassen, und ihrer Wut Luft machen
wollen. Doch ohne Anzug kommen sie keine zwei Kilo-
meter weit. Und effektiv kämpfen können sie schon gar
nicht. Somit ist der Ausgang dieser Auseinandersetzung
keineswegs vorhersehbar.

Beide Seiten befinden sich in einer Art Wartestellung.
Die Blauen haben Angst, sind aber verbissen dabei ihre

Weltanschauung weiter durchzusetzen. Als wäre das nach den jüngsten Ereignissen überhaupt noch machbar!

Die Gelben hingegen mussten ihre Sicht der Dinge innerhalb von Tagen anpassen, sich völlig neu orientieren. Trotzdem können sie nicht motiviert zur Tat schreiten und sich behaupten. Sind sie auch von ihrer blinden Naivität geheilt worden, so bleiben sie noch immer Opfer der weiter fortschreitenden Klimakrise.

Für Sawyer stehen nach der Auswertung der Informationen zwei Dinge ganz oben auf der Tagesordnung: Herausfinden, welche HUBs für die Produktion der SOLAR SUITS zuständig sind, und den CutOut zurückerobern.

Die Suche nach den Produktionsstätten der Anzüge dürfte nicht allzu schwierig werden. Gelbe HUBs kommen dafür nicht infrage, weil die Arbeiter sich in Anbetracht der Masse sofort fragen würden, wofür all die SOLAR SUITS gebraucht werden. Schließlich geht jeder gelbe HUB davon aus, er würde nur für den Eigenbedarf produzieren.

Also suchen wir unter den blauen HUBs. Ich hoffe, dass wir schnell die erforderliche Ausrüstung organisieren können, damit die Menschen das Feuerland schon bald so kennenlernen können, wie ich es während meiner Flucht getan habe.

Ein weiteres Risiko ist unsere aus dem Boden gestampfte Zentrale im Wolkenkratzer. Es ist nur eine Frage der Zeit, bis die blauen Soldaten sich der neuen Situation angepasst haben und herausfinden, wo wir unser neues Lager aufgeschlagen haben. Je nachdem für wie wichtig sie es befinden, die Anführer der Division zu überwältigen, könnte es zu einem Kampf innerhalb der Stadt kommen und wir wären in der Unterzahl. Wir müssen also zurück in unsere Zentrale, genau wie alle, die zuvor daraus vertrieben wurden und sich nun sonst wo befinden.

Unter ihnen ist vielleicht auch meine Freundin Nume. Da wir noch immer nicht wissen, wie die Lage innerhalb des CutOuts ist, kann ich nur Vermutungen über ihr Schicksal anstellen.

Es ist gerade zwei Tage her, dass Sawyer uns auf den neusten Stand gebracht hat, als plötzlich ein Erdbeben, wie ich es zuvor noch nie erlebt habe, die Stadt erzittern lässt.

Zunächst glaube ich, dass es nur stärker als sonst erscheint. Das letzte Erdbeben überraschte uns im Feuerland, wo einem nichts auf den Kopf stürzen oder einen unter sich begraben konnte. Vielleicht lässt die Stadt, mit ihren engen Straßen und riesigen Bauten das Beben bloß bedrohlicher erscheinen? Doch schnell wird mir klar, dass es sich um ein anderes Kaliber seismischer Aktivitäten handeln muss.

Wir sind gezwungen, unser frisch erobertes Gebäude fluchtartig zu verlassen und so weit wie möglich zum Rande der vibrierenden Metropole vorzudringen, wo die Häuser kleiner und die Ausweichmöglichkeiten besser sind.

Pete hat mir einmal erklärt, dass Erdbeben nie länger als drei oder vier Sekunden dauern können. Das wäre einfach nicht möglich. Dafür kann ein Beben Nachbeben nach sich ziehen.

Was aber nur ganz selten vorkommt und besonders erschreckend ist, sind sogenannte Schwarmbeben. Sie fühlen sich länger und intensiver an. Sie sind eine Seltenheit, eine Ausnahme. Bis jetzt. Wenn Pete starke Erdbeben als Schwarmbeben bezeichnet, dann ist das hier ein Schwarm, der aus Schwärmen besteht. Ich weiß nicht, wie ich es anders empfinden kann. Die Wucht, mit der die Natur uns offenbart, wie hilflos und klein wir sind. Wie zerbrechlich unsere Welt und alles in ihr ist - sie erschüttert mich innerlich beinahe genauso sehr wie in physischer Hinsicht.

Jo und ich harren, unsere Umgebung taxierend, hinter einem alten Müllcontainer aus. Ein Stück entfernt hocken Mailo, Jackson und Zoe. Ich kann dabei zusehen, wie die drei vor Nervosität fast zerspringen. Wir sind dem Schauspiel machtlos ausgeliefert. Und es will einfach kein Ende nehmen. Ich drücke mich so fest an Jo, dass er sich mit einem Fuß an der Wand hinter ihm abstützen muss, um nicht zur Seite wegzukippen. Wir reden kein Wort. Unser aller Aufmerksamkeit gilt ausschließlich dem grollenden, zitternden und zutiefst beunruhigenden Toben, welches nur quälend langsam abklingen will. Erst als wir ganz sicher sind, dass das Schlimmste überstanden ist, wagen wir es aufzustehen und uns auf der Straße zu versammeln.

»Was WAR das?«, keucht Jakob atemlos.

»Auf jeden Fall bedeutet es sicher nichts Gutes«, erwidert Arros besorgt.

Sein dickes Haar klebt ihm schweißnass an der Stirn und er ist ebenfalls außer Atem. Nicht, weil er besonders viel gerannt ist oder sich sonst irgendwie angestrengt hat. Er hat Angst, wie wir alle! Nackte, alles betäubende Angst, die einem das Herz bis zum Hals schlagen lässt und jeden klaren Gedanken im Keim erstickt. Angst zu sterben.

Nicht einmal im Kampf gegen die blauen Soldaten habe ich mich so gefühlt. Vielleicht weil ich dort stets der Meinung war, die Kontrolle über das Geschehen zu haben. Aber hier ... Wir sind bloß Insekten, kleine, weiche Tiere, die jederzeit von einem Stein oder etwas Größerem zerquetscht werden können.

»Gehen wir zurück und sehen, ob unser Lager es überstanden hat«, schlägt Sawyer sachlich vor, doch auch ihm steht der Schock deutlich ins Gesicht geschrieben.

Wir folgen ihm schlapp und schlängeln uns zurück durch die zugemüllten Straßen der Stadt. Unterwegs passieren wir einen breiten Riss im Asphalt, der vorher definitiv noch nicht da war. Die rohe Gewalt, mit der die Straße in zwei Hälften gerissen wurde, könnte sich gar nicht deutlicher abbilden. Dass die Häuser nicht eines nach dem anderen eingestürzt sind, grenzt an ein Wunder.

Auch unser Gebäude steht noch. Im Inneren zeigen sich allerdings ein paar Auswirkungen des Bebens. Gegenstände sind aus Schränken und von Regalen gefallen. Kabel haben sich gelöst und die Kommunikationseinrichtung ist ein heilloses Durcheinander. Weil uns nichts Besseres einfällt, beginnen wir damit, alles wieder in Ordnung zu bringen. Ich wühle mich durch einen Haufen durcheinandergeratener Teile, die Arros für die mobilen Terminals braucht, und sortiere sie nach Aussehen und Zugehörigkeit. Zwar kenne ich mich nicht sehr gut aus, kann aber eine Speichereinheit von einem Datenkabel unterscheiden. Nach einer Weile stoße ich auf die Datenscheibe, die wir aus dem HUB mitgebracht haben. Sie ist zum Glück nicht beschädigt.

»Arros?«, sage ich neugierig, »hast du dir das schon angesehen? Weißt du, was drauf ist?«

Er schüttelt den Kopf.

»War noch keine Zeit dazu. Und das Zeug ist verschlüsselt. Da muss ich erst mal ran, bevor wir die Daten sichten können. Ich wollte es heute Abend machen. Willst du mir dabei helfen?«, fragt er, als er meine Neugierde bemerkt.

»Gerne!«

So habe ich wenigstens wieder etwas zu tun. Die Aussicht auf eine sinnvolle Aufgabe stimmt mich fröhlich und lässt auch die noch viel zu präsente Erinnerung an das grauenhafte Beben etwas verblassen. Die letzten Tage glichen eher der Wartezeit vor einer unfreiwilligen Untersuchung auf der Medi-Station. Ich fühle mich nutzlos und überflüssig. Die anderen helfen bei der Überwachung der Stadt oder suchen nach brauchbaren Teilen für unser Lager, aber ich verbringe die meiste Zeit mit Jo. Wir kleben aneinander wie zwei verschweißte Feuerlandrationen.

Meistens sind wir oben auf dem Dach und bestaunen stumm den Ausblick. Wir reden nicht viel, seit wir aus dem HUB weg sind. Die ganze Situation ist so unklar und so vieles geschieht um uns herum. Wahrscheinlich sitzt der Schreck der aufgezwungenen Trennung noch zu tief. Wir sind einfach froh, zusammen zu sein, und brauchen dafür keine Worte.

In diesen Stunden kommt mir Anny oft in den Sinn. Ich frage mich, ob Sawyer sie vermisst. Ob er jetzt, wo alles anders ist, an sie denkt. Egal wie sie zur Division steht oder stand, die alte Ordnung ist rissig. Selbst jemand wie sie, der sich unserer Bewegung um keinen Preis angeschlossen hätte, muss inzwischen Zweifel haben oder zumindest verstehen, dass die strikte Trennung zwischen Gelben und Blauen schon bald der Vergangenheit angehören wird.

Wo sie wohl ist? Zu gerne würde ich Sawyer darauf ansprechen, aber ich glaube, er hat gute Gründe, diesen Teil seiner Vergangenheit für sich zu behalten. Ich gehe davon aus, dass er sie wirklich geliebt hat oder es immer noch tut. Ich habe ihn nie mit einem anderen Mädchen gesehen. Und nachdem Arros uns von Anny erzählt hat, habe ich mich an eine Bemerkung Sawyers erinnert. Es war im Feuerland, unweit des CutOuts gewesen. Wir hatten trainiert und danach sagte er, jeder von uns habe Dinge zurücklassen müssen, um sich der Division anzuschließen. Jeder habe sein Päckchen zu tragen. Ich bin mir absolut sicher, dass Anny Sawyers Päckchen ist.

Am Abend erscheine ich wie versprochen bei Arros, welcher sich gerade mit Sawyer über ein Terminal beugt und nachdenklich den Kopf schüttelt.

»Was Schlimmes?«, frage ich vorsichtig, weil sein Blick ein mulmiges Gefühl in mir verursacht.

»Hi Nova. Wir wissen es nicht. Im wahrsten Sinne des Wortes. Geht um diese Temperaturschwankungen.«

Arros zupft an seinem Bart und umrundet das Terminal.

»Von hier aus können wir die Messungen nicht weiter auswerten. Das geht nur im CutOut oder in einem der blauen HUBs.«

Ich runzele die Stirn.

»Was versprecht ihr euch überhaupt davon?«

Zwar finde ich die plötzlich ansteigenden Temperaturen ebenfalls ziemlich beunruhigend, bin aber der Meinung, dass sie gerade unser geringstes Problem sind.

»Wir glauben, dass wir es schaffen könnten, sie vorherzusagen, wenn nur genügend Messungen vorliegen, um ihre Ursache zu bestimmen.«

Ich bleibe ungeduldig stehen. Ich will wissen, was für Informationen wir aus dem HUB mitgenommen haben. Die Hitzepeaks erscheinen mir irgendwie nicht so spannend.

Arros bemerkt meine Ungeduld und legt bereits den Datenträger auf die Konsole. Nach kurzer Zeit baut sich das Hologramm auf und ich trete gespannt näher.

»War ziemlich fies verschlüsselt, aber ich konnte das umgehen«, erklärt Arros und grinst breit.

»Gut gemacht«, sage ich, aber mein Blick heftet sich bereits an eines der Dokumente.

Ein wenig enttäuscht über mein geringes Interesse an seinen Hacker-Fähigkeiten beginnt Arros damit, die Daten zu sortieren. Was ihm besonders interessant erscheint, schiebt er nach links, den Rest lässt er zunächst wieder verschwinden. Schnell stellt sich heraus, dass etwa die Hälfte der Daten die Fertigstellung der Transportschiffe betreffen. Wenn man den Aufzeichnungen trauen kann, sind die interstellaren Raumschiffe praktisch bereit, die Erde zu verlassen. Ich kann diesen Status nicht aus den Daten herauslesen, aber Sawyer ist sich ziemlich sicher, dass die Arbeiten sich bereits in der Endphase befinden und einer Umsiedlung somit eigentlich nichts mehr im Wege steht. Diese Information ist zwar nicht sonderlich spektakulär, zumal wir von Salgaia und den Plänen der Regierung wussten, aber sie ist dennoch nicht uninteressant.

Nach wie vor muss der Zwist zwischen den Interessengruppen beigelegt werden, damit eine Umsiedlung ohne Schwierigkeiten gestartet werden kann. Zumindest vermuten wir, dass die Regierung vor Beendigung der Streitigkeiten nicht mit der Umsiedlung beginnen wird. Dazu sind sie viel zu sehr mit der Auseinandersetzung beschäftigt.

»Wie wollten sie die Leute eigentlich von hier wegbringen? Ich meine, aus den HUBs raus, zu den Schiffen?«, frage ich nachdenklich. »Immerhin müssen die Gelben dann durch das Feuerland transportiert werden und würden die Erdoberfläche mit eigenen Augen sehen. Dann wäre es wohl schnell aus mit der Lüge?«

»Steht hier«, erwidert Sawyer knapp und ich kann den üblichen Ausdruck eines neugierigen Jungen in seinen Zügen erkennen. So schaut er immer, wenn er etwas zutiefst faszinierend findet. In diesen Momenten kann ich mir sehr gut vorstellen, wie er als Kind ausgesehen haben muss. Die etwas zu breite Nase leicht gekräuselt. Der strenge Blick, mehr konzentriert als übellaunig. Frech. Unersättlich. Sicher damals wie heute.

Ich sehe nicht, worauf er hinauswill, daher deutet Arros nun ebenfalls auf den Abschnitt des Protokolls und erklärt: »Kryonik. Da steht's. Die Menschen werden einfach in so eine Art Winterschlaf versetzt. Und das schon innerhalb ihres jeweiligen HUBs. So sehen sie weder die Oberfläche noch die Raumschiffe.«

Ich lache auf. »Aber dass sie sich beim Aufwachen plötzlich auf einem anderen Planeten befinden, wird ihnen wohl schon auffallen, oder etwa nicht?«

Wir starren weiter auf das Hologramm und Sawyer blättert Dokument um Dokument durch.

»Ich verstehe nicht, wieso sie diese Daten mit im HUB hatten. Er schien mir eher eine Art Übergangslösung zu sein, wegen der Ausstrahlungen. Wieso schleppen sie diesen hochsensiblen Kram mit sich?«

Sawyer redet nicht mehr mit uns. Er stellt sich selbst leise Fragen und versucht auf diese Weise eine Liste aus Hinweisen zu erstellen, um auf die Antwort zu stoßen.

Ich persönlich glaube, dass die Regierung bereits so instabil ist, dass ihnen gar keine andere Möglichkeit bleibt, als die gesamte Koordination von unterwegs aus zu erledigen. Dass der Souverän sich in dem HUB aufgehalten hat, wo die Propaganda-Aufzeichnungen gemacht wurden, deutet stark darauf hin, dass sie inzwischen mobil agieren und genau wie wir keine Basis mehr haben. Ich gebe es auf, dem viel zu schnellen Wechsel zwischen den Dokumenten zu folgen, und beobachte gespannt, wie Sawyers Stirn sich in Falten legt. Fast erwarte ich eine Abfolge von Codefragmenten auf ihr vorüberziehen zu sehen, als würde sein Hirn die Informationen durch ein Raster jagen, kategorisieren, sortieren und dann eine Lösung ausspucken.

»Oh!«

Offenbar ist sein Hirn fertig mit der Arbeit.

»Was denn?«, frage ich aufgeregt.

Arros hat sich längst ausgeklinkt und steht mit verschränkten Armen hinter uns. Auch ihm geht das Durchforsten der Daten zu schnell.

»Verstehe ... Das ist übel, ganz übel!«

»Sawyer!«, quietsche ich.

»Ja, ähm. Sorry ... ich glaube, ich verstehe, wie das ablaufen soll. Vermutlich werden die Menschen aus den gelben HUBs tatsächlich nicht merken, dass sie den Planeten gewechselt haben.«

»Bitte? Das ist doch Schwachsinn. Wie soll das gehen?«

»Ganz einfach. Ihnen wird A das Gedächtnis gelöscht und B werden sie die Oberfläche auch auf Salgaia nicht zu sehen bekommen.«

Ich stoße einen Schwall Luft aus und muss mich auf der Kante des Terminals abstützen.

»Wie?«

»Hier ist alles beschrieben«, er deutet auf das Hologramm. »Etappe eins: flächendeckende Gedächtnislöschung. Hier, siehst du? Es gibt sogar zwei HUBs, die ausschließlich mit der Produktion des Serums beschäftigt sind.«

Er deutet auf die entsprechende Stelle im Dokument.

»Etappe zwei: Kryoschlaf. Etappe drei: Abtransport aus dem HUB, zum jeweiligen Schiff. Sie aufzuwecken, ist nicht geplant, auch nicht an Bord der Schiffe. Etappe vier: Salgaia. Zuteilung der ...«, er zögert.

»Lies weiter!«, bitte ich ihn, weil ich keine Ahnung habe, an welcher Stelle ich suchen soll, und unbedingt wissen will, wo die Reise der Gelben enden wird.

»Zuteilung der Neo-HUBs«, trägt Sawyer vor.

»Neo-HUBs?«, frage ich leise.

»Ja. Es ist unglaublich, aber sie haben tatsächlich vor, die Leute auch auf Salgaia in HUBs zu sperren. Das ist ... Das übersteigt alles, was wir bisher unter dieser Regierung erlebt haben. Das ist einfach nicht zu fassen!«

»Was sind das für HUBs, diese Neo-HUBs?«, fragt Arros.

»Keine Ahnung, muss hier irgendwo stehen. Warte«, sagt Sawyer und beginnt damit die Daten weiter zu durchleuchten.

Arros beginnt derweil damit unruhig auf- und abzuschreiten.

Wieder einmal haben wir für die Machenschaften unserer Anführer nichts als schockiertes Schweigen übrig.

Ich lasse mich auf einen wackeligen Bürostuhl fallen und versuche mir das Horrorszenario vorzustellen. Plötzlich bin ich doppelt so froh, dass wir es geschafft haben, die Botschaft zu senden. Es durchkreuzt ihre Pläne oder hält sie zumindest eine Zeit lang auf. Menschen, die im Begriff sind aus ihren HUBs auszubrechen, kann man nicht so leicht unter Drogen setzen oder in irgendeinen dubiosen Winterschlaf versetzen.

»Die bloße Vorstellung, dass all diese Menschen umgesiedelt werden, auf einen Planeten mit saftigen Wiesen, tosenden Flüssen und - vermutlich - einer Sonne, die nicht im Begriff ist, ihr Leben auszuhauchen, ohne dass sie auch nur einen winzigen Blick auf diese neue Welt erhaschen können. Das kann doch nicht wahr sein? Das ergibt überhaupt keinen Sinn!«, philosophiere ich wütend vor mich hin.

»Zwei Sonnen«, sagt Sawyer, ohne aufzublicken.

»Was?«

»Salgaia hat zwei Sonnen.«

»Auch gut«, erwidere ich gespielt unbeeindruckt, obwohl ich es bin.

Zwei Sonnen. Ob sie immer beide zu sehen sind? Ist dann jemals Nacht? Ich verliere mich kurz in meinen Träumereien, doch dann fällt mir wieder ein, worum es hier eigentlich geht. Wieso zur Hölle will die Regierung die Menschen erneut einsperren? Ich kann das einfach nicht nachvollziehen.

»Warum sollten sie die Gelben denn weiterhin unter der Erde verkümmern lassen?«, formuliere ich meine Gedanken laut.

»Vermutlich aus demselben Grund wie hier auch. Kontrolle«, erwidert Sawyer zornig.

»Kontrolle? Aber das geht doch zu weit! Selbst für diese Irren ist das zu pervers!«, schimpfe ich.

»Scheinbar nicht«, brummt Arros, trotzdem nicht weniger angewidert als ich.

»Ah! Ich hab's«, informiert uns Sawyer und liest weiter vor. »Neo-HUBs sind im Prinzip wie normale HUBs, nur dass sie nicht unterirdisch sind. Es sind ganz normale Bauten, also an der Oberfläche, aber von innen sind sie genauso aufgebaut wie die HUBs auf der Erde.«

»Was für ein Irrsinn! Betonklötze ohne Fenster, oder was?«, fluche ich.

»Eigentlich ganz effektiv«, gesteht Sawyer zu. »Sie können den Menschen weiter vormachen, die Erde wäre zerstört und sie die letzten Überlebenden, müssen dafür aber keine Löcher buddeln. Sie errichten einfach große Komplexe, die die Anforderungen ebenso erfüllen. Wenn man diesen Informationen hier glauben kann, wurden die Neo-HUBs gruppiert konzipiert. Also immer mehrere beieinander. Vierzig Stück pro Standort.«

»Wurden konzipiert? Soll das heißen, die stehen schon da und warten auf ihre neuen Bewohner?«, fragt Arros ungläubig.

»Den aktuellen Stand kann ich hier nicht rauslesen, aber mindestens 50 sind scheinbar fertig, der Rest in Arbeit. Wobei man das nicht mit Sicherheit sagen kann. Ich gehe nicht davon aus, dass es eine Möglichkeit gibt, mit Salgaia zu kommunizieren. Daher kann die Regierung einfach nur davon ausgehen, das alles nach Plan verläuft. Ob das auch wirklich so ist, kann man nicht sagen.«

»Das meinte euer Regent also mit ›Wir sind bereits dabei, die neue Welt aufzubauen‹«, sage ich spöttisch und verdrehe dabei die Augen.

Was wir herausgefunden haben, macht mich so unfassbar wütend. Ich kann einfach nicht nachvollziehen, wie man so unmenschlich sein kann! Natürlich ist mir der Gedanke dahinter verständlich. Würden sie die Gelben zurücklassen, müssten sie die Produktion auf Salgaia selbstständig betreiben. Meines Wissens hat kein Blauer je einen Handschlag getan, um Mehl herzustellen oder Gemüse anzubauen. Natürlich möchte die Regierung diese Lebensweise auch auf dem neuen Planeten so fortführen, aber wie weit sie bereit sind dafür zu gehen, übersteigt meine Vorstellungskraft.

»Wieso nehmen sie die Leute dann überhaupt mit? Da könnten sie doch auch einfach neue ›züchten‹, wenn sie auf Salgaia angekommen sind«, stelle ich emotionslos fest.

»Wenn man es, wie du sagst, als ›Züchtung‹ betrachtet, würde vermutlich eine ganze Ernte ausfallen. Die neuen Menschen müssten ja erst heranwachsen und alles von der Pieke auf lernen. Eine Gedächtnislöschung eliminiert, wie wir wissen, nur die Erinnerungen an Gefühle, Freunde, Familie und Erlebnisse. Die grundsätzlichen Begabungen und Fähigkeiten sind noch immer da. Wer also vorher eine Portionierungsmaschine bedient hat, wird nicht lange brauchen, um diese Tätigkeit wieder aufnehmen zu können. So wie bei Mailo damals. Der sollte ja auch den gleichen Job machen wie in seinem alten HUB«, erklärt Sawyer.

»Großartig!«, brumme ich.

Neo-HUBs. Riesige Bunker, in Reih und Glied auf Salgaia. Auf der »Rettenden Erde«! Der Gedanke macht mich fuchsteufelswild. Die Tatsache, dass die Menschen auf der Erde schon nicht wussten, wie nah der nächste HUB mit weiteren Überlebenden ist, war bereits verstörend. Auf Salgaia lägen zwischen den HUBs nur noch wenige Meter. In jedem Gebäude säßen vermutlich 5000 Gelbe, die keine Ahnung hätten, wie nahe sie den anderen sind, ja nicht einmal wüssten, dass es sie gibt! Ich kann mich gar nicht mehr einkriegen, so sehr regt mich dieser menschenfeindliche Plan auf!

»Also ich weiß nicht, wie ihr das seht, aber das schreit nach einer neuen Botschaft. Die Menschen müssen das erfahren!«, beschließe ich und kann plötzlich nicht mehr still sitzen. Ich stehe auf und wandere ebenso wie Arros durch den Raum.

»Eins nach dem anderen«, sagt Sawyer und macht eine beschwichtigende Geste mit seinen Händen. »Die Leute haben schon genug mit den Nachwirkungen der ersten Botschaft zu kämpfen. Zunächst müssen wir dieses Chaos in den Griff kriegen. Wir müssen die Commons mit Ausrüstung, Nahrung und Kommunikationsmöglichkeiten versorgen. Sie müssen sich organisieren und vernetzen können, um den Kampf gegen das System so verlustfrei und effektiv wie möglich führen zu können.«

Wie immer betrachtet Sawyer die Lage rational, während ich vor Emotionen schäume.

Ich will gerade etwas erwidern, als Jo hereinkommt und in drei aufgebrachte Gesichter blickt.

»Hab ich was verpasst?«

Ich gebe einen verächtlichen Laut von mir. Sawyer artikuliert sich besser.

»Wir sehen das Material aus dem HUB durch. Eigentlich undenkbar, dass uns die geplanten Maßnahmen der Regierung noch mehr schocken können, aber sieh selbst. Es geht ...«

Jo studiert die Daten und Sawyer macht zwischendurch immer wieder erklärende Anmerkungen. Die Miene meines Freundes wird von Minute zu Minute finsterer. Als er sich den Rest der Umsiedlungspläne noch einmal genauer anschauen will, diskutieren Sawyer und ich weiter über die Vorgehensweise der Division. Ich habe Angst, dass die Regierung doch mit der Umsiedlung beginnt und der kämpfende Rest der Gelben zurückbleibt, nur weil wir diesen Aufstand verursacht haben. Sawyer hingegen beharrt darauf, dass es klüger wäre, die Informationen erst zu einem späteren Zeitpunkt zu veröffentlichen.

Arros schweigt die Wand an und mischt sich nicht ein. Die Diskussion führt in seinen Augen offenbar nirgendwo hin.

Ich rede mich richtig in Rage und bemerke das zuckende Kabel zu meinen Füßen daher erst gar nicht. Ohne erkennbaren Grund bewegt sich der dicke Strang wie eine Schlange hin und her. Ich breche mitten im Satz ab und stutze. Sawyer bemerkt meinen Blick und folgt den Bewegungen des Kabels stumm.

»Was ...?«, setze ich an, doch bevor ich die Frage laut stellen kann, fliegt mir auch schon die Antwort zu.

Jo bewegt das Kabel, allerdings unbewusst. Diese Eigenschaft ist mir schon öfter an ihm aufgefallen. Das erste Mal damals im HUB 6, als er sich vor uns unwohl fühlte und aus reiner Nervosität eine Bürste auf einer Kommode hinter sich rotieren ließ. Seitdem kam mir dieses Phänomen noch diverse Male unter. Zu meiner gehässigen Freude meistens, wenn ich Jo aus der Fassung gebracht habe. Am Anfang unserer Beziehung, wenn wir uns küssten, oder später, als wir noch etwas weiter gingen. Oft fällt es mir auch gar nicht auf, aber hin und wieder, so wie heute, bemerke ich es.

Wieso denken eigentlich immer alle, dass MEIN Drift außer Kontrolle ist. Jo scheint seine Fähigkeiten auch nicht in jeder Situation beherrschen zu können!

»Was ist mit dir?«, frage ihn direkt.

Da wir uns weder küssen noch eine wichtige Rede oder etwas ähnlich Aufwühlendes vorgetragen werden muss, kann ich mir seine Reaktion nicht erklären.

»Ich bin hier auf noch etwas gestoßen«, sagt er zögerlich und für meinen Geschmack in einem viel zu dramatischen Tonfall. Vor anderen verpackt Jo gewöhnlich alles in knappe Gesten oder scherzhafte Bemerkungen.

Dieser Unterton gefällt mir gar nicht.

Wir postieren uns wieder am Hologramm und warten darauf, dass Jo uns seine Entdeckung präsentiert.

»Schieß los«, fordert Sawyer ihn auf.

»Ich glaube, wir haben ein Problem«, stellt Jo fest und deutet auf eines der Dokumente, das Arros zuvor wegsortiert hatte. Es war ihm nicht wichtig erschienen.

Ich folge seiner ausgestreckten Hand, hin zu der Textstelle und versuche dessen Inhalt zu interpretieren. Es handelt sich ganz offensichtlich um einen offiziellen Befehl, ausgestellt und unterzeichnet vom Souverän höchstpersönlich.

Sofort schießt mir das Bild des vor Autorität sprühenden Mannes durch den Kopf. Ich wollte Jo doch noch nach dem Drift dieses Typen fragen. Das habe ich in all der Aufregung völlig vergessen. Im HUB, während der Auseinandersetzung mit den Blauen, war Jo nicht weiter darauf eingegangen. »Er ist anders«, hat er gesagt.

»Das ist ein Einsatzbefehl«, folgert Arros und hebt eine Augenbraue.

»Was ist daran so besonders?«, frage ich. Dass der Souverän alle verfügbaren Soldaten gegen den Widerstand hetzt, war ja zu erwarten.

»Seht euch die Kennzeichnung an«, erwidert Jo monoton.

Ich folge seinem Blick und erkenne die kleine, kreisförmige Markierung sofort wieder. Trotzdem brauche ich noch ein paar Sekunden, bis ich den Zusammenhang begreife.

»Die Grauen?«, presse ich hervor. »Der Souverän will die Grauen in den Kampf schicken?«

Arros, der hinter mir steht und nicht so gut sehen kann, gibt einen merkwürdigen Ton von sich und fragt: »Na, jetzt, wo die nicht mehr an den Schiffen bauen müssen, bietet sich das wohl an. Wie viele Graue wollen sie denn schicken?«

»Alle, wie es scheint«, sagt Jo und benutzt dann zwei Finger, um eine Stelle mitten im Text zu vergrößern.

»Und wie viele sind ›alle‹?«, fragt Arros ungeduldig.

Die Zahl, die Jo nun groß und bedrohlich vor uns aufgezogen hat, lässt mich erschrocken eine Hand an meinen Mund führen. Irgendwie habe ich plötzlich das Gefühl, dass es in meinem Kopf knistert.

Langsam lasse ich meine Schulter gegen Jos lehnen und er legt sofort einen Arm um mich. Normalerweise würde mich diese zärtliche Geste trösten oder zumindest etwas beruhigen, aber jetzt, in diesem Moment, spüre ich sie kaum. Ich bin wie betäubt.

Das kann nicht sein. Das darf einfach nicht sein, denke ich schaudernd, weil sich in meinem Kopf bereits die beklemmende Schlussfolgerung einnistet.

Wir werden scheitern, lautet sie. Alles war umsonst.

Sawyer findet seine Stimme zuerst wieder und bringt es auf den Punkt: »Wenn das stimmt, sind wir geliefert.«

- Ende Teil 2 -

DAS FEURIGE FINALE DER SPANNENDEN TRILOGIE

Für die Division hat sich die Lage zugespitzt.
Die Chancen, dem Souverän und seiner heimtückischen Regierung das Handwerk zu legen, stehen schlecht.
Vor allem die ominöse Gruppe der »Grauen« macht es Nova und ihren Freunden schwer. Was sind das für Menschen und woher kommen sie?
Und dann muss Nova auch noch feststellen, dass Joaquim nicht immer ehrlich zu ihr gewesen ist. Wie sich das auf die beiden und am Ende sogar auf das Schicksal der Division auswirkt, beschreibt das aufregende Finale der dreiteiligen Dystopie.

NACHTSONNE - Im Zeichen der Zukunft

This New World

Zoe ist im letzten Highschool-Jahr, als ihre Welt auf
einmal kopfsteht.
Menschen benehmen sich seltsam. Unvorstellbare
Dinge geschehen. Im Fernsehen und Internet ist von
unerklärlichen Anomalien die Rede. Und spätestens
als ihre Eltern plötzlich diese ganz erstaunlichen
Dinge tun können, ist Zoe klar:

DIESE WELT WIRD SICH VERÄNDERN.

WENN NICHTS IST, WIE ES SCHEINT!

Emily freut sich auf den Sommer im alten Ferienhaus ihrer Großmutter. Jedes Jahr kommt sie nach Devlins Hope und genießt die Einsamkeit der kleinen Siedlung.

Als jedoch plötzlich dieser Typ auftaucht, geraten Emilys Ferienpläne ins Wanken. Jonah ist nicht nur impulsiv und sieht gut aus, seine Vergangenheit birgt außerdem ein großes Geheimnis. Ein Geheimnis, von dem Emily beschließt, es zu lüften!

EINE AUSSERGEWÖHNLICHE GESCHICHTE ZWISCHEN ZWEI MENSCHEN, DIE SICH ÜBER GENREGRENZEN HINWEGSETZT.

Foto: Books on Demand

LAURA NEWMAN IM NETZ

Die offizielle Website der Nachtsonne Chroniken:
www.nachtsonne-chroniken.de

Laura Newmans Autoren Blog:
www.lauranewman.de

Auf Facebook:
facebook.com/lnewmanautor

Auf Twitter:
twitter.com/lnewmanautor

Auf Instagram:
instagram.com/lnewmanautor

Auf YouTube:
youtube.com/TheLoonyLife